KB261069

황금
사과

# 황금사과

김경욱 장편소설

문학동네

당연히, 이것은 작품(work)이 아니라 텍스트(text)다.

피비린내와 장미향이 뒤섞인 속에서

삶은 그토록 격렬하고 대조적인 양상을 보였다.

이 시대 사람들은 마치 어린아이의 머리를 한 거인들처럼

지옥의 공포와 순진한 쾌락,

잔인무도함과 부드러움 사이를 왕래한다.

지상의 쾌락에 대한 절대적 경멸 아니면

지상의 쾌락에 대한 미칠 듯한 탐닉,

그리고 증오 아니면 선량함 등 둘 중 하나이다.

언제나 극에서 극으로 치닫는 것이다.


요한 호이징가, 『중세의 가을』

# 1
# 서문

이유야 저마다 다르겠지만 많은 사람들이 하루도 거르지 않고 마시는 것 중의 하나가 바로 커피이다. 일설에 의하면 커피가 유럽에 처음 전해진 것은 1529년 무렵이라고 한다. 당시 오스만 투르크의 슐레이만 대제는 오스트리아의 빈을 포위 공격했다. 그러나 공격은 실패로 돌아갔고, 그의 군대는 철수하게 되었다. 전투에서 살아남은 자들은 투르크 군대가 떠난 자리에서 난생 처음 보는 희귀한 물건을 발견하게 된다. 그것이 바로 밀보다 조금 크고 검은빛이 나는 알갱이, 커피 원두였다. 그후 유럽 사람들은 커피를 즐겨 마시게 되었는데 이교도의 나라에서 들어온 이 수상쩍은 음료에 대해 어떤 이들은 악마가 마시는 음료라고 비난하며 급기야 교황에게 커피를 금하도록 탄원하기에 이른다. 이에 교황 클레멘스 8세는 문제의 그 음료를 직접 마셔본 후 다음과 같이 말했다고 한다.

"악마의 음료라고 의심받는 이것은 악마만 즐겨 마시기에는 너무 맛있다."

세상의 많은 일들이 우리가 우연이라고 부를 수밖에 없는 계기에 의해 일어나곤 한다. 교황도 반해버린 이 악마의 음료가 애당초 에티오피아의 어느 목동이 자신이 기르던 염소가 어떤 나무의 열매를 먹기만 하면 잠을 이루지 못하는 것을 보고 이상히 여긴 데서 기원했다고 전해지듯이 말이다. 따지고 보면, 지금까지 수많은 사람들이 즐겨 마시는 따뜻한 커피 한 잔에는 그 한 잔을 채우기 위해 갈아진 원두의 숫자만큼이나 많은 우연이 녹아 있는 것이다. 어쩌면 삶은 우리가 미처 알지 못하는 그 사소한 우연들을 먹고 마시고 입고 소비하는 것인지도 모른다. 어쨌거나 지금부터 여러분에게 들려줄 이 믿지 못할 이야기도 바로 그 사소한, 너무나 사소해서 눈만 깜박거려도 금방 사라져버릴 것 같은 우연에서 비롯된 것이다.

파리의 소르본 대학 도서관 고(古)문헌실에서 문제의 서책을 발견하게 된 것은 전적으로 우연이었다. 고문헌실…… 정확하게 말하자면 정체불명의, 그 존재 자체도 모호한 어느 서지학자에 의해 치밀하고 정교하게 복원된, 중세의 전설적인 서적수집광 루이 도를레앙 공(公)의 서재라고 해야 할 터였다. 그러나 내가 알기로, 그리고 이후에 여러 경로를 통해 확인해본 바에 의하면 소르본 대학 도서관에 루이 도를레앙 공의 서재 따위는 존재하지 않았다. 그럼에도 불구하고 나는 분명히 그곳에 갔었으며, 오십 보를 양보하더라도 적어도 그 순간만큼은 루이 도를레앙 공의 서재라고 부를 수 있는 공간이 존재했던 것이다.

그때의 일만 떠올리면 지금도 나는 뭐가 뭔지 모를 아득한 혼돈 속으로 빠져들곤 한다. 아무려나 그곳은 목적의식적인 탐색 끝에 발견했다기보다는 그저 우연히 눈에 띄었다고 해야 할 것이다. 그저 우연하게 말이다. 그날은 1998년 7월 12일이었다.

당시 서양사학도였던 나는 서양 중세의 경제사에 대한 학위 논문을 준비하던 도중, 이런저런 이유로 거의 한 달가량 컴퓨터 앞에서 망연자실, 넋을 놓은 채 널브러져 있었다. 그 이런저런 이유라는 것은, 내 자신의 학문적 능력에 대한 쉽사리 떨칠 수 없는 의구심과 여자친구의 돌연한 결별 선언 등이었다. 이역에서 서로 의지하며 근근히 유학생활을 꾸려나가던 여자친구의 믿어지지 않는, 갑작스러운 부재는 나를 극심한 심적 공황 상태로 몰아넣기에 충분했다.

나는 다시 낯선 곳에서 철저히 혼자가 되었다. 혼자라는 사실보다 매순간 혼자임을 깨닫고 확인하는 것이 나를 더욱 힘들게 했다. 만일 그곳이 낯선 곳이 아니었다면, 그래서 거리낌없이 흉중을 내보일 수 있는 누군가가 곁에 있어 함께 술을 마셔주고 내 어리석은 회한에 한줌 연민의 눈길을 허했다면 나는 순식간에 무너져버렸을 것이다. 빈방의 불을 켜면 소름처럼 심장에 우우- 돋아나는 고독이 내 지친 영혼을 갉아먹고 있었지만 오히려 그 고독으로 인해 나는 스스로를 간신히 지탱할 수 있었던 셈이다. 요컨대, 그 무렵 나는 깨어나는 것이 두려워 계속 술을 마시는 알코올중독자나 별반 다를 바 없었다.

그러니 어쩌겠는가. 그 고독 속에 스스로를 철저히 유폐시키는 도리밖에. 고독의 매서운 부리에 기꺼이 간을 내주는 수밖에. 그러나 이를 악물고 견디다 그 고독이 치사량에 이르렀다고 판단되었을 때 나는 무작정 거리로 뛰쳐나오고 말았다. 여자친구의 숨결과 손길이 남아 있는 그 방에서는 단 한 순간도 더 버티지 못할 것만 같았다. 그곳에서 조금만 더 지체했더라면 아마도 나는 창 밖으로 몸을 던졌거나 면도날로 손목을 그었을 것이다. 말하자면 나는 살기 위해서, 단지 살아남기 위해서 그 방을 빠져나와야만 했다. 그래서 찾아간 곳이 엉뚱하게도 그곳, 바로 소르본 대학 도서관이었다.

세속의 번뇌에 영혼의 화염을 허망하게 소진한, 한 마리 길 잃은 어린양이 성모 마리아의 제단 앞에 참회와 회한의 눈물을 뿌리며 무릎 꿇듯이, 생의 막다른 골목으로 내몰린 나는 그곳으로 숨어든 것이다. 이미 밝혔듯이 내가 그 서책을 발견한 것은 1998년 7월 12일의 일이다. 월드컵 결승전이 벌어진 날이었다. 도서관은 평소와는 달리 개미 새끼 한 마리 찾아볼 수 없었다. 그날 저녁, 대부분의 프랑스인들은 생드니의 스타디움으로 달려갔거나 텔레비전 앞에 앉아 있었을 것이다. 텅 빈 도서관은 한밤의 공동묘지처럼 적막하기 그지없었다.

도서관에 들어선 순간, 나는 죽을 자리를 찾아온 것처럼 놀랍게도 마음의 평정을 되찾았다. 그러나 그것은 불굴의 용기나 삶에의 의지가 충만한 평안과는 거리가 멀었다. 오히려 그것은 모든 것을 체념한 자가 하릴없이 생의 이면을 훔쳐보는 듯한 무심함에 더 가까웠으리라. 솔직히 말하자면 나는 될 대로 되라는 심정이었다. 비록 충동적으로, 무의식적으로 찾아든 곳이긴 했지만 가만 생각해보면 설령 생을 마감한다고 해도 그만한 곳이 없을 듯싶었다.

사서는 늦은 시간에 불쑥 나타난 이방의 청년이 못마땅한 눈치였다. 반가울 턱이 없었던 것이다. 그러나 그는 나에게 그다지 주의를 기울이지 않았다. 그의 시선은 책상 위에 놓인 포터블 텔레비전에 꽂혀 있었다. 카메라는 생드니 스타디움을 하이 앵글로 잡고 있었

다. 프랑스와 브라질, 브라질과 프랑스 양 팀 선수들이 경기장을 가
득 메운 관중들의 열렬한 환호 속에서 그라운드로 입장했다. 바야흐
로 프랑스 월드컵 축구 결승전이 시작될 참이었다.

"곧 폐관시간인데……"

사서는 텔레비전 화면에 시선을 고정시킨 채 빠르게 중얼거렸다.
독어식의 투박한 발음으로 미루어 보아 게르만의 후손 같았다. 나는
사서의 말에 개의치 않고 곧장 서고로 들어갔다. 무작정 도서관에
오긴 했지만 막막하기는 마찬가지였다. 무엇을 해야겠다는 계획도
없이 나는 서가 사이를 어슬렁거렸다. 정처 없이 이곳저곳을 배회하
던 내 발길은 자연스럽게 중세 관련 서적들이 비치된 서가로 향했
다. 논문 때문에 지난 일 년 동안 거의 매일같이 드나들던 곳이었다.

중세의 경제사를 아날 학파적인 관점에서 조명하는 것이 내 학위
논문의 테마였다. 더 상세히 말하자면, 중세 장원경제에서 수도원과
교회의 역할과 그 의미를 밝히는 것이었다. 이를 위해서는 당시 수
도원과 교회의 경제활동을 실증적으로 파악해야만 했다. 경작지당
소출은 어느 정도였으며 그 소비실태는 어떠했는지, 그리고 이 모든
것들은 장원경제와 어떤 관계를 맺고 있었는지를 구체적인 데이터
를 토대로 면밀히 추적해야 했다.

말하자면, 그것은 거스를 수 없는 시간의 흐름에 의해 굳게 봉인
된 과거를 현재로 생생하게 소환하는 작업이어야만 했다. 아니 중세
라는 과거를 현재로 소환하는 것이 아니라, 내 자신 중세로 귀환하
는 작업이어야만 했다. 논문의 성패는 바로 거기에서 결판날 터였
다. 시공을 초월해 살아 숨쉬는, 퇴색하되 결코 소멸하지는 않는 청
동의 시대, 생의 비의를 오롯이 간직한 또다른 현재로서의 중세, 그

적실한 모습을 고구하는 것이 내 논문의 목적이었다. 그러나 그것은 저 이카루스가 다이달로스의 미궁을 빠져나가는 일만큼이나 지난하고 또 지난한 작업이 아닐 수 없었다.

기왕의 연구성과를 뛰어넘기 위해서는 남다른 발상과 신선한 시각, 그리고 그 새로운 발상과 시각을 뒷받침해줄 마음 든든한 자료가 필요했다. 눈이 번쩍 뜨일, 전인미답의 그런 자료 말이다. 그러나 그 자료라는 것은 모두 빤한 것이었다. 그 빤한 자료를 읽다보면 나는 정말 내가 미친 짓을 하고 있구나, 라는 절망에 사로잡히곤 했다.

진실로 태양 아래 온전히 새로운 것은 없었다. 이것이다, 라고 무릎을 칠 만한 자료와 아이디어가 수중에 들어왔다고 들떠 있는 것도 잠시, 확인해보면 누군가 이미 써먹은 것이었다. 연구사의 거대한 성채에 벽돌 한 장 올려놓기가 그리도 어려웠던 것이다. 선학(先學)의 앞섬과 뒤에 온 나 자신의 운명을 저주해보기도 했지만 달라지는 것은 없었다. 자료를 검토할수록 나는 중세라는 미궁, 혹은 신기루 앞에서 혀를 빼물고 주저앉고 싶은 심정이었다. 일찍이 로마의 시인 호라티우스가 이렇게 노래했다지.

"목마른 탄탈로스가 물을 마시려 할 때마다 물은 저만치 물러가버리더라."


인적이 끊긴 도서관은 흡사 잘 빚어진 미궁과도 같았다. 수백 번도 넘게 드나든 곳이었지만 나는 그만 길을 잃고 말았다. 불안정한 감정 상태였던데다가, 생각해보니 꼬박 이틀 동안 와인과 물 외에는 이렇다 할 음식을 먹지 못했던 것이다. 시야가 협소해지고 판단력도 현저히 무뎌져 있었다. 이마에는 식은땀이 흘렀고 다리는 후들거렸다. 나는 분명히 정상적인 상태가 아니었다. 적어도 살기 위해, 살아남기 위해 그 방을 빠져나왔다면 도서관이 아니라 레스토랑이나 병원에 갔어야 했다. 기운이 부치고 정신마저 혼미해졌다. 부지런히 발을 놀리고 있었지만 출구는 점점 멀어지는 듯했다.

애써 정신을 수습하며 나는 필사적으로 출구를 찾았다. 생각해보면 서책의 무덤인 도서관에서 생을 마감하는 것도 그리 나쁘지는 않을 것 같았다. 그러나 나는 생각이나 의지와는 무관하게 본능적으로 출구를 찾고 있었다. 그것은 다만 갇힌 자의 본능일 뿐이었다. 어쩌면 여자친구가 갑자기 떠난 것도 그와 같은 이유였을지도 모른다. 그녀도 출구를 찾아야만 했던 것일까. 중세라는, 논문이라는 회색의 성채에, 입구도 출구도 없는 잿빛 관념의 성채에 스스로 갇혀 버둥거리는 나를 더이상 곁에서 지켜볼 수 없었던 것일까.

두서없이 떠오르는 상념을 애써 떨치며 나는 출구를 찾기 위해 서가에 새겨진 알파벳과 서적코드 번호를 확인해보았다. 그러나 도로아미타불이었다. 기호들의 조합과 배열은 결코 출구를 가르쳐주지 않았다. 그것은 오히려 출구를 감추고 있는 듯했다. 기호는 다만 또다른 기호를 호출할 뿐, 도서관 밖으로, 세상 속으로 나를 데려다주지 않았던 것이다. 기력도 쇠하고 심적 공황 상태에 빠진 나에게 그곳은 다이달로스의 미궁보다 더 복잡하고 빠져나가기 힘든 곳이었다.

살아서 이곳을 빠져나간다는 것이 불가능할지도 모른다는, 어쩌면 진실로 생을 마감하기 위해서 이곳으로 기어들어왔는지도 모르겠다는 암울한 생각으로 스스로의 영혼을 갉아먹고 있을 때였다. 갑자기 실내의 조명이 모두 꺼졌다. 도서관 서고에는 창문 하나 없던 터라 사위는 그야말로 망자들의 감옥, 지옥처럼 깊고 어두워졌다.

갑자기 정전이라도 된 것인가? 아니면 폐관시간인가? 폐관시간이 되었다면 분명히 미리 안내방송을 했을 텐데, 혹시 출구 찾는 데 정신이 팔려 안내방송을 듣지 못한 건 아닐까?

나는 그대로 바닥에 주저앉고 말았다. 한치 앞도 분간할 수 없는 암흑이 뱃속까지 스며들었다. 고래 뱃속에 들어앉은 욥, 나는 바로 그 욥이 된 심정이었다. 문득, 떠나간 여자친구의 얼굴이 떠올랐다. 편지라도 남기고 떠났다면, 쪽지라도 한 장 남겼다면, 차라리 내게 저주라도 퍼붓고 떠났다면 그리 사무치지는 않았을 것이라고 나는 생각하고 있었던 듯하다. 홀로그램이 일순 꺼지듯이 그녀는 은빛 슈트케이스를 끌고 홀연히 사라져버렸다. 그녀는 결코 돌아오지 않을 것이며 전화 따위도 하지 않을 것이다.

회한과 비탄에 잠겨 있던 나는 어디선가 새어들어오는 희미한 빛을 발견했다. 그것은 그믐의 달빛처럼 아득했다. 가무러지는 정신을 추스르며 나는 그 정체불명의 빛을 향해 한 걸음 한 걸음 무겁게 내딛었다. 맹목적으로 빛을 좇던 나는 굳게 닫힌 문 앞에 다다랐다. 빛은 문틈으로 희미하게 비쳐들고 있었다. 문에는 형상을 식별할 수 없는 복잡한 문양이 정교하게 돋을새김되어 있었다. 자세히 보니 그것은 사자와 장미, 깃발 모양의 도안이었다. 그것은 중세 어느 귀족 가문의 문장 같기도 했다.

빛이냐, 암흑이냐!

선택의 여지는 없었다. 설령 그 빛이 지옥의 심연으로부터 새어나오는 잔광이라 하더라도 말이다. 긴장을 풀기 위해 숨을 깊이 들이쉬며 나는 조심스럽게 문을 밀었다. 겉보기와 달리 문은 제법 묵직했다. 오래도록 닫혀 있었는지 문 지도리에서 둔탁한 소리가 났다.

그곳은 서고 속의 서고였다. 아니면 서고 바깥의 서고였던가. 세월의 더께를 고스란히 뒤집어쓴 양피지 냄새가 코를 간질였다. 켜켜이 내려앉은 먼지와 곰팡내로 인해 서고의 공기는 현실감을 잃고 있었다. 낯선 공기의 입자, 그리고 그것들의 예사롭지 않은 흐름, 그곳은 분명히 내가 한 번도 발을 들여놓은 적이 없는 미지의 세계였다. 동작을 멈추고 가만히 귀를 기울여보았지만 인기척은 어디에도 없었다. 다만, 진귀한 서책들이 지옥의 명부처럼 어둠 속에 빼곡이 진열되어 있을 뿐이었다. 나는 조금 전까지의 절박함도 잊은 채 갑자기 흥분에 들떠 마른침을 삼키며 서책을 하나하나 살펴보았다. 서책을 훑어보던 나는 다시 한번 놀라지 않을 수 없었다. 그곳은, 그믐의 달빛과도 같이 아득한 빛에 이끌려 찾아간 그곳은 풍설로만 전해지던 저 루이 도를레앙 공의 서재였던 것이다.

루이 도를레앙 공이 누구이던가. 프랑스 왕 샤를 6세의 아우이며 중세의 값비싸고 희귀한 수기(手記)본의 유력한 구매자가 아니던가! 그곳은 부르고뉴 가문의 장 무외 공과 더불어 수기본 편집광으로 알려진 바로 그 루이 도를레앙 공의 서재가 분명했다. 혹자는 루이 도를레앙 공의 서재에 없는 책은 이 세상에 존재하지 않는 책이다, 라고 너스레를 떨 정도였다. 문헌 수집에 관한 한 감히 그의 오른편에 설 자가 없었다. 세상에 존재하지 않는 책도 찾게 될 것만 같은 기대를 품게 만드는 곳, 그곳이 바로 루이 도를레앙 공의 서재였다.

전해 들은 바에 의하면, 그의 서재에는 아리스토텔레스의 『윤리학』『정치학』『시학』 같은 책에서부터, 중세를 통틀어 철학적 이단의 우두머리로 꼽히는 사라센인 이븐 루슈드의 전집, 루카누스 막시

무스의 필사본,『란슬로트 이야기』『아서 왕 이야기』같은 기사담,『장미 이야기』『천국과 지상의 서』와 같은 골계담집까지 실로 각양각색의 서책들이 망라되어 있다는 것이었다. 십중팔구 양피지에 필사되었을 그 기담괴서들은 대부분 세월의 풍상에 먼지가 되어버렸을 테지만 정체 모를 어느 집요한 서지학자의 수고에 의해 수백 성상의 세월을 훌쩍 건너뛰어 그 웅자를 드러내고 있었던 것이다.

사십 일간의 사막 고행 끝에 천상의 예루살렘을 발견한 사도마냥 나는 흥분을 감출 수 없었다. 어쩌면 앞으로 나아갈 수도, 뒤를 돌아볼 수도 없는 난관에 봉착한 논문에 한줄기 빛이 되는 결정적인 문헌을 손에 넣을지도 모른다는 기대감에, 사위어가던 내 영혼의 불꽃이 다시금 활활 타오르기 시작했다. 생을 앗아갈 것만 같던 실연의 아픔도 맹렬히 꿈틀거리는 지적 욕망의 화염을 어쩌지는 못했다.

나는 서가와 서가 사이를 누비며 서책의 제목을 훑어보고 있었다. 그러던 중 마침내 그 서책이 내 시야에 들어왔다. 그것은 콘스탄조 펠리치가 쓴『인간의 음식으로 사용되는 식물들에 대하여』라는 책과 피렌체의 조지가 쓴 책,『가톨릭 신도와 카타리 파(派) 이단자 사이의 논쟁』사이에 끼워져 있었다. 그 서책의 제목은 다음과 같았다.

『프랑스를 비롯한 전 세계에서 가장 고귀하고 가장 괴물 같은 일들에 관한 기록』

그 기이하고 야릇한 제목이라니!

일단 제목부터가 내 눈길을 사로잡기에 충분했다. 아무래도 수상쩍은 제목이었다. 제목으로 미루어 짐작컨대 인구에 회자되는 괴담(怪談)과 기담(奇談)을 채록한 박물지처럼 보였다. 더욱 이상한 것은 그 서책이 꽂혀 있던 자리였다. 언뜻 보기에도 그 서가는 나름대로의 체계를 유지하고 있었다. 서책이 마구잡이로 꽂혀 있지는 않았다는 얘기다.

문제의 서책『프랑스를 비롯한 전 세계에서 가장 고귀하고 가장 괴물 같은 일들에 관한 기록』왼편에는 모데나의 자코모 카스텔베르토가 쓴『이탈리아에서 익혀 먹거나 날것으로 먹는 모든 종류의 구근, 풀, 과일에 대한 간략한 이야기』, 리옹의 비앙디에가 쓴『향신료를 넣지 않은 사순절 음식 서른 가지』, 페루자의 안토니오 롯셀리니가 쓴『사육제와 사순절 음식 비교』등의 요리서적들이 사냥한 메추리처럼 일렬로 꿰어져 있었다. 그리고 오른편으로는 이미 언급한 피렌체의 조지가 쓴 책을 비롯해서 이단 심문관 베르나르 기의『종교재판 심문 개요』, 역시 이단 심문관 하인리히 크래머와 야곱 스프링거가 공저한『마녀들의 망치』, 크레모나의 모네타가 쓴『카타리파와 발도 파 반박론 5서』등의 이단반박서들이 서슬 퍼렇게 도열해 있었다. 요컨대 문제의 그 서책은 요리책과 이단반박서 사이에 어정쩡하게 꽂혀 있는 셈이었다.

요리책과 이단반박서 사이에 끼어 있는 서책! 사실, 그 제목으로 보아서는 내 논문과는 별 관계가 없는 서책처럼 보였다. 그러나 논문과는 상관없이 그 서책에 대한 의혹과 궁금증은 점점 커져만 갔다. 희한한 제목의 그 서책을 보는 순간, 나는 논문 따위는 새까맣게 잊어버리고 말았던 것이다.

대체 어떤 서책이기에 요리책과 이단반박서 사이에 놓일 수밖에 없었을까. 사서의 단순한 실수인가. 그게 아니면 단지 우연일 뿐인가. 제목으로 봐서는 요리책도 아니고 이단반박서도 아닌 것 같은데…… 그리고 그 제목은 또 무엇이란 말인가. 전 세계에서 가장 고귀하고 가장 괴물 같은 일이라니! 고귀하면서 괴물 같은 일들이란 대체 무엇이란 말인가. 꼬리를 무는 의문에 사로잡혀, 나는 어느새 그 수상쩍기 그지없는 서책의 첫 장을 넘기고 있었다.

그 수상쩍은 서책이 어떤 경로를 통해 그곳에 꽂히게 되었는지 나는 확언할 수 없다. 그 책은 뒷부분이 유실된 채 앞부분만 남아 있었다. 남아 있는 부분은 잉글랜드 바스커빌 출신의 프란체스코 회(會) 수도사 윌리엄이 1347년경에 집필한 수기를 불역(佛譯)해서 필사한 것이었다. 1347년이라면 페스트가 서유럽을 집어삼키던 시절이다. 유럽 인구의 삼분의 일을 앗아간 페스트의 광풍 속에서 프란체스코 회의 노(老)수사는 죽음의 먹구름이 검게 드리워진 고적한 수도원의 독방에서 쇠잔한 기력을 마지막 한 점까지 끌어모아 이 기록을 남겼던 것이다. 죽기 전에 남겨야 할 유언이라도 되는 것처럼.

나는 바닥에 주저앉은 채 책장을 넘기고 있었다. 시체의 가죽처럼 썩어 너덜너덜해진 양피지가 자칫 떨어져나갈까봐 조심조심하며 읽어내려갔다. 시나브로 나는 까닭 모를 신열에 부르르 몸을 떨었다. 중세 불어로 씌어진 탓에 뜻이 막히고 요령부득인 대목도 왕왕 있었지만 문맥을 맥없이 놓칠 정도는 아니었다. 바스커빌 출신의 프란체스코 회 수도사 윌리엄이 기록한 수기의 내용은 다음과 같거니와 그 시작은 이러했다.

— 말하자면, 이것은 내 젊은 날 우연히 만났던 어느 요리사에 대한 이야기이다.

## 2
# 영원의 도시, 재의 수요일

오늘 아침에도 두 명의 젊고 신실한 수도사가 페스트에 희생되었다. 대저 지상에서의 삶이란 이리도 헛되고 또 헛되던가. 저 이단 중의 이단, 마니교도들의 주장처럼 지상은 본질적으로 악으로 가득 찬 것인가. 이 참담한 현실 또한 주님의 섭리란 말인가. 오, 주여! 부디 눈 어두운 저의 불경을 용서하소서. 그리고 두 젊은 수도사의 영혼이 주님 곁에서 영면하도록 은총을 베푸소서!

어두운 골방에 틀어박힌 채 가물거리는 촛불에 의지해 이 글을 남기고 있는 지금도 밖에는 페스트라는 유령이 떠돌아다니고 있다. 공동묘지에는 시체가 산더미처럼 쌓이고 몇 년째 계속된 기근이 굶주린 어린양들을 집어삼키는도다. 저잣거리에서는 사이비 선지자, 거짓 예언가들이 혹세무민, 나설 자리 물러설 자리를 가리지 않고 설치며, 지상의 천국 교회에서조차 면죄부의 뒷거래, 성직 매매와 무고와 배덕이 난무하니, 성 요한께서 일찍이 예언한 지상의 종말이

이보다 더 혼란스럽고 끔찍할 것인가. 하늘이 내린 재앙에 놀라고 목자들의 부덕에 실망한 민심은 천 갈래 만 갈래 찢어지고, 이를 데 없이 흉흉해져 어린양들은 이제 더이상 목자를 따르지 않으니 피오레의 요아킴이 설파한 천년왕국이 머지않았음이라.

이제 눈도 어두워지고 진기도 쇠잔해져 주님의 엄중한 심판을 받을 날만 기다리는 한낱 노부에 불과한 나는 너무도 오래 살아 더이상 지상의 삶에 티끌만큼의 미련도 아쉬움도 없다. 다만 내가 죽기 전에, 주님의 부르심을 받기 전에 기록해야 할 일들이 있으니 그중의 하나가 바로 지금으로부터 49년 전, 그러니까 주후(主後) 1298년 근간에 벌어진 일련의 사건이다.

사건의 괴이함과 놀라움으로 치자면 주후 1327년경, 즉 내가 루드비히 황제의 밀명을 수행하던 시절 이탈리아 폼포사 인근의 베네딕트 회 수도원에서 겪었던 일도 빼놓을 수 없을 것이다. 기왕에 보고 들은 기이한 일들을 빠짐없이 기록하기로 했으니 그때의 일을 이야기할 기회가 분명히 있을 것이다.

기록자의 소임을 자처한 마당에 수기라는 것이 취하는 연대기적인 형식을 아주 무시할 수도 없는 노릇이다. 아리스토텔레스가 일찍이 『시학』에서 앞의 것은 스스로 다른 것을 뒤따를 필요가 없고 뒤의 것은 스스로 다른 것으로부터 생겨나나 그로부터 아무것도 생겨나지 않는다고 했듯이 만사에는 나름의 순서가 있는 법, 말하자면 지금부터 내가 들려줄 이야기는 훗날 폼포사 인근의 베네딕트 회 수도원에서 벌어졌던 엄청난 사건의 전사(前史)에 해당하는 셈이다.

지금도 그때의 일들을 반추할라치면 머리털이 곤두서고 피가 들끓고 등줄기가 서늘해진다. 내 평생 앎을 좇아 세상을 주유하며 실로 해괴하고 기이한 많은 사건들을 경험했으나 당시의 일들은 눈감는 순간까지도 잊을 수 없을 듯하다. 근자에 벌어지는 법석도 그때의 일들에 비하면 추호(秋毫)에 지나지 않을 터. 자고로 생과 사란 본디 하늘의 뜻에 달린 법, 페스트가 창궐해 자고 나면 시체가 늘어나는 수도원의 어둑어둑한 골방에서 내가 할 수 있는 일이 기억을 더듬어 기록하는 것 외에 달리 무엇이 있으랴.

젊어서나 늙어서나 신심이 얕은 나로서는 주의 부름을 받을 날이 머지않은 지금에 와서도 무엇이 정의이고 무엇이 이단인지, 무엇이 진실이고 무엇이 거짓인지 구별할 수 없으니, 다만 그때의 일들을 한 치의 거짓 없이 낱낱이 태양 아래 드러냄으로써 이 수기를 읽는 후학들로 하여금 그 시시비비를, 온당함과 부당함을 판단하도록 하려는 소이이다. 언필칭 후생가외라, 후학 중에 진실로 눈 밝고 신심이 깊은 자 있어 저간의 곡절에 대해 공명정대한 판단을, 쾌도난마와 같은 명쾌한 해석을 내려줄 수 있다면 나는 죽어도 여한이 없을 것이다.

부디 진리가 우리를 자유롭게 해주기를!

그 모든 소란과 소요는 간밤의 꿈처럼 아직도 생생하기만 해서 오히려 비현실적으로 느껴지기까지 한다. 내 일찍이 신성로마제국의 루드비히 황제의 밀명을 좇아 찾아간 이탈리아 폼포사 인근의 베네딕트 회 수도원에서 벌어진 해괴한 일련의 사건을 떠올릴 때면 험준한 산기슭에 위압적으로 버티고 있던 수도원 건물과 복마전처럼 얽혀 있던 장서관이 눈앞에 어른거리는 것과 한가지로, 그때의 일을 생각할 때면 늘 알프스 산자락의 어느 능선에서 내려다보이던 그 작은 도시가 손에 잡힐 듯 눈앞에 펼쳐지곤 한다. 그렇다. 모든 일은 바로 그곳, 알프스 능선을 넘자마자 아스라이 나타난 작은 도시, 영원의 도시라고 불리던 베르송에서 벌어진 것이다.

영원의 도시.

사람들은 베르송을 그렇게 불렀다. 그러나 영원의 도시라는 명칭의 연원에 대해서는 아무도 정확히 알지 못했다. 십인십색, 입을 여는 자마다 사연이 달랐고 주장하는 자마다 해석이 분분했다.

어떤 자는 위대한 카이사르가 갈리아 총독이던 시절, 자신을 제거하려는 음모를 꾸미는 로마의 원로원을 혁파하기로 마음을 굳히고, 알프스를 넘기 직전 별자리를 보며 자신의 운명을 점쳤던 데서 유래했다고 설명하는가 하면, 또 어떤 자는 베르송의 교회 성물 보관함에 예수 그리스도의 손에 박혀 있던 대못이 보관되어 있기 때문이라고 주장했다. 또다른 자들은 대제국 로마의 간담을 서늘케 했던 카르타고의 맹장 한니발이 코끼리 부대를 이끌고 알프스를 넘을 때 죽은 코끼리들의 영혼이 자신들의 고향 북아프리카로 돌아가지 못하고 여태 베르송 근처의 알프스 능선을 헤매고 있어서 그런 명칭이 붙은 것이라고 역설하기도 했다. 또 어떤 자들은 유난히 안개가 지주 끼는 기후적 특성에서 그 이유를 찾으려 하기도 했다. 설은 분분했지만 그 누구도 어느 것이 옳은 것인지 자신 있게 말하지는 못했다.

베르송은 규모로 보나 역사로 보나 근동의 리옹에는 미치지 못했다. 그러나 베르송은 프랑스와 이탈리아를 연결하는 관문이었다. 알프스를 넘는 육로가 바로 그곳에서 비롯되는 것이다. 알프스 너머 동쪽으로는 밀라노가 있고 북쪽으로 리옹이, 남쪽으로는 아비뇽이 버티고 있다. 말하자면, 베르송은 이탈리아와 프랑스라는 두 마리의 암탉이 동시에 품고 있는 달걀인 셈이었다.

이러한 지리적인 특성으로 인해 베르송은 일찍이 이탈리아 북부의 도시들과 교역이 활발했다. 사람들의 왕래도 잦은 편이어서 도시에 거주하는 사람들의 성분도 다양했다. 게르만들이 있는가 하면 이탈리아인들도 있었다. 특히 이탈리아인들이 많았는데, 그것은 카이사르가 갈리아 전쟁을 마치고 제대를 원하는 휘하의 병사들에게 그곳에 정착할 권리를 주었기 때문이었다. 그 후손들이 누대에 걸쳐 그곳에 뿌리를 내려, 베르송은 프랑스 안의 이탈리아가 된 것이다. 따라서 베르송이 교황이나 프랑스 왕에게 알프스 산자락에 자리한 일개 도시 그 이상의 의미를 갖게 된 것은 당연한 일이다. 덧붙여서 이곳이 여러 이단의 무리, 이를테면 보고밀 파, 발도 파, 카타리 파 등의 잔당들이 암약한 무대가 되었다는 사실도 이러한 지리적 특성과 무관하지 않을 것이다. 요컨대, 베르송은 영원의 도시라는 영예롭고 고귀한 명칭에 어울리지 않게 이단의 온상이었던 것이다. 그런 베르송의 주교가 1298년, 해가 바뀌기가 무섭게 급서했다. 어떤 의미에서 그 모든 일들은 주교의 돌연한 죽음에서 비롯된 것이라 할 수 있다.

1298년……

당시 나는 약관에 불과한 풋내기 수도사였거니와, 교황 보니파키우스 8세와 프랑스 왕 필립 4세 간의 갈등이 극에 달해 저잣거리의 푸줏간 주인이나 들에서 양 치는 목동들, 우물에서 물을 긷는 여염집의 아낙네조차 그들의 다툼을 두고 이러쿵저러쿵 입방아를 찧던 시절이었다. 노쇠한 기억이 허락하는 한에서, 저간의 사정을 대강 밝히면 다음과 같다.

위대한 카이사르의 후임자이자 교황의 후원자였던 신성로마제국 황제의 보위가 프리드리히 2세 이래로 혼미를 거듭하면서 이른바 황제 공위 시대가 수십 년 동안 지속되었다. 그 여파로 오토 대제 이래로 수백 년 동안 면면히 이어져온 신성로마제국의 영광과 광휘도 서쪽 하늘에 낮게 걸린 석양처럼 하릴없이 사위어갔다. 이렇듯 게르만 황제의 보위가 혼미를 거듭하고 신성로마제국의 패권이 위축되는 사이 이웃 프랑스 국왕의 왕홀(王笏)은 더욱 그 빛을 더해갔다. 그리하여 프랑스 국왕은 강력한 왕권을 발판으로 속권의 수장을 자임하며 교황에 대한 대립의 각을 더욱 날카롭게 세우게 되었다.

특히 1294년 12월 24일 보니파키우스 8세가 베드로의 성좌에 앉은 이후, 프랑스의 미남왕 필립 4세와의 대립은 더욱 격화되기에 이른다. 교권의 강화에 전력투구하는 보니파키우스 8세와 속권의 확대를 노리는 필립 4세. 무릇 하늘에 태양이 두 개일 수는 없는 법, 두 진영 사이에 긴장감이 고조된 것은 자명한 결과였다. 급기야 필립 4세가 자국 내 성직자의 재산에 대한 세금을 묻기로 하자 보니파키우스 8세는 국왕에게 부여된 성직자 재산에 대한 과세와 성직자 서임에 관한 권한을 무효화할 것을 천명하기에 이른다. 1926년 발표한 교령 '클레리키스 라이코스(Clericis Laicos)'가 바로 그것이다. 바야흐로 파리와 로마의 하늘에는 일촉즉발의 긴장감이 감도는 가운데 파국의 암운이 무겁게 드리워졌다. 폭풍전야와도 같은 그 미묘한 시기에 베르송의 주교가 돌연 사망한 것이다.

피에르 드 라포레 주교.
베르송의 주교는 선친의 죽마고우였다. 파리 대학에서 함께 수학하던 중 선친과 피에르 주교는 의기투합하여 십자군 원정에 참가하게 되었다. 성지 예루살렘 공방전에서 선친은 전사했고 무사히 귀환한 피에르 주교는 그간의 배움과 무공을 인정받아 서품을 받은 것이다. 가까이 모시지는 못했으나 늘 아버지처럼 믿고 의지하던 분의 갑작스러운 부음을 듣고 나는 딛고 있던 발치가 와르르 무너지는 듯한 상실감에 몸을 떨었다. 널리 세상을 주유한답시고 그분 곁을 지켜드리지 못한 데 대한 자책감에 눈앞이 아득해졌다.

피에르 주교의 부음을 전해 듣고 한달음에 알프스를 넘는 길이었다. 잠시 한숨을 돌리기 위해 넓적한 바위에 걸터앉은 나는 법의 안에 품고 있던 서찰을 꺼냈다. 본초에 관한 공부를 위해 한동안 머물고 있던 피렌체의 프란체스코 회 수도원에서 삼 주 전 수령한 서찰이었다. 송신인은 피에르 주교였고 수신인은, 물론 나였다.

　친애하는 윌리엄

　네 홍안을 마지막으로 본 게 언제였던가. 삼 년 전이었던가……아득하기만 하구나. 세월을 헤아려보니 이제는 어깨도 당당하게 벌어지고 머리도 많이 여물었겠구나. 젊은이들은 비 온 뒤의 밀처럼 하루가 다르게 자란다지 않더냐. 그래, 본초 연구에는 얼마간 진척이 있는지 모르겠구나. 너를 보고 있노라면 돌아가신 너의 선친이 살아서 돌아온 것은 아닌가 착각하곤 한다. 큰 키와 호리호리한 몸매, 그리고 앎을 갈구하는 형형한 눈매와 매부리처럼 가늘고 기울어진 코하며…… 부전자전이라지만 너는 그야말로 네 부친의 분신이 아닐 수 없다. 새삼스럽지만, 네 부친은 참으로 훌륭한 분이셨다. 특히 진리에 대한 열정과 앎을 갈구하는 열망은 남다른 데가 있었지. 그 누구도 세월을 비켜갈 수는 없는 법, 이제는 나도 늙었나보구나. 자꾸 앞의 일보다는 뒤의 일들이 눈에 밟히는 걸 보니. 윌리엄, 이 서찰을 받는 즉시 이곳으로 와주기 바란다. 너의 도움이 그 어느 때보다 절실하구나. 요즘 들어 이곳의 일기(日氣)가 부쩍 사나워지고 있다. 이 글을 쓰는 지금도 북창(北窓)으로 검은 구름이 몰려오는 것이 선연하게 내다보인다. 부디 몸조심하거라. 언제나 주님의 은총이 함께 하길.

베르송의 가톨릭 교회 주교, 피에르 드 라포레

일견 그것은 지극히 평범한 사신(私信)에 불과했다. 생의 신산을 이제는 여유 있게 굽어보게 된 노부의 애틋한 감상이 구구절절 묻어 있었다. 평상시의 강직한 성품을 고려한다면 그것은 대단히 이례적인 감상이라고 할 수 있었다. 적어도 내가 아는 피에르 주교는 사사로운 감정을 너절하게 드러내는 분이 아니었다.

찬찬히 읽어보면, 알 수 없는 긴장이 배어 있는 것 같았다. 핵심을 피하기 위해 글의 의미를 일부러 모호하게 만든 것 같기도 했다. 이를테면, 진정으로 할말은 목구멍에 담은 채 시시콜콜한 잡사를 한가하게 논하고 있는 듯한 느낌이었다.

피에르 주교는 자신의 죽음을 예견하고 임종을 준비하고 있었던 것일까? 그래서 나를 보자고 했던 것인가? 그런데 내 도움이 필요하다는 건 또 무엇인가. 프란체스코 회의 일개 풋내기 수사에 불과한 내가 무슨 도움을 줄 수 있단 말인가.

급히 쓴 흔적이 역력한 글체를 보고 있자니 하릴없이 눈가에 이슬이 맺혀왔다. 약초를 캐러 다닌다며 피렌체에서 꾸물거리지만 않았어도 그분의 임종을 지킬 수 있었을 텐데. 노도와 같은 후회와 회한이 가슴속에 일렁였다. 나는 양피지를 조심스럽게 둘둘 말아 다시 가슴속에 집어넣었다. 걸터앉았던 바위에서 몸을 일으켜 한나절을 걸으니 어느새 발아래 베르송 시의 전경이 손에 닿을 듯 펼쳐져 있었다.

삼 년 만의 발걸음이었다. 지난번 피렌체로 향하는 길에 잠시 들른 이후 처음이었다. 익히 보아온 풍경이었지만 베르송의 경관은 처음 대하는 것처럼 낯설기만 했다. 어쩌면 피에르 주교의 죽음 때문인지도 몰랐다. 똑같은 도시임에도 불구하고 처한 상황과 심신의 조화에 따라 이렇듯 다르게 보이다니, 무릇 형상이란 것은 얼마나 미덥지 못한 것이더냐!

베르송은 알프스 산맥의 봉우리가 법의 자락처럼 흘러내려 평지와 맞닿은 곳에 자리잡고 있는 전형적인 요새 도시였다. 뒤로는 알프스의 험준한 봉우리들이 호위병처럼 버티고 서 있고, 앞으로는 로온 강의 지류가 천연의 해자(垓字) 구실을 하고 있었다. 게다가 도시가 세워진 자리는 널따란 구릉으로, 평지 위로 두 척 남짓 불쑥 융기해 있고 그 위에 다시 다섯 척 높이의 성벽이 이중으로 쌓여 있었다. 위에서 굽어보면 성은 말편자 모양을 연상시켰다. 병법과 진법에 어두운 자라도 그 성이 천혜의 요새, 요새 중의 요새라는 것을 한눈에 알 수 있을 정도였다.

성안에는 교회 성곽 광장 집 가게 등이 얼기설기 난맥처럼 얽혀 있었다. 어찌 보면 거대한 미궁 같기도 했다. 성 북쪽으로는 광활한 개간지가 날개를 활짝 편 독수리처럼 좌우로 드넓게 펼쳐져 있는데, 대부분 교회와 영주 소유의 경작지였다. 그 경작지 주변으로 농민들의 초가집들이 산재해 있었다. 개간지는 멀리 강 너머까지 뻗쳐 있었고 그 너머는 숲과 늪지대였다. 베르송을 함락시킬 목적으로 공성전을 벌이려면 강 안쪽으로 진군해야 하는데, 강과 외성 사이의 거리가 짧은 편이어서 대규모의 병력을 주둔시키기에는 지형이 턱없이 협소했다.

삼 년 전과 비교할 때 크게 달라진 것은 없었다. 성 주위를 감싸고 있는 엷은 안개하며 오밀조밀한 성안의 모습하며…… 다만 개간지쪽 성문 바깥으로 전에 볼 수 없었던 집들이 많이 들어차 있었다. 성안이 과밀해져 성밖에 새로 지은 것 같았다. 그 모습을 보며 나는 분지에서 들끓는 용암이 미세한 틈 사이로 흘러내리는 장면을 연상했다. 삼 년 만에 다시 찾은 베르송의 전경을 일별하며 나는 제법 남다른 감회에 젖어 있었다. 그러나 그 감회라는 것은 귀환한 자의 안도감이나 길 떠나는 자의 설렘과는 거리가 먼 것이었다.


성문으로 향하는 길에 일단의 군중이 모여 있는 것이 보였다. 운집한 사람들은 대부분 남루한 차림의 농민들이거나 아낙네들이었다. 양털을 깎다가 달려온 자도 있었고 밭을 갈러 가던 길이었는지 어깨에 가래를 걸치고 있는 자도 있었다. 그들이 주목하고 있는 것은 두 명의 탁발승이었다.

그들은 놀랍게도 백주에, 여염집 아낙네들까지 섞여 있는 군중 앞에서 상체의 속살을 그대로 드러내고 있었다. 그러나 그 뒤에 내가 본 것들에 비하면 그것은 그리 놀랄 일도 아니었다. 그들의 벗은 상체는 차마 눈뜨고 볼 수 없을 정도로 피범벅이 되어 있었다. 그들의 손에 들린 채찍을 보고 나서야 그 상처에 대한 의문이 풀렸다. 그들은 소위 채찍질 고행승이었다.

"……하늘에는 커다란 표지가 서고 한 여자가 태양을 입고 달을 밟고서 별이 열두 개 달린 월계관을 쓰고 나타나리라. 그 여자는 뱃속에 아이를 잉태했으니 해산의 고통과 진통으로 인해……"

가슴에 검붉은 핏자국이 선연한, 우람한 체격의 젊은 고행승이 군중을 향해 소리쳤다. 그것은 요한 묵시록 12장에 나오는 내용이었다. 요한 묵시록이라니! 채찍질 고행승들이 요한 묵시록을 읊는다는 소리는 들어보지 못했다. 그러나 내가 들은 것은 분명히 요한 묵시록의 경구였다. 젊은 고행승의 목소리가 잠시 주춤했다. 나이가 들어 보이는 다른 고행승이 채찍으로 그의 가슴팍을 후려쳤기 때문이다.

"……주여……"

"……주님은 나의 목자시니……"

채찍질과 동시에 군중 사이에서 통절한 외마디 절규와 그 절규를 애써 삼키는 듯한 탄식이 새어나왔다. 흐느끼는 아낙네도 더러 있었다. 젊은 고행승은 그곳에 모인 필부들의 죄를 대속하기라도 하는 것처럼 채찍질이라는 무위한 격통(激痛)을 초인적인 인내심을 발휘해 감내하고 있었다. 그러나 그도 육체의 고통을 어찌지 못하는 인간인지라 채찍을 맞는 순간만큼은 설교를 중단하고 얼굴을 일그러뜨렸다.

그 광경에서 무엇보다 인상적이었던 것은 고행승의 눈빛, 육체적인 고통과 종교적인 열의가 뒤섞인 그 눈빛이었다. 그것은 자신의 행위에 대한 지극한 자긍심과 믿음이 없이는 채찍 고행이 불가능한 일이라고 웅변하는 듯했다. 기이하게도 고행승과 군중 사이에는 묘한 연대감 같은 것이 형성되어 있었다. 그리하여 고행승의 가슴에 맺힌 홍건한 피를 통해 군중은 자신들의 죄를 들여다보고 있는 듯했다. 잠시 후, 고행승이 입을 열었다.

"……또다른 표지가 하늘에 나타날지니, 이번에는 일곱의 머리와 열 개의 뿔을 가진, 머리마다 왕관을 쓴 거대한 붉은 용이 꼬리로 하늘의 별 삼분의 일을 휩쓸 것이로다……"

다시 채찍이 고행승의 몸통에 세로로 줄을 그으며 살갗을 찢었다. 아낙네들의 흐느낌과 탄식 소리가 더 커졌다. 사내들은 열심히 손을 놀려 성호를 그었다. 참으로 기이한 광경이 아닐 수 없었다. 누군가의 입을 빌려 들었다면 나는 선뜻 믿지 못했을 것이다. 눈앞에서 벌어지는 육신에 대한 참혹한 학대를 지켜보며 군중들은 그럴 수 있을까 싶을 만큼 진지하고 무구한 신심을 드러내고 있었던 것이다. 나는 그제까지 어떤 미사나 강연, 설교에서도 그토록 경건하고 초절(超絶)한 분위기를 맛보지 못했던 터였다. 돌아보면 그 이후에도 그런 인상을 받은 적은 없었던 듯하다.

급기야 사내들의 붉고 거친 뺨에도 무연한 눈물이 흘러내리기 시작했다. 숙연하다 못해 처연한 분위기였다. 어미에게 꾸지람을 듣고 진실로, 가슴 저 밑바닥으로부터 뉘우치는 듯한 무구한 어린아이의 얼굴, 군중의 얼굴에서 내가 엿본 것은 바로 그것이었다.

"……해산하기만 하면 아기를 삼키려 붉은 용이 지키고 서 있는 가운데 마침내 여자는 아이를 낳을 것이다. 그 아기는 장래에 쇠지팡이로 만국을 다스릴 분이시니……"

고개를 떨구고 흐느끼는 자가 있는가 하면 땅바닥에 주저앉는 자들도 있었다. 주저앉는 자들을 보며 나는 이 초절한 분위기가 어쩌면 공포, 지상의 종말에 대한 공포에서 비롯된 것은 아닐까 하는 의구심을 갖게 되었다. 저들, 채찍질 고행승들이 복음의 말씀이 아니라 묵시록 따위를 설파하는 것도 그런 연유일 것이다. 유한한 피조물에게 죽음만큼 두려운 것이 또 어디 있으랴. 생각이 거기에 미치자 나는 씁쓸한 심사에 빠져들었다. 교구의 어린양들이 저리 마음의 갈피를 잡지 못하고 방황하도록 교회는, 수도원은 대체 무엇 하고 있었더란 말인가.

채찍질은 더이상 계속되지는 않았다. 채찍을 휘두르던 자가 채찍을 내려놓더니 미리 준비해온 듯한 바랑에 손을 집어넣어 뒤적거렸다. 바랑에서 빼낸 주먹에 뭔가가 쥐어져 있었다. 그것은 다름아닌 재였다. 그 자는 한 움큼의 재를 젊은 고행승의 머리 위에 천천히 뿌렸다.

오늘이 벌써 재의 수요일이었던가!

재의 수요일. 성회(聖灰) 수요일이라 하기도 하고 성회례일(聖灰禮日)이라 칭하기도 한다. 죄를 참회하는 날로, 그 징표로 머리에 재를 뿌리는 날이다. 이 날은 또한 사순절이 시작되는 날이기도 하다.

젊은 고행승의 머리에 재를 뿌리자, 그 자리는 삽시간에 아수라장으로 돌변했다. 군중이 자신들의 머리에 재를 묻히기 위해 다투어 바랑으로 달려들었다. 조금 전까지만 해도 주를 찬양하고 참회의 눈물을 흘리던 사람들이라는 사실이 믿어지지 않을 정도였다. 결국 공포라는 것은 일시적인 경외를 불러올 수는 있으되 신실한 깨우침을 가져다주지는 못하는 마취제에 불과한 것을……

나는 잠시나마 그 초절한 분위기에 관심을 보인 스스로를 부끄럽게 여기며 황망히 그 난장판을 빠져나왔다. 태양은 이미 서쪽 지평선으로 기울고 있었다. 이울 대로 이울어진 태양빛으로 인해 대지는 더욱 메말라 보였다. 지난겨울 이래 시작된 가뭄이 해를 넘기며 몇 달째 계속되고 있었다. 불길한 징조였다. 가뭄은 언제나 기근과 역병을 동반했다.

성문에 당도할 무렵, 갑자기 성안에서 땅을 울리는 말발굽 소리가 들려왔다. 수십 마리의 말들이 성문을 빠져나왔는데 말에는 건장한 사내들이 올라타 있었다. 그들은 하나같이 검과 창, 활 등으로 무장한 상태였다. 마치 전쟁터에 출정하는 자들 같았다. 나는 황급히 길을 비켰다. 조금만 늦었더라도 달려나오는 말에 꼼짝없이 밟힐 뻔했다. 그들은 흙먼지를 날리며 순식간에 성 앞에 펼쳐진 개활지 쪽으로 사라졌다. 시야를 가렸던 흙먼지가 가라앉을 무렵, 이미 그들은 강을 건너 늪지대 쪽으로 기수를 향하고 있었다. 말을 다루는 솜씨나 그만한 속도에도 불구하고 전열을 한치도 흐트리지 않는 것으로 보아 대단히 잘 훈련된 자들 같았다.


"멈추시오!"

성문 앞에서 무장한 경비병이 창을 곧추세우며 나를 저지했다. 그러고 보니 성문 주위의 경비가 지난번 방문했을 때보다 한결 삼엄해진 느낌이었다. 그래서였을까. 창을 쥔 경비병의 얼굴도 상당히 긴장되어 보였다.

"프란체스코 회의 수도사가 여기는 무슨 일이오?"

제법 눈썰미가 있는 자였다. 내가 입고 있던 법의를 보고 프란체스코 회 소속임을 눈치챈 것이다.

"옳게 보셨습니다. 저는 프란체스코 회의 수도사 윌리엄입니다. 돌아가신 피에르 주교와는 각별한 인연이 있던 사이로 주교의 갑작스러운 부음을 듣고 멀리 피렌체로부터 알프스를 넘어 달려오는 길입니다."

햇살에 반짝이는 가는 금발에 각진 턱으로 미루어 보아 게르만의 후손임이 분명한 경비병은 낯선 방문객을 쉽사리 들여보내주지 않을 기세였다. 자신의 직분에 충실하기로 작심한 듯 날카로운 눈초리로 내 행색을 살피는 폼이 풋내기는 아닌 성싶었다.

"그 말을 어떻게 믿는단 말이오. 당신이 피에르 주교의 숨겨둔 아들이라고 우긴다 해도 들여보낼 수 없소. 이건 상부의 엄명이오."

옆에 있던 보초가 그 말을 듣고 뭐가 우스운지 낄낄거렸다. 나는 울컥 화가 치밀었지만 목까지 올라온 욕지거리를 애써 삼켰다. 비굴하지 아니하되 겸손하고 스스로를 내세우지 아니하되 힘 있는 목소리로 나는 항변했다.

"참으로 괴이한 일이군요. 시정잡배의 장례에도 평소 안면이 있던 자들이 앞다투어 몰려들어 애도의 마음을 표하거늘, 하물며 주교께서 돌아가셔서 조문을 하기 위해 불원천리 달려왔는데 문전박대는 무엇이고 상부의 엄명이란 또 대체 무엇이란 말이오?"

갑작스런 나의 항변에 놈은 움찔하는 기색이었다. 그러나 역시 막무가내였다.

"신분이 확실한 사람이 아니면 절대 성문 출입을 불허한다는 것이 상부의 추상같은 명령입니다."

"프란체스코 교단의 승복을 보고도 그런 말을 한단 말이오?"

나는 부러 법의 소맷자락을 펄럭거렸다.

"어디에서 훔쳐 입었는지 알 게 뭡니까?"

조금 전에 낄낄거렸던 자가 비아냥거렸다. 이건 숫제 노골적으로 농을 치겠다는 태도였다. 그제야 법의 안에 품고 있던 피에르 주교의 친서가 생각났다. 진작에 생각이 그에 미쳤다면 이런 능멸과 봉변은 피할 수 있었을 텐데. 다시 한번 내 자신의 미욱함을 탓하며 나는 법의 안에 품고 있던 서찰을 꺼내 냉담한 눈초리로 내가 하는 양을 지켜보고 있던 경비병에게 건넸다. 그런데 그 병사는 서찰을 위아래가 바뀐 채 들고 있었다. 라틴어를 몰랐던 것이다. 설령 불어나 프로방스어로 되어 있다고 해도 모르긴 마찬가지였을지도 모른다. 일이 귀찮게 돌아간다 싶어 난감했다.

"……"

병사는 읽지도 못하는 서찰을 들고 신기한 물건을 만지작거리듯 요리조리 훑어볼 뿐이었다.

"대체 무슨 소란이냐?"

성문 안쪽에서 들려오는 목소리였다. 낮으면서도 위엄이 서린 목소리였다.

"나리, 프란체스코 회의 이 젊은 수사께서 돌아가신 피에르 주교와 각별한 사이라면서 입성을 허락해달라고 하는뎁쇼."

위엄 서린 목소리의 주인공은 잘 손질된 사제복을 입고 있었다. 키가 호리호리하고 얼굴이 유난히 붉은 사람이었다. 포도주라도 몇 항아리 들이켠 듯 얼굴이 붉은 그는 교회에서 지체가 높은 사람이라는 것을 한눈에 알 수 있을 만치 입성이 남달랐다.

"그건 또 무엇이더냐?"

'나리'라고 불린 사내는 '피에르 주교와 각별한 사이'라는 병사의 말에 약간 놀라는 눈치였다. 내 정체를 살피려는 듯 그의 눈매가 날카롭게 번뜩였다.

"네, 이 젊은 수사께서 저에게……"

서찰은 어느새 '나리'라고 불린 사내의 수중에 들어가 있었다. 그는 서찰과 나를 번갈아 쳐다보았다. 그의 시선에는 분명 경계의 빛이 감돌고 있었다.

"이건 분명히 이곳 교회의 인장과 화압(花押)이구나. 피에르 주교의 서명도 확실하고…… 그런데 인장 속의 경구는 전에 못 보던 것이로군…… 물질 역시 의미를 내포한다…… 재미있는 말이로군…… 뭐 하는 게야. 당장 저 젊은 수도사를 들여보내도록 하라."

잠시 후 서찰은 다시 내 품으로 돌아왔다.

"죄송합니다. 낯선 자를 함부로 입성시키지 말라는 명이 워낙 엄중해서 본의 아니게 그만 결례를 범했습니다. 부디 넓으신 아량으로 용서해주십시오."

병사는 대단한 잘못을 저지른 것마냥 안절부절이었다. 나는 손사래를 치며 몇 번이고 개의치 말라고 말했다. 입성을 허락해준 것에 대해 사의를 표할 요량으로 주위를 두리번거렸으나 사내의 자취는 어디에도 없었다. 참으로 민첩한 사람이었다.

"조금 전의 그분은 대체 뉘십니까?"

병사는 자신에게 질문해준 것이 못내 기쁜 기색이었다. 내 질문을 자신의 무례함에 대한 용서의 의미로 생각했던 모양이다.

"이곳 교회의 부주교님이십니다. 레이몽 부주교님이십죠."

레이몽 부주교.

생소한 이름이었다. 삼 년 전만 하더라도 부주교는 보르도 사람 뱅상 페냐포르테가 아니었던가! 뱅상 페냐포르테 부주교의 신변에 무슨 변고라도 있었단 말인가. 결과만 따지자면 베르송의 교회는 삼 년 만에 수장과 부수장이 모두 바뀐 셈이다. 한 사람은 죽음으로써, 다른 한 사람은……

"참, 성문에 들어서다 보니, 일단의 기병들이 무장을 한 채 늪지대 쪽으로 향하던데 무슨 일입니까?"

"그들은 영주의 병사들입니다. 늑대 사냥을 하러 나가는 것입죠. 근자에 늑대들이 출몰해 부녀자나 아이들을 습격하는 일이 몇 차례 발생했습니다. 해를 넘기며 계속된 가뭄과 기근으로 그놈들도 먹이를 찾지 못해 인가에까지 나타나 어슬렁거리는 것입니다. 성밖의 주민들은 해가 저문 후에는 집 밖에 나설 엄두를 내지 못할 정도입죠."

베르송에는 그간 많은 변화가 일어난 듯했다. 그리고 성 주위를 안개처럼 감싸고 있는 이 긴장감의 정체는 무엇이란 말인가. 알프스를 넘은 이후로 의문이 꼬리를 물고 있었다. 무엇 하나 속 시원한 것이 없었다. 그러나 이것 하나만큼은 분명했다. 지금 내 앞에 있는 도시는 지난번 방문했을 때의 그 도시가 아니라는 것, 그리고 이 영원의 도시에 뭔가 말 못 할 변고가 생겼다는 것. 허나 어쩌면 나는 너무 늦게 온 것이거나 너무 이르게 온 것일지도 모른다. 멀리 성 서쪽 하늘에 솟아 있는 교회의 첨탑에 걸린 노을을 망연히 바라보며 나는 이런 상념에 잠겨 있었다.

성문을 기준으로 했을 때 교회는 성의 서쪽 가장자리에 위치해 있었다. 그리고 그 맞은편에 내성, 즉 영주의 처소가 자리잡고 있었다.

이 도시를 설계한 자는 앞날을 내다보는 혜안을 가졌던 것일까. 교권과 속권이 서로 마주 보며 두 마리의 맹수처럼 으르렁거리고 있는 듯한 구도였다. 그것은 단지 우연의 일치에 불과했겠지만 볼 때마다 절묘하다고밖에는 달리 표현할 수 없는 감흥을 불러일으키곤 했다.

성의 중앙에는 널따란 광장이 있고 왕명을 받드는 행정장관이 집무를 보는 청사가 마련되어 있었다. 중앙의 광장을 정점으로 넓고 좁은 길이 거미줄처럼 얽혀 있었다. 그리고 그 길들을 따라 상점들과 각종 건물들이 촘촘히 들어서 있었다.

해질 녘이라 그런지 거리는 한산했다. 거리 곳곳에 무장한 병사들이 둘씩 짝을 지어 순찰을 돌고 있었다. 인적이 드문 것은 비단 시간 때문만은 아닌 듯싶었다. 잠시 거리에 우두커니 서서 주위를 두리번거리던 나는 당연히 그래야 하는 것처럼 교회로 향했다. 성 북쪽에서 한줄기 바람이 낮은 지붕들을 타고 미끄러지듯 날아와 옷섶을 파고들었다. 차갑고 을씨년스러운 바람이었다.

이곳 베르송의 교회는 성의 크기에 비해 그 규모가 상당히 큰 편이라고 할 수 있었다. 교회 건물은 보탤 것도 뺄 것도 없이 전형적인 고딕 양식을 체현하고 있었다. 천상의 예루살렘을 향해 한치라도 더 근접하려는 종교적 의지로 오연히 솟아 있는, 그리하여 범부들로 하여금 하늘의 영광을 맹렬히 우러르게 만드는 첨두(尖頭) 아치가 그 위풍의 당당함을 더하고 있었다.

사실 고딕이라는 명칭은 그다지 영예로운 것은 아니었다. 알프스 이남의 로마인들이 야만족, 고트의 양식이라 업신여기며 붙인 명칭이 고딕이었다. 그러나 그 장대하고 화려한 모습은 그 명칭의 불명예를 상쇄하고도 남음이 있으니, 그 비밀은 바로 하늘로 날아갈 듯 날렵한 상승의 기운이 꿈틀거리는 장엄한 공간성에 있는 것이다. 우아하고 섬세한 로마네스크 양식과 대조되는 고딕 양식의 핵심은 바로 부지불식간에 천상으로 날아갈 것만 같은 장대한 공간성이 아니고 무엇이겠는가!

벽체(壁體)의 양괴성(量塊性)을 극복하기 위해 고안된 지골궁륭(支骨穹窿)과 버팀도리, 첨두 아치, 그리고 외벽을 받치고 있는 부벽(扶壁)…… 그 결과 외벽은 터무니없다 싶을 정도로 얇아지고 성당 내부의 공간은 실내라는 것을 실감하지 못할 정도로 장대해지고 확대된 것이다.

항용 우리가 야만이라는 이름으로 어떤 대상을 업신여기는 행위는, 다만 기왕의 것과 다르다는 편견과 아집에서 비롯된 한낱 독선에 불과한 것은 아닐는지. 한줌의 실체도 없는 공소한 개념에 불과한 것은 아닐까. 하여 보편이라는 것 또한 불면 날아가버릴 허망한 수사(修辭)에 그치는 것은 아닌가.

사념적인 회의야말로 우리의 영혼을 이단으로 이끄는 요괴라고 경고해 마지않던, 어느 프란체스코 회 형제 수사의 일갈을 떠올리며 나는 머리를 흔들었다. 그럼에도 불구하고 그 의념(疑念)은 여간해서 수그러들지 않았다. 위대한 교부들의 말씀을 곱씹고 그 말씀의 참뜻을 천착해보아도, 아니 그러면 그럴수록 의념의 꼬리는 밤하늘 별똥별의 그것처럼 길어져만 갔다.

성당의 측면 외벽으로는 거대한 장미창(薔薇窓)이 보였다. 방사상의 의장을 특징으로 하는 레요낭 양식이 절묘하게 구현된 아름다운 자태였다. 파리의 성 샤펠 성당의 그것과 견주어도 전혀 손색이 없을 정도였다. 다음으로 내 눈길을 붙든 것은 성당 입구 좌우에 버티고 있는 열주(列柱)에 새겨진 조각이었다. 세밀화로 정교하게 부각된 조각의 중심에는 성모 마리아가 온 세상을 밝힐 듯 온화하고 인자한 미소를 머금은 채 서 있고 그 주위로 탁발한 성직자, 창과 방패를 든 기사 그리고 농기구를 들고 있는 농민이 동심원을 이루며 한데 어우러져 있었다.

그 조각상은 분명 이 시대의 이상을 구현하고 있음에 틀림없었다. 신의 은총으로, 신에 대한 신심으로 성직자, 기사, 농민이 신분의 격절을 뛰어넘어, 재산의 과다에 상관없이, 지체의 높고 낮음을 불문하고 오로지 주의 충복으로서 일체가 되어 화해롭고 평등하게 살아가는 것, 그런 시대적 이상을 형상화하고 있는 것이다.

성당의 문은 열려 있었다. 그리고 그 내부는 텅 비어 있었다. 텅 빈 수직의 공간 가득 켜켜이 응축된 적요는 위압감마저 불러일으켰다. 장미창의 스테인드 글라스를 통해 채광된 석양이 성모 마리아 제단 위로 신성하고 고혹스런 그림자를 길게 드리우고 있었다. 그것은 천사들의 앞길을 밝혀주는 천상의 빛처럼 아름답고 신묘했다. 나는 성호를 그었다. 대저 신성(神性)이란, 자연 속에 있는 것, 아니 자연 그 자체가 아닐까, 하는 이단적인 생각을 하며.

"혹시, 프란체스코 회의 윌리엄 수사 아니십니까?"

등뒤에서 내 이름을 부르는 소리가 들렸다. 몸을 돌려 바라보니 성당 문 앞에 검은 그림자가 서 있었다. 성당 내부에 있던 나는 역광 때문에 그 검은 그림자의 정체를 제대로 분간할 수 없었다. 얼마 후, 역광의 기운이 가시자 검은 그림자의 형체가 찬찬히 떠올랐다. 옷차림으로 미루어 보아 교회 사람 같았다.

"맞습니다만……"

"역시 그렇군요. 기다리고 있었습니다."

성당 문으로 새어들어오는 잔광에 눈살을 가볍게 찌푸리며 나는 목소리의 주인공을 향해 나아갔다. 젊은 형안이었다. 내 또래쯤으로 보였다. 백의(白衣)를 입고 영대(領帶)를 걸친 것으로 보아 부제 서품을 받은 자임에 틀림없었다.

"저는 이 교회의 보시(布施)분배 담당 부제, 토마스라고 합니다."

보시분배 담당 부제 토마스는 발그레한 뺨과 도톰한 입술이 온순한 인상을 풍기는, 아담한 체구의 소유자였다.

"……그런데 어떻게 제 이름을……"

나는 예기치 않은 낯선 자의 호명에 당황하며 말끝을 흐렸다.

"레이몽 부주교께서 이곳으로 손님이 오실 거라고 하셨습니다."

그제야 의혹이 풀렸다. 레이몽 부주교! 역시 민첩한 사람이었다.

"일이 그렇게 된 거로군요."

나는 조였던 경계의 끈을 풀며 고개를 끄덕였다.

"먼 길 오시느라 고단하실 테지요. 제 뒤를 따르십시오. 요리 담당 사제께 부탁해 간단한 식사를 마련해두었습니다."

토마스 부제는 말을 끝내기가 무섭게 앞장을 섰다. 나는 뜻밖의 환대에 어리둥절했다. 그러나 극심한 허기를 느낀 터라 부지런히 그의 뒤를 따랐다. 토마스 부제는 성당 내부로 통하는 문을 빠져나갔다. 성당을 빠져나오자 널따란 회랑이 나타났다. 정사각형의 회랑을 사면으로 둘러싼 건물들은 모두 교회 부속 시설로 쓰이고 있었다.

"바로 저기입니다."

토마스 부제가 나를 안내한 곳은 본관에 딸린 식당이었다. 그의 말대로 나무 탁자 한쪽에 조촐한 식사가 마련되어 있었다.

볶은 콩, 절인 감람, 계란 두 개, 귀리죽, 밀로 만든 빵……

조촐한 식사란 그런 것이었다. 그리고 포도주도 한 잔 채워져 있었다. 청빈의 이상을 몸소 실천했던 성 프란체스코의 식탁에 비하면 너무나 풍성한 식사였다. 피렌체를 떠난 후, 굶기를 밥 먹듯 했던 터라 보기만 해도 입 안에 군침이 돌았다.

"아시다시피, 사순절이 오늘 시작되었습니다. 그래서 돼지 비계조차 구경하기 힘듭니다. 더군다나 전례 없는 기근으로⋯⋯"

토마스 부제는 식탁의 빈한함이 마치 자신의 탓이라도 되는 양 이방의 젊은 수사에게 미안한 기색을 감추지 못했다.

"예수 그리스도께서 사막에서 고행을 하신 기간인데 주의 충복을 자처하는 저희들이 어찌 육식을 탐하겠습니까? 이만한 과찬을 대하는 것도 불경일까 두렵습니다."

사순절 기간에는 육식을 금하는 것이 가톨릭의 계율이었다. 그러나 그 계율이 모든 곳에서 누구에게나 잘 지켜지는 것은 아니었다. 문제는 사순절 기간에 육식을 삼가는 것 자체가 아니라 그리스도께서 겪으신 고난과 그 의미를 되새기는 것일 터. 기왕에 존재하는 계율을 어기는 자들도 문제지만 지나치게 원칙에 집착하는 자들도 문제이긴 매한가지라고 나는 생각했다. 성 프란체스코, 성 도미니크 같은 성인들이 청빈을 설파할 때, 그 청빈의 의미는 금기와 억압의 도구가 아니라 훈육과 독려의 나팔로 해석되어야 할 것이다. 그러나 미처 여물지 못한 당시의 내 머리와 얕은 심신으로는 엄격주의파 교리의 이단 여부를 분별하기는 어려웠다.

"⋯⋯"

토마스 부제는 뭔가 할말이라도 있는 듯 자리를 뜨지 않은 채 짐짓 머뭇거리고 있었다.

"음식 맛이 일품이군요."

나는 음식을 하나도 남김없이, 나무로 만든 그릇이 반질거리도록 비우고 나서야 입을 열었다. 포도주로 목을 축이니 당장이라도 다시 알프스를 넘을 수 있겠다 싶을 정도로 기력이 돌아왔다. 사실, 이번 여행은 그 어느 때보다 힘들었다. 피에르 주교의 죽음이 가져온 심리적 충격도 있었지만 여정 내내 끼니와 잠자리를 해결하기가 쉽지 않았던 탓이다. 탁발 수도승에 대한 인식이 예전만 못할뿐더러 기근 때문에 식량을 기꺼이 보시하는 자들이 드물었다.

"이 교회 음식이 맛있는 건 이웃 교구에까지 소문이 자자합니다. 요리 담당 제롬 사제 덕분이지요. 제롬 사제 같은 분을 요리장으로 모실 수 있다는 것은 더없는 신의 은총일 것입니다."

음식 맛은 좋았다. 시장이 최고의 찬이라는 경구를 감안하더라도 음식 맛은 근사했다. 특별히 좋은 재료를 사용한 것 같지 않았음에도 불구하고 모두 독특한 풍미를 간직하고 있는 음식들이었다. 토마스 부제는 진심으로 제롬 사제의 존재를 자랑스럽게 여기는 듯했다. 일전에 이곳에 들렀을 때도 피에르 주교로부터 그에 대한 이야기를 들은 적이 있었다. 요리사치고는 학식도 깊고 견문도 넓은 사람이라고 했다.

"낯간지러운 과찬이로구나, 토마스."

식당 안으로 성큼 검은 그림자가 들어섰다. 제롬 사제였다. 그를 처음 본 순간, 뭐랄까 나는 진정 압도적인 인상이란 이런 것이구나 하는 느낌을 받았다.

넓고 시원스러운 이마에는 굵직한 골들이 웅숭깊게 패 있어 지나온 역정이 만만치 않음을 웅변하고 있었다. 절반이 하얗게 센 눈썹은 금방이라도 비상할 듯 실팍한 날개를 활짝 펼쳐 그 아래로 짙은 음영을 드리우고 있었다. 사유의 도저함을 엿볼 수 있는 그 음영 속에서 지중해의 빛처럼 푸른 눈이 찌를 듯이 빛나고 있었다. 그 눈빛이 워낙 강렬해서 곧게 날 선 코와 꽉 다문 입술은 오히려 그 형체가 미비해 보일 지경이었다. 중키에 호리호리한 체격은 보베의 대성당 벽돌처럼 단단해 보였다. 그 강렬한 인상의 배후에는 대리석처럼 차가운 기운이 감도는 것 같기도 하고 자신을 스스로 태워 소진하며 끊임없이 분출구를 찾는 용암의 뜨거운 기운이 감도는 것 같기도 했다. 어쩌면 서로 대립적인 두 가지를, 극한의 이율배반을 운명적으로 품고 있는지도 몰랐다.

"제롬 사제님……"

토마스 부제는 자신의 심중을 내보인 게 민망했는지 얼굴을 붉혔다. 제롬 사제는 너무 마음 쓰지 말라는 듯 무표정한 얼굴로 토마스를 향해 가볍게 손을 내저었다.

"자네가 프란체스코 교단의 윌리엄 수사인가?"

강단이 느껴지는 목소리였다.

"네 그렇습니다. 베풀어주신 음식은 달게 잘 먹었습니다. 저에게는 더없는 환대였습니다."

"피에르 주교와는 각별한 사이였다지?"

그는 입에 발린 인사 따위는 관심 없다는 듯 곧장 자신이 알고 싶은 걸 물었다.

"그렇습니다만……"

"생전에 피에르 주교로부터 뭔가 듣거나 특별한 걸 받은 적은 없는가?"

대체 무슨 말을 하는 것인가? 나는 갈피를 잡을 수 없었다.

"무슨 말씀을 하시는 건지 짐작조차 못 하겠습니다."

"……"

잠시 침묵이 흘렀다. 제롬 사제는 물끄러미 내 얼굴을 바라보았다.

"알겠네. 오늘은 피곤할 터이니 숙사에 들어가 쉬도록 하고 나중에 다시 이야기하도록 하지. 토마스, 윌리엄 수사에게 쉴 곳을 안내해드리도록 해라."

제롬 사제는 말을 마치자마자 회랑 쪽으로 사라졌다.

"……수사께서 돌아가신 피에르 주교님과 생전에 자별한 관계였다니 드리는 말씀입니다만……"

토마스 부제는 갑자기 말을 끊고 사위를 살폈다. 뭔가를 두려워하는 기색이 역력한 얼굴이었다. 인기척이 없음을 확인하고 나서야 그는 내 귀에 닿을 듯 얼굴을 가까이 붙이고 말을 이었다.

"아무래도 피에르 주교님의 죽음에는 석연치 않은 구석이 있습니다."

결국 올 것이 왔다는 생각, 그리고 예상보다 빨리 왔다는 생각에 나는 나도 모르게 마른침을 삼켰다.

"석연치 않은 구석이라면, 누군가에 의해 살해당하기라도 했다는 말입니까?"

그때까지도 나는 피에르 주교가 어떻게 죽었는지 전혀 모르는 상태였다. 그럼에도 불구하고 성과 교회를 짓누르고 있는 불온한 기운에 기대어 논리적 비약을 도발한 것이었다. 일종의 유도심문이었다. 그러나 효과는 기대 이상이었다. 나는 토마스 부제로부터 예상치 못한 가외의 정보를 얻을 수 있었다.

"……그러니까 그날 저녁, 종과 미사를 끝으로 성무 일과를 마치

시고 주교 숙소에 드셨는데…… 주여, 부디 피에르 주교님의 영혼을
굽어살피소서…… 다음날 아침 싸늘한 시신으로 발견되었습니다."

그날의 일을 떠올리기라도 하는 것인가. 토마스의 목소리는 가늘
게 떨리고 있었다.

"외상이나 내상의 흔적은 없었습니까? 사인은 대체 무엇이었습
니까?"

토마스는 단호하게 고개를 저었다.

"그런 건 전혀 없었습니다. 의사 말로는 돌발적인 심장마비라고
하더군요."

"그럼 석연치 않은 구석이란 대체 무엇입니까?"

"피에르 주교님을 모시던 시종의 증언에 의하면, 돌아가시기 며
칠 전부터 주교님께서 굉장히 초조해하셨답니다. 그리고 부주교와
심하게 언쟁을 하는 소릴 여러 차례 들었답니다. 게다가 주교님은
연세가 의심스러울 정도로 젊은 사람 못지않은 체력을 소유하신 분
이셨습니다. 심장마비라니요, 가당치 않습니다. 그리고 더욱 이상
한 것은, 돌아가신 주교님의 얼굴이 적어도 십 년은 더 늙어 보였다
는 것입니다. 이런! 초면에 제가 너무 많은 말을 했군요. 부디 용서
하십시오."

말을 마치고 토마스는 다시 한번 주위를 경계했다. 대체 무엇을
그렇게 두려워하는 것일까? 토마스는 더이상 입을 열지 않았다. 가
능하다면 방금 내뱉은 말도 다시 주워담고 싶은 눈치였다. 공포의
대상은 그 실체가 가려져 있을 때 더 두려움을 불러일으키는 법이
다. 공포의 실체가 두려움을 낳는 것이 아니라 공포 자체가 두려움
을 낳는 것이다. 삼 년 만에 베르송을 찾은 나를 팔 벌려 맞아준 것은

바로 그 실체 없는 공포였다.

"그 시종을 만나볼 수 있을까요?"

토마스 부제를 따라 회랑을 가로질러 걸으며 내가 조심스럽게 물었다.

"……사라졌습니다."

"사라지다니 무슨 말입니까?"

"실종되었습니다. 주교님께서 돌아가신 다음날부터 아무도 본 자가 없습니다."

뜻밖의 대답에 나는 그만 입을 다물고 말았다. 실체 없는 공포의 깊이는 내가 짐작하는 것보다 몇 곱절 더 심원한 것인지도 몰랐다.

"접객소에 거처하실 방을 마련해두었습니다. 작고 허름한 방입니다만 침상의 짚을 새로 깔아놓았으니 주무시는 데에 불편함은 없을 것입니다. 그리고 접객소에 손님이 없어서 조용하고 한적할 것입니다. 그러나 내일 밤부터는 그렇지 못할 것입니다."

접객소는 성당 본체와 분리된 단독 건물이었다. 그 뒤로는 마구간이었다.

"특별한 연유라도 있습니까?"

토마스 부제는 잠시 헛기침을 하고 나서 대답했다.

"예정대로라면 내일 로마에서 사람들이 올 것입니다."

"로마라면, 교황청을 말하는 것입니까?"

"그렇습니다. 로마의 추기경 일행 말입니다. 듣기로는 툴루즈의 발렌티노도 함께 온다고 합니다."

"도미니크 교단의 수도사 발렌티노 카스텔리치 말입니까?"

고개를 끄덕이는 토마스의 표정이 어두웠다.

툴루즈의 발렌티노라면 선대 교황을 도와 파리 대학의 급진주의자 브라방의 시제르를 오르비에토에 감금하기도 했던 교황청의 저승사자이자 이름난 이단 심문관이며 마녀 사냥꾼이 아니던가! 교황청에서 발렌티노까지 보냈다는 것은 이곳에서 뭔가를 확실히 해두려 한다는 의미로 해석할 수밖에 없었다. 적어도 내가 알고 있는 발렌티노 카스텔리치라는 이름은 그렇게 받아들여졌다. 토마스의 표정이 어두워지는 것은 당연했다. 피에르 주교의 석연치 않은 죽음으로 가뜩이나 심란할 터인데…… 게다가 발렌티노 카스텔리치라니!

"그럼 편히 쉬십시오…… 이런 말씀 들으시면 어떻게 생각하실지 모르지만……"

"……"

방을 안내하고 돌아서다 말고 토마스가 입을 열었다. 그가 자른 말의 허리를 스스로 잇도록 나는 잠자코 기다렸다.

"이곳에서는 죽은 자 이외에는 아무도 믿지 마십시오."

"……?"

그것은 아테네 사람 제논의 패러독스를 연상시키는 말이었다. 토마스는 뭔가를 더 말하려고 우물거리다가 급히 몸을 돌려 황망히 낭하의 어둠 속으로 사라졌다. 고맙다는 말도 못 하고 보낸 것이 서운했기에 나는 토마스의 형체를 삼킨 칠흑같은 어둠을 꽤 오랫동안 응시하고 있었다. 그러나 그 텅 빈 공간에는 어떠한 움직임도, 어떠한 소리도 존재하지 않았다. 다만 배타적인 암흑만이 뱀처럼 똬리를 튼 채 도사리고 있을 뿐이었다.

# 3
# 달걀과 우주의 비밀

늦잠을 자는 바람에 아침 미사에 늦고 말았다. 지금 이곳에서는 비록 일개 방문자의 신분이나 내 일찍이 속세와 절연하고 성 프란체스코의 신성한 가르침을 좇아 청빈과 겸손과 복종의 규율을 한치의 흐트러짐도 없이 따를 것을 서원(誓願)한 하느님의 종으로서 어느 하늘 아래에서나 그 섬김과 닦음에 소홀함이 없어야 하거늘 성무 일과의 시작인 아침 기도에 늦은 것은 변명의 여지가 없는 불경이 아닐 수 없었다. 아무리 그 전날 알프스를 넘어왔다고 해도 말이다. 나는 성당으로 걸음을 재촉했다.

간밤에 서리가 내려 땅바닥이 은박을 입힌 듯 서늘하게 빛나고 있었다. 알프스 바로 밑에 위치한 탓에 베르송은 프랑스의 여느 지역보다 겨울의 그림자가 길었다. 그러나 날이 완전히 밝아 태양이 떠오르면 서리 따위는 거짓말처럼 덧없이 사라질 터이다.

"……그리하여 용암처럼 들끓는 사막의 고행 길에 오르신 예수님께서는……"

허겁지겁 서두른 탓에 가빠진 숨을 고르며 성당 안으로 들어섰을 때, 레이몽 부주교가 사순절의 기원과 그 의미에 대해 설교하고 있었다. 그러나 설교의 분위기는 맥 빠지고 침울한 것이었다. 원래 단상에 서 있어야 할 주인공, 피에르 주교의 부재 때문이었다. 물론 이것은 나의 주관적인 견해일지도 모른다. 그러나 역시 분위기는 침울했다. 설교의 말씀보다는 아무래도 그 자리에 마땅히 있어야 할 사람의 부재에 더 신경이 쓰였던 것이다.


"간밤에 잘 주무셨습니까?"

아침 기도가 끝나고 특별히 할 일도 없어 교회 이곳저곳을 기웃거리다 제롬 사제와 마주쳤다. 내 인사가 무색하리만치 제롬 사제의 얼굴은 밝지 못했다. 간밤에 잠을 이루지 못했는지 눈에 핏발이 서 있었다.

"알프스의 봉우리가 꽤나 험준했나보군."

늦잠을 잔 것을 염두에 두고 하는 말이려니 싶어 면목이 없었다. 나는 뒤통수를 긁적이며 다시 한번 나의 게으름을 자책했다. 쥐구멍이라도 있으면 숨고 싶은 심정이었다. 제롬 사제는 무안해하는 나는 거들떠보지도 않고 어디론가 걸음을 옮겼다. 나는 무심히 그 뒤를 따라갔다. 제롬 사제가 걸음을 멈춘 곳은 식품 저장 창고였다. 그는 내가 자신의 곁을 떠나지 않는 것에 대해 이렇다 저렇다 언급이 없었다. 그 묵인에 용기를 내어 넌지시 말을 걸어보았다.

"발렌티노 수사가 오늘 안으로 이곳에 도착한다는 것이 사실입니까?"

"자네가 들은 대로네, 프란체스코 회의 젊은이."

식품 저장 창고에는 적어도 먹거리에 한해서는 없는 게 없어 보였다. 곱게 빻은 밀이 커다란 항아리 가득 채워져 있었고 뒤주에는 온갖 저장 돈육, 건어물들, 사냥에서 포획한 것임에 분명한 야생 오리, 비둘기, 토끼, 사슴, 수퇘지 등속이 그 수효를 헤아리기 어려울 정도로 수북이 쌓여 있었다. 그리고 각양각색의 허브와 야채들이 종류별로 구럭에 담겨 가지런히 벽에 걸려 있었다. 교회의 식품 저장실, 더군다나 절식(絶食)과 금육(禁肉)의 본을 보여야 할 사순절을 맞은 교회의 식품 저장실치고는 너무나 풍성하고 다채로운 것이 아닌가 싶을 정도였다.

"프란체스코 회의 젊은 형제여, 그대의 눈에는 이것이 무엇으로 보이는가?"

제롬 사제는 발렌티노에 대해서는 달리 말하고 싶지 않은 듯 일부러 화제를 바꾸려 했다. 그러나 발렌티노라는 이름을 듣는 순간, 그의 얼굴에 스치는 어떤 미묘한 빛을 나는 놓치지 않았다. 그것은 눈썹의 미세한 경련과 함께 부지불식간에 떠오른, 순간적인 감정의 노출이었다. 그러나 그 감정이 대체 어떤 유의 것인지는 헤아릴 수 없었다.

"그것은 날개가 있으되 날지 못하는 짐승, 닭의 알이지 않습니까?"

제롬 사제의 손에 들려 있는 것은 분명 달걀이었다.

"아니다. 이것은 우리가 발 딛고 있는 우주이다."

"대체 무슨 말씀입니까?…… 소생의 눈에는 그저 닭의 알, 그 이상도 그 이하도 아닙니다만……"

"자 보거라."

제롬 사제의 손에 있던 달걀이 바닥에 떨어졌다. 퍽, 하는 소리와 함께 껍질이 깨지고 안의 것이 밖으로 쏟아졌다.

"이제 무엇이 보이는지 말해보거라."

"깨진 알이 보입니다."

"고지식함이 영락없는 잉글랜드 사람이로구나. 알을 품고 있던 저 껍질은 이 우주의 창공, 즉 공기이다. 그 껍질의 흰색은 만물의 어머니, 대지를 의미한다. 즉 흙이다. 깨진 알에서 흘러내린 맑은 저 액체는 물이다. 그리고 마지막으로……"

"……노른자는 불을 의미하겠군요."

외람되게, 제롬 사제의 말허리를 자르고 내가 끼어들었다.

"제법 눈치가 빠르구나. 명심하거라. 우리의 눈에 보이는 것이 전부가 아니라는 사실을 말이다."

"명심, 또 명심하겠습니다."

제롬 사제는 요리에 필요한 야채와 건어물과 야채 등속을 어깨에 메고 있던 바랑에 주섬주섬 담았다. 재빠르고 익숙한 손놀림이었다. 요리 재료를 주워담는 것이 아니라 모종의 실험에 필요한 물질들을 고르는 손길처럼 느껴졌다. 그만큼 그의 얼굴이나 자세는 범접할 수 없을 정도로 진지했다.

잠시 후, 바랑이 가득 찬 것을 확인한 제롬 사제가 손놀림을 멈췄다. 그냥 구경만 하고 있는 것이 멋쩍어 음식 재료가 가득 찬 바랑을 내가 짊어지려 했다. 그러나 그는 바랑을 내게 넘기지 않으려 했다. 나는 바랑을 집어들며 말했다.

"사도 바울로께서는 일하지 않는 자는 먹지도 말라고 하셨습니다. 저를 굶기실 의향이 아니라면 이 물건을 소생에게 넘기시지요."

제롬 사제는 그제야 어쩔 수 없다는 듯 바랑을 내게 건넸다. 바랑은 꽤 무거웠다.

제롬 사제의 신성한 일터, 교회의 부엌은 교회 본체와 떨어진 부속 건물에 위치해 있었다. 아마도 화재의 위험을 미연에 방지하기 위함이리라.

부엌은 거대한 작업실을 방불케 했다. 널따란 부엌의 중앙에 설치된 대형 화로가 먼저 눈에 띄었다. 화로에서는 마른 장작이 탁탁, 소리를 내며 기세 좋게 타오르고 있었다. 화로 위에는 커다란 가마솥이 걸쇠로 걸려 있었다. 가마솥에서는 물이 끓는지 김이 모락모락 피어오르는 중이었다. 부엌 정면 벽에는 긴 시렁이 붙박여 있었고 그 시렁 위로 갖가지 접시며 나무 받침이며 크고 작은 솥들이 가지런히 들어차 있었다. 그 반대편으로는 제빵소에서나 봄직한 거대한 화덕이 구비되어 있었다. 화덕 안에서는 밀로 만든 빵이 구수한 냄새를 풍기며 노릇노릇 구워지고 있었다.

물론 여타 수도원 부엌의 풍경과 크게 다를 바 없는 모습이었지만, 뭐랄까 그 모든 것들이 각각의 쓸모와 필요에 따라 아주 조화롭게 배치되어 있는 듯했다. 마치 우주만물의 조화가 그 부엌에 임하고 있는 듯한 인상이랄까. 특히 내 눈길을 붙든 것은 조리대 옆 선반에 가지런히 정렬된 작은 단지들이었다. 단지들에는 각각 라틴어 알파벳이 한 자씩 적혀 있었다. 한 개씩 따로 놓고 보면 그다지 이상할 것이 없었지만 수십 개가 위아래로 나란히 있으니 마치 무슨 암호문처럼 보이기도 했다.

"저 단지들은 무엇이옵니까?"

궁금한 것을 참지 못하는 나는 바랑에 담아온 재료들을 정리하고 있는 제롬 사제에게 물었다.

"그 속에는 이 우주의 비밀이 들어 있다."

종작없이 툭툭 내뱉는 제롬 사제의 말은 그 자체로 암시적이어서 무심히 들어서는 그 의미를 쉽사리 알아차리기 힘들었다. 우주의 비밀이라니! 나는 속으로 그 의미를 가늠해보며 무심코 손에 잡힌 단지의 뚜껑을 열었다.

"함부로 손대지 말거라!"

제롬 사제의 목소리에는 거역하기 힘든 완강함과 위엄이 배어 있었다.

"죄송합니다. 본시 궁금한 것은 참지 못하는 성미라서……"

나는 어눌한 목소리로 변명했다.

"그것은 소금이다. 물질이 썩는 것을 막아준다. 그 유용함으로 치자면 교황이나 황제, 프랑스 왕보다 더 값진 물건이다. 만물을 비추는 태양만큼이나 쓸모 있는 것이다."

처음에는 눈치채지 못했지만 제롬 사제의 말 속엔 늘 뼈가 숨겨져 있었다. 교황과 황제, 프랑스 왕에 대한 무지막지한 독설이었지만 묘하게도 거부감은 없었다. 오히려 일말의 통쾌함이 느껴졌다.

"이것은 벌꿀이다."

어느새 제롬 사제는 꿀단지에서 꿀을 한 스푼 떠서 내 턱밑에 들이밀었다.

"여기에 소금을 뿌리면 어떻게 될 것 같은가?"

그는 꿀이 담긴 스푼에 소금을 떨어뜨렸다.

"그야, 짜면서 단맛이 나겠지요."

“직접 맛을 보거라.”

나는 손가락으로 찍어서 혀에 갖다댔다. 놀랍게도 짠맛도 단맛도 느껴지지 않았다. 스푼에 담긴 그것은 아무런 맛도 없는, 즉 무미(無味)의 물질에 불과했다.

“대체 어떻게 된 것입니까?”

나는 마왕의 흑마술(黑魔術)이라도 구경한 양 눈을 동그랗게 뜨며 물었다.

“이것은 중화라고 하는 화학작용이다. 소금의 짠맛과 벌꿀의 단맛이 서로의 풍미를 상쇄시켜 그 본래의 성질을 무화시켜버리는 것이다. 하나에 또하나를 보탠다고 늘 둘이 되는 것은 아니다. 우주만물, 천지운행의 비밀은 이렇듯 오묘하고 신묘해서 인간의 상식을 초월한다. 무지는 종종 턱없는 맹신과 독선을 가져오는 것이다. 우리가 애써 경계해야 할 바는 외부의 암흑이 아니라 우리 내부의 암흑이다.”

일견 그의 말은 일리가 있었다. 논리적으로도 크게 흠잡을 구석이 없었다. 그러나 나는 머리가 서늘해질 정도의 그 정연한 논리에서 도저한 이단의 그림자를 훔쳐보았다. 이른바 순수지성의 매혹과 위태로움. 이는 일찍이 파리 대학의 시제르를 파멸로 몰아간 위험천만한 이성의 줄타기가 아니던가.

브라방의 시제르.

이성의 자율성을 옹호하고 순수한 지식을 강조한 이 인물은 대중에게는 종교가 필요하지만 식자에게는 불필요하다고 공공연하게 떠들었다. 역사는 순환적이며 물질과 그 물질의 운동과 시간은 영원하다고 설파했다. 그에 덧붙여서 교리는 신앙에 득이 되지만 이성은 종종 교리에 반대되는 것을 가르친다고까지 했다. 결국 시제르는 이단으로 정죄되어 교황에 의해 오르비에토에 감금되었다. 그리고 1282년 비참한 최후를 맞았다. 들리는 바에 의하면 어느 광인에 의해 살해되었다고 했다.

시제르의 명제는 분명 매혹적인 것이 아닐 수 없다. 한때 나도 풍문으로 전해지는 시제르의 주장을 접하고 떨리는 가슴으로 밤을 설친 적이 있었다. 성모 마리아의 제단 앞에 꿇어앉아 주야로 기도해도 머릿속을 떠돌던 일말의 회의와 의구심, 시제르의 가르침은 그 회의와 의구심에 불을 질렀던 것이다.

신이 진정 완전무결한 존재라면 그 신께서 창조한 이 세계는 왜 완전하지 못한가. 악은 왜 존재하는가. 완전무결한 신은 왜 욥을 시험하셨는가……

제롬 사제의 말을 듣는 순간, 나는 다시 저 번민과 오뇌의 나날로 돌아가는 자신을 발견했다.

"무지는 분명 죄악입니다만, 신앙 없는 지식은 더 큰 죄악이 아닙니까?"

나는 대들듯이 강한 어조로 질문했다.

"지성을 결박한 맹신은 더 큰 죄악이다."

제롬 사제의 대답은 짧지만 단호했다. 그러나 그 목소리는 흥분되거나 과열된 기색이 전혀 없었다. 오히려 더욱 차분해지고 침착해졌다.

"믿음 없는 지성의 폐해를 우리는 마니교를 통해 알 수 있습니다. 이 세상에 존재하는 악에 대한 마니교도들의 궤변은 기독교의 그것보다 몇 배 논리적이고 명쾌합니다. 이 세상에는 선의 신과 악의 신이 존재한다. 기근과 전쟁과 역병에 시달리는 민중에게 이 단순명쾌한 논리가 귀에 솔깃한 것은 당연한 일이겠지요. 그렇지 않고서 이 세상에 편재한 악의 정체에 대해, 그 존재 이유에 대해 해명하려면 골치가 아프고 요령부득일 테니 말입니다."

"마니교적인 믿음이 유독 가난한 자, 핍박받는 자, 소외된 자들 사이에 널리 퍼진 것에 대해서는 위로 교황과 황제, 국왕부터 아래로 성직자와 제후들까지 모두 반성해야 한다. 보고밀 파나 카타리 파 같은 마니교적인 믿음들이 역병처럼 민중들 사이에 급속히 퍼진 것은 그 나름의 이유가 있다. 그들이 한결같이 내세우고 있는 것은 금욕과 청빈이라는 덕목이다. 똥오줌도 못 가리는 이단 심문관들은 그들이 악의 신을 숭배하고 육체의 쾌락을 탐한다고 단죄하지만 그것은 어느 모로 보나 기만적인 자기 방어에 불과하다. 그들이 진정으로 저어하는 것은 악도, 악의 신도, 발도 파도, 보고밀 파도 아니다. 그것은 로마제국의 콘스탄티누스 황제 이래로 천 년을 누려온 특권과 기득권을 빼앗기는 것이다. 청빈을 제1규율로 삼는 엄격주의파를 박해하는 것도 같은 이유에서이다. 근자에는 그 엄격주의파에 대해 황제나 프랑스 왕이 암암리에 지원을 하는 모양이다만, 늑대의 소굴을 피해 이리의 소굴로 걸어들어가는 꼴이다."

제롬 사제의 거침없는 언변은 가슴을 때리는 울림이 있었지만 나는 순순히 물러서지 않고 맞섰다.

"성직자의 청빈에 관해서는 일찍이 히포의 주교였던 성 아우구스티누스께서 명쾌하게 말씀하신 바 있습니다. 성 아우구스티누스께서 말씀하시기를, 교회는 성령 그 자체가 아니라 그것에 대한 지상의 반영물이라고 하셨습니다. 그리고 성사를 성사답게 하는 것은 그 성사를 주관하는 사제의 개인적 인격이나 청빈의 덕목이 아니라 그 서품된 역할이라고 하셨습니다. 왜냐하면 성사는 사제의 것이 아니라 거룩한 그리스도의 것이며 사제는 단지 그 대리인에 불과하기 때문이라고 그렇게 말씀하시지 않았습니까?"

"프란체스코 회의 윌리엄이여, 히포의 아우구스티누스가 그리 말한 것은 사실이다. 그러나 너는 그 말의 겉만 보고 있다. 조금 전 달걀을 달걀로만 보았듯이 말이다. 히포의 아우구스티누스가 그리 말한 것은 그 당시 가톨릭이 로마 황제로부터 겨우 이교의 멍에를 벗은 시점이었기 때문이다. 안으로는 신도를 늘리고 밖으로는 이교도의 위협과 맞서야 했다. 성직자의 도덕성보다는 교세의 확장이 우선이었던 것이다. 그러나 그것은 벌써 구백여 년 전의 일이다. 달걀이 닭을 거쳐 흙으로 돌아가기를 수천 수만 번도 더 거듭했을 세월이 흐른 것이다. 모름지기 말(言)이란 태양이 떠오르면 흔적도 없이 녹아 없어지는 들판의 눈처럼 덧없는 것, 하늘을 떠도는 구름과 같이 정처 없는 것, 시들자마자 사라지는 장미의 향기처럼 허망한 것, 하여 우리가 놓치지 말아야 할 것은 그 말의 거죽이 아니라 속, 즉 그 말이 드러내는 바가 아니라 그 말이 드러내지 않는 바, 은밀히 감추고 있는 것이다. 언어라는 것은 본시 의미를 드러내는 도구이나 종종 그 의미를 은폐하기도 해서 우리가 구하고자 하는 의미라는 것은 언어를 버릴 때 드러나기도 하는 법, 그 박학다식함이 오른편에 설자가 없다는 알렉산드리아 사람, 움베르토 에코는 일찍이 이렇게 말한 바 있다. 자연이야말로 위대한 양피지이며 모든 것은 거기에 다 기록되어 있다."

그 당시 나는 제롬 사제의 말을 온전히 이해하지는 못했다. 사제의 말은 들을수록 알 것도 같고 모를 것도 같아서 곰곰이 따져보지 않으면 그 참된 의미를 헤아리기 어려웠다. 사제의 말을 완전히 이해하게 된 것은 훨씬 이후의 일이었다. 그러나 나는 사제의 말을 제대로 이해하지 못한 상태에서 나름대로의 반론을 펴고 있었다. 미숙한 날의 치기와 천성적으로 타고난 자존심 때문이었는지도 모르겠다.

"제가 성직자의 청빈에 대해 반대하는 것은 아닙니다. 다만 이단의 파천황이 가톨릭 내부의 문제에서 비롯되었다는 지적은 완전히 수긍할 수 없습니다. 악마를 숭배하는 자들의 수간(獸姦), 영아(嬰兒)살해, 난교(亂交) 따위, 인면수심의 극악한 만행까지도 성직자의 타락에서 비롯된 것입니까? 온갖 약탈과 살인, 방화를 일삼는 저 이단의 무리들에게서 어찌 한줄기 신성의 빛을 발견할 수 있겠습니까?"

"본시 이단의 무리들이 육체를 악으로 보고 그 결과 초인적인 금욕을 권하기는 했으나 학대에 가까운 육체의 탐닉을 호소한 적은 없었다. 이 또한 권력욕에 눈먼 교황의 주구, 이단 심문관들이 유포한 근거 없는 중상에 불과한 것이다. 이단의 무리들이 악의 실체에 대해 강조한 것은 그만큼 성령의 은총을 갈구했기 때문이다. 육체적 타락으로 따지자면, 교회와 수도원에서 암암리에 벌어지는 남색, 계간(鷄姦) 등의 파렴치한 행위야말로 악마 숭배가 아니고 무엇이더란 말이냐? 네가 사도 바울로의 말씀을 재치 있게 인용해 내 바랑을 수중에 넣었다마는 이번에는 바울로의 말씀을 내가 너에게 돌려줄 차례다. 사도 바울로께서 이렇게 말씀하셨다. '이단은 존재해야 한다. 그로써 올바른 믿음에 대한 이해가 한층 깊어질 수 있기 때문이다.'"

아아! 나는 그만 저항을 포기하고 말았다. 감화되고 말았다. 마음 깊은 곳으로부터 기꺼이 설복당하고 말았다. 고백컨대, 연장자에 대한 무례를 무릅쓰고 그토록 내가 제롬 사제의 말에 토를 단 것은 그의 논리에 반대해서가 아니었다. 지난날, 알 수 없는 신열에 몸을 떨며 지샌 오뇌의 밤마다 회의해 마지않았던 문제들에 대한 답을 듣고 싶었기 때문이다. 그의 언변은 유장히 흐르는 나일의 강물처럼 거침이 없었고 그 태도는 일말의 비굴함도 없이 거인의 풍모처럼 당당했다. 자칫 이단의 혐의를 받을 수도 있는 말들을 그토록 담대하게 쏟아내는 제롬 사제의 풍모에서 나는 선지자 바울로의 현현을 목도하고 있는 듯했다.

그럼에도 불구하고 역시 의혹은 남았다. 제롬 사제의 논리를 곰곰이 따져보면, 파리 대학의 이단자, 시제르의 가르침과 유사한 것 같기도 했고 급진적 아리스토텔레스주의자의 면모를 드러내는 것 같기도 했다. 엄격주의를 옹호하는 듯하는가 하면 어느 부분에서는 엄격주의를 힐난하는 것 같기도 했다. 그 사상의 계보로 따지자면 신학과 철학상의 여러 줄기가 교묘하게 착종되어 있는 듯한 인상을 주었다. 소금과 꿀이 만나 무미한 맛을 내듯, 그의 언어에는 상반되는 여러 논리와 교리가 이른바 '중화' 되어 있는 듯했다. 그리하여 궁극에는 그 형체를 붙잡을 수 없는 완전한 무(無)를 지향하고 있는 듯했다.

토마스가 갑자기 나타나지 않았다면 제롬 사제와 나 사이의 격렬한 교리문답은 쉽게 끝나지 않았을지도 모른다.

"여기 계시는 줄도 모르고 한참 찾았습니다. 윌리엄 수사님, 레이몽 부주교께서 찾으십니다."

얼마나 나를 찾아다녔는지 토마스의 이마에 식은땀이 송골송골 맺혀 있었다.

"저를 말입니까?"

"그렇습니다. 본당 집무실에서 기다리고 계십니다."

제롬 사제와의 토론은 다음 기회로 미룰 수밖에 없었다. 나는 제
롬 사제에게 가볍게 목례를 올리고 부엌을 나왔다.


내가 집무실에 들어섰을 때 레이몽 부주교는 뒷짐을 진 채 창 밖
을 내다보고 있었다. 창 밖으로는 회랑이 내려다보였다. 미간을 찌
푸린 채 뒷짐을 지고 있는 폼이 뭔가를 골똘히 생각하고 있는 듯한
눈치였다.

"그래, 지내는 데 불편한 점은 없는가?"

의자에 앉기를 권하며 레이몽 부주교가 물었다.

"따뜻한 배려와 분에 넘치는 환대 덕분에 하룻밤 만에 그간의 여
독이 봄눈 녹듯 풀렸습니다."

레이몽 부주교의 얼굴은 여전히 술에 취한 것처럼 붉었다.

"돌아가신 피에르 주교님과는 각별한 사이였다지?"

그는 이미 서찰을 읽은 터라, 나는 새삼스러운 질문이라고 생각했
다. 서찰에 적힌 것보다 자세한 내력을 알고 싶어하는 눈치였다. 창
문을 반쯤 가린 휘장 사이로 햇살이 다투어 쏟아졌다. 햇빛을 받아
서인지 레이몽 부주교의 얼굴이 타는 듯 더욱 붉어 보였다.

"피에르 주교님과 저의 선친께서는 어릴 적부터 교분이 두터우셨
다고 들었습니다."

"선친이라면, 돌아가셨다는 것인가?"

"네 그렇습니다. 십자군원정에 참여하시던 중 성지 탈환전에서
전사하셨습니다."

"영예롭게 돌아가셨군."

레이몽 부주교는 진심으로 애도하는 것 같지는 않았다. 그 태도로

보아, 선친의 존재 따위는 아무래도 좋다는 식이었다. 그 방에 처음 들어섰을 때부터 느낀 것이지만 그의 머릿속에는 뭔가 중대한 난제가 들어차 있는 듯했다.

"혹시 피에르 주교로부터 뭔가 건네받은 적은 없는가? 이를테면 선물이나 기념품 같은 것들 말이야."

이상한 일이었다. 어제 나는 제롬 사제로부터도 똑같은 질문을 들었던 것이다. 대체 이들이 찾고 있는 것은 무엇일까? 피에르 주교는 무슨 비밀을 감추고 있었던 것인가.

의문의 연속이었다. 그러나 이들이 찾으려 하는 것이 범상치 않은 물건임에는 틀림없었다. 낯선 방문객인 나에게까지 그 행방을 묻는 것을 보면 명운을 걸고 찾아야 하는 것일 공산이 크다. 그것은 대체 무엇일까?

"그런 것은 없습니다. 피에르 주교로부터 받은 것은 주님에 대한 가없는 믿음과 신앙심뿐입니다."

그것은 어느 정도 사실이었다. 졸지에 부친을 잃은 내가 프란체스코 교단의 수도원에 의탁하도록 손을 써주신 분이 바로 피에르 주교였다.

"알겠네. 피에르 주교의 일은 참으로 안됐네. 장례는 이틀 후이니 그때까지는 어려워 말고 이곳에 머물도록 하게."

그 말은 마치 장례가 끝나면 곧바로 이곳을 떠나라는 말처럼 들렸다. 겉으로는 대단히 마음을 쓰는 것 같았지만 전혀 진심이 느껴지지 않았다. 일개 걸식 수도사에 불과한 나 따위는 이제 관심도 없다는 표정이었다.

"……"

불편한 침묵이 흘렀다.

"피에르 주교님께서는 어쩌다 그리 되셨습니까?"

레이몽 부주교의 얼굴에는 내가 어서 나가주었으면 하는 빛이 역력했지만 그냥 물러설 수는 없었다. 내 마음속에는 뭔가를 더 캐내야겠다는 생각뿐이었다.

근자에 이 교회에서 일어난 일에 대해 내가 알고 있는 것은 거의 없다고 해도 과언이 아니었다. 피에르 주교가 갑자기 사망했다는 것, 그리고 그분을 모시던 시종이 사라졌다는 것, 그리고 죽은 자 이외에는 그 누구도 믿어서는 안 된다는 것. 이것이 내가 아는 전부였다. 나는 최대한 부딪쳐보는 수밖에 없다고 마음을 다잡았다. 뭐가 나올지는 차후의 문제였다.

"너무도 갑작스러운 일이었네. 별다른 지병도 없는 분이셨는데…… 의사의 말로는 심장마비라고 하더군. 참으로 안타까운 일이 아닐 수 없네…… 교구민들로부터 진정한 목자라는 평판을 들을 정도로 신망이 두터웠는데……"

레이몽 부주교는 잠시 눈을 감았다.

"하늘이 주관하는 일을 한낱 피조물에 불과한 인간이 어찌 알겠습니까? 일이 그리 된 데에는 다 그만한 곡절이 있겠지요. 그럼 소승은 이만 물러가겠습니다."

"……그렇지, 우리는 모두 언젠가는 지상의 모든 인연과 결별해야 하는 운명을 타고난 한갓 피조물에 불과한 것이지……"

부주교는 창 밖으로 시선을 던지며 말끝을 흐렸다.

레이몽 부주교와의 짧은 면담은 그렇게 끝났다. 그러나 얻은 것이 전혀 없는 것은 아니었다. 그 역시 뭔가의 행방에 촉각을 곤두세우고 있다는 사실, 그 사실을 확인한 게 소득이라면 소득이었다.

　로마 교황청으로부터 급파된 몬테나 추기경 일행이 베르송에 도착한 것은 해가 중천에 떠 있을 무렵이었다. 나는 복잡해진 머리도 식힐 겸, 시내의 이곳저곳을 둘러보던 참이었다. 성 도미니크 광장을 거닐 때였다. 말을 탄 일단의 무리가 성문으로 연결된 샤를마뉴 가를 거슬러 올라오고 있었다.

　맨 앞에 선 자가 보니파키우스 8세의 충복 몬테나 추기경이었다. 물론 그를 직접 본 적은 없었지만 한눈에 알아차릴 수 있을 정도로, 뒤따르는 무리들과는 확연히 구별되었다. 윤기가 반질반질한 백마를 탄 그는 고급스러워 보이는 비단 외투를 걸치고 허리에는 금박을 입힌 커다란 벨트를 차고 있었는데, 그것으로도 자신의 위엄을 충분히 드러내지 못하겠는지 그 위에 모피로 짠 자줏빛 망토를 휘날리고 있었다. 윤곽이 뚜렷한 이목구비에는 위엄과 품위가 서려 있었다. 희끗희끗한 턱수염이 유난히 잘 어울리는 얼굴이었다. 그 귀족적인 풍모와 세련되고 고급스러운 입성으로 보아 한눈에 귀한 신분임을 알아볼 수 있었다.

　길거리의 시민들은 추기경 일행의 난데없는 출현에 놀라 황급히 길을 비키면서도 고개를 가볍게 조아려 가톨릭의 본산에서 온 손님들에게 예를 갖추는 것을 잊지 않았다. 그러나 고개를 조아리는 그들의 행동이 가톨릭의 본산으로부터 온 자들에 대한, 마음 깊은 곳으로부터 우러나오는 존경심에서 비롯된 것인지는 의심스러웠다.

　행렬 중에서 특히 내 눈길을 끈 자는 추기경의 오른쪽에 있던 수도사였다. 법의 색깔로 보아 도미니크 회의 수사임이 분명한 그 자는 호기심 어린 눈길로 여유 있게 주위를 둘러보는 추기경과는 대조적으로 주위에 눈길 한 번 돌리지 않은 채 꼿꼿한 자세로 전방을 예의주시하고 있었다. 굳이 그럴 필요가 없었는데도 그는 두건을 뒤집어쓰고 있었다. 입은 굳게 다물고 있었지만 두건이 만들어낸 인공의 어둠 속에서 두 눈만은 형형하게 번뜩이고 있었다. 초점이 맞은 대상을 태워버릴 듯 강렬한 눈빛이었다.

발렌티노 카스텔리치!

늑대와도 같은 눈빛의 소유자가 저 유명한 이단 심문관, 발렌티노 수도사임을 나는 직감했다. 파리 대학 인문학부의 급진적 아리스토텔레스 진영을 초토화시키고 북부 이탈리아에서 발도 파의 잔당을 발본색원해 그 뿌리를 뽑은 바 있는 발렌티노가 마침내 베르송에 입성한 것이다.

추기경 일행은 광장에서 방향을 꺾어 오를리 가로 접어들었다. 오를리 가의 끝에는 교회가 있었다. 곧장 교회로 향할 작정인 모양이었다.

그들이 베르송에 급파된 목적은 피에르 주교의 죽음에 대한 조의를 표하기 위함이리라. 적어도 명목상으로는 말이다. 그러나 내 눈에 비친 추기경 일행의 모습은 단순한 조상(弔喪) 사절과는 거리가 멀었다. 일행의 얼굴에는 절체절명의 임무를 띤 자의 결연함이 어려 있었다. 어쩌면 이 또한 나의 주관에서 비롯된 인상에 불과한 것인지도 모른다. 허나 백 보를 양보하더라도 발렌티노 카스텔리치의 존재는 의례적인 조상사절단에는 전혀 어울리지 않는 것이었다. 몬테나 추기경 일행이 교회 쪽으로 멀어져가는 모습을 지켜보며 나는 그런 생각들을 하고 있었다. 나는 다시 거리를 걸었다.

성 도미니크 광장은 성의 정중앙에 위치해 있었다. 말하자면 도시의 심장부에 해당하는 곳이었다. 도시를 가로와 세로로 얽는 세 개의 주요 대로가 바로 이 광장에서 조우한다. 교회를 향해 곧장 뻗은 오를리 가, 영주의 내성으로 이어진 블랑 가, 그리고 성문으로 내달리는 샤를마뉴 가. 이 세 개의 대로가 T자 모양으로 성 도미니크 광장에서 모이는 것이다. 부연하자면, 서로 마주 보고 있는 교회와 내성으로 각각 뻗은 오를리 가와 블랑 가가 나란히 이어지고 성문으로 난 샤를마뉴 가가 그것들과 직각을 이루며 합쳐진다. 나는 광장 주위를 둘러보며 피렌체 수도원의 장서실에서 본 적이 있는 이른바 세계의 지도라는 것을 떠올렸다.

그 지도는 세계의 모습을 T자로 구현하고 있었다. 돈 강과 나일 강이 이어져 T의 머리를 이루고 지중해가 기둥을 이루고 있었다. 지중해의 왼편이 유럽, 그 맞은편이 아프리카였다. T자의 머리 너머에 지상의 낙원, 아시아가 존재했다. 그리고 T자의 중앙이 바로 성지 중의 성지, 예루살렘이었다. 그 지도를 따르자면 베르송은 이 세상의 축도이며 성 도미니크 광장은 성지 중의 성지, 예루살렘에 해당할 터였다.

T자의 머리 너머, 즉 지상의 낙원이 있어야 할 곳에는 행정장관이 시의 업무를 관장하는 청사가 버티고 있었다. 시의 한복판에 세워진 청사야말로 나날이 그 위세를 더해가는 국왕의 권력을 만천하에 과시하는 상징물이었다. 반면 교황의 주도로 이루어진 십자군원정 이후, 교황의 권력은 점차 영락의 길을 걷고 있었다. 그러던 차에 보니파키우스 8세가 교황으로 선출되면서 속권에 대한 로마의 대반격이 시작된 것이다.

보니파키우스 8세는 베드로의 권좌에 즉위하는 순간부터 교황청의 권위를 회복하는 데 몰두했다. 특히 이탈리아 바깥에서의 영향력을 확대하기 위해 국왕의 수중에 넘어간 성직자의 서임권과 그들의 재산에 대한 과세권을 되찾으려 했다. 추기경 일행의 관심사는 이미 망자가 된 피에르 주교의 영혼을 달래는 것이 아니라, 그 자리에 누구를 앉히느냐의 문제일 것이다. 피에르 주교의 죽음, 그 현실적인 의미란 그런 것이었다. 먹느냐 먹히느냐의 암투, 장차 그 윤곽을 드러낼 새로운 질서의 주도권을 둘러싼 건곤일척의 승부! 소리 없는 그 전장의 한복판에 베르송이 있었다.

샤를마뉴 가에는 다양한 상점들이 밀집해 있었다. 맥주를 파는 선술집, 과자점, 이발소, 여관, 포목점, 푸줏간, 전당포, 건어물 가게 등이 이마를 맞댄 채 늘어서 있었다. 선술집에서는 대낮부터 웬 사내가 비틀거리며 걸어나왔다.

술에 절어 얼굴이 발갛게 달아올라 있었다. 숨이 가쁜지, 그렇지 않아도 불룩한 가슴이 숨을 내쉴 때마다 바람에 날리는 치마폭처럼 부풀었다. 넓적한 코를 연해 벌렁거리는 폼이 어지간히 마셔댄 모양이었다. 행색으로 보아 농사를 짓는 자임이 분명했는데, 대낮부터 술을 마시고 있는 것이다. 가뭄으로 대지가 메말라 농사를 지을 수 없는 탓에 한참 구슬땀을 흘려야 할 때에 디오니소스의 향연에 몸을 던지고 있는 것이리라.

선술집 옆 푸줏간은 굳게 문이 닫혀 있었다. 아예 영업을 하지 않는 모양이었다. 어차피 사순절 기간에는 고기를 사러 올 사람도 없으니 문을 열어봤자 별 소득도 없을 것이다.

그러고 보면 베르송은 알프스 이북의 도시치고는 사순절의 금육

계율을 엄하게 지키는 편이었다. 그것은 전임 피에르 주교의 영향인 듯했다. 그만큼 피에르 주교는 금욕에 관한 한 철저한 분이었다. 이제 와서 그분의 언행을 돌이켜보면 엄격주의파적인 분위기가 짙었던 것 같기도 하다.

푸줏간 옆은 각종 빵과 간단한 요리를 파는 과자점이었다. 과자점에는 푸줏간과는 대조적으로 사람들이 제법 많았다. 가만히 지켜보니 대부분이 파이를 사려는 사람들이었다. 과자점에 들어선 사람들은 저마다 파이를 구입하기에 혈안이 되어 있었다.

"프란체스코 회의 수사님이시군요."

거친 억양의 말소리가 들렸다. 고개를 돌려보니 어제 성문에서 나를 검문했던 그 게르만 병사였다. 경계를 서고 있는 중인 듯했다.

"나를 기억하는군."

"여부가 있겠습니까. 소인은 한 번 마주친 사람은 절대 잊거나 하지 않습죠."

그렇게 말하면서 병사는 누런 이를 드러내며 웃었다.

"경계가 상당히 엄중한 것 같소."

"네, 지체 높은 분들이 많이 입성하셨습죠. 조금 전에는 추기경 나리 일행이 도착하셨구요."

"그건 나도 보았네."

"아, 그러셨겠군요. 방금 전에 이 길을 지나갔으니 말입니다. 그리고 지금 영주의 내성에는 국왕이 보낸 프랑스 궁정의 고위관료가 이틀 전부터 머물고 있습죠."

"고위관료라고?"

"네, 그 존함이 뭐더라. 들었는데 잘 기억나지 않는군요. 제 머리가 눈만큼 밝지는 못한가봅니다.”

“그렇다 하더라도 성 곳곳을 이렇듯 철저하게 경계하는 데에는 다른 곡절이 있는 듯한데……”

내 말을 기다렸다는 듯이 병사가 입을 열었다.

“옳게 보셨습니다. 요인들의 신변보호도 보호려니와 의문의 실종사건들 때문입니다.”

“실종사건들이라고?”

내 말꼬리가 높아졌다. 내가 놀란 것은 ‘실종’이라는 말보다 ‘사건들’이라는 말 때문이었다. 피에르 주교의 시종이 영문도 모르게 사라졌다는 말은 토마스로부터 이미 들은 터였다. 그러나 ‘사건들’이라면 시종의 실종 외에도 다른 실종사건이 있다는 얘기가 아닌가!

“주교를 모시던 시종이 어느 날 사라지더니, 며칠 전에는 순례중이던 젊은 사내가 실종되었습죠. 그리고 어제는 선술집에서 술을 마시던 농부가 감쪽같이 사라졌구요. 성 곳곳을 이 잡듯 수색해보았지만 하늘로 솟았는지 땅으로 꺼졌는지, 도통 그 자들을 찾을 수가 없답니다. 참 해괴한 일입니다…… 의문의 실종사건 때문인지 성안에는 밤마다 늑대인간이 출몰한다는 소문이 파다하게 퍼졌습니다요.”

“허면, 그 늑대인간이란 존재를 직접 목격한 자가 있던가?”

“그것이…… 그러니까, 목격자는 아직 없습죠. 적어도 살아 있는 자들 중에서는 말입니다.”

“근거가 확인되지도 않은 소문을 퍼뜨리는 것은 멀쩡한 우물에 독을 푸는 일이나 진배없다는 것을 모르는가?”

갑작스런 내 일갈에 병사가 움찔하며 당황했다. 마침 함께 순찰을 돌던 병사가 저만치에서 뭐라고 소리쳤다.

"전 이만 물러가야겠습니다. 이렇게 꾸물거리는 것을 경비대장이 보기라도 한다면 소인은 경을 치게 된답니다. 어쨌거나 수사님도 밤길 조심하십시오. 늑대인간 따위에게 신앙심이 있을 리 만무할 테니 말입니다."

게르만 병사는 말을 마치자마자 황급히 자리를 떴다.

**4**
# 숫양자리에서 떨어진 별

"대체 어디를 그리 다니셨습니까?"

교회에 들어서자, 토마스가 내 소매를 잡아끌며 물었다. 그의 얼굴은 사색이 되어 있었다.

"실종되기라도 한 줄 아셨습니까?"

"한가하게 그런 농담을 할 때가 아닙니다. 역, 역병이 발생했습니다."

핏기 하나 없는 토마스의 입술이 부르르 떨렸다.

"대체 무슨 일인지 소상하게 말해보십시오."

토마스가 내 소매를 끌고 간 곳은 공교롭게도 성당 뒤편 공동묘지였다.

"정오 무렵에 미사에 참석해 있던 미셸 사제가 갑자기 알아들을 수 없는 말을 외치며 쓰러졌습니다. 안색이 파랗게 질리고 이마에서는 식은땀이 비 오듯 흘러내리고 있었습니다. 금방이라도 숨이 넘어갈 듯한 형색이었습니다. 창졸간에 일어난 일이라 모두들 발을 동동 구르고 기도만 올릴 뿐 이렇다 할 조치를 취하지 못하고 있었습니다. 그때 제롬 사제께서 달려들어 쓰러진 미셸 사제를 안아 일으키시더니, 감긴 채 경련을 일으키고 있는 눈을 까보고 입 안도 열어보셨습니다. 그리고 황급히 밖으로 빠져나가 작은 단지를 가져오시더니 그 안에 든 액체를 미셸 사제의 입 안에 흘리셨습니다. 나중에 들은 바로는 그것은 경련 진정제로 쓰이는 몰약이었습니다. 그러나 가없은 미셸 사제는 그 몰약도 제대로 삼키지 못하고 발작적으로 구토를 하더니 그만……"

그때의 충격이 채 가시지 않은 듯 토마스는 말끝을 흐리고 말았다. 나는 토마스의 어깨에 부드럽게 손을 얹었다. 그의 어깨가 부들부들 떨리고 있었다.

"주여, 부디 저희들에게 마음의 평화를, 흔들림 없는 용기를 주시옵소서!"

내 기도에 맞춰 토마스가 성호를 그었다.

"그런데 역병이 확실합니까? 의사는 뭐라고 하던가요?"

"제롬 사제는 페스트일 가능성이 많다고 하셨습니다. 예전에 페스트에 걸려 죽은 자들을 본 적이 있다고 하셨습니다. 제롬 사제가 그렇다고 하면 그것은 거의 확실한 것입니다. 그는 거의 의사나 다름없으니까요. 사제는 어지간한 의사보다 더 뛰어난 의술을 지니고 있습니다. 저희들은 평소에도 몸에 이상이 있으면 제롬 사제에게 도움을 청하곤 하니까요. 소문을 들었는지 몸이 아파 찾아오는 교구민들도 종종 있을 정도입니다. 진료비를 감당하기 힘든 빈한한 자들이 대부분입니다…… 소문이 어떻게 났는지는 모르겠지만 한번은 문둥병 환자가 대담하게도 이곳까지 숨어들어왔다가 발각되어 도시

전체가 발칵 뒤집힌 적도 있습니다. 그나저나 이 위급한 시기에 의사는 대체 어디에 박혀 있는지 모르겠습니다. 의사를 찾으러 간 시종이 허탕만 치고 왔지 뭡니까. 어느 놈팡이들과 사냥을 하러 갔거나 창가(娼街)를 기웃거리고 있을 테지요. 개똥도 약에 쓰려면 없다더니!"

토마스는 흥분한 상태였다. 미셸 사제의 죽음에 대한 연민과 역병에 대한 두려움을 고스란히, 제자리를 비운 의사에 대한 반감과 분노로 표출하고 있었다. 그 순간, 정작 내가 두려워한 것은 페스트도 죽음도 아니었다. 공포를 타인에 대한 막연한 분노로 해소하려는, 나약하기 그지없는 인간의 본성, 그것이 진실로 두려웠다.

피에르 주교의 갑작스러운 죽음과 의문의 실종사건들, 그리고 페스트까지…… 불행한 일은 홀로 오지 않는다더니!

"세상의 종말이 오는 것은 아닐까요? 그렇지 않고서야 어찌 이리 흉흉한 일들이 잇달아 일어난단 말입니까? 피오레의 요아킴이 예언한 종말이란 이런 것일까요?"

토마스의 목소리가 떨렸다.

피오레의 요아킴.

칼라브리아의 수도사였던 그는 묵시록적인 교의를 설파했다. 그의 교의에 따르면 이 세상은 세 개의 시대를 맞게 된다. 그 첫번째는 성부의 시대로서 구약과 율법이 지배하는 시기이다. 두번째는 성자의 시대로서 신약과 영혼이 지배하는 시기이다. 그리고 마지막으로 올 세번째 시대는 성령의 시대로서 적그리스도가 출현해 이 세상은 혼돈에 빠지고, 그 와중에 그리스도께서 재림하셔서 최후의 심판을 내리시게 된다. 덧붙여서 요아킴은 그 세번째 시대가 1260년부터 시작된다고 예언했다. 이른바 세계의 종말, 세기말적 혼란이 1260년부터 시작된다는 것이었다.

"지옥은 바로 우리 마음속에 있습니다. 마찬가지로 천국 또한 그 마음속에 있는 것입니다. 제롬 사제가 의학적인 식견이 있다고는 하나 의사의 진단이 내려지기까지는 페스트라고 단정할 수는 없는 것 아니겠습니까. 좀더 차분한 마음으로 앞의 일들을 지켜보아야 할 것입니다."

나로서도 앞날에 대한 불안한 마음이 전혀 없는 것은 아니었지만 동요하는 토마스를 보니 오히려 차분해졌다. 사실, 그 말들은 나 자신에게 다짐하는 것이기도 했다. 만일 페스트가 분명하다면 실로 엄청난 재앙이 시작되는 것이었다. 그 무엇으로도 막을 수 없고 그 누구도 회피할 수 없는 재앙 말이다.

"……"

"무슨 생각을 그리 골똘히 하십니까?"

"아, 별것 아닙니다. 그건 그렇고 피에르 주교의 장례는 모레라고 들었습니다만."

"맞습니다. 그런데 피에르 주교의 시신이 땅에 묻히기도 전에 저들은 그 후임을 놓고 벌써부터 이전투구를 벌이고 있습니다. 저들이 조문을 하기 위해 온 것이라고 믿을 사람은 이 교회에 아무도 없습니다. 그 검은 속내를 누가 모르겠습니까? 돌아가신 분만 불쌍하게 되었습니다."

"저들이라면, 추기경 일행 말인가요?"

"추기경뿐만 아니라, 국왕의 주구들도 마찬가지입니다. 듣기로는 영주의 성에 국왕의 충복 중의 충복이 와 있다고 하더군요. 두고 보십시오. 미구에 심상치 않은 일들이 벌어질 것입니다.”

베르송에서 일어나는 일들에 대해 토마스는 많은 것들을 알고 있었다. 어느 곳에나 한 명쯤은 있게 마련인 소식통, 토마스는 베르송의 소식통이었다. 그런 토마스가 이방인이며 뜨내기 수사에 불과한 나에게 서슴없이 대하는 것은 그곳에서 벌어지는 일들의 흑막을 전혀 모르는 나로서는 참으로 다행한 일이었다.

“후임 주교의 윤곽은 드러났습니까?”

“글자 그대로 오리무중이지요. 그래서 그 자리에 이해관계가 걸려 있는 자들이 더 안달을 하는 것입니다. 아시다시피, 본래 주교는 교구의 성직자들과 신도들이 합의하여 선출하도록 되어 있습니다. 그러나 이것은 아담이 밭을 일구고 이브가 베를 짜던 시절처럼 아득한 옛날 이야기입니다. 주교가 사망할 경우, 교구의 성직자들로 이루어진 참사회원들이 후보를 옹립하게 됩니다. 그런데 그 과정에 제후와 국왕의 입김이 강하게 작용합니다. 로마도 가만히 있지는 않겠지요. 사실 피에르 주교는 이곳 영주와 불편한 관계였습니다. 주교의 강직한 성품 때문이었지요. 몇 해 전 사순절 때도 금육의 계율을 놓고 영주와 주교가 한바탕 설전을 치렀습니다. 영주는 금육의 계율은 교회에서나 지키면 된다고 비아냥거렸고 주교는 자신의 교구 내에서 사순절 기간에 고기 굽는 냄새를 허용할 수 없다고 맞섰습니다.”

토마스가 들려주는 이야기는 내 흥미를 끌기에 충분했다. 새삼 피에르 주교의 그 엄격주의적인 풍모가 떠올라 나도 모르게 미소를 지을 뻔했다.

“그래서 어떻게 되었습니까?”

그 결과가 궁금해 나는 뒷이야기를 재촉했다.

"볼 만했습니다. 격분한 영주는 도미니크 광장에서 바비큐 파티를 열겠다고 으름장을 놓았고, 정말로 그럴 시에는 교회의 모든 성사를 중지하겠다며 주교도 맞불을 놓았습니다. 종국에는 사순절 기간에 푸줏간 문을 닫는다는 데에 합의하면서 싸움은 일단락되었습니다. 고래 싸움에 새우등 터진다고, 엉뚱하게도 푸줏간 주인만 날벼락을 맞은 셈이지요. 그러나 그것은 표면적인 분쟁에 불과했습니다. 교회의 재산 중 대부분은 본래 영주가 기부한 것입니다. 어느 교회나 다들 그렇지요. 그래서 교회는 수입의 일정한 부분을 영주에게 헌납하도록 되어 있습니다. 그런데 피에르 주교가 그 의무를 제대로 이행하지 않은 것입니다. 주교는 교회의 재산을 불리는 데는 별 관심이 없었거든요. 오히려 교회가 많은 재산을 소유하고 있는 데 대해 마음 불편해했습니다. 사정이 이러니 교구민들에게 신망은 두터웠지만 영주와는 사이가 좋을 리가 없었지요."

내가 알기로 피에르 주교는 로마와도 소원한 관계였다. 당시의 분위기 속에서 그러한 엄격주의적인 면모는 이단으로 내몰리기 십상이었기 때문이다. 성직자의 도덕적 정결과 철저한 금욕과 청빈을 요구하는 엄격주의자들의 주장이 교세 확장에 열을 올리는 교황의 귀에 거슬리는 건 자명한 이치였다. 그렇다면, 교황측에서도 그리고 영주, 아니 프랑스 국왕측에서도 피에르 주교의 죽음을 애통해할 자는 아무도 없는 셈이다.

"추기경 일행은 지금 어디에 있습니까?"

"교회에 당도하자마자 접객소에 행장을 풀고 지금은 본당 집무실에서 레이몽 부주교의 접견을 받는 중입니다."

그제야 나는 어찌하여 피에르 주교의 죽음에 대해 아무도 의혹을 제기하지 않는지 알 것 같았다. 그들에게 피에르 주교의 죽음이 갖는 의미는 단지 주교 자리의 공석, 그 이상도 그 이하도 아니었다. 피에르 주교가 어떻게 죽었는지 따위는 관심 밖의 일이었다. 그들에게 의미 있는 것은 오로지 주교의 죽음 그 자체였던 셈이다. 장례가 끝나자마자 피렌체로 돌아가려던 당초의 계획을 바꿔야 할 것 같았다. 피에르 주교의 죽음을 원했던 자들이 생각보다 많았다.

두서 없이 떠오르는 생각들을 정리하기 위해 나는 토마스를 보내고 홀로 남았다. 묘지는 망자들의 안식을 도우려는 듯 태초의 침묵 속으로 가라앉아 있었다. 죽은 자들의 세계가 그토록 가까이에 있다는 사실이 신기할 뿐이었다. 죽음의 세계는 레테 강 너머에 있는 것이 아니라 성당의 뒤편, 손을 뻗으면 닿을 듯한 지척에 놓여 있었던 것이다.

신이 인간을 유한한 존재로 만든 그 섭리는 무엇일까. 생을 주시었으되, 어찌 멸(滅)을 감당케 하시는 것인가. 인간의 운명이 이미 예정된 것이라면 의지라는 것은 대체 무슨 쓸모가 있는 것인가. 종작없이 떠오르는 생각들을 정리하기 위해 묘지에 홀로 남은 것이었지만 나는 더 큰 의념, 본질적인 의념에 사로잡히고 말았다.

묘지는 그 자체로 하나의 소우주였다. 묘지 양편으로 길게 심어진 개암나무들이 형상화하고 있는 두 개의 나란한 줄은 우주의 이원성, 즉 빛과 어둠, 선과 악, 생과 사, 영과 육을 상징했다. 마주 보되 결코 만나지 않는……

묘의 가로 세 줄은 육체와 영혼과 정신의 삼위일체를 뜻하는 것이리라. 그리고 세로의 일곱 줄은 일곱 개의 행성, 한 주의 날짜, 세계의 일곱 가지 비경(秘境)을 의미할 것이다. 그리고 가로와 세로의 줄이

엮어내는 사각형은 동서남북 네 개의 방위와, 봄 여름 가을 겨울의 사계절, 그리고 지혜 중용 힘 정의의 네 가지 덕목을 암시할 터이다.

나는 우주의 이치를 간직하고 있는 듯한 고즈넉한 묘지를 오래도록 서성거렸다.


제롬 사제는 부엌에서 요리하느라 여념이 없었다. 그만한 규모라면 아랫사람을 부릴 법도 하건만 고지식하게 혼자서 교회의 식탁을 도맡고 있는 것이었다. 화롯불 위에 걸린 가마솥에서 구수한 수프 냄새가 솔솔 풍겨나왔다. 양파와 파슬리를 잘게 다져서 향을 돋운 양송이 수프였다. 그리고 화덕에서는 크레이프 빵이 구워지고 있었다.

메뉴는 그것만이 아니었다. 뱀장어 파이, 콩으로 만든 퓌레, 우유에 절인 파바 콩, 올리브유를 듬뿍 두르고 그 위에 치즈를 녹인 파스타 등등. 그 많은 음식들을 제롬 사제 혼자서 준비했다는 게 믿기지 않았다. 아마도 로마에서 온 손님들을 위해 부주교가 특별히 주문했을 것이다. 전반적으로 이탈리아인의 기호를 고려한 요리들이었다. 주교가 사망한 이 중요한 시점에서 부주교는 로마에서 파견된 사절의 눈 밖에 나고 싶지 않은 것이다.

"장뇌, 알로에, 석류, 야생포도, 치커리, 쥐오줌풀, 노루고기, 호박, 층층이부채꽃은 간을 보해준다. 그 맛이 시큼한 음식, 즉 약한 불에 천천히 오래도록 구운 산토끼와 신 포도주에 담갔다가 구운 빵은 위에 도움이 된다."

제롬 사제가 수프를 휘저으며 중얼거렸다.

"마늘은 해독에 효능이 있고 콩은 몸을 기름지게 합니다."

뒤질세라 나도 대거리를 했다.

제롬 사제는 뜻밖이라는 표정을 지으며 나를 물끄러미 바라보다가 다시 입을 열었다.

"마늘이 해독에 효능이 있는 것은 온하고 건한 성질 때문이고 콩이 몸을 기름지게 하는 것은 배뇨를 촉진하고 체액을 보충하기 때문이다."

"양파 또한 그 온하고 건한 성질 때문에 체액의 순환을 활성화시킵니다."

"양파를 과하게 섭취하면 두통이 생기는데 이때에는 식초를 복용해야 한다."

내 자신 과문한 나이에 비해 배움이 결코 짧지 않다고 자부하고 있었으나 제롬 사제에 비할 바가 아니었다. 대거리를 할수록 내 배움의 짧음이 명백히 드러나고 있었다. 나는 자존심을 접고 대거리를 포기하고 말았다.

제롬 사제는 접하면 접할수록 알 수 없는 사람이었다. 나로서는 그 배움의 깊이와 너비를 감히 짐작조차 할 수 없을 정도였다. 요리를 잘하는가 하면, 의학적 소양도 만만치 않았다. 교리문답에 관해서도 그 어떤 교부에게도 뒤지지 않을 학식과 통찰력을 지니고 있었다. 그러나 그 흉중에 무슨 생각이 들어 있는지 도통 알 수가 없었다. 나는 제롬 사제의 얼굴을 새삼스레 쳐다보았다.

"나는 그저 요리하는 사제에 불과하다. 의사도 아니고 교부 따위는 더더구나 아니다. 그저 성 포르튀나를 수호 성인으로 삼는 일개 요리사일 뿐이다."

내 의중을 꿰뚫어보는 것인가? 나는 불에 덴 듯 화들짝 놀라고 말았다.

"뭘 그리 놀라는가? 네 얼굴에 그리 다 씌어 있다."

"사제님의 형안은 경이로움 그 자체입니다."

"쓸데없는 소리 말고 이거나 좀 저어라."

나는 나무로 만든 국자를 받아들었다. 수프는 크고 작은 기포를 터뜨리며 보글보글, 먹음직스럽게 끓고 있었다. 양념의 향과 맛이 골고루 스며들도록 나는 큰 원을 그리며 천천히 국자를 저었다.

"이것을 마시거라."

언제부터인가 제롬 사제는 나에게 하대를 하고 있었다. 나는 그제 서야 그것을 깨달았다. 그러나 그것이 오히려 자연스럽게 느껴졌다. 제롬 사제가 작은 종지를 내게 내밀었다. 종지에는 푸른 기운이 도 는 투명한 액체가 소량 담겨져 있었다.

"이것이 무엇입니까?"

종지를 건네받으며 내가 물었다.

"알로에를 달인 즙이다. 페스트를 예방하는 효과가 있다."

사제의 세심한 마음씀은, 나로서는 전혀 뜻밖이었다. 그러나 제롬 사제는 여느때처럼 냉철하면서도 진지한 얼굴이었다. 말과 행동, 그 리고 표정만으로는 그 심중을 짐작하기조차 힘든 사람이었다.

"역시 페스트였습니까?"

종지에 담긴 액체를 단숨에 마시며 사제에게 물었다. 그 알로에 즙이라는 것은 식초처럼 시큼했다.

"오한을 동반한 격통, 그리고 구토 등의 증상으로 미루어 보아 페 스트일 가능성이 매우 높다. 지금으로서는 그저 내 판단이 틀리기 만을 바랄 뿐이지만……"

"만일 사제의 판단이 옳다면, 그러니까 페스트가 틀림없다면 앞으로 어떻게 해야 합니까?"

제롬 사제의 얼굴이 눈에 띄게 어두워졌다.

"미약하기 그지없는 피조물에 불과한 인간이 할 수 있는 일은 없다."

"정녕 페스트를 치료할 수 있는 방법은 없습니까?"

"백약이 무효다. 불사불멸의 물질을 찾아내지 않는 이상, 인간의 목숨이란 늘 바람 앞의 촛불과 같은 것이다."

제롬 사제의 목소리에는 비장감마저 서려 있었다.

"불사불멸의 물질이라면, 연금술사들이 구한다는 이른바 현자의 돌이라는 것을 두고 하시는 말씀입니까?"

"……"

갑자기 제롬 사제가 말을 아꼈다. 말수가 그다지 많다고 할 수는 없었으나 질문에 대한 답만큼은 절대 인색하지 않았던 터라 의외였다.

현자의 돌.

혹자는 철학자의 돌이라 칭하기도 한다. 모든 물질을 금으로 만든다는 신비의 물질, 현자의 돌. 아랍의 연금술사들은 수은, 황 등을 배합하고 적정화해 비금속을 금속으로 전환시키는 물질을 만들 수 있다고 믿었다. 그러나 금으로 만든다는 것은 일종의 비유라고 나는 생각해오던 터였다. 황금에 덧씌워진 불멸에 대한 열망, 현자의 돌이란 그런 것이 아닐까. 그리하여 불사불멸의 물질이야말로 현자의 돌의 진정한 의미가 아니겠는가. 그 뉘라서 불사불멸을 마다하겠는가.

"지난날, 아랍의 한 의사가 의식이 혼미해진 채 다 죽어가는 사람에게 전에 보지 못했던 가루를 먹이는 것을 본 적이 있다. 눈처럼 하얀가 하면 금처럼 반짝이는 가루였다. 그때 나는 두 눈으로 똑똑히 보았다. 그 가루를 먹은 사람이 잠시 후 정신을 수습하고 거짓말처럼 자리에서 일어나는 것을. 십자군원정 때의 일이다."

그 물질을 눈앞에 그리는 듯 제롬 사제의 시선이 아득해졌다. 아무려나 그것은 뜻밖의 사실이었다.

"사제께서도 십자군원정에 참여하셨던가요?"

"……"

아랍의 의술이 발달했다는 것은 나도 익히 들은 바가 있었다. 그러나 숨이 곧 넘어가는 자를 살려내는 만병통치약이 있다는 이야기는 금시초문이었다.

어쩌면 토마스가 말하던 제롬 사제의 신비한 의술이란 것은 아랍에서 배워온 것인지도 몰랐다. 또한 그와의 교리문답에서 느꼈던 이단의 그림자 역시 아랍 체험의 영향이었는지 모르겠다. 그러나 나는 그 점에 대해서는 입 밖에 내지 않았다. 불경스러운 질문이 될 게 분명했기 때문이다. 역시, 제롬 사제는 입을 다물고 말았다. 그 일에 대해서는 더이상 언급하고 싶지 않은 것이라고 나는 미루어 짐작했다. 침묵이 흘렀다. 가마솥의 수프가 끓는 소리, 기포가 터지는 소리, 오븐의 생선이 구워지는 소리만이 귓전을 맴돌았다. 그 침묵을 깨고 내가 단도직입적으로 물었다.

"……사제께서는 피에르 주교의 죽음에 대해 어떻게 생각하십니까?"

"그건 무슨 의미냐?"

"여기 와서 보니 피에르 주교의 죽음을 원했던 사람들이 많더군요."

나는 제롬 사제의 표정을 유심히 살폈다. 그의 얼굴에는 그러나 어떠한 동요의 빛도 드러나지 않았다. 오히려 그는 내 얼굴을 빤히 쳐다보았다. 내 말뜻을 알고도 짐짓 모르는 체하는 것 같기도 했다.

이왕 내친걸음이었다. 나는 마음속에 품고 있던 의문들을 하나씩 풀어놓았다.

"피에르 주교의 주검을 확인한 사람이 몇이나 됩니까?"

"레이몽 부주교와 피에르 주교의 시종, 교구의 의사, 그리고 토마스와 나까지 모두 다섯이다."

"시체에서 특별히 이상한 점을 발견하지는 않으셨습니까?"

"피에르 주교는 분명히 죽어 있었다. 심장이 멈추고 맥박도 잡히지 않았다."

"토마스 부제의 말로는 죽은 피에르 주교가 십 년은 더 늙어 보였다고 하던데 사제께서 보시기에는 어땠습니까?"

"사후 경직 때문일 수도 있을 것이다. ……혹시 피에르 주교가 살해되었다고 의심하는 것인가?"

제롬 사제의 눈에 어떤 섬광이 스쳐 지나갔다.

"살해할 만한 동기를 가진 자들이 많다는 것은 그만큼 살인의 가능성이 높음을 의미하는 것이겠지요. 그러나 지금으로서는 하나의 가설에 불과합니다. 그 가설이라는 것도 막연한 직감에서 비롯된 것일 뿐입니다."

"차후로는 섣불리 그런 말을 입 밖에 내서는 안 된다."

그 말은 마치 그 점에 대해서는 자신도 일찍이 생각해본 바가 있다는 뜻으로 들렸다.

"헌데, 피에르 주교의 시신은 지금 어디에 있습니까?"

"본당 지하의 영안실에 안치되어 있다."

"본당 지하라면, 성물 보관소가 있다는 그곳 말입니까? 전해 들은 바로는 그리스도의 손에 박혔던 대못이 그곳에 보관되어 있다고 하더군요."

　잠시 동안 제롬 사제는 엄한 눈빛으로 나를 노려보았다.

　"아서라. 그곳의 입구는 병사들이 철통같이 지키고 있다. 설령 운 좋게 들어간다고 해도 쉽사리 빠져나오지 못할 것이다. 그곳은 본래 지하감옥으로 쓰이던 곳이다. 무턱대고 들어갔다가는 그만 길을 잃기 십상이다. 들어갈 수 있었다면 이미 내가 들어가 주교의 시신을 부검해보았을 것이다."

　겁을 주려고 괜히 하는 소리 같지는 않았다. 그것은 사실일 것이다. 제롬 사제 또한 피에르 주교의 죽음에 대해 의혹을 거두지 못하고 있는 것이다. 나는 천군만마의 응원군을 얻은 것 같아 내심 든든해졌다.

　"……그러나 생각보다 기회가 일찍 찾아올 모양이다."

　제롬 사제가 낮고 은밀한 목소리로 말했다. 그의 푸른 눈이 다시 한번 빛났다.

　"기회라면……"

　나는 마른침을 꿀꺽 삼켰다.

　"무슨 이유에서인지 모레로 예정되어 있던 피에르 주교의 장례가 내일로 앞당겨졌다."

　장례를 앞당기기로 했다면, 어느 쪽이든 주교의 후임을 서둘러 결정짓고 싶은 것이다. 다른 이유가 있을 리 없다. 그렇다면, 제롬 사제가 말하는 그 기회라는 것은……

　"설마!"

　사제가 처음으로 희미하게 미소를 지었다. 가슴이 서늘해지는 미소였다. 어쩌면 그것은 미소가 아니었는지도 몰랐다. 아무려나 그

웃을 듯 말 듯 한 표정은 백 마디의 말보다 더 많은 것들을 이야기하고 있었다.

식당에는 교회의 서품 받은 자들과 로마에서 온 몬테나 추기경 일행이 모두 착석해 있었다. 시종들이 부엌을 오가며 부지런히 음식을 나르고 있었다. 벽에 부착된 촛대에는 동물의 기름으로 만든 양초가 타고 있었다. 식당은 어두운 편이었지만 음식을 입에 넣지 못할 정도는 아니었다.

두 개의 식탁이 T자 모양으로 배열되었는데 T의 머리에 해당하는 짧은 식탁의 중앙에 레이몽 부주교가 앉아 있었다. 그리고 그 오른쪽으로 몬테나 추기경이 배석했고, 왼편으로는 발렌티노가 굳게 입을 다문 채 위엄을 지키고 있었다. 그 상석에 맞대어진 긴 탁자 양편으로 교회의 성직자들과 추기경 일행이 마주 보고 앉아 있었다. 나는 식탁의 맨 말석에 자리를 잡았다. 내 옆에는 토마스가 앉았다.

"레이몽 부주교는 벌써 주교가 된 것처럼 구는군요. 얼마나 저 자리에 앉고 싶었겠습니까?"

토마스가 내 귀에 대고 속삭였다. 부주교가 앉아 있는 상석은 원래 주교의 자리였다.

레이몽 부주교가 자리에서 일어났다. 천천히 주위를 둘러보다가 이윽고 입을 열었다.

"형제 여러분, 이 자리에는 교황청에서 오신 귀하신 분들이 우리와 함께 하고 계십니다. 여러분도 아시겠지만, 이분들은 피에르 주교의 죽음을 애도하고 그 영혼을 위무하기 위해 불원천리, 아주 먼 길을 달려오셨습니다. 저를 비롯한 교회의 형제 여러분께서는 이분들이 이곳에 머무는 동안 추호도 불편한 점이 없도록 성심을 다해야 할 것입니다. 근래에 우리 교회에는 마음 어둡게 하는 일들이 연달아 일어났습니다. 이 교회의 수장이신 피에르 주교께서 갑작스레 돌아가셨고 그분을 모시던 시종은 어디로 사라졌는지 그 행방이 묘연합니다. 그리고 오늘 낮에는 미셸 사제가 원인 모를 병으로 인해 주님 곁으로 가고 말았습니다. 애통하고 비통한 마음에 하늘이 무너지고 땅이 꺼지는 듯합니다. 우리 모두 어려운 시기를 견디고 있습니다. 이 어려운 시절에 우리는 다시 한번 주님의 거룩하신 뜻을 헤아려보아야 할 것입니다. 주님께서 욥을 시험에 들게 하신 그 참뜻을 말입니다. 우리 모두 이 세상에 유일하신 분, 전지전능하신 하느님의 자녀로서 시련에 굴하지 말고 주의 은총과 영광을 찬양합시다."

부주교의 연설은 그것으로 끝이었다. 부주교의 선창으로 〈주를 찬양하라〉를 합창했다. 찬송이 끝나고 식사에 앞서 부주교가 기도를 올렸다.

기도가 끝나자 모두들 접시 위로 손을 놀리기 시작했다. 양송이 수프가 접시에 담겨 있었고, 나무줄기를 얽어서 만든 바구니에는 호밀빵과 크레이프 빵이 수북이 쌓여 있었다. 그러나 먹음직스러워 보이던 뱀장어 파이는 보이지 않았다. 그 요리는 상석에만 놓여 있었다. 레이몽 부주교가 몬테나 추기경에게 파이를 권하고 있었다.

상석에 차려진 음식들은 여느 영주의 만찬 못지않게 풍성한 것이었다. 뱀장어 파이를 비롯해서 치즈를 입혀 구운 청어, 백포도주로 버무린 굴, 아몬드 소스를 끼얹은 파스타 등등 고기를 제외한 각양각색의 요리들이 접시에 담겨 있었다. 부주교로서는 지금이 사순절 기간인 것이 원통할 것이다. 사순절만 아니라면 온갖 고기 요리들을 내어놓을 수 있었을 테니 말이다.

레이몽 부주교는 몬테나 추기경에게 음식을 권하느라 정작 자신은 수프도 떠먹지 못하고 있었다. 추기경도 부주교의 그런 대접이 싫지만은 않은 듯 간혹 고개를 끄덕이며 음식 맛보기를 게을리 하지 않았다. 그러나 발렌티노 수사는 그들과는 격절된 세계에 있기라도 하듯 말을 아끼며 묵묵히 공양에 임하고 있었다. 그는 맛난 음식에 대한 욕망과는 철저하게 절연한 듯 기름지고 풍성한 빛깔을 뽐내는 음식에는 눈길 한 번 주지 않고 오로지 빵과 수프에만 입을 댔다. 검버섯이 핀 얼굴과 너무도 잘 어울리는 공양이었다. 그의 눈두덩은 고집스러워 보일 정도로 유난히 두터웠고 눈매는 깊었다. 음식을 씹고 있을 때도 턱만 움직일 뿐, 표정의 변화조차 없었다. 음식을 먹고 있는 게 아니라 고행을 하고 있는 것처럼 보일 정도였다.

나는 호밀 빵을 뜯어 양송이 수프에 찍어 먹었다. 맛은 괜찮았다.

"마치 돌이라도 씹고 있는 듯한 표정이군."

식사 때는 침묵의 계(戒)에 따라 잡담이 금지되어 있었으나 토마스는 나더러 들으라는 듯 중얼거렸다. 발렌티노 수사를 두고 하는 말이었다. 토마스가 무심결에 드러내는 제3자에 대한 적대감은 연달아 일어난 불상사에서 비롯된 심적 동요와 불안에서 기인한 것이었다. 그것은 비단 토마스 한 개인의 문제는 아니었다. 막다른 골목에 내몰린 짐승이 어느 순간 털을 곤두세우고 감추었던 발톱을 드러내듯, 감당하기 힘든 불안은 종종 엉뚱한 공격 대상을 찾게 마련이다. 식당 안에 감돌고 있는 분위기란 그런 것이었다. 표면적으로는 침울하고 무거우나 그 한 꺼풀 밑에서는 출구를 찾지 못한 공격본능이 들끓고 있는, 그러면서도 한없이 적막하기만 한 그런 분위기 말이다. 제아무리 명랑했던 키케로라도 이런 공기 속에서는 하루 낮과 밤을 버티기 힘들 것이다.

"뭐가 그리 급한지 장례를 내일로 앞당긴다는군요. 하룻밤만 지나면 피에르 주교님의 육신도 차가운 땅속에 묻힌답니다. 가엾은 피에르 주교님. 어차피 우리도 언젠가는 주교님의 뒤를 따르겠지요. 어쩌면 그리 멀지 않은 장래에 그리 될지도 모르겠습니다."

토마스는 음식에는 거의 손을 대지 않고 계속 내 귀에 대고 속살거렸다. 입맛을 완전히 잃은 듯했다.

"그래도 배는 든든히 채워야지요. 천상의 예루살렘으로 가는 길도 그리 녹록치만은 않을 테니 말입니다. 헌데, 부르러 보냈다는 의사는 아직 오지 않은 모양입니다."

"말도 마세요. 그 작자 마녀에 홀려 어느 지옥 구덩이를 헤매는지는 몰라도 당최 코빼기도 찾아볼 수 없답니다. 그래서 다급해진 시의 행정장관이 부랴부랴 인근 교구에 사람을 보냈답니다. 말셉니다, 말세. 멀쩡하던 사람들이 하나 둘 죽어나가거나 사라지고, 페스트가 발병했는데 의사는 종적을 감추었습니다. 심판의 날이 가까워진 것입니다. 심지어 늑대인간이 출몰한다는 소문까지 돌더군요. 실종된 자들이 늑대인간에게 당했다는 것입니다."

너무 비관적으로 생각할 필요는 없다고 말하려는 찰나 내 얼굴에 꽂히는 강렬한 시선에 나는 그만 입을 다물고 말았다. 그 시선의 주인공은 바로 발렌티노였다. 토마스와 내가 침묵의 계를 어기고 쑥덕거리는 것이 못마땅했는지 그는 쏘는 듯한 시선으로 나와 토마스를 노려보고 있었다. 그 싸늘하면서도 예리한 시선은 상대의 흉중을 꿰뚫는 듯해 순간적으로 몸이 얼어붙을 지경이었다. 잿빛 눈. 상당한

거리가 있었음에도 불구하고 나는 발렌티노의 눈이 잿빛이라고 생각하고 있었다.

늑대의 잿빛 눈…… 그런 눈빛을 나는 이후에 다시 한번 마주한 적이 있었다. 훗날 루드비히 황제의 밀명을 좇아 이탈리아의 도시와 수도원을 두루 잠행하던 시절, 문제의 베네딕트 회 수도원에서 맞닥뜨린 적이 있던 이단 심문관 베르나르 기의 눈빛도 그와 같았다.

토마스는 발렌티노의 눈빛에 놀란 나머지 들고 있던 빵조각을 탁자 밑으로 떨어뜨리고 말았다. 토마스의 얼굴이 하얗게 질려 있었다. 나는 발렌티노의 시선을 애써 외면하며 공양에 열중하는 척했다. 한참 후, 곁눈질로 발렌티노를 돌아보았다. 그는 다른 사람들보다 일찍 공양을 마치고 고개를 숙인 채 묵상에 잠겨 있었다. 그 고요하고 정적인 자세에도 불구하고 그의 주위에는 묘한 긴장감이 감돌았다. 치명적인 일격을 준비하기 위해 숨을 고르는 맹수의 자세가 저와 같을까. 부지불식간에 나는 몸을 부르르 떨었다. 나는 손에 들고 있던 빵을 내려놓고 말았다. 입맛이 싹 가셨던 것이다.


저녁 미사를 끝으로 그날의 성무 일과가 종료되었다. 나는 성당에서 빠져나와 거처할 방이 있는 접객소로 걸음을 옮겼다. 밤하늘은 지상의 소란스러움과 번잡스러움과는 대조적으로 한없이 고요하고 무심하기만 했다. 그 이름조차도 알 수 없는 별들이, 올림포스의 어느 거인이 뿌려놓은 듯 밤하늘을 소리 없이 밝히고 있었다.

아무렇게나 뿌려진 것 같은 저 수많은 별들도 사실은 정연한 질서와 신묘한 조화를 이루고 있는 것이다. 위대한 창조주 하느님의 질서를 유한한 인간의 눈으로는 온전히 다 파악할 수는 없는 것, 다만 겸손과 겸양의 미덕으로 그 권능을 찬양할 뿐이다. 그렇다면, 범용한 인간의 눈에는 혼란과 재앙으로밖에 보이지 않는 악의 존재 또한 창조주가 계획하고 만든 그 위대한 질서의 일부란 말인가? 해가 지면 달이 뜨고, 달이 지면 다시 해가 떠오르는 것처럼……

나는 문득, 이단 또한 올바른 믿음을 위해 반드시 존재해야 한다던 제롬 사제의 말을 떠올렸다. 만에 하나 이단이 올바른 신앙을 위해 필수불가결한 것이라면, 교황청은 어찌 이단을 척결하지 못해 안달이란 말인가. 정(正)과 사(邪)가 저 밤하늘에 떠 있는 별들의 위치와 그 운행의 질서에 구현된 신의 섭리에 의해 이미 정해진 것이라면 인간에게 주어진 자유의지란 무슨 쓸모가 있단 말인가.

그 순간, 숫양자리에서 유난히 밝은 별 하나가 길게 꼬리를 끌며 알프스 너머로 사라졌다. 너무나 순간적으로 일어난 일이라 내가 본 것이 헛것은 아닌가 스스로 의심할 정도였다. 사자자리, 사수자리와 더불어 숫양자리는 불을 상징한다. 밝은 별이 알프스 너머로 떨어졌다는 것은 대체 무슨 의미일까? 당시만 해도 나는 그 의미를 짐작조차 할 수 없었다.

밤하늘을 바라보며 두서 없는 사념의 미로를 헤매다보니 어느새 깊은 어둠에 파묻힌 접객소 건물이 눈앞에 나타났다. 로마의 추기경 일행은 이미 잠에 떨어졌는지 불빛이 새어나오는 창이 하나도 없었다. 입구에 횃불 두 개가 파수꾼처럼 걸려 있을 뿐 이렇다 할 조명이 없는 터라 사위는 칠흑처럼 어두웠다.

별빛마저 차단된 접객소 내부는 바깥보다 더 어두웠다. 눈뜬장님 신세가 된 나는 손을 내저으며 더듬더듬 앞으로 나아갔다. 어젯밤 머문 방은 이층 복도 서쪽 맨 끝에 위치해 있었다. 불빛 한 점 없는 낭하는 유난히 길게 느껴졌다. 더듬거리며 앞으로 나아가던 나는 소스라치게 놀라고 말았다. 낭하의 맨 안쪽 방, 그러니까 내가 찾아가는 방 안에서 희끄무레한 빛이 어른거리는 것이 아닌가!

이 밤중에 대체 누구인가?

나는 주먹을 불끈 쥔 채 어두운 낭하의 끝을 향해 조심스럽게 나아갔다. 목재로 된 바닥에서 삐걱거리는 소리가 나지 않도록 고양이걸음을 걸었다. 그런데 방 안의 희끄무레한 불빛이 갑자기 꺼지고 말았다.

다가오는 인기척을 눈치채기라도 한 것인가!

나는 상체를 잔뜩 웅크린 채 어깨로 방문을 밀쳤다. 방문이 열리는 순간, 발목 언저리에 저릿한 통증이 느껴지는가 싶더니 나는 보기 좋게 바닥에 나동그라지고 말았다. 그와 동시에 검은 그림자가 퉁기듯이 문 밖으로 뛰쳐나갔다. 바람처럼 민첩한 동작이었다.

"게 섰거라!"

나는 급히 몸을 일으켜 검은 그림자를 뒤쫓았다. 바닥에 찍힌 무릎이 시큰거렸지만 부상을 돌보고 있을 경황이 없었다. 황급히 문밖으로 나섰지만 검은 그림자는 이미 낭하의 어둠 저편으로 사라지고 없었다. 몸놀림이 고양이처럼 날랜 자였다. 추적을 포기할 수밖에 없었다. 나는 얼얼한 무릎을 어루만지며 텅 빈 낭하를 멍하니 바라보고 있었다.

방으로 돌아오자마자 나는 부싯돌을 찾았다. 부싯돌은 늘 그렇듯 침상 머리맡에 놓여 있었다. 부싯돌로 불꽃을 일으켜 초에 불을 붙였다. 촛불에 의지해 찬찬히 방 안을 둘러보았다. 달리 수상한 점은 발견되지 않았다. 내가 메고 왔던 바랑이 바닥에 내동댕이쳐진 것만 제외한다면 말이다. 황급히 바랑을 뒤진 듯, 안에 있던 내용물들이 함부로 쏟아져 바닥에 뒹굴고 있었다. 알프스를 넘을 때 먹다 남은 사과 두 쪽과 여정중에 채집한 구근과 허브 등속이 어지러이 널려 있었다.

접객소 밖에서 보았을 때만 해도 불빛은 없었다. 그러나 계단을 올라왔을 때 이 방에서 분명히 불빛이 어른거리는 게 보였다. 그렇다면 침입자는 내가 입구에 들어서서 어둠 속을 더듬거리며 계단을 올라오는 사이에 이 방에 잠입한 게 분명했다. 그리고 화급히 바랑을 뒤진 것이다.

그 자가 찾고자 했던 것은 무엇일까? 제롬 사제나 레이몽 부주교가 내게 했던 질문과 관련이 있는 것인가? 나 자신도 알지 못하는 중요한 무언가를 내가 갖고 있단 말인가?

나는 여전히 의문에 사로잡힌 채 바닥에 흩어진 것들을 바랑에 주워담았다. 바닥은 다시 말끔해졌다. 그러나 의문은 풀리지 않고 그대로 남아 있었다. 검은 그림자의 다리에 걸려 넘어지면서 바닥에 찧힌 무릎의 통증이 온전히 남아 있듯이 말이다.

숫양자리에서 떨어진 별똥별 때문이었을까. 간밤에 눈이 내렸다. 사순절에 눈이 내리는 것은 무척이나 드문 일이었다. 아무리 알프스의 북쪽이라고는 하나 봄이 시작되는 즈음이었다. 결코 상서로운 일은 아니었다.

## 5
## 두 개의 검

　간밤에 내린 눈은 어떤 불길한 사건을 예견하는 전조임에 틀림없었다. 예부터 경천동지할 변고가 있기 전에는 '반드시'라고 할 수 있을 정도로 거의 예외 없이 그 전조라 할 만한 현상들이 나타나곤 했다. 이를테면, 혜성이 출현한다거나 큰 홍수가 나거나 일식이 일어나거나 한 뒤에는 황제가 급서하거나 교황의 신변에 변고가 생기는 것이었다.

　눈은 그러나 그다지 많이 내리지는 않았다. 서리가 두껍게 내린 것처럼 보이는 정도였다. 정오 미사는 죽은 피에르 주교의 장례식을 겸하게 되었다. 교회의 모든 성직자들과 조상객들이 성당에 모였다. 그들은 삼삼오오 모여 간밤에 내린 눈에 대해 쑥덕거리고 있었다.

　"다리는 왜 절룩거리는가?"

　부자연스러운 내 발걸음을 보더니 제롬 사제가 그 연유를 물었다.

　"간밤에 생쥐 한 마리가 제 처소에 들었습니다."

제롬 사제는 별로 놀라는 기색이 없었다. 그의 얼굴에는 바위와도 같은 견고함이 늘 떠나지 않고 있었다. 어지간한 일에는 꿈쩍도 하지 않을 듯한 견고함, 그러나 그 견고함 속에는 이율배반적인 요소들이 끝없이, 처절하게, 투쟁하고 있는 것처럼 보였다. 반면에 발렌티노의 얼굴에서 묻어나는 견고함이라는 것은 한치의 반론도 허용하지 않는, 자기 신념에 대한 무서운 자신감에서 우러나오는 듯했다.

예부터 전해오는 점성술에 따라 분류하자면, 제롬 사제는 황도 12궁 중에서 불과 열정을 상징하는 숫양자리, 사자자리, 그리고 사수자리에 해당하는 인물이었다. 반면에 발렌티노 수사는 차가움과 건조함을 상징하는 황소자리, 처녀자리, 염소자리에 해당할 터였다. 여러 가지로 사뭇 대조적인 두 사람이었다. 그러나 대조적인 인상에도 불구하고 그들에게는 뭔가 공통적인 면이 있는 듯했다. 물론 그것은 막연한 느낌일 뿐이었다.

"쥐새끼는 잡았는가?"

"유감스럽게도 놓치고 말았습니다."

"굶주린 쥐새끼는 다시 부뚜막에 오르게 마련이다."

단상에는 레이몽 부주교와 몬테나 추기경 일행이 나란히 앉아 있었다. 단상 오른편으로 성가대가 도열해 있었다. 그리고 그 뒤로 피에르 주교의 관이 안치되어 있는 것이 보였다. 주교의 관은 미사가 끝나는 대로 성당 뒤편의 공동묘지에 묻힐 것이다. 아침에 성당 뒷길을 지나면서 보니 구덩이를 이미 파놓은 상태였다.

"제롬 사제님, 그리고 윌리엄 수사님, 간밤에 내린 눈을 보셨죠. 이것은 분명히 세계 종말의 징조입니다. 피오레의 요아킴이 예언한 제3제국이 이제 시작되는가봅니다."

어느새 토마스가 다가와 호들갑을 떨었다.

"시절이 수상할수록 경거망동을 삼가야 한다. 전능하신 주님은 이 모든 것들을 다 내려다보고 계신다."

제롬 사제의 꾸중을 듣고 토마스는 볼멘 소리를 했다.

"사제께서도 간밤에 내린 눈을 보셨을 텐데, 어찌 그리 무심하실 수 있으십니까? 사순절에 눈이라니 이게 가당키나 한 것입니까?"

그 점에 대해서는 제롬 사제로서도 뭐라 할말이 없었던 모양이다. 그는 굳게 입을 다물었다. 간밤에 내린 것은 분명히 눈이었으니 말이다.

이미 밝혔듯이, 피오레의 요아킴은 시토 회의 수도사로서 가히 혁명적인 예언을 한 사람이었다. 그는 성령이 지배하는 제3제국이 도래하면 인간은 교회라는 제도가 없이도 신과 직접 교감을 나눌 수 있게 된다고 설파했다. 그리고 그 혁명적 변화의 한복판에 수도원이 자리잡고 있다는 것이었다. 이러한 교리는 내가 속한 문중인 프란체스코 회의 급진적인 청빈 운동과 어우러져 교회 개혁주의자들의 정신적 버팀목이 되고 있었다. 그들은 교황과 여러 추기경들, 그리고 천 년을 누려온 기득권의 단맛에 길들여진 재속(在俗) 성직자들에게는 눈엣가시와 같은 존재였다. 당연히 그들을 향해 이단의 혐의가 씌워지고 탄압이 가해졌다.

"그런데, 미사가 왜 이리 지체되고 있습니까?"

정오를 알리는 종소리가 들린 지 한참이 지났는데 미사가 진행되지 않자 나는 이상한 기분이 들어 토마스에게 물었다.

"영주와 국왕의 사절을 기다리고 있습니다. 그들이 도착하는 대로 미사가 시작될 것입니다."

호랑이도 제 말 하면 온다더니, 성당 출입문 쪽에서 웅성거리는 소리가 들렸다. 영주와 국왕의 사절이 도착한 것이었다.

일단의 무리 맨 앞에 서 있는 자는 한눈에 영주임을 알아볼 수 있었다. 화려한 의상과 한껏 거들먹거리는 폼이 다스리는 데에 익숙한 자의 면모를 유감 없이 드러내고 있었다. 특히 그 화려하고 요란한 복장은 장례식이 아니라 무도회에 더 어울릴 듯했다.

그는 검정색 블리오를 받쳐입고 허리에는 반짝거리는 보석이 박힌 벨트를 차고 있었다. 그리고 그 위에 은빛이 감도는 쉬르코를 걸치고 있었다. 영주는 당당한 체격의 소유자였다. 그러나 그 체격에 비해 얼굴은 가냘픈 편이었다. 영주의 이름은 질베르 드 페레르, 프랑스 국왕 필립 4세의 충복이었다.

"아니, 저 자는!"

성당에 들어서는 영주 일행을 보며 제롬 사제가 외마디 탄식을 내뱉었다.

"아시는 자이옵니까?"

"저기 영주의 오른편에 선 자를 보거라."

영주의 오른편에서 약간 처져 뒤를 따르는 자는 중키에 소매가 긴 검정색 가르드 코르를 걸치고 있었다. 복장으로 봐서 성직자는 아닌 듯했다.

"성직자는 아닌 것 같습니다."

"저 자는 필립 4세의 직신(直臣)이며 법률고문인 로마법학자 기욤 드 노가레이다."

"필립 4세의 오른팔이라는 그 기욤 말입니까?"

"저 자가 왕의 오른팔인지 왼팔인지는 모르겠으나 국왕의 충견인 기욤 드 노가레임은 분명하다. 대학에서 법을 가르치던 자가 목하 속권(俗權)의 주구가 되어버렸구나. 이렇게 되면 두 마리의 용이 보낸 맹견들이 한자리에 모인 셈이다."

기욤 드 노가레라면 몽펠리에 대학에서 법률을 가르치던 법학자로, 최근에는 필립 4세의 고문이 되어 왕권을 강화하는 데에 열을 올리고 있다고 들었다. 제롬 사제가 말하는 두 마리의 용이 보낸 맹견들이란 기욤과 발렌티노를 두고 하는 말이었다.

"영주의 왼편에 있는 자는 누구입니까?"

"저분은 마비앙 행정장관입니다."

토마스가 입이 근질거려 못 참겠다는 듯 끼어들었다.

영주와 왕의 고문, 그리고 행정장관까지…… 베르송의 속권을 대표하는 거물들이 한자리에 모인 셈이었다. 그리고 그 맞은편에 로마의 추기경과 이단 심문관, 즉 교권이 진용을 갖추고 있었다. 손님을 맞이하는 웅성거림도 잠시, 영주 일행의 입장으로 장내는 물을 끼얹은 듯 조용해졌다. 긴장감마저 감도는 듯했다.

몸놀림이 민첩한 레이몽 부주교는 단상에서 재빨리 내려와 영주 일행을 영접했다. 단상의 귀빈석으로 안내된 영주와 기욤, 그리고 행정장관은 추기경 일행과 가볍게 목례만을 주고받고 착석했다. 피차간에 신경이 쓰이는 터라 표정들은 한결같이 굳어 있었다.

성가대의 찬송가로 미사가 시작되었다. 찬송가가 끝나고 레이몽 부주교가 단상에 올라 설교를 했다. 피에르 주교의 업적에 대한 치하와 돌연한 죽음에 대한 애도로 시작한 설교는 죽음의 의미에 대한 장황한 강론을 거쳐 급기야 예수의 재림에 대한 강연으로 이어졌다.

기근과 기상 이변, 그리고 연이은 변괴로 성안에 떠도는, 세상의 종말에 대한 괴이한 소문들을 다분히 의식한 설교였다.

"……예수 그리스도께서 말씀하셨습니다. '갈릴리 사람들아 어찌하여 서서 하늘을 쳐다보느냐? 너희 가운데서 하늘로 올라가신 이 예수는 하늘로 올라가심을 너희들이 본 그대로 다시 오시리라.' 그리고 우리의 주께서는 제자들에게도 이리 말씀하셨습니다. '내가 가서 너희들을 위하여 처소를 예비하면 내가 다시 와서 너희를 내게로 영접하리라.' 그러나 악마의 간계에 넘어간 자들은 주님의 약속을 의심하고 삼위일체를 부정하고 거짓된 예언을 신봉하니, 복음의 말씀을 양들에게 널리 전할 책무에 몸과 마음을 던지기로 서원한 주의 종으로서 심히 우려의 마음을 금할 수 없습니다. 사도 바울로는 주께서 호령과 천사장의 소리와 하느님의 나팔로 친히 하늘로 좇아 강림하신다고 하셨습니다. 전능하신 주께서 하신 약속은 하루가 천년 같고 천년이 하루와도 같으니 그 약속의 실행이 생각하는 바와 같이 더딘 것이 아니라 오직 어린양들을 위하여 오래 참으시기 때문이거니와 아무도 멸망치 아니하고 만백성이 회개하기에 이르기를 소망하시기 때문입니다. 그리하여 마침내 주의 날이, 약속의 그날이 밝아올 것입니다."

레이몽 부주교의 설교는 힘 있고 자신에 차 있었다. 내빈들을 의식해 열심히 준비한 흔적이 역력했다. 레이몽 부주교에게는 지금이야말로 놓칠 수 없는 기회였다. 피에르 주교의 후임을 결정할 사람들이 한자리에 모여 있었으니 말이다. 그러니 어찌 설교에 힘을 기울이지 않을 수 있겠는가. 몬테나 추기경은 지그시 눈을 감은 채 몇 차례 고개를 끄덕이기도 했다. 설교를 마친 레이몽 부주교의 얼굴이 밝았다. 자신의 설교에 스스로 만족한 듯한 표정이었다.

장미창을 통해 갑자기 뿌연 햇살이 쏟아져들어왔다. 태양을 가리고 있던 구름이 걷힌 것이다. 어둑어둑하던 성당 내부가 수백 개의 초를 밝힌 것처럼 일시에 환해졌다. 피에르 주교의 영혼이 올라가는 길을 밝히기라도 하듯 그 빛은 곧장 하늘로 뻗어 있었다. 밝은 빛을 흠뻑 받은 장미창 위로 성스러운 아름다움이 소리 없이 떠올랐다. 적어도 그 순간만큼은 성당은 지상의 천국이며 영혼의 안식처다웠다.

피에르 주교의 영혼을 위한 기도를 끝으로 미사가 끝났다. 부주교가 앞장서고 피에르 주교의 관이 그 뒤를 따랐다. 추기경 일행과 영주 일행이 관 뒤로 행렬을 이루었고 교회의 성직자들이 그 행렬의 후미를 이루었다. 왕래가 잦은 길에는 눈이 녹아 그 형체가 사라졌지만 묘지에는 아직 녹지 않은 눈들이 양탄자처럼 얇게 덮여 있었다. 이미 파놓은 구덩이에 관을 묻는 동안 한 사제가 성경의 말씀을 읊조렸다. 참나무로 짠 관 위로 한 줌씩 흙이 얹혔다. 관 위로 흙이 뿌려지는 것을 보고 있자니 불현듯 눈시울이 뜨거워졌다. 이생에서의 삶이란 이렇듯 허망한 것을……

부친이 성지 탈환 전투중에 전사했다는 소식을 접했을 때도 별로 슬프다거나 하지는 않았다. 그때만 해도 생과 사의 의미에 대해 둔감한 나이였고, 무엇보다 그 죽음은 구체성이 결여된 하나의 추상에 지나지 않았기 때문이었다. 그러나 피에르 주교의 죽음은 참나무로 짠 관과 그 위로 얹히는 흙이라는 구체적인 사물에 의해 직접적으로 환기되는 것이었다. 그 감회가 다를 수밖에 없었다.

실재론자들의 주장대로라면, 모든 개별적인 죽음에는 죽음이라는 보편적 성질이 존재해야 하는 것이다. 그러나 나는 두 개의 개별적 죽음에 대해 너무도 다른 감회를 느끼고 있었다. 두 개의 개별적 죽음에 내재한 보편으로서의 죽음이라는 것, 혹은 세상의 모든 보편이라는 것은 유명론자들이 논박하는 것처럼 다만 허명(虛名)에 지나지 않는 것은 아닐까.

피에르 주교의 육신이 땅에 묻히는 것을 묵묵히 지켜보며 나는 보편을 둘러싼 철학적 논쟁을 상기했다. 그리고 스스로에게 질문을 던지고 있었다. 그사이 장례식은 끝났다. 나는 피에르 주교의 영혼이 주님 곁으로 가기를 진심으로 빌었다.

장례식이 끝나자마자 레이몽 부주교가 참사회를 소집했다. 그것은 너무도 전격적인 결정이었다. 참사회의 소집은 새로운 주교의 선출을 의미하는 것이었다. 피에르 주교의 관을 덮은 흙이 채 다져지기도 전에 그 후임을 논하는 참사회를 소집하는 것은 지나치게 성급한 처사였다. 그러나 추기경 일행과 영주 일행, 양 진영에서는 아무런 이의도 제기하지 않았다.

사실, 그들이 불원천리 달려온 것도 피에르 주교의 장례식에 참석하기 위해서가 아니라 참사회의에서 영향력을 행사하기 위한 것일 터. 당시 정세에 비추어 볼 때, 후임 주교 자리의 향배는 향후 교권과 속권의 역학관계에 지대한 영향을 끼칠 사안임에 분명했다. 그 점을 모를 리 없는 양 진영에서, 제롬 사제의 표현에 따르면, 맹견을 보낸 것은 당연한 수순이었다. 이제 서로 물어뜯는 일만 남은 것인가.


"어디를 가느냐?"

장례식이 끝난 후, 어제 못다 한 시내 구경을 할 심산으로 교회 문

밖을 향해 걷던 나를 제롬 사제가 불러세웠다.

"딱히 할 일도 없고 해서 시내 구경이나 하려고 합니다."

"한가한 소리다. 참사회의 참관이나 하거라."

"제가 말씀입니까?"

참사회의에는 교구의 성직자들, 그중에서도 사제들만 참석하는 게 원칙이다. 그리고 경우에 따라 그 필요성이 인정되는 자에 한해 참석이 허용되었다. 추기경 일행과 영주 일행이 바로 그러한 경우에 해당할 것이다. 그들은 교회를 둘러싼 두 이해 당사자인 교황청과 프랑스 왕실의 특사였기 때문이다.

"너말고 여기 또 누가 있더냐?"

"그 자리가 어떤 자리라고 감히 제가 얼굴을 들이밀겠습니까?"

"모두가 주님의 종된 자들로 그 귀천이 어디 있겠느냐. 남들과 구별짓기 좋아하는 자들이 규정인가 뭔가를 만들어놓은 모양이다만 다 잠꼬대 같은 짓이다. 너 또한 프란체스코 회의 엄연한 수도사이고 전임 주교의 부름을 받고 온 것이니 그 후임을 논하는 자리에 참석한다고 해서 이상할 것 없지 않겠느냐. 단, 아무리 하고 싶은 말이 있더라도 침묵을 지키고 있어야 한다."

제롬 사제의 말을 듣고 나는 성당 입구 열주에 새겨진 조각화를 떠올렸다. 신분의 귀천을 초월해 성모 마리아를 중심으로 어깨를 나란히 한 성직자와 기사와 농민…… 나는 그 조각화에 투영된 고결한 이상의 메아리를 제롬 사제의 음성에서 들은 것이다. 사제가 궁극에 바라는 바는 무엇인지, 갑자기 궁금해졌다.


참사회의는 회랑의 남쪽 건물에 마련된 접견실에서 진행되었다.

탁자와 의자가 직사각형 모양으로 정연하게 배열되어 있었다. 직사각형의 짧은 변에 레이몽 부주교가 앉아 있었다. 그 왼쪽으로 추기경 일행이 줄줄이 자리를 잡았다. 그리고 그 맞은편에 영주와 기욤 드 노가레를 비롯해 행정장관과 그 수행원들이 착석해 있었다. 교회의 사제들은 부주교를 마주한 채 앉았다. 나는 제롬 사제의 옆 좌석, 사각형의 모퉁이에 해당하는 자리에 엉거주춤 엉덩이를 붙이고 앉았다.

레이몽 부주교가 내 얼굴을 보고는 붉은 얼굴을 실룩거리며 뭐라 말을 하려는 것 같더니 이내 입을 다물었다. 내가 그곳에 있는 게 못마땅하다는 표정이었지만 괜한 소란을 피우고 싶지는 않았는지 잠자코 있었다. 내 딴에는 좌불안석, 안 낄 자리에 있는 것 같아 어색했지만 내친걸음이라 그대로 주저앉고 말았다.

관례로 보나 교칙으로 보나 후임 주교의 선출에 있어 부주교와 마주 앉은 교회의 사제단이 참사회의 실질적인 주인공이 되어야 마땅했으나, 그들은 오히려 들러리에 불과한 분위기였다. 교권과 속권이 최소한의 체면도 내팽개친 채 노골적으로 개입 의지를 드러내는 마당에 그들이 제 목소리를 내기는 힘들 듯했다.

레이몽 부주교가 헛기침을 몇 번 하고 입을 열었다. 의례적인 인사말을 하면서 참사회의 개회를 선언했다. 회의는 자유로운 의사 발언 형식으로 진행되었다. 자신이 유력한 주교 후보인 터라 부주교는 말을 아꼈다. 그러나 그의 바람과는 달리 그날 참사회의는 속권과 교권의 설전의 무대가 되고 말았다. 먼저 포문을 연 것은 영주 진영이었다. 프랑스 국왕의 고문 기욤이 공격의 선편을 쥐고 나섰다.

"베드로의 권좌를 지키기도 바쁘실 텐데, 이런 변방의 도시까지 추기경 각하를 보내다니 교황께서는 참으로 도량이 넓으십니다.”

기욤은 ‘변방의 도시’라는 말에 유난히 힘을 주었다. 프랑스 국왕의 관할 교구에 있는 교회에 영향력을 행사하려는 교황청의 야심에 일침을 날린 것이다.

교권 쪽에서는 발렌티노가 공격의 선봉에 서리라는 내 예상을 깨고 몬테나 추기경이 먼저 나섰다.

“만백성의 사제이시며 모든 교회의 수장이신 교황 성하(聖下)께서는 아무리 작고 보잘것없는 교구라도 절대로 하찮게 여기지 않으십니다. 오히려 영토 확장에 여념이 없는 중대한 시기에 이런 변방의 도시에 참모 중의 참모를 파견하신 걸 보면 필립 4세야말로 오지랖이 지중해보다 더 넓으신 게지요.”

언중유골, 내뱉는 말마다 가시가 돋쳐 있었다. 몬테나 추기경이 직접 나서서 기욤의 야유를 고스란히 되돌려주는 바람에 분위기가 일찍 달아오를 모양이었다.

주지하다시피, 1250년 신성로마제국의 황제권이 붕괴된 이후 지금까지 대관을 받은 황제가 없었다. 이른바 황제 공위(空位) 시대였다. 오토 대제 이래로 서유럽에서 차지하는 황제의 비중은 가히 절대적이었다. 그런데 그 절대 권력이 혼미를 거듭하면서 갑작스런 권력의 진공 상태가 찾아온 것이다. 그 틈을 비집고 들어간 것이 바로 프랑스였다. 프랑스의 카페 왕조는 내부의 단결을 기반으로 서유럽의 강자로 급부상했다. 그리하여 신성로마제국 황제의 역할을 사실상 프랑스 국왕이 대신하기에 이른 것이다. 자신감을 얻은 필립 4세의 법률가들은 왕은 자신의 국가 내에서 황제와 같다고 공공연하게 주장하게 되었다. 그 무렵, 로마 교황청의 최대 정적은 신성로마제국의 황제가 아니라 프랑스의 국왕인 셈이었다.

분위기가 심상치 않음을 우려했는지 레이몽 부주교가 연신 헛기침을 했다. 그러나 이미 마른 장작에 불이 붙은 꼴이었다. 헛기침 따위로 어떻게 해볼 수 있는 상황이 아니었다.

"교황은 바깥으로 눈을 돌리기에 앞서 집안 단속부터 해야 할 것이외다. 물욕에 눈먼 추기경들과 그 잔당들이 성직매매, 면죄부 남용 등 온갖 추잡한 뒷거래로 베드로의 이름을 더럽히고 있지 않습니까?"

일부 교회와 재속 성직자들의 부패는 교황측의 아킬레스건이었다. 일찍이 교황과 맞섰던 신성로마제국의 황제들이 청빈을 금과옥조로 여기는 수도원을, 특히 프란체스코 회를 응원한 것도 이러한 정치적 계산에 의한 것이었다. 그리하여 교황과 맞선 속권의 수장들은 교회와 재속 성직자의 타락상을 집요하게 물고늘어지곤 했다. 그 수법을 이제는 프랑스 국왕 쪽에서 이용하고 있는 것이다.

"베드로의 이름을 더럽히고 나아가 삼위일체를 부정하고 있는 것은 정작 프랑스 왕실이 아닙니까?"

침묵을 지키고 있던 발렌티노가 마침내 포문을 열었다. 그의 목소리는 쇠줄을 긁어대는 것처럼 카랑카랑했다. 발렌티노의 직격탄에 영주 일행 쪽이 술렁거렸다. 특히 기욤의 얼굴이 굳어졌다. 영주도 국왕을 주군으로 섬기는 봉신이고 행정장관으로 말하자면 국왕으로부터 녹봉을 받는 수하이지만, 가깝기로 친다면 국왕의 고문으로서 지근 거리에서 보필하고 있는 기욤만 못한 것이었다. 발렌티노의 입에서 프랑스 왕실을 모욕하는 발언이 튀어나오자 기욤의 얼굴이 굳어진 것은 당연한 일이었다. 그러나 그런 소요에는 관심이 없다는 듯 발렌티노는 태연하게 자신의 말을 이었다.

　"모두들 잘 알고 있겠지만 1210년 파리 대학의 철학 교수였던 아모리의 시신이 불에 태워졌습니다. 죽은 지 사 년이나 지난 뒤였습니다. 무엇 때문이었습니까? 일찍이 샤르트르에서 수학한 이 이단의 괴수는 아리스토텔레스 철학에 대한 이교도들의 해석을 교묘히 이용한 궤변으로 파리 대학의 젊은 학생들을 현혹하여 악마의 손아귀로 끌어들였습니다. 심지어 악조차도 신에게 속한다고 떠들어댔습니다. 이단자 중의 이단자 아모리는 거짓 선지자, 피오레의 요아킴이 지껄인 헛소리를 마치 대단한 교리인 양 떠받들면서 교회를 부정하고 베드로의 권좌에 침을 뱉고 적그리스도의 출현을 예비했던 것입니다. 그 아모리는 여러분이 더 잘 알다시피 존엄왕 필립의 태자, 필립 2세의 선생이 아니었던가요? 차마 입에 담기 불경스럽게도 이단자 아모리를 추종하던 무리들은 필립의 태자가 세계의 종말에 구세주로 등장하여 로마제국을 파멸시키고 교황제를 끝장낼 것이라고 떠들어댔다고 합니다. 아모리의 시신이 화형에 처해지고 그의 잔당, 이른바 아모리의 10인이 발본색원되었지만 그 이단의 정신을 이어받은 무리들이 여전히 파리 대학을 거점으로 암약하고 있습니다. 교황청이 우려의 눈길로 파리 대학을 주시하고 있는 것도 바로 이 때문입니다. 그런데 괴이하게도 프랑스 국왕은 한결같이 이 이단의 무리들을 감싸고도는데 그 저의가 대체 무엇입니까? 시칠리아의 황소, 토마스 아퀴나스란 자 또한 그 신앙과 사상이 의심스러운바, 차제에 이들에 대한 프랑스 왕실의 공식적인 입장을 들어보도록 합시다."

　파리 대학의 탁발 종단 학자였으며 『신학대전』의 저자인 토마스 아퀴나스는 1274년에 교황의 명에 따라 공의회가 열릴 리옹으로 가던 중 사망했다. 그러나 죽은 토마스 아퀴나스는 살아 있을 때와 마찬가지로 여전히 논쟁의 대상이었다.

세간에는 신앙과 이성의 조화를 강조한 것으로 알려졌으나 성 아우구스티누스를 추앙하는 전통주의자들과 보나벤투라를 위시한 프란체스코 회의 신학자들의 눈에 비친 토마스 아퀴나스는 아리스토텔레스라는 믿을 수 없는 인물과 더욱 믿을 수 없는 아랍의 주석가들을 기독교 세계의 심장부로 끌어들인 위험천만한 혁명가였다. 영혼과 육체의 갈등에 대한 신학적 논증에 몰두했던 아우구스티누스 유의 전통주의자들, 회의하는 이성보다는 신심이 도타운 영혼의 편이었던 프란체스코 회 신학자들의 눈에 아랍과 유대교의 수상쩍은 서책에 파묻혀 있는 토마스 아퀴나스가 곱게 보일 리 만무했다. 그래서 그들은 토마스 아퀴나스의 학문적 정체성에 대해 의혹의 눈초리를 거두지 않았고, 심지어 영혼이 결여된 학문, 예수 그리스도와 교회를 배반한 지성 놀음이라고 몰아붙이기까지 했다. 그리하여 기회가 있을 때마다 그들은 토마스 아퀴나스를 이단으로 단죄된 파리 대학의 무리와 동일시하려 했던 것이다.

토마스 아퀴나스를 공박한 것은 비단 정통주의자들과 프란체스코 교단의 신학자들뿐만이 아니었다. 아모리의 피를 이어받은 급진주의자들, 특히 1269년 이단으로 정죄된 시제르 일파는 토마스 아퀴나스의 어정쩡한 행보를 맹렬히 비난했다.

"툴루즈의 늑대가 마침내 그 발톱을 드러냈다."

제롬 사제가 누가 들어도 개의치 않는다는 듯 무심히 중얼거렸다.

툴루즈의 늑대. 제롬 사제는 발렌티노를 그렇게 불렀다. 강단과 고집이 물씬 풍기는 각진 얼굴과 찌를 듯한 잿빛 눈…… 듣고 보니 그는 숨죽인 채 먹잇감을 노리고 있는 한 마리 늑대와도 같았다.

"뭔가 오해하고 계시나봅니다. 프랑스 왕실은 절대로 이단을 옹호한 적이 없습니다. 그리고 토마스 아퀴나스와 아모리 일파를 한패로 여기시나본데, 그것은 옳지 않습니다. 토마스 아퀴나스야말로 안으로는 일부 급진주의자들, 이단의 무리들로부터 파리 대학을 수호하고 밖으로는 이교도로부터 기독교 세계를 방어하는 데 평생을 바친 사람입니다. 그의 스승, 위대한 알베르투스가 그랬던 것처럼 말입니다."

기욤의 답변은 송곳처럼 예리한 발렌티노의 질문에 비해 궁색한 면이 있었다. 그 궁색함이라는 것은 이단으로 정죄되어 그 시신이 화형에 처해진 아모리가 필립 2세의 태자 시절 스승이었다는 움직일 수 없는 사실에서 비롯된 것이었다. 그래서 기욤은 그 명백한 사실을 부정하는 무모함을 버리고 토마스 아퀴나스와 아모리를 분리하는 전술을 택한 것이다. 토마스 아퀴나스를 옹호하는 것은 곧 현재의 프랑스 왕, 필립 4세를 옹호하는 것이기 때문이다. 그만큼 필립 4세의 여러 정책과 그 근거가 되는 사상에 토마스 아퀴나스가 차지하는 비중이 컸던 것이다. 즉, 과거를 부정함으로써 현재에 대한 면죄부를 얻으려는 속셈이었다. 그러나 이를 간파한 발렌티노의 추궁은 집요하게 이어졌다.

"오해라니, 천만의 말씀입니다. 1277년 파리의 주교 탕피에르가 219개의 의심스럽고 위험한 명제에 대해 정죄할 때, 아모리 일파와 시제르 무리들과 더불어 토마스 아퀴나스가 그 대상이 되었다는 사실을 기억하시는지요."

그것은 사실이었다. 개인적으로 토마스 아퀴나스의 사상이 이단으로 생각되는 바는 아니었지만 주교 탕피에르에 의해 토마스 아퀴나스가 아모리, 시제르와 한통속으로 묶인 것은 사실이었다. 이번에도 기욤은 수세에 몰릴 수밖에 없었다.

발렌티노는 수많은 사람들을 이단으로 단죄해 화형주의 장작더미 위로 보낸 당대의 이단 심문관답게 상대의 가장 약한 부분을 집요하게 파고들었다. 아무리 술수에 능한 마왕의 심복이라도 부인할 수 없는 결정적인 사실들을 들이댐으로써 옴짝달싹 못 하도록 사지로 내모는 것이다. 빠져나가려고 발버둥칠수록 더욱 옥죄여오는 덫, 발렌티노의 입에서 튀어나온 말들은 하나의 덫이었다. 발렌티노의 덫에 걸린 기욤의 표정이 일그러졌다.

"듣던 대로 언변의 예리함이 성당의 첨탑에 비할 바가 아니군요. 사실관계에 대단히 밝으신 것 같은데, 그렇다면 이것 또한 기억하고 계실 테지요. 시제르의 사상이 이단으로 정죄되던 1269년, 탁발 종단의 박사들에게 교수직 연임을 금지하는 대학 법령을 어기면서까지 토마스 아퀴나스를 파리 대학으로 소환해 다시 강단에 서게 한 것을 말입니다. 그리고 파리 대학에 돌아온 그가 이단자 시제르와 학문적 사활을 건 논쟁을 벌였다는 것 역시 잘 알고 계실 테지요."

마비앙 행장장관이 수세에 몰린 기욤을 거들고 나섰다.

"여러분, 진정하십시오. 오늘 여러분들이 이 자리에 모인 것은 토마스 아퀴나스의 사상을 검증하기 위함이 아니라는 것을 명심하시기 바랍니다. 참사회의가 소집된 취지를 잊지 마십시오."

일이 엉뚱하게 진행되는 것을 보다 못한 레이몽 부주교가 급히 의사진행 발언을 했다. 부주교의 붉은 얼굴은 낭패감으로 굳어 있었다.

부주교의 개입으로 잠시 정적이 감돌았다. 그러나 그것은 피차간에 대대적인 공세를 취하기 위해 잠시 숨을 고르며 전열을 정비하는 것에 불과했다. 추기경 일행이나 영주 일행 모두 레이몽 부주교의 야심에는 관심이 없는 듯했다. 이번에는 영주 진영에서 역공을 폈다. 줄곧 입을 다물고 있던 영주가 침묵을 깨뜨린 것이다.

"추기경 일행은 피에르 주교의 후임에 관심이 많으실 테죠? 잉글랜드나 다른 곳에서 그랬던 것처럼 로마에 충성을 서약한 대리인을 임명하려 할 테지요. 그리하여 이곳 교구의 수입을 고스란히 추기경들의 주머니에 넣으려는 것 아닙니까? 다른 곳이라면 몰라도 이곳 프랑스에서만큼은 그런 썩어빠진 관행을 용납할 수 없습니다. 명민한 잉글랜드인 로버트 그로스테스트가 그랬던 것처럼 우리는 돈 버는 기계로 전락한 추기경들의 전횡을 결코 묵인하지 않을 것입니다."

영주의 얼굴은 제법 비장했다. 국왕의 고문이 지켜보는 앞에서 왕에 대한 충성심을 과시하기 위함인지, 교황청에 대한 비난이 교황청과 관계가 좋다고 할 수 없는 프란체스코 회 수도사인 내가 듣기에도 민망할 정도로 신랄했다.

토마스 아퀴나스를 둘러싼 논쟁은 서로의 체면을 고려한 점잖은 탐색전에 불과했다. 그들이 정작 관심을 기울이고 있는 문제는 토마스 아퀴나스 사상의 이단 여부 따위가 아니었다. 본격적인 대회전은 서로 위선의 가면을 벗어던짐으로써, 토마스 아퀴나스라는 비유를 포기함으로써 그 막을 올리게 된 것이다. 이제는 체면 따위를 돌볼 계제가 아니었다. 물어뜯지 않으면 물어뜯기는 상황이었다.

창졸간에 탐욕의 화신으로 전락한 몬테나 추기경이 발끈한 것은 당연했다.

"교회에는 국경이 없다는 것을 몰라서 하는 말이오? 프랑스 땅의 교회도 잉글랜드 땅의 교회도 베드로의 보위 하에 있는 교회일 뿐이오. 따라서 그 성직 임명의 신성한 권한이 그리스도의 지상 대리인이신 교황 성하에 있는 것은 당연한 일, 이를 부인하는 것은 천 년을 이어온 로마제국의 전통을 부정하고 교회제도 자체를 부정하는 가증할 이단적 발상이외다. 프랑스 국왕은 카노사의 벌판에서 사흘 동안이나 한겨울 혹한에 떨며 무릎을 꿇은 하인리히 4세의 교훈을 벌써 잊었단 말이오?"

이른바 카노사의 굴욕.

성직자의 임명권을 두고 대립의 각을 첨예하게 세우던 교황과 신성로마제국의 황제. 급기야 1076년 1월 교황 그레고리우스 7세는 주교회의를 소집하고 황제 하인리히 4세를 파문시킨다. 결국 이듬해 하인리히 4세는 카노사에 머물던 교황을 찾아가 사흘 밤낮으로 용서를 빌었다. 후문에 의하면, 그때 알프스를 넘은 황제의 행렬이라고는 부인과 아이, 그리고 소수의 수행원뿐이었으며 카노사에서 용서를 빌던 황제는 맨발이었다고 한다. 소문이라는 것은 마녀의 속삭임과 같은 것이어서 그 전말을 액면 그대로 믿을 수는 없지만 황제의 행색이 굴욕적이었으리라는 것을 짐작하기란 그리 어려운 일은 아니다. 그때도 문제는 성직자 임명권이었다. 이번에는 교황의 정적이 황제에서 프랑스 왕으로 바뀌었을 뿐 그 권력 투쟁의 본질은 하나도 달라진 것이 없었다.

몬테나 추기경의 일갈에 이번에는 기욤이 맞섰다.

"그 대단한 로마인 그레고리우스 7세가 그로부터 십 년 후, 황제의 군대에 의해 로마에서 쫓겨나 유배지에서 초라하게 죽어간 사실을 추기경은 모른단 말이오?"

정치란 것은 참으로 모를 일이어서 카노사 사건 이후 권력의 추는 교황이 아닌 황제에게 쏠리게 된다. 거기에는 그만한 곡절이 있었다.

카노사에서의 치욕적인 참회로 겨우 교황의 용서를 받은 황제를 기다리고 있던 것은 제후들의 반란과 그들이 옹립한 대립왕이었다. 급기야 신성로마제국은 내란의 소용돌이에 휩싸였고 하인리히 4세는 절체절명의 위기에 직면하게 된다. 설상가상으로 교황 그레고리우스 7세가 다시 하인리히를 파문했다. 그러나 이번에는 상황이 전혀 다르게 전개되었다.

두번째의 파문에 대해 교황은 카노사에서는 하인리히를 황제가 아니라 한 인간으로 구원했으니 이번에야말로 황제 하인리히를 파문하겠노라고 주장했지만 아무래도 궁색한 논리였다. 카노사 사건 때 교황을 지지했던 세력들이 이번에는 등을 돌렸다. 반격의 기회를 얻은 황제가 가만히 있을 리 없었다. 황제는 반란을 일으킨 제후들이 선출한 대립왕 루돌프를 제압하고 군대의 기수를 로마로 돌렸다. 이 년여 동안 계속된 포위전 끝에 1084년 황제는 로마에 입성하게 된다.

황제의 군대에 쫓겨 로마를 버린 교황은 천연의 요새 산탄젤로 성으로 몸을 피했다. 그곳에서 와신상담하던 교황 그레고리우스 7세는 이탈리아 남부에 있던 노르만족의 지원을 등에 업고 로마를 탈환하게 되지만 그를 도운 병사들의 횡포에 위협을 느낀 나머지 다시 로마를 버리게 된다. 그는 결국 최후의 피신지, 이탈리아의 남부 살레르노에서 사망했다. 1085년 5월 25일의 일이다.

카노사 사건의 또다른 주인공 하인리히 4세는 그의 정책을 못마땅하게 여긴 귀족들과 두 아들의 배신으로 구금당하게 된다. 황제의 인장을 넘기도록 위협받던 하인리히는 이익동맹을 맺은 도시들의 도움으로 탈출해 군대를 끌어모았다. 그러나 배신한 아들과의 대결을 준비하던 중 갑작스럽게 사망했다. 1106년 8월 7일의 일이었다. 하인리히 4세의 죽음으로 카노사 사건은 그 기나긴 쟁투에 종지부를 찍게 되었다.

전후 사정을 고려할 때 기욤의 말은 정확하지 않았다. 그레고리우스 7세는 황제의 군대에 쫓겨 살레르노로 피신한 것이 아니라 황제로부터 자신을 구한 병사들의 횡포를 피해 살레르노에 은거한 것이었다. 그러나 살레르노로의 피신도 그 본질은 황제와의 대립에서 비롯된 것이기에 아주 틀린 말은 아니었다.

"성서에 이르기를 교회와 그 권력은 두 개의 칼로 이루어졌다고 했소. 그리하여 주님, 여기에 칼 두 자루가 있습니다, 하였더니 주께서 그만하면 됐다고 말씀하셨소. 이를 두고 세속의 검은 베드로의 권한 밖에 있다고 말하는 자 있으나, 이는 단견에서 비롯된 터무니없는 억지에 불과하오. 주께서는 또 이렇게 말씀하셨소. 그대의 검을 그곳에 바쳐라. 따라서 두 개의 검, 즉 신앙의 검과 세속의 검, 정신의 검과 물질의 검 모두 베드로의 것이외다. 정신의 검은 교회에 의해, 물질의 검은 교회를 위해 그 쓰임이 결정되는 것이오. 국왕은 다만 교회의 위임을 받아, 교회를 위해 물질의 검을 사용해야 마땅하오."

발렌티노의 카랑카랑한 음성에는 노기가 서려 있었다.

이름하여 양검론(兩劍論). 교권과 속권, 천하를 양분한 두 절대권력을 두 개의 검에 비유한 논리였다. 발렌티노의 언변은 그 내용에 대한 찬성 여부를 떠나서 시원시원한 데가 있었다. 그리하여 묘하게 듣는 이를 빨아들이는 흡인력이 있었다. 막무가내로 자신의 주장을 늘어놓는 것이 아니라 움직일 수 없는 사실에 의지하거나 성서와 같이 부인할 수 없는 권위에 기대어 자신의 주장을 정당화시키는 것이다. 그것은 참으로 교묘한 수사학으로서, 듣는 이로 하여금 단순한 주장을 명백한 사실, 혹은 부인할 수 없는 권위로 여기게 했다. 그리하여 그 말에 의심을 품는 것조차 이단이라고 스스로 자책하게 만드는 것이다. 그의 언변에 말려들면 짓지 않은 죄라도 실토하게 될 것 같았다.

"말씀 한번 잘 하셨습니다. 그 양 검이라는 것은 말 그대로 교황과 국왕에게 각각 주어지는 것입니다. 그렇지 않다면 애당초 검이 두 개일 이유가 없겠지요. 정신의 검이 마땅히 교회의 것이듯 물질의 검은 당연히 속권에 속해야 할 것입니다. 신의 소명을 받은 사자이신 국왕에게 주께서 직접 내리신 것이 바로 속검이외다. 그런데 어찌하여 교황이 그 속검의 사용에 대해 이래라 저래라 간섭한단 말이오. 로마에 가면 로마의 법이 있듯이 프랑스에는 프랑스 국왕이 공표한 법이 있으니, 로마에 가면 로마의 법을 따르고 프랑스 땅에서는 프랑스 국왕의 법을 따라야 함은 거리의 창부나 유대인 고리대금업자, 문둥이, 야바위꾼, 변태 성욕자, 남색가, 시정잡배들도 아는 자명한 이치이거늘 어찌하여 고매하고 잘나기로 둘째가라면 땅을 치고 통곡할 로마인들만 모른단 말이오."

발렌티노의 공세에 맞서 기욤이 대거리를 하고 나섰다.

"뭐가 어째, 이 배은망덕한 갈리아 놈아! 뚫린 입이라고 잘도 짖어대는구나. 위대한 카이사르가 아니었다면 지금도 벌판에서 들개처럼 살았을 놈들이 언제부터 법을 알았다고 알량한 프랑스 법을 들먹이며 감히 위대한 로마를 능멸하는 것이냐?"

몬테나 추기경이 더이상 참을 수 없다는 듯 쇳소리를 내며 길길이 뛰었다. 교권과 속권의 갈등에 민족 감정까지, 타오르는 불꽃에 기름을 끼얹은 꼴이 아닐 수 없었다.

회의장은 그야말로 난장판, 흥정을 하다 멱살 드잡이를 하는 저잣거리나 다름없었다. 여기서 웅성, 저기서 웅성…… 쑤셔진 벌집이 따로 없었다. 회의장 밖에서 대기하고 있던 추기경의 호위병들과 영주의 병사들이 심상치 않은 낌새를 눈치채고 앞다투어 장내로 뛰어들었다. 회의장 안에는 차마 입에 담기조차 민망한 욕설과 저주가 난무했다.

"그리스도의 시신에 들러붙은 기생충, 로마 놈들아! 네놈들 아랫배에 낀 기름을 짜내면 천년을 밝힐 만한 초를 만들 수 있을 것이다!"

"이것이야말로 신성모독이렷다! 벼락은 대체 뭐 하는지 모르겠구나, 네놈 주둥이를 태우지 않고. 네놈들의 괴수 필립 4세야말로 종말의 불안을 틈타 혹세무민하여 순진한 백성의 영혼을 악으로 더럽히는 적그리스도가 아니더냐. 듣자 하니, 네놈들의 두목은 밤마다 마왕의 볼기짝에 입을 맞춘다고 하더니 그게 사실이었구나."

"네놈들이야말로 밤마다 마녀의 가랑이에 얼굴을 묻고 잠든다지. 그리고 세례도 받지 않은 영아를 마왕의 제단에 바친다고 하더구나. 네놈들의 두목, 보니파키우스야말로 악마 중의 악마, 적그리스도가 아니냐!"

"사지를 찢어 죽일 놈."

"마녀의 기둥서방 같은 놈."

"유대인 고리대금업자보다 더 악랄한 놈."

"예수의 시신도 팔아먹을 놈."

"마왕의 졸개 같은 놈."

"네놈이야말로 마왕의 엉덩이나 핥아라."

차마 글로 옮기기 민망한 말들은 생략하기로 한다. 어쨌거나, 그곳이 신성한 복음이 메아리치는 교회라는 사실이 의심스러울 정도로 악의에 찬 저주의 말들을 주고받으며, 양 진영은 칼부림이라도 할 듯한 태세였다. 무장한 경비병들과 수행원들은 여차하면 꺼내려는 듯 검의 손잡이를 움켜쥐고 있었다.

흥분한 병사 한 명이 검을 빼들자 기다렸다는 듯이 병사들이 일제히 검을 뽑아들었다. 수십 개의 검이 시퍼런 칼날을 번뜩이며 살기를 내뿜고 있었다. 일촉즉발, 당장이라도 회의장에는 피를 부르는 광풍이 몰아칠 태세였다. 검을 움켜쥔 채 첨예하게 대치하고 있는 양 진영의 병사들이 뿜어내는 살기 등등한 검기(劍氣)에 회의장에는 일순 살얼음 위를 걷는 듯한 긴장과 정적이 밀려들었다.

교회의 사제단은 어이없는 광경에 입을 다물지 못했다. 그러나 그 자리에서 가장 당혹스러운 사람은 바로 레이몽 부주교였으리라. 공석이 된 주교의 후임자로 내심 자신이 추천되리라 기대했던 터라, 그는 사색이 되어 싸움을 말리기 위해 동분서주했지만 역부족이었다. 신앙의 검, 속세의 검 그 어느 쪽도 쉽사리 물러설 기세가 아니었다. 그때 토마스가 다급히 뛰어들지 않았다면 어떤 불상사가 발생했을지 이제 와서 생각해도 아찔하기 짝이 없다.

얼굴이 하얗게 질린 토마스가 헐레벌떡 회의장으로 뛰어들었다.

그리고 숨을 헐떡거리며 창자를 쥐어짜내듯 외쳤다.

"페……페스트입니다. 페스트였습니다."

어제 갑자기 쓰러진 미셸 사제의 사인이 결국 페스트로 밝혀진 것이다. 이웃 교구의 의사가 당도한 모양이었다. 유감스럽게도 제롬 사제의 진단이 빗나가지 않았던 것이다. 페스트라는 외침에 장내가 일순 경악과 공포의 도가니로 돌변했다. 검을 뽑아든 자들은 맥없이 검을 떨구었고, 멱살을 잡으며 갖은 욕설과 저주를 퍼붓던 자들도 벌어진 입을 다물지 못했다.

"심판의 날이 다가온 것입니다. 주여, 부디 우리의 영혼을 구원하소서!"

겁에 질린 나머지 토마스가 횡설수설하며 회의장을 돌아다녔다.

"토마스 형제, 정신을 수습하고 침착하게 자초지종을 말해보아라."

레이몽 부주교가 토마스의 어깨를 붙들고 호령을 내렸다.

"……그러니까 이웃 교구에서 의사가 왔는데……미셸 사제의 시체를 검시하더니……제롬 사제께서 말씀하셨듯이……그러니까, 사인이 바로……페스트가 틀림없다고……판정을 내렸습니다."

레이몽 부주교의 호령을 듣고서 토마스는 넋이 나간 얼굴로 더듬더듬, 겨우 말을 이었다.

결국 그렇게 된 것이다. 베르송에 페스트가 발생한 것이다. 하늘이 내린 가공할 재앙 앞에서 회의장에 있던 사람들은 너나 할 것 없이 모두들 숨을 죽이고 말았다.

# 6
# 페스트보다 더 무서운 것

페스트에 대한 공포가 대단하긴 대단했던 모양이었다. 레이몽 부주교가 필사적으로 말리는 것에도 아랑곳하지 않고 사생결단의 기세로 드잡이를 하던 양 진영이 멱살을 풀고 저주와 욕설을 주워담았던 것이다. 서로 상대에게 용서를 구하고 화해의 말들을 나누었다. 심지어 포옹을 하는 자들도 있었다. 칼부림을 할 태세였던 병사들도 본래의 위치로 돌아갔다. 이러한 표면적인 변화에도 불구하고 회의장에는 여전히 긴장감이 감돌았다.

마비앙 행정장관은 토마스에게 페스트가 틀림없냐고 재차 물었다. 토마스는 하늘에 맹세코 그것은 사실이라고 대답했다. 행정장관은 영주, 기욤과 뭔가를 숙의하고 나서 굳은 표정으로 이렇게 말했다.

"들으신 바와 같이 미셸 사제의 사인이 페스트로 밝혀진 이상, 지엄한 프랑스 국왕의 명을 받드는 이 도시의 행정 책임자로서 역병이 이웃 교구로 확산되는 것을 미연에 차단하기 위해 당분간 성문을 닫고 그 출입을 제한하도록 하겠습니다. 따라서 지금 이 성에 있는 자들, 특히 이곳, 교회에 머물고 있는 사람들은 별도의 조치가 있기 전까지는 절대 성밖으로 나가서는 안 될 것입니다. 그리고 이 자리에 있는 사람들은 이 사실이 저잣거리에 퍼지지 않도록 각별히 유의하시기 바랍니다. 페스트가 발생했다는 사실을 당분간 비밀에 부치는 것이 불필요한 혼란이나 소요를 막는 데 도움이 될 것입니다. 적절한 시기에 이 사실을 공개할 것이니 그전까지는 함부로 입을 놀려서는 안 될 것입니다. 만일 이 사실이 새어나간다면 이 자리에 있는 사람들 중 발설자가 있는 것으로 간주, 그 당사자를 색출하여 엄중 문책할 것입니다."

마비앙 행정장관은 말을 마치고 레이몽 부주교를 쳐다보았다. 부주교는 어쩔 수 없다는 듯 가볍게 고개를 끄덕여 행장장관의 명에 동의했다. 그러나 동의를 표하면서도 일이 골치 아프게 되었다는 표정을 감추지 못했다.

이렇게 되면 후임 주교의 선출은 당분간 유예될 수밖에 없었다. 교회의 규율에 따르면 참사회의에서 선출된 주교 후보는 전체주교회의나 대주교의 주재하에 실시되는 종규(宗規)시험을 통과해야 정식으로 주교 서임을 받을 수 있었다. 그런데 역병으로 성문 출입이 통제되고 이웃 교구로 연결된 길이 폐쇄된다면 주교회의를 개최하는 것도, 대주교가 주재하는 종규시험을 치르는 것도 당분간은 불가능해지는 것이다. 따라서 후임 주교의 선출에 관한 일정은 기약 없이 미뤄질 수밖에 없었다. 언제까지 늦춰질지는 아무도 모르는 일이었다. 페스트가 발발하리라고 그 누구도 예상하지 못했듯이 말이다.

페스트로 인해 참사회의가 흐지부지 끝난 건, 레이몽 부주교의 입장으로서는 통탄을 금할 수 없는 일이었겠으나 나머지 사람들에게는 참으로 다행한 일이 아닐 수 없었다. 어쨌거나 추기경 일행과 영주 일행 사이의 무력 충돌을 피할 수 있었으니 말이다. 부주교는 자신의 야심 달성을 뒤로 미루고 추기경과 영주 진영은 진검 승부를 뒤로 미뤄야 했다. 결국 페스트는 베르송의 시간을 정지시킨 셈이었다. 재앙이 때로는 다른 재앙을 막아주기도 하는 모양이었다.

알프스를 넘을 때만 해도 나는 피에르 주교의 관이 땅에 묻히는 것을 지켜본 후 바로 피렌체로 돌아갈 생각이었다. 그러나 애초의 계획과 달리 꼼짝없이 발이 묶이게 되었다. 당분간은 오도 가도 못하게 된 것이다. 턱없는 생각이었지만 그 페스트라는 것은 나로 하여금 베르송에서 무슨 일인가를 해내도록 붙잡아두려는 전언처럼 느껴졌다. 분명 사리에 합당하지 않은 생각이었지만 그것은 제법 강렬하게 머릿속에 각인되었다.

영주 일행은 왔던 길을 되짚어 갔고 사제들은 각자의 자리로 흩어졌다. 추기경 일행도 접객소로 돌아갔다. 페스트가 발발하긴 했지만 그렇다고 해서 특별히 할 수 있는 일도 없었다. 할 수 있는 일이라고는 성의 출입을 봉쇄하고 각자의 자리로 돌아가 죽음을 기다리면서, 혹은 죽음의 광풍이 자신을 비껴가기를 기도하면서 생을 이어가는 것뿐. 영혼을 유한한 육신에 가두신 창조주의 참뜻을 새삼 궁리하면서 다만 하루하루 생을 이어가는 것뿐이었다.

나도 예외는 아니어서 특별히 할 일이 없었다. 그래서 나는 뜻하지 않게 참사회의를 참관함으로써 미룰 수밖에 없었던 시내 구경이나 마저 하기로 했다. 회랑을 지나 성당 본체를 빠져나가려는 순간,

어느 틈에 따라붙었는지 제롬 사제가 모습을 드러냈다.

"소감이 어떤가?"

제롬 사제가 낮은 목소리로 물었다. 소감이라면 참사회의를 참관한 소회를 묻는 것일 터였다.

"제가 어찌 지체 높으신 분들의 고담준론에 대해 왈가왈부하겠습니까."

"겸손도 지나치면 악덕이 된다."

"솔직히 말씀드리자면…… 무엇이 옳고 무엇이 그른 것인지, 무엇이 정(正)이고 무엇이 사(邪)인지, 들으면 들을수록 오리무중이었습니다. 교황과 국왕의 충복들이 서로 상대의 주군을 적그리스도라 헐뜯으니 어린양들은 누구를 믿고 따라야 하는지요. 제 눈에는 모두들 의로움보다는 이로움을 좇는 것처럼 보였습니다. 그런데 시제르의 가르침이 대체 어떤 것이기에 교황청 사람들이 그토록 경원하는 것입니까?"

나는 참사회의 내내 의문으로 남아 있던 것에 대해 질문했다. 파리 대학의 시제르에 관한 풍문은 어느 정도 들은 바 있지만 그 자세한 내용은 알지 못했다. 그러던 차에 참사회의에서 시제르라는 인물이 거명되었을 때 돌을 씹은 듯 굳어졌던 참석자들의 표정으로 인해 그 궁금함이 더해진 것이다.

제롬 사제의 안색에 어렴풋이 곤혹스러워하는 빛이 스쳤다. 한참동안 뜸을 들인 후, 주위에 인적이 드물어지자 그가 말문을 열었다.

"그는 희생양에 불과하다. 시제르를 말하기 위해서는 먼저 파리 대학에 대해 말해야 한다. 알다시피, 파리 대학은 이탈리아의 볼로나 대학과 더불어 유럽에서 가장 유서가 깊은 대학이다. 단순히 연원만 오래된 것이 아니라 그 학문적 깊이와 전통이 남다른 곳이다. 이탈리아의 대학들은 대체로 법학과 의학이 일찍이 발달했는데 법학이 발달한 것은 위대한 로마법의 전통 때문이고 의학이 발달한 것은 인접한 아랍의 영향 때문이다. 볼로냐가 법학의 보루라면 파리 대학은 인문학과 신학의 요람이다. 1240년부터 1247년까지 로저 베이컨이 파리 대학에서 후학을 가르쳤다. 알베르투스 마그누스가 1245년부터 1248년까지, 프란체스코 회의 보나벤투라는 1248년부터 1252년까지 그곳에서 강의했다. 도미니크 회의 토마스 아퀴나스는 1252년에서 1259년까지 교수로 재직했다. 그 면면만 살펴보아도 파리 대학이 어찌하여 유럽 지성의 심장으로 불리는지 알고도 남을 것이다. 그런데 이들에게는 한 가지 공통점이 있다. 모두 탁발 종단 출신의 학자라는 점이다. 여기에는 몇 가지 간과할 수 없는 배경이 있다. 학생과 선생의 자발적인 조직으로 출발한 대학의 자유분방한 지적 분위기가 교황청으로서는 심히 못마땅한 것이었다. 파리 대학의 인문학, 특히 아리스토텔레스에 경도된 철학에 대해서는 끊임없이 의심과 우려의 눈초리를 보냈다. 그러던 중 금세기 초에 파리 대학의 인문학부 내에서 이른바 범신론자, 자유사상가들의 비밀 조직이 발각되어 그 조직원들 대부분이 화형당하거나 옥에 갇혔다."

"죽은 지 사 년이 지난 아모리의 시신이 화형당한 것도 그때의 일이군요."

짚이는 바가 있어 내가 제롬 사제의 말허리를 잘랐다.

"교황청에서는 파리 대학 인문학부에 팽배한 불온한 사상의 뿌리로 아모리를 지목한 것이다. 그래서 이미 죽은 자의 시신을 무덤에서 꺼내 태운 것이다. 시체를 태운 것으로도 안심이 안 되었는지,

1215년 교황청은『자연학』『형이상학』같은 아리스토텔레스의 자연 철학서에 대한 강의를 금지하기에 이른다. 그러나 금기는 불필요한 호기심과 위반을 불러오는 법, 교황청의 탄압에도 불구하고 전해지는 아리스토텔레스의 모든 서적이 학생들 사이에서 읽히게 되었다. 이에 강제력만으로는 통제가 불가능하다고 판단한 교황청은 파리 대학에 탁발 종단 출신의 신학자들을 파견하기에 이른다. 이들은 교황청을 대신해 정통주의를 옹호하고 인문학부의 소위 위험천만한 자유주의 사상과 치열한 대결을 펼치게 된다. 한 세기를 이어온 파리 대학에서의 피비린내 나는 지적 전쟁이, 신학자들과 인문학 석사들 간의 사활을 건 암투가 그렇게 전개된 것이다. 그 갈등의 골이 얼마나 깊었는지 단박에 알 수 있는 일화가 하나 있다. 파리 대학에서 교회 법을 공부한 인연으로 1261년 교황 우르바누스 6세가 중재에 나섰는데, 그 결과 파리 대학은 탁발 수사들을 교수로 받아들이기로 했지만 인문학부만큼은 예외였다. 탁발 수사들은 인문학부에서 학생들을 가르칠 수 없었던 것이다. 아모리 이후, 파리 대학 인문학의 정신적 지주가 바로 브라방 사람 시제르였다. 지식 없는 삶은 곧 죽음이라는 시제르의 명제는 1269년 이단으로 단죄되었고, 급기야 1282년 시제르는 교황에 의해 감금당해 있던 중 광인의 손에 무참히 살해당했다. 그의 죽음과 관련된 흑막이 여태 태양 아래 드러나지 않았다만…… 글쎄, 광인의 소행이라니……"

제롬 사제는 시제르가 어느 광인의 손에 살해되었다는 풍문을 액면 그대로 받아들이지 않는 눈치였다. 뭔가 음모가 있다고 믿는 것 같았다. 시제르의 죽음에 대해 이야기하는 대목에서 사제의 눈썹이 꿈틀거렸다. 평소 사사로운 감정을 잘 드러내지 않는 사제였던 터라 그런 반응이 나로서는 놀라울 따름이었다. 더욱이 파리 대학에서 백 년을 두고 이어져온 이른바 그 지적 전쟁이라는 것에 대해 소회(所懷)할 때 사제의 표정에서는 어떤 아득함 같은 것마저 느껴지는 듯했다.

"시제르가 정죄되고 나서는 어떻게 되었습니까?"

그 후일담이 궁금해져 내가 물었다.

"파리 대학의 인문학부에는 아직도 시제르의 추종자들이 많다. 다만 겉으로 드러내지 않을 뿐이다. 시제르도 죽고 토마스 아퀴나스도 죽었지만, 전쟁은 아직 끝나지 않았다. 어쩌면 이 전쟁은 영원히 끝나지 않을지도 모른다."

"그런데 한 가지 이해할 수 없는 것이 있습니다. 사제의 말씀에 따르면 토마스 아퀴나스는 분명 파리 대학의 급진주의자들과 시종일관 대결했는데 교황청에서 파견된 발렌티노는 어찌하여 그를 이단으로 몰아붙이려 하는 것입니까? 오히려 교황은 교황청을 대신해 시제르 진영에 맞선 토마스 아퀴나스에게 상이라도 내려야 하는 것 아닙니까?"

"그리 간단한 문제가 아니다. 시칠리아의 황소가 시제르와 투쟁한 것은 사실이다. 그 점만 놓고 본다면 파리 대학의 인문학자들을 눈엣가시로 여기던 교황청 사람들로서는 대단히 반길 일이다. 그러나 토마스 아퀴나스는 영토 내에서의 국왕의 배타적인 권한을 옹호함으로써 프랑스 국왕의 통치 이념을 정당화시켰다. 따라서 교황이 볼 때 토마스 아퀴나스라는 인물은 삼킬 수도 뱉을 수도 없는 기묘한 존재였다."

제롬 사제의 지적대로 파리 대학에서의 지적 투쟁이라는 것에는 철학 대 신앙, 진보 대 보수, 이단 대 정통, 그리고 교권 대 속권이라는 상이한 전선들이 거미줄처럼 얽혀 있었다. 그리고 그 뒤얽힌 전선의 한복판에 토마스 아퀴나스라는 존재가, 그 맞은편에 시제르가 버티고 있었다.

"사제께서는 파리의 일에 대해 손바닥 보듯 상세히 알고 계시는군요."

"손바닥으로 태양을 가린다고 하늘에 떠 있는 태양이 사라지지는 않는다."

제롬 사제는 짐짓 심상하게 대꾸했지만 그 짧막한 대답은 화두가 되어 내 가슴에 박혔다.

"아직도 피에르 주교의 죽음에 대해 의혹을 품고 있는가?"

제롬 사제가 내 어깨에 손을 얹으며 은밀하게 물었다. 사제의 손은 불과 같이 뜨거웠다. 법의를 입고 있었음에도 마치 맨살갗에 갖다댄 것처럼 열기가 느껴졌다.

"그렇습니다."

"오늘 자정이 지나서 공동묘지로 나올 수 있겠는가?"

제롬 사제의 말이 무엇을 의미하는지 나는 금방 알아차렸다. 나는 제롬 사제의 푸른 눈을 똑바로 응시하며 고개를 끄덕이는 것으로 대답을 대신했다.


행정장관의 엄포에도 불구하고 소문이 언제 어떻게 퍼졌는지, 성 도미니크 광장에 모인 사람들은 삼삼오오 짝을 지어 페스트가 발생한 것에 대해 수군거리고 있었다. 표정들은 한결같이 어둡고 근심에 차 있었다. 광장에 모여 이렇게 수군거릴 정도라면 성안에 이미 소문이 쫙 퍼졌다는 얘기였다. 역시 손바닥으로 태양을 가릴 수는 없었던 모양이다.

불길한 소문 때문인지 거리의 분위기는 침울하고 암담하기 이를 데 없었다. 검은 고양이 한 마리가 광장 어귀를 어슬렁거리며 걸어가고 있었다. 어디서 날아왔는지 돌멩이 하나가 고양이 발치에 떨어졌다. 놀란 고양이는 쇳소리를 내지르며 혼비백산, 건물 사이로 달아났다.

광장 아래쪽, 샤를마뉴 가에서 왁자한 소리가 들려왔다. 나는 소란의 진원지를 찾아나섰다. 일단의 군중이 전당포 앞에 모여 있었다. 문에 발길질을 하는 사람이 있는가 하면 창문을 향해 돌멩이를 던지는 자도 있었다. 사람들은 분노에 찬 목소리로 저마다 한마디씩 외쳤다.

"더러운 유대인 놈, 네놈이 우물에 독을 타는 걸 내 눈으로 똑똑히 봤다!"

"그리스도를 팔아먹은 돼먹지 못한 놈들! 돈이라면 제 계집도 팔아먹을 네놈들 때문에 신께서 노하신 것이다."

"문둥이만도 못한 놈들, 마왕의 앞잡이들!"

"마녀와 붙어먹을 놈들!"

군중은 적의에 차서 저주의 말들을 토해냈다. 모두 제정신들이 아니었다. 당장이라도 문을 부수고 들어갈 기세였다. 사람들의 눈빛에서는 살의마저 느껴졌다. 행정장관이 페스트가 발생한 사실을 굳이 비밀에 부치려 했던 이유를 그제야 알 것 같았다. 그들의 눈빛에는 유대인에 대한 타오르는 듯한 적개심, 분노와 함께 페스트라는 저항할 수 없는 대상에 대한 두려움과 공포가 서려 있었다.

유대인에 대한 반감은 뿌리가 깊었다. 그러나 그 근거는 모호했다. 유대인들이 종족간의 유대가 남달리 강하고 종교에 있어 배타적인 면이 있기는 했지만 그것이 광범위하게 유포된 가공할 적대감의 근거가 될 수는 없었다. 유대인에 대한 적대감을 설명하는 근거라는 것들은 대체로 사실 확인조차 안 된 떠도는 이야기들에 불과했다. 흑마술에 능하다던가, 마왕과 내통한다던가 하는 주장들은 한 번도 확인된 바가 없었다. 특히 1010년 무렵, 사라센인들이 성묘를 파헤치고 예루살렘 대주교를 참수하도록 유대인이 사주했다는 소문이 떠돌면서 유대인에 대한 증오가 극에 달했지만, 이것 역시 확인되지 않은 이야기였다.

"모두들 물러나시오. 이게 대체 무슨 짓들이오."

적의에 찬 군중을 경비병들이 밀어내고 있었다. 술에 취한 듯 몸을 가누지 못하고 비틀거리는 자들도 있었다. 그들은 여전히 저주의 말을 내뱉으며 경비병들과 몸싸움을 했다. 그들을 막기 위해 경비병들은 창과 방패를 휘둘러야 했다. 성문 쪽에서 말을 탄 경비대장이 달려오고 병력이 충원되어서야 겨우 소요가 진정되었다.

"모두 집으로 돌아가시오. 앞으로 소란을 일으키는 자는 엄벌에 처할 것이오."

기골이 장대한 경비대장의 고함이 쩌렁쩌렁 귓전을 때렸다. 경비대장의 벼락같은 고함에 기가 꺾인 사내들이 주춤주춤 뒤로 물러났다.

얼마 후, 사내들은 모두 흩어지고 경비병들도 원래의 위치로 돌아갔다. 그러나 다시 광장 쪽으로 향하려던 나는 그 자리에 얼어붙고 말았다. 소금기둥이 되어버린 것이다. 그 순간 나는 한 여인을 바라보고 있었다.

여인은 칠흑처럼 새까만 머리채를 어깨 위로 치렁치렁 늘어뜨리고 있었다. 숨막힐 듯 검은 머리카락이었다. 아테네와 그 아름다움을 다투었다는 메두사의 머릿결이 저리 고왔을까! 눈썹도 목탄으로 그린 듯 짙고 검었다. 나를 바라보는 거침없는 시선은 차라리 도발적이었다. 그 눈빛은 뿌옇게 안개가 낀 듯 몽롱한가 하면 어린아이의 그것과도 같이 무구했다. 도톰한 입술은 농염하게 익어 땅에 떨어지기 직전의 과실처럼 이가 보일 듯 말 듯 살짝 벌어져 있었다. 장미처럼 붉은 그 입술은 마치 불타고 있는 듯했다.

인자하고 한없는 혜량(惠諒)을 간직한 성모 마리아와는 전혀 다른…… 육감의 화신과도 같은, 불길한 정염이 소리 없이 그러나 터질 듯이 요동치는 생명체! 헐렁한 상의 위로 백옥처럼 흰 목이 여지없이 드러나고, 깊게 팬 앞섶 사이로는 실하게 부풀었으되 균형 잡힌 젖가슴이 보일 듯 말 듯 바라보는 시선을 희롱하고 있었다. 여인의 아랫배가 제법 불룩했지만 그 때문에 오히려 더욱 아름답게 보일 정도였다. 수태한 여인의 모습이 어찌 그리 아름다울까 싶었다. 여인의 자태에서는 모든 주의(主義)와 일체의 사념을 비웃는 듯한 원초적인 생명의 활달함이 느껴졌다. 영혼이 잠시 거처하는 껍데기일 뿐인 육(肉)이라는 것이 저토록 생의 기운으로 약동할 수 있단 말인가! 여인의 자태는 너무나 수려하고 생의 기운이 고동치는 나머지 오히려 애련(哀憐)의 감정을 불러일으킬 정도였다.

지나가는 뱃사람을 유혹한다는 사이렌의 자태가 저토록 농염하던가! 잠시 현기증이 일었다. 고백컨대, 그 순간 나는 평생 주님 한 분만을 섬기기로 서원한 자로서 지켜야 할 규율과 그 서원의 의미조차 까맣게 망각한 채 주체할 수 없이 타오르는 정념과 불경스러운 의념의 불꽃에 몸을 떨고 있었다.

그러나 그것은 분명 단순한 육욕은 아니었다. 내가 여인의 자태에서 본 것은 다름아닌 생의 격정이었다. 성모 마리아의 온화한 미소에서 느껴지는, 맑게 고인 물에 비추인 느릅나무의 그림자와 같이 정밀(靜謐)하고 신성한 기운과는 전혀 다른, 신성함과 범속함의 구분마저 무의미하게 만들어버리는 터질 듯한 생의 격정이었다. 그리고 그것에 대한 경외의 감정에 나는 심장이 멎는 듯했다.

노도와 같이 밀려드는 격정에 화들짝 놀라며 나는 "여성이 없었다면 우리는 신에 더 가까워졌을 것이다"라는 경구를 마음속으로 되뇌고 있었다. 딴은 필사적인 저항이었지만 별반 소용이 없었다. 여인에게서는 그 어떤 경계의 빛도 찾아볼 수 없었다. 무연하다 할 정도의 방심. 여인은 무구한 소녀처럼 호기심 어린 눈을 빛내고 있을 따름이었다. 나처럼 젊은 탁발승이 있다는 게 신기하다고 여기는 듯한 눈빛이었다.

"……저의 무례를 부디 용서하십시오. 그대의 이름은 무엇입니까? 그대는 이 도시의 주민입니까?"

나는 기어들어가는 목소리로 간신히 물었다. 내 자신, 무슨 말을 지껄이고 있는지 알 수 없었다.

"……"

여인은 눈만 깜박거릴 뿐 아무 대답도 하지 않았다. 그러나 표정은 더없이 부드럽고 환했다. 나는 다시 한번 용기를 내어 여인에게 말을 건넸다.

"저는 프란체스코 교단의 수사 윌리엄이라고 합니다. 당신의 목소리를 들을 수 있는 영광을 제게 허락해주시겠습니까?"

그 흔한 궁정연애담이나 『장미 이야기』와 같은 야담서적을 읽어본 적이 없는 나로서는 무슨 말로 여인의 경계심을 지우고 말문을 열게 할 것인지 요령부득이었다. 있는 용기 없는 용기를 쥐어짜내 여인에게 건넨 말은 스스로 생각해보아도 우스꽝스럽기 짝이 없는 것이었다.

여인은 여전히 엷은 미소만 지을 뿐 가타부타 말이 없었다. 귓불이 붉게 물들어 목덜미가 더욱 하얗게 보였다. 여인의 침묵은 그 육체의 일부처럼 너무도 자연스럽게 느껴졌다. 외적인 발랄함, 아름다움과 대조되는 그 내적인 고요에서 나는 어떤 형이상학적인 분위기마저 느낄 수 있었다. 그것은 분명 기묘한 부조화였지만 나름대로 심원한 조화를 이루고 있는 듯했다. 뭔가 이상하다는 생각이 머리를 스칠 무렵 어디에서 나타났는지 낯선 사내의 억센 팔이 여인의 앞섶을 틀어쥐었다.

"밖으로 나돌아다니지 말라고 했잖아. 가뜩이나 분위기가 뒤숭숭한데 네년까지 내 창자를 긁을 참이냐?"

우락부락한 털북숭이 팔의 주인공이 여인을 윽박질렀다. 당당하게 벌어진 어깨와 우람한 팔뚝이 힘깨나 쓰게 생긴 사내였다. 땅딸막한 키가 오히려 위압적인 인상을 주었다.

"이 계집에게는 예수님의 말씀도 소용없습죠. 이렇게 멀쩡해 보여도 사실은 귀머거리에 벙어리랍니다."

낯선 사내는 야비하게 웃어 보이며 나에게 말했다. 마치 나를 조롱하는 듯한 말투와 표정이었다.

그랬었구나! 내가 느꼈던 그 기묘한 부조화에는 그럴 만한 이유가 있었던 것이다.

사내는 마치 나더러 보라는 듯 여인을 거칠게 잡아끌었다. 사내는 여인을 질질 끌고 가게 안으로 사라졌다. 그곳은 바로 푸줏간이었다.

탁발승 신분에 저잣거리의 푸줏간에 함부로 들어갈 수는 없는 노릇이었다. 더군다나 지금은 육식을 금하는 사순절 기간이었다. 나는 무엇에 홀린 듯 한동안 푸줏간 앞에 서 있었다. 혹시나 그 여인이 다시 나타나지는 않을까 기대하면서. 그러나 기대는 기대일 뿐, 여인은 다시 나타나지 않았다.

푸줏간 옆은 과자점이었다. 파이를 사려는 사람들은 여전히 많았다. 나는 파이를 사들고 나오는 아낙네를 붙들고 말을 걸었다. 처음에 깜짝 놀란 듯한 아낙네는 내가 걸치고 있는 법의를 보고는 적이 안심하는 눈치였다. 청빈과 고행수련을 몸소 실천하는 프란체스코회 수도사들에 대한 평신도들의 평판은 어디를 가나 그다지 나쁘지 않은 편이었다.

"말씀 좀 묻겠습니다. 어제도 그렇고 오늘도 보아하니 이 가게에 손님이 끊이질 않는데 지금 산 파이가 대체 무슨 파이입니까?"

"뭐가 잘못되기라도 했습니까?"

아낙네는 어리둥절한 얼굴이었다. 그도 그럴 것이 프란체스코 회의 낯선 젊은 수사가 과자점에서 구입한 파이의 종류를 물어보는 게 자주 있는 일은 아닐 것이다.

"과자점에서 파이를 사는 게 뭐가 잘못된 일이겠습니까? 교회에서 기도를 하고 우물에서 물을 긷는 것만큼이나 당연한 일이죠. 다만 저는 볼일이 있어 잠시 이 도시에 들른 차에, 과자점이 문전성시를 이루는 게 신기하여 물어보는 것일 뿐입니다. 별다른 이유는 없으니 너무 개의치 마십시오."

그제야 아낙네는 경계의 끈을 늦추고 내 질문에 대답했다.

"파이는 파이입니다만, 무슨 파이인지는 저도 정확히 모릅니다. 메추라기 파이라고 하는 사람도 있고 청어 파이라고 하는 사람도 있고 뱀장어 파이라고 하는 사람도 있더군요. 모두들 제각각입니다. 가게 주인인 장에게 물어보았더니 퉁명스럽게 '사순절 파이'라고 대답하더군요. 비법을 공개하고 싶지 않은 것이겠지요. 어쨌거나 한 번 맛을 본 사람은 그 맛을 잊지 못해 다시 찾는답니다."

아낙네는 파이의 맛에 대한 믿음을 숨기지 않았다. 일단 말문을 열자 파이 맛에 대한 칭찬의 말을 아낌없이 늘어놓았다.

"저기 가게 안쪽에서 셈을 하고 있는 사람이 보이죠? 그가 바로 장입니다."

아낙네가 손가락으로 가리키는 쪽을 바라보던 나는 깜짝 놀라고 말았다. 조금 전 벙어리 여인을 잡아끌고 푸줏간으로 들어간 자와 똑같이 생겼던 것이다. 자그마한 키에 떡 벌어진 어깨, 털북숭이의 우람한 팔뚝, 째진 눈과 납작하고 둥근 코하며 살짝 뒤집어진 입술까지…… 영락없이 푸줏간으로 들어간 그 사내였다.

"아니, 저 사내는 조금 전 분명히 푸줏간으로 들어갔었는데……"

"호호, 장의 동생 로제를 보신 게로군요."

"동생이라고요?"

"네, 로제 말입니다. 장과 로제는 쌍둥이랍니다. 거의 매일 보는 저희들도 가끔은 헷갈릴 때가 있답니다. 둘은 너무나 똑같아요. 마치 한 사람처럼 말이죠. 동생 로제는 푸줏간 주인입니다. 사순절이라 지금은 문을 닫고 있는 거나 다름없지만. 대단히 수완이 좋은 형제들이죠."

쌍둥이 형제라…… 형은 과자점을, 동생은 푸줏간을 경영한다. 그러고 보니 과자점과 푸줏간은 형제처럼 나란히 붙어 있었다.

"푸줏간으로 어떤 벙어리 처녀가 들어가던데……"

나는 넌지시 질문을 던졌다. 아무래도 그 여인의 얼굴을 지울 수가 없었던 것이다. 질문을 하면서도 나는 부끄러움에 얼굴이 달아오르는 듯했다.

윌리엄, 너는 지금 대체 무슨 생각을 하고 있는 것이냐!

마음속의 또다른 내가 꾸짖는 소리가 들려왔지만 어쩔 수가 없었다.

"그 마녀 같은 계집 이야기는 입에 담기도 싫습니다. 벙어리, 귀머거리 주제에 얼굴은 뱀처럼 미끈해서 사내 여럿을 잡아먹을 상판이 아니고 무엇이겠습니까? 근본도 의심스러운 집시 계집 하나 때문에 성의 사내들이 몸이 달아 사족을 못 쓴답니다. 요망하고 음탕한 계집! 처녀라고요? 처녀가 수태하는 것을 본 적 있습니까? 그 계집의 아랫배를 보고도 처녀라는 말이 나오십니까? 처녀라니, 가당치도 않습니다."

벙어리 여인 이야기를 꺼내자 아낙네의 태도가 돌변했다. 아낙네는 낯선 수사 앞에서도 가없는 증오심을 굳이 숨기려 들지 않았다.

"로제가 어느 날 데려왔는데 둘이 그렇고 그런 사이라는 소문이 파다합니다. 애를 낳았는데 울지 못하자 강보에 싸서 버렸다는 해괴망측한 말들도 떠돌았습니다. 물론 모두 소문일 뿐이긴 합니다만…… 아니 땐 굴뚝에 연기 나는 것 보셨습니까? 뻔뻔스럽게 볼록

솟은 아랫배를 보십시오. 어느 놈의 씨인지 알게 뭐랍니까?"

아낙네의 말만 듣고서는 푸줏간 주인과 벙어리 여인의 관계가 어 띤 것인지 정확히 알 수 없었다. 그러나 벙어리 여인이 성안의 아낙 네들에게 좋은 인상을 심어주지 못한 것만큼은 틀림없었다.

쌍둥이 형제와 수태한 벙어리 집시 처녀. 나는 좀 묘한 기분이 들 었다.

"수사님, 수사님만 괜찮다면 이 자리에서 고해성사를 받고 싶습 니다."

아낙네의 뜻밖의 청에 나는 당황했다. 고해성사는 교구의 담임 사제를 찾아가 받는 것이 어떻겠느냐고 했지만 막무가내였다. 교회 에서는 주눅이 들어 자신의 죄를 솔직히 털어놓지 못하겠다는 것이 었다. 죄를 고해하고 용서받는 것은 어디라도 상관이 없지 않느냐 고 떼를 쓰는 바람에 그 청을 들어줄 수밖에 없었다. 사실, 내가 극 구 그 청을 물리치려 했던 것은, 잠시 전 벙어리 여인에 대해 불순한 염정을 품었던 마당에 어찌 고해성사를 받겠는가, 하는 자괴감 때 문이었다.

고해의 내용은 술에 취해 자신을 때린 남편이 죽었으면 하고 마음 속으로 저주했다는 것이었다. 그리고 벙어리 여인의 뱃속에 든 생명 이 어쩌면 남편의 씨일지도 모른다는 불경한 상상을 했다는 것이었 다. 아낙네는 낯선 젊은 수사인 나에게 자신의 죄를 낱낱이 털어놓 았다. 아낙네의 입장에서 본다면 내가 낯선 수사라는 사실 때문에 오히려 마음 편하게 자신의 죄를 고해할 수 있었는지도 모르겠다. 아무려나 나는 기꺼이 아낙네의 죄를 사해주었다. 벙어리 여인을 보 고서 내가 마음에 품었던 불경한 생각들에 비하면 죄라고 할 것도

없는 것이었다. 그러나 아낙네는 고해를 마치고 마치 무거운 짐이라
도 덜어낸 듯 밝은 표정으로 제 갈 길을 찾아갔다.

　아낙네의 뒷모습을 지켜보며 나는 한없는 부끄러움에 가슴이 무
거워졌다. 더이상 시내를 돌아다닐 기분이 아니었다. 갑자기 사지에
힘이 빠지고 눈앞이 흐려졌다. 나는 교회로 발길을 돌렸다. 서서히
기울어가는 태양이 긴 그림자를 드리웠다. 언제나 그랬듯이 그림자
는 아무 말이 없었다. 마치 벙어리인 양……

# 7
## 시신의 행방

벙어리 여인은 분명 미소를 짓고 있었다. 나를 향해 미소짓고 있었다. 그것은 이 우주의 비의를 간직한 듯한 미소였다. 풀어헤친 머리는 그믐의 밤보다 까맣다. 그 검은 머릿결 아래로 이마가 백옥처럼 빛나고 있다. 나는 하얗고 부드러운 이마에 입을 맞췄다. 솜털이 혀를 간질였다. 눈동자는 에메랄드처럼 밝은 초록색이었다. 그 눈동자 속에 내가 들어 있다. 여인의 머릿결에서 기분 좋은 냄새가 났다. 향유인가? 그러나 나는 그 냄새의 정체를 알 수 없다.

장밋빛 입술은 촉촉하게 젖어 있었다. 그 사이로 코끼리의 상아를 갈아놓은 듯한 치아가 수줍게 고개를 내밀고 있다. 그 틈엔 분명 꿀이 고여 있을 것이라고 나는 생각한다. 입술과 입술이 포개지고 꿀이 넘쳐흐른다. 흘러내린 꿀은 매끄러운 목선을 타고 미끄러지듯 흘러 움푹 팬 쇄골에 고인다. 쇄골에 고인 꿀을 음미하며 나는 여인의 헐렁한 윗옷을 벗겨낸다. 상체가 고스란히 드러나고…… 아프로디

테의 언덕, 젖과 꿀이 흐르는 가나안의 봉우리가 봉긋 솟아 있다. 풍
성하되 넘침이 없고 아담하되 부족함이 없는 가슴에 얼굴을 묻으니
방창한 꿀 냄새, 살 냄새에 정신이 아득하고 의식이 혼미해질 지경
이었다. 일찍이 태양의 시기를 모면한 가슴은 백합보다 더 하얗다.
그 눈부심에 나는 저 테베의 저주받은 왕처럼 눈이 멀 지경이었다.

　올리브유를 발랐는가? 여인의 속살은 뱀의 껍질처럼 미끈거렸다.
치마를 들추니 파르테논 신전의 기둥처럼 단단하고 미끈한 허벅지
가 드러난다. 허벅지 사이에서 장미향이 풍겨나오고 내 육신은 쾌락
으로 터질 듯이 팽팽해진다.

　"날아라! 큐피드의 화살이여! 비수처럼 날아서 내 심장을 관통하
거라. 지금 이 순간부터 내 심장은 너의 것. 권태의 주인이 되느니 사
랑의 노예가 되겠노라. 사랑의 불꽃을 잃느니, 차라리 독수리에게
간을 쪼이겠노라."

　신열에 들뜬 나머지 나는 알 수 없는 말들을 지껄이고 있었다.

　불꽃이 기름을 만난 듯, 구름이 바람을 만난 듯 고삐 풀린 내 욕망
은 질풍노도와 같이 쾌락의 벌판을 내달렸다. 하늘이 쪼개질 듯 우
레가 치고 마른벼락이 검게 젖은 대지 끝으로 떨어졌다. 이윽고 하
늘에서 수많은 천사들이 내려오는가 싶더니 허공을 까맣게 뒤덮은
메뚜기 떼가 머릿속으로 달려들었다.

　"이 계집이 처녀인지 아닌지 궁금하지 않나?"

　음산한 목소리의 주인공은 푸줏간 주인 로제란 자였다. 아니, 파
이를 굽는 장이란 자인가? 나는 구별할 수가 없었다. 벙어리 여인은
내 곁에 누운 채 죽은 듯이 잠들어 있었다. 무구한 표정이 평화로워
보이기까지 한다. 그러나 그 평화의 휘장은 갈기갈기 찢어졌다. 나

는 완강한 침묵으로, 평화의 휘장을 찢은 자의 출현을 심히 못마땅해한다. 그러나 로제인지 장인지 모를 음침한 표정의 사내는 지껄이기를 멈추지 않는다. 말을 멈추면 연기처럼 허망하게 사라져버릴 운명을 타고 난 것처럼, 끈질기게, 집요하도록 지껄인다.

"이걸 보라구. 이건 그냥 쇠붙이가 아니야. 신비의 물질이지."

사내의 손바닥 위에 쇳가루처럼 보이는 검은 물질이 놓여 있다.

"이건 요르단 강 근처에서만 나는 물질이야. 철을 끌어당기는 신비한 힘을 가진 물질이지. 이것으로 계집이 처녀인지 아닌지 알 수 있단 말이야. 이것을 자고 있는 계집의 머리 위에 이렇게 뿌리는 거야."

사내는 손에 쥐고 있던 검은 물질을 벙어리 여인의 머리맡에 뿌렸다.

"이제 가만히 지켜보기만 하면 되는 거야. 계집이 처녀라면 등을 돌릴 것이야. 그러나 가만히 누워 있으면 처녀가 아니란 말이지. 처녀가 아니면 무엇이겠나. 보나마나 음탕한 창녀겠지."

나는 꼼짝도 할 수가 없었다. 결박당한 수인처럼 목만 길게 빼고 여인을 내려다보았다. 곤하게 잠든 여인은 미동도 하지 않았다. 사내가 낄낄거리며 뇌까렸다. "더러운 계집!" 나는 "썩 꺼지지 못해!"라고 외쳤다. 그러나 입만 벙긋거릴 뿐 목소리가 나오지 않았다. 나는 더욱 안간힘을 쓰며 소리를 질러보았다.

"지옥에나 떨어져!"

잠에서 깨어났을 때 온몸이 식은땀으로 흥건히 젖어 있었다. 꿈이었다. 하지만 너무나 생생해서 깨어났다는 것이 실감나지 않을 정도였다. 기묘하고 낯뜨거운 꿈이었다. 벙어리 여인의 인상이 그토록 강렬하게 내 마음속에 각인되어 있었단 말인가!

부끄러움과 모멸감을 감수하면서까지 그 괴상망측하고 불경스러운 꿈의 내용을 소상히 기록한 것은 그 꿈이 장차 일어날 일에 대해 어떤 계시를 내리고 있지 않았을까 하는 생각 때문이다. 그것은 분명히 현실과 동떨어진, 한낱 꿈에 불과했지만 어떤 강렬한 전언을 감추고 있는 것처럼 여겨졌다. 그것은 일종의 열쇠 같은 것이어서 그 자체로는 아무런 의미를 갖지 못하지만 아귀가 맞는 자물쇠를 만나기만 하면 철컥, 하는 소리와 함께 스스로 그 의미를 드러낼 것이 분명했다.

사위는 이미 어두웠다. 얼마나 잔 것일까. 법의 소맷자락으로 이마의 식은땀을 닦아내며 나는 정신을 가다듬었다.

어질증을 느끼며 시내에서 돌아와 나는 곧장 접객소의 거처로 향했다. 아직 해가 지지 않은 시간이었지만 침상에 쓰러져 곧바로 잠이 들었던 모양이다. 그리고 그제야 깨어난 것이다.

아차!

나는 침상에서 퉁기듯이 일어났다. 제롬 사제와의 약속을 까맣게 잊고 있었던 것이다.

대체 얼마나 잤을까. 너무 늦은 것은 아닐까.

어둠을 더듬으며 나는 허둥지둥 접객소 밖으로 빠져나갔다. 밖은 안개가 짙게 끼어 있었다. 연기를 피운 듯 한치 앞을 분간할 수 없을 정도였다. 방향조차 가늠할 수 없었다. 몇 번이나 중심을 잃고 넘어질 뻔했다. 지독한 안개였다. 나는 아직 꿈속을 헤매는 것은 아닐까 싶어 볼을 꼬집어보았다. 볼이 얼얼한 걸 보니 역시 꿈은 아니었다. 궁여지책으로 건물 벽에 몸을 바짝 붙였다. 벽을 더듬어 겨우 앞으로 나아갈 수 있었다. 성당을 옆에 끼고 뒤쪽으로 돌아갔다. 공동묘지 역시 안개에 묻혀 있었다. 묘지 양편으로 늘어선 개암나무 둥치에 나는 몸을 기댔다. 주위를 둘러보았지만 눈에 보이는 것이라고는 안개, 안개뿐이었다. 흡사 안개의 무덤 같았다.

"사제님, 제롬 사제님, 사제……"

혹시나 하는 마음에 안개에 대고 낮은 목소리로 제롬 사제를 부르는데 안개 속에서 누군가의 손이 불쑥 튀어나와 내 입을 틀어막았다.

"잠든 영혼들을 모두 깨울 셈이냐!"

제롬 사제의 목소리였다. 사제는 법의를 걸치고 두건으로 얼굴을 감추고 있었다.

"왜 이리 늦었느냐?"

개암나무 사이로 몸을 숨기며 제롬 사제가 물었다.

"몸이 좋지 않아 잠깐 누워서 쉰다는 게 그만 잠이 들고 말았습니다. 심려를 끼쳐드려 죄송합니다."

뒤숭숭했던 꿈자리를 새삼 떠올리며 내가 말했다.

"숨소리도 내지 말고 따라오너라."

제롬 사제는 다시 안개 속으로 몸을 감추었다. 나는 그를 놓치지 않기 위해 부지런히 발을 놀렸다. 얼마를 걸었을까. 제롬 사제가 갑자기 걸음을 멈췄다. 나는 그의 등에 코를 박고 말았다. 사제가 등잔불을 켰다. 저만치 어둠이 물러가고 안개만 남았다. 발치에는 파헤치다 만 묘가 안개에 묻혀 있었다. 피에르 주교의 묘였다. 나를 기다리다가 제롬 사제 혼자서 일을 시작한 모양이었다.

"흡사 지옥의 밑바닥 같군요."

"서두르자. 야경대에 발각되기라도 하면 경을 칠 것이다."

나는 바닥에 있던 괭이를 들고 흙을 파내기 시작했다. 무엇보다 소리가 나지 않도록 조심했다. 흙이 아직 다져지지 않아 구덩이를 파헤치는 데 큰 어려움은 없었다. 내가 괭이질을 하면 사제는 흙을 긁어냈다. 묘를 파고 있다고 생각하니 살갗에 소름이 돋았다. 안개 저편에서 유령이라도 나타날 것만 같았다. 두려움을 떨쳐내기 위해 나는 괭이질에 더욱 박차를 가했다. 이마에 땀이 맺힐 즈음, 괭이질에 맞춰 둔탁한 소리가 울렸다. 관이었다.

"잠깐! 멈추어라."

제롬 사제가 구덩이에 등잔불을 들이댔다. 참나무로 짠 관이 흙 사이로 얼굴을 내밀고 있었다. 나와 사제는 손으로 흙을 걷어냈다. 점차 관이 그 형체를 드러냈다. 관의 온전한 모습이 다 드러나는 데에는 그리 긴 시간이 걸리지 않았다. 막상 관을 보니 다리가 후들거렸다. 그러나 제롬 사제는 침착하게 걸쇠를 관 뚜껑 밑에 끼워넣었다.

"주여, 가없는 은총으로 저희들의 죄를 부디 용서하여주시옵소서."

나는 두려움과 죄의식에 몸을 떨며 기도를 올렸다.

"기도로 날을 셀 작정이냐?"

제롬 사제가 핀잔을 주며 걸쇠 하나를 내게 건넸다. 나는 관 뚜껑의 홈에 그것을 끼웠다.

"내가 셋을 세면 걸쇠를 힘껏 누르거라."

"알겠습니다."

"하나, 둘, 셋!"

제롬 사제와 나는 동시에 걸쇠를 힘껏 눌렀다. 꽉 끼워졌던 빗장이 풀리듯 쇠된 소리가 날카롭게 안개의 장막을 찢었다. 사제와 나는 반사적으로 몸을 낮추고 숨을 죽였다. 사제가 재빨리 등잔불을 관 위에 올려놓았다. 귀를 쫑긋 세웠지만 아무 소리도 들리지 않았다. 안개가 이토록 짙게 깔린 야심한 시각에 공동묘지를 어슬렁거릴 작자가 있겠나 싶었다. 제롬 사제는 그러나 신중했다. 한동안 주위를 둘러보더니 인기척이 없음을 확인하고 나서야 등잔불을 구덩이 밖으로 내놓았다.

관의 뚜껑이 열렸다. 등잔불빛 아래 드러난 관을 들여다보던 나는 터져나오려는 비명을 삼키며 털썩 주저앉고 말았다. 관은, 낮에 묻은 피에르 주교의 관은 비어 있었다. 마땅히 있어야 할 시체는 온데간데없고, 관 속엔 묵직한 돌덩이 몇 개만 차곡차곡 괴어져 있었다. 시체는, 피에르 주교의 시체는 어디로 간 것인가. 수많은 사람들이 지켜보는 가운데 땅에 묻힌 것은 놀랍게도 돌덩이 몇 개였던 것이다.

"이게 대체 어찌된 영문입니까?"

나는 떨리는 목소리로 제롬 사제에게 물었다.

"놀랍고 해괴한 일이로다. 우리는 돌덩이의 장례식을 치른 셈이구나."

당황하기는 제롬 사제도 마찬가지였다. 그는 피에르 주교의 시체를 부검하기 위해 가져왔던 이름 모를 시약들과 장갑, 붓 등을 바랑에 다시 쓸어담으며 말했다.

"어떻게 이런 일이…… 피에르 주교는 분명히 절명했다지 않으셨습니까? 사제께서도 주교의 죽음을 확인하시지 않으셨습니까?"

"무슨 조화 속인지 알 수가 없구나. 전후 사정은 나중에 따져보기로 하고 일단 이곳을 원래대로 돌려놓는 것이 좋겠다."

제롬 사제와 나는 관 뚜껑을 덮고 그 위에 파헤친 흙을 다시 덮었다. 괭이질 흔적이 남지 않도록 발로 흙을 오래도록 다졌다.

"그만 하면 됐다. 서둘러 이곳을 뜨도록 하자."

무덤 주위를 세심하게 살피고 나서 제롬 사제가 내 어깨를 붙잡으며 말했다. 그곳에 한시라도 더 머물고 싶은 마음이 없었다. 우리는 부리나케 그곳에서 빠져나왔다. 이목을 끌지 않기 위해 우리는 각기 흩어졌고 나는 곧장 접객소에 마련된 내 방으로 올라갔다. 제롬 사제는 사제들의 숙소로 향하지 않고 부엌 쪽으로 방향을 잡았다. 궁리할 것이 있다는 것이었다. 사제의 표정은 자못 심각했다.

방으로 돌아온 나는 침상에 누워 잠을 청했지만 쉬 잠들지 못했다. 초저녁에 이미 달게 자기도 했지만 교회에서 뭔가 가공할 음모가 꾸며지고 있는 듯해 잠을 이룰 수 없었다. 피에르 주교의 시신은 어디로 간 것인지, 그리고 대체 어떤 자가 시체를 빼돌린 것인지, 그리고 그 까닭은 무엇인지, 종작없이 떠오르는 의문 때문에 머리가 터질 지경이었다. 더군다나 눈을 감으면 낮에 보았던 벙어리 여인의 자태가 손에 잡힐 듯 생생하게 떠올라 머리를 더욱 어지럽혔다. 그것은 형용하기 힘든 기분이었다. 죄를 짓고 있다는 자괴감과, 전에 한 번도 느껴본 적이 없는 생의 충일감이 뒤범벅되었다.

신이 이브를 창조하신 그 뜻은 과연 무엇일까? 구약이 전하는 바대로 단순히 아담의 외로움을 달래기 위한 것인가? 말벗을 위해서라면 어찌 형제를 만들지 않고 여인을 만드신 것인가? 빛과 어둠을 만들고 영과 육을 빚으시고 산과 바다를 창조하시면서 애당초 인간은 무슨 연유로 하나만 만드신 것인가? 신께서 굳이 아담과 이브를 빚으신 것은 서로 사랑하도록 하기 위함은 아니었을까? 또한 예수 그리스도께서 여인의 배를 빌려 세상에 나오신 참뜻은 또 무엇인가? 영과 육을 굳이 나누신 것은 무엇을 위함이던가? 마니교도나 보고밀 파의 주장처럼 빛의 신과 어둠의 신이 있어 영은 빛의 신이 만들고 육은 어둠의 신이 만들어, 무릇 육이라는 것은, 그 육으로 이루어진 현세라는 것은 저주받은 세계, 악의 왕국에 지나지 않는단 말인가? 벙어리 여인에게 그토록 아름다운 형상을 주시고 영원히 침묵하도록 만든 것은 무슨 의미인가? 이 또한 전능한 창조주 하느님의 뜻이란 말인가?

이런 문제 때문에 번민하기는 처음이었다. 여행 도중 종종 저잣거리에서 젊은 여인들을 볼 기회가 있었다. 그러나 그 여인들은 열이 하나와 같이 여자라는 보편의 일부에 불과했다. 그리하여 나에게는 아무런 감흥도 불러일으키지 않았던 것이다. 밤하늘에 촘촘히 박혀 있는 개개의 별들은 다만 밤하늘에 떠 있는 수많은 별들, 이라는 보편에 의해서만 기억되듯이…… 그러나 이번만큼은 달랐다.

벙어리 여인은 여자라는 보편의 베일만으로는 그 존재를 온전히 감출 수 없는 무엇인가 특별한 것을 지니고 있었다. 요컨대 벙어리 여인은 밤하늘에 떠 있는 수많은 별들 중의 하나가 아니라, 그 자체 하나의 별이었다. 어쩌면, 아름다운 형상과 말을 듣지도 하지도 못한다는 비극적인 사실이 빚어내는 충격적인 부조화 때문에 그 존재감이 더욱 압도적인지도 몰랐다. 심란한 마음을 다스리고 혼미한 정신을 가다듬기 위해 묵도를 올리다 나는 잠이 들었다.


날이 밝자마자 나는 제롬 사제에게 달려갔다. 간밤에 한치 앞을 분간하지 못할 정도로 교회를 집어삼켰던 안개는 거짓말처럼 말끔히 걷혀 있었다. 전날에 비해 많이 포근해진 날씨였다. 사제는 부엌에서 양파를 다듬고 있었다. 아침식사의 주재료는 양파인 모양이었다. 껍질이 벗겨진 양파가 소쿠리에 수북이 쌓여 있었다. 매운 내가 진동을 했다. 양파를 다듬는 사제의 손놀림이 평소답지 않게 굼떴다. 무언가 깊은 생각에 잠겨 있는 듯했다.

"간밤엔 잘 주무셨습니까?"

나는 문안 인사를 건넸다. 그러나 여느때처럼 제롬 사제는 본 체만 체했다. 만날 때마다 처음 대하는 것처럼 데면데면한 기분이 들 정도로 사제는 퉁명스러웠다.

가까이 다가가서 보니 제롬 사제는 간밤에 거의 잠을 이루지 못한 얼굴이었다. 입술은 갈라질 듯 메말라 있었고 눈은 붉게 충혈되어 있었다. 그러나 눈빛만큼은 그 어느 때보다도 형형하게 빛나고 있었다.

사제의 눈두덩이 부어 있었다. 수면 부족에다 양파의 매운 기운 때문이었으리라.

문득, 벙어리 여인의 잔상 때문에 뒤척였던 간밤의 뒤숭숭했던 잠자리가 생각나 나는 얼굴을 붉혔다.

벙어리 여인을 보고 품게 된 의념을 털어놓을까 하다가 마음을 고쳐먹었다. 그런 것을 고해할 상황이 아니었다. 무엇보다 피에르 주교의 시신이 어떻게 되었는지, 그 문제를 해결하는 것이 화급했다.

"피에르 주교의 시신은 대체 어떻게 된 것일까요?"

"글쎄다."

제롬 사제의 대답에 나는 적이 실망하지 않을 수 없었다. 제롬 사제라면 뭔가 단서를 찾을 수 있을 것이라고 기대했던 탓이었다.

"피에르 주교의 시신을 누가, 어디로 빼돌렸을까요? 그리고 그 이유는 무엇일까요?"

제롬 사제도 밤새 이 질문에 매달렸을 터였다. 그것은 나 자신에게 던지는 질문이기도 했다.

"지금 상황에서는 왜 그럴 수밖에 없었는가를 밝히는 것이 더 의미 있을 듯싶다. 아무런 단서도 없는 우리로선 그게 더 손쉬운 일이기도 할 터, 그 의도를 밝히면 나머지는 넝쿨처럼 딸려나오게 되어 있다."

"일종의 연역적 추론이군요."

내가 맞장구를 쳤다.

"우선, 한 가지 가능성을 생각해볼 수 있다. 남들에게 시체를 보여주고 싶지 않은 것이다."

"그렇다면, 우리처럼 누군가가 관을 열어볼 것이라고 예상했다는 것입니까? 만에 하나 그렇다고 하더라도 무엇 때문에 시체를 감추어야만 했을까요?"

제롬 사제의 말대로 누군가 관을 열어볼 것이라고 예측하고 시체를 다른 곳에 숨긴 것이라면 대단히 용의주도한 자가 아닐 수 없었다.

"시체 자체가 어떤 단서를 드러내고 있는 경우에는 시체를 없애는 방법밖에 더 있겠느냐. 단서를 인멸하기 위해서는 말이다."

제롬 사제의 머릿속에는 이미 어떤 심증이 있는지 추론을 펼침에 거침이 없었다.

"시체 자체가 단서라면?"

"……"

독살!

피에르 주교가 독살당했다는 말인가.

"사제께서도 주교의 시신을 직접 살펴보지 않으셨습니까? 만일 독살되었다면 어떤 흔적을 발견하셨을 것이 아닙니까. 분명히 별다른 이상이 없었다고 말씀하신 걸로 저는 기억하고 있습니다."

"피에르 주교의 시신에서 독살의 흔적은 발견할 수 없었다. 그래서 나는 다른 가능성에 대해 생각해보았다. 시체가 어떤 목적에 필요한 경우 말이다."

"어떤 목적 말입니까?"

제롬 사제의 표정은 그리 밝지 못했다. 자신의 추리에 그다지 자신이 없는 듯했다.

"거기까진 아직 알 도리가 없다. 우리가 알아낸 것은 아무것도 없다. 이제 겨우 미궁에 들어섰을 뿐이다. 가야 할 길은 멀고도 험하다."

제롬 사제의 목소리가 무겁게 가라앉았다.

"그렇지만 우리는 아주 중요한 사실을 알아냈습니다. 피에르 주교의 관에 시신이 없다는 것을 알고 있는 것은 시신을 옮긴 자와 우리뿐이지 않습니까? 그리고 관이 비어 있다는 것을 우리가 확인했다는 사실을, 시신을 치운 자는 전혀 모르고 있습니다. 누가 시신에 손을 댔는지 우리가 아직 모르고 있는 것처럼 말입니다."

"딴은 일리가 있다."

제롬 사제는 양파 때문인지 연신 눈을 깜박거렸다. 다듬지 않은 양파가 아직 많이 남아 있었다.

"나머지는 제가 손질하겠습니다."

"물에 담가서 손질하면 눈이 덜 매울 것이다."

나는 물항아리에서 물을 길어 양파가 담긴 통에 부었다.

"양파란 묘한 것이다. 그 껍질을 벗기고 벗기다보면 아무것도 남지 않으니 말이다. 껍질이면서 알맹이고 알맹이면서 껍질이다. 그 오묘함이나 허망함이 꼭 생과 같지 않더냐. 생의 비밀을 한 꺼풀씩 벗겨나가다보면 궁극에는 텅 빔, 절대 무(無)만 오롯이 남게 되는 법. 사멸의 멍에를 지고 태어난 우리가 도달할 수 있는 경지란 고작 거기까지이다. 양파 껍질을 벗기며 눈시울을 붉히는 것. 눈시울을 붉히며 손에 아무것도 남지 않았음을 확인하는 것. 뼈아프게 확인하는 것……"

갑작스레 아득해진 사제의 목소리 때문이었을까. 망설임 끝에 나는 결국 벙어리 여인에 관해 털어놓고 말았다.

전날, 참사회의가 끝나고 시내 구경하러 나갔다가 우연히 부시도록 아리따운 여인을 만났다는 것, 그런데 그 여인은 듣지도 말하지도 못하는 벙어리였다는 것, 그리고 그 여인을 본 이후로 머리를 맴도는 여러 신학적 의문 때문에 괴로워하고 있다는 것 등을 더하고 뺌이 없이 고백했다. 그러나 어제 초저녁 깜박 잠들었을 때 꾸었던 망측한 꿈 이야기는 생략했다. 입에 올리는 것조차 민망했기 때문이다.

제롬 사제는 시종일관 묵묵히 내 고백을 경청했다. 내가 말을 마친 후 한동안 나를 물끄러미 바라보던 사제가 마침내 입을 열었다.

"아벨라르를 아는가?"

"르팔레 사람 아벨라르 말입니까?"

"바로 그 사람이다."

파리 성당 학교의 교수였으며 생드니 수도원의 수도사였던 아벨라르. 그는 보편이란 보편정신이 개체에 대해 스스로 만들어내는 관

넘상(象)에 불과한 것이라고 갈파한 바 있다. 이른바 개념론이라 불리는 그의 주장은 유명론과 실재론의 허와 실을 파고들어 제3의 논리로 각광을 받은 바 있었다.

"그 사람이라면 1140년 상스 공의회에서 이단으로 단죄된 것으로 알고 있습니다. 이른바 변증술이라는 것을 신학에 적용시킨 저서 『신의 일체성과 위격에 관하여』가 사설(邪說)로 낙인찍히지 않았던가요?"

"그렇다면 엘로이즈를 아는가?"

새삼 느끼는 바였지만 제롬 사제의 말투에는 남다른 구석이 있었다. 사제는 불필요한 말은 절대 입 밖으로 내지 않았다. 의미 전달에 꼭 필요한 말만, 그것도 사사로운 감정을 느낄 수 없는 말만 간추려서 했다. 화려함이나 다채로움, 정겨움과는 거리가 먼, 소름끼칠 정도로 간결하고 냉철한 말들이었지만 오히려 그 때문에 묘하게 신뢰감을 주고 때론 가슴을 때리기도 했다.

"엘로이즈라면 아벨라르와 연인이었다던 여인 아닌가요?"

내가 알고 있는 것은 거기까지였다. 이단으로 정죄된 아벨라르와 그를 사랑했던 엘로이즈. 아담과 이브처럼 아벨라르와 엘로이즈는 서로 뗄 수 없는 이름이었다.

"그 엘로이즈가 아벨라르의 제자였다는 사실을 아는가?"

그것은 처음 듣는 이야기였다.

"금시초문입니다."

"성직자이며 젊은 학자였던 아벨라르는 파리 성당 학교 교수 시절 제자였던 엘로이즈와 사랑에 빠졌다. 그녀의 나이 열일곱 살 때의 일이다. 그러나 그들의 사랑은 순탄치 못했다. 엘로이즈의 숙부이자 파리 노틀담 수도회의 수사였던 퓔베르가 그들의 관계를 결사적으로 반대했기 때문이다. 결국 아벨라르는 성당 학교 교수직을 그만두고 생드니 수도원의 수사가 되었다. 그리고 엘로이즈는 아르장퇴유 수녀원의 수녀가 되고 말았다. 그러던 차에 1121년 스와송 공의회에서 아벨라르의 저서 『신의 일체성과 위격에 관하여』가 사설로 규정되어 분서(焚書)되고 그는 부르타뉴 생메다르 수도원에 금고(禁錮)되기에 이른다. 그들은 서로 얼굴을 마주 대할 수조차 없게 된 것이다. 두 사람은 그저 편지를 주고받음으로써 영적인 교감을 나누는 것에 만족해야 했다. 서신왕래는 1140년 아벨라르가 상스 공의회에서 이단으로 단죄되고 이 년 후 절명할 때까지 산발적으로 이어졌다. 모두 열 두 통의 편지였다. 아벨라르가 죽은 뒤 엘로이즈는 그의 시체를 인수해서 매장하고 죽는 날까지 아벨라르의 무덤을 지켰다. 무려 22년 동안 말이다."

"아벨라르에게 그런 뒷이야기가 있는 줄은 몰랐습니다."

"나는 아벨라르의 가르침을 떠올릴 때마다 그 차갑고 건조한 논리 밑에 불타고 있는 열정을 느끼곤 한다. 지칠 줄 모르고 쉼 없이 타오르는 열정의 불꽃으로 오뇌와 번민의 밤을 지샌 자만이 가까스로 엿볼 수 있는 학문과 신앙의 경지, 아벨라르의 가르침이란 그런 것이었다. 공의회에서 그의 서책에 대해 분서를 명하고 종국에는 아벨라르를 이단으로 단죄한 자들은 그게 두려웠던 것이다. 골이 깊으면 산이 높은 법, 금지된 감정을 평생 마음속의 응어리로 간직한 만큼 그 사상의 깊이와 신심의 두터움이 예사롭지 않음은 자명한 일. 그들은 그것이 못내 두려웠던 것이다. 아벨라르를 향한 엘로이즈의 사랑이, 엘로이즈를 향한 아벨라르의 그리움이 주님을 흠모하는 성직자의 신심에 비추어 모자랄 게 무엇이 있겠느냐? 예수 그리스도께서 불완전한 육을 빌려 이 땅에 내려오신 그 참뜻을 잘 헤아려야 한다. 육을 진실로 사랑하는 자만이, 그 유한함을 뼈저리게 맛본 자만이 영의 불멸을 온전히 찬양할 수 있는 것이다. 어둠이 짙을수록 그 후에 오는 빛이 더 찬란함과 같다. 신성함이란 고정불변의 실체가 아니라 신성함을 희구하는 그 마음이 만들어내는 것이다."

제롬 사제는 특유의 엄격하고 냉철한 태도를 견지하며 내게 말했다.

"사제의 말씀, 가슴 깊이 새기겠습니다."

마음속의 번뇌와 의념을 털어놓는 것만으로 한결 기분이 나아졌다. 그렇다고 해서 내 머릿속에서 육(肉)의 이율배반성에 대한 신학적 의문이 완전히 지워진 것은 아니었다.

이 자리를 빌려 고백컨대, 훗날 루드비히 황제의 밀명을 수행하던 시절, 내 필사 서기(筆寫書記) 겸 시자(侍者)였던 베네딕트 회의 아드소가 문제의 수도원에서 먹을 것을 구하러 온 사하촌(寺下村)의 여인과 뜻하지 않게 통정하고 내게 고해할 때, 나는 벙어리 여인의 자태에 정신을 빼앗겼던 저 젊은 날의 기억이 문득 떠올라 당황하지 않을 수 없었다. 그리하여 나는 본의 아니게 횡설수설하고 말았다. 그러나 당시의 나와는 달리 제롬 사제는 정연하고 차분하게 이성간의 사랑에 담긴 참뜻을 밝혀주었다. 돌이켜보면 낯부끄러운 기억이 아닐 수 없다. 아드소는 지금 어디서 무엇을 하고 있을까? 뮌헨에서 기약 없는 작별을 한 이후 나는 아드소에 관한 소식을 듣지 못했다. 별일이 없었다면 아마 지금쯤 친정인 멜크 수도원의 어엿한 수도사가 되어 있으리라. 부디 주님의 은총이 늘 아드소와 함께 하기를!

"사제님, 제롬 사제님."

밖에서 주저하는 듯한 목소리가 들려왔다.

"누군가?"

제롬 사제가 문 밖으로 시선을 던지며 큰 소리로 외쳤다. 지나치다 싶을 정도로 큰 목소리였다.

"조제프입니다."

"들어오게."

구부정한 검은 그림자가 소리 없이 부엌으로 들어섰다. 미사와 식사 때 본 적이 있는, 낯익은 얼굴이었다. 호리호리한 체격이었지만 언제나 허리를 약간 굽힌 채 구부정한 자세를 취하고 있어서 그다지 크게 느껴지지는 않았다. 그리고 늘 막대기를 짚고 다녔다. 허리가 좋지 않아서 지팡이를 짚고 다니는 것이라고 나는 짐작했다.

"손님이 계셨군요. 제가 방해가 된 것은 아닙니까?"

겸손과 공손함이 자연스럽게 묻어나는 말투였다.

"여기 이 젊은이는 프란체스코 회의 수사 윌리엄이네. 윌리엄, 이 분은 이 교회의 문서를 담당하고 있는 조제프 사제다. 조제프 사제는 주교의 납 인장을 주조하는 일도 도맡고 있다."

"피렌체에서 온 윌리엄이라고 합니다."

나는 가볍게 목례를 올렸다.

"조제프라고 하네. 피렌체라면 꽤 먼길을 왔구먼."

조제프 사제는 내가 서 있는 쪽으로 천천히 몸을 돌리며 말했다. 어둠 속을 더듬는 듯한 몸짓이었다. 가만히 보니, 조제프 사제의 시선은 묘한 위화감을 자아내고 있었다. 분명히 나와 시선이 마주쳤지만 그는 나를 보고 있지 않은 것 같았다. 말하자면, 그것은 바라보고 있으되 보고 있지 않은 시선이었다.

"로마와 파리보다는 가까운 셈이죠."

내 딴에는 농담이랍시고 그렇게 말했지만 조제프 사제는 아무런 반응도 보이지 않았다. 나는 머쓱한 기분이 들어 잠자코 있었다.

"……"

조제프 사제는 긴히 할말이라도 있는 듯 나와 제롬 사제를 번갈아 바라보며 헛기침만 몇 번 했다. 그러나 아무래도 안 되겠다 싶었는지 입을 열지는 않았다.

"그럼, 저는 이만……"

내가 빠져야 할 상황이라고 생각해 나는 부러 자리를 피하려 했다. 그러나 제롬 사제가 나를 붙들었다.

"조제프 형제, 개의치 말고 말씀하시게. 만일 이 젊은이가 들어서는 아니 될 이야기라면 나도 들어서는 아니 될 이야기임이 분명한 즉, 프란체스코 회의 이 젊은 수사가 있는 자리에서 하지 못할 말이거든 그냥 자네 가슴속에 담아두게."

제롬 사제는 특유의 간결한 어조로 단호하게 말했다. 제롬 사제의 말에는 언제나 쉽사리 거스를 수 없는 힘과 함께 듣는 이의 마음을 빨아들이는 듯한 기운이 실려 있었다. 참사회의장에서 발렌티노의 언변에서 느꼈던 바로 그 흡인력 말이다. 그런 점에서 제롬 사제와 발렌티노는 닮은 구석이 있다고 할 수 있었다. 아무려나 나는 제롬 사제의 말에 감읍하고 말았다. 늘 퉁명스러운 태도로 대했지만 제롬 사제는 마음으로부터 나를 신임하고 있었던 것이다. 얼음장처럼 차가운 제롬 사제였지만 부지불식간에 속내를 내비친 것이라고 생각하니 가슴이 벅찼다. 조제프 사제는 잠시 망설이다가 마음을 굳힌 듯 입을 열었다.

"사제님, 제가 듣기로 페스트에는 개구리를 달인 물에 고양이 피를 섞어 마시면 효험이 있다고 하던데 그게 사실입니까?"

조제프 사제는 자신의 말이 스스로도 미덥지 못했던지 주저하는 목소리로 말했다.

"이 교회에서 신심이 깊기로 둘째가라면 서러워할 자네가 어디서 그런 입에 담지 못할 흑마술 같은 소리를 듣고 와서 내 귀를 더럽히는가. 설마, 그 바랑에 든 것이 개구리는 아니겠지? 자네 손에 잡힐 눈먼 개구리도 없을 테지만……"

조제프 사제는 얼른 대답하지 못하고 우물거렸다. 둥글둥글한 얼굴에는 낭패의 빛이 역력했다.

"그 바랑을 이리 내놓아보게."

제롬 사제는 대답도 기다리지 않고 조제프 사제의 손에 들려 있던 바랑을 낚아챘다. 잠시 후 제롬 사제의 얼굴이 굳어졌다. 바랑 안에는 개구리가 들어 있었던 것이다.

"제 생각이 짧았습니다. 미셸 사제가 그리 험한 꼴이 되는 것을 보고 놀란 나머지…… 부디 저의 어리석음을 용서해주십시오."

조제프 사제는 거의 울음을 터뜨릴 것 같은 얼굴이었다. 자신이 저지른 행동을 뼈저리게 후회하고 있는 듯했다. 조제프 사제가 진심으로 후회하고 있다고 판단했는지 제롬 사제의 태도가 한결 누그러졌다. 담담한 음성으로 제롬 사제가 질문했다.

"어찌 개구리를 잡을 수 있었소?"

부끄러운 짓을 저질렀다는 자괴감에 잔뜩 위축된 목소리로 조제프 사제가 대답했다.

"제대로 된 놈들이라면 장님인 제 손에 걸려들 리가 없겠죠. 그러나 잠을 자고 있는 놈들이라면 이야기는 달라집니다. 겨울잠을 자느라 녀석들은 지팡이로 건드려도 꼼짝달싹 않더군요. 그야말로 눈먼 개구리들이었습니다. 그저 주워담기만 하면 되었습니다. 여하튼, 잠시나마 제가 어리석고 불경한 망상에 빠져 있었습니다. 이 녀석들을 다시 자연의 품으로 돌려보내겠습니다."

조제프 사제는 말을 마치자마자 지팡이를 더듬거리며 황급히 밖으로 사라졌다. 그는 맹인이었던 것이다. 조제프 사제는 자신의 우매함을 탓하며 서둘러 자리를 떴지만 자신도 모르게 아주 의미심장한 단서를 제공한 셈이었다.

나중에 확인한 것이지만 그 순간, 제롬 사제와 나는 동시에 다른 생각을 머릿속에 떠올리고 있었다. 말 그대로 동상이몽, 한 가지 말을 듣고서 각기 다른 상상을 하고 있었던 셈이다. 말하자면, 미궁 속에 내던져진 두 사람은 어둠 속에서 예기치 않게 함께 한줄기 희미한 빛을 보았지만 서로 다른 곳을 응시하고 있었던 것이다.

"겨울잠이라……"

"조제프 사제가 주교의 납 인장도 주조했다는 게 사실입니까?"

제롬 사제와 내가 서로 약속이라도 한 것처럼 동시에 입을 열었다. 사제와 나는 서로 얼굴을 빤히 들여다보며 눈을 깜박거렸다.

# 8
## 물질 역시 의미를 내포한다

부엌에서 황급히 뛰쳐나온 나는 조제프 사제의 뒤를 쫓았다. 멀리 가지 않아 따라잡으리라 생각했지만 내 예상을 비웃기라도 하듯 그의 종적은 묘연했다. 나는 교회 정문 쪽으로 나는 듯이 달려갔다. 교회 정문을 벗어나고도 오를리 가를 따라 한참을 달려서야 나는 조제프 사제를 따라잡을 수 있었다. 지팡이에 의지해 더듬거리며 걷는 장님의 걸음이라고는 믿을 수 없을 정도로 날랬다. 정말로 앞을 보지 못하는 것인가, 의심이 들 정도였다.

"조제프 사제님!"

턱까지 차오른 숨을 몰아쉬며 내가 소리쳤다.

"피렌체에서 온 윌리엄인가?"

지팡이를 허공에 내저으며 돌아선 조제프 사제가 단박에 목소리의 주인공을 알아챘다. 놀라운 기억력이었다. 부엌에서 몇 마디 말을 건넨 것뿐인데도 음성만 듣고 나를 알아차린 것이다. 장님인데도

불구하고 문서를 맡고 있다는 것이 헛말은 아닌 듯했다. 그 정도의
기억력과 직관력이라면 말이다.

"어떻게 저인 줄 아셨습니까?"

나는 놀라움을 숨기지 않았다.

"목소리도 목소리이지만, 냄새로 알 수가 있다네."

냄새라니! 조제프 사제의 대답에 나는 어리둥절했다.

"냄새라고 하셨습니까?"

내 반문에 조제프 사제는 대단한 것은 아니라는 투로 선선히 대답
했다.

"저마다 이름을 갖고 있듯이 사람들은 각기 고유한 냄새를 가지고
있다네. 같은 이름을 가진 사람은 있을지 몰라도 이 세상에 똑같은
냄새를 가진 사람은 없지. 지존하신 주님께서는 매사에 공평하신 분
이네. 비록 내 시력을 앗아갔지만 그 대신 남들이 갖지 못한 특별한
능력을 주신 것이지. 내가 앞을 못 보는 것도 모두 그분의 뜻인 게야.
잃는 게 있으면 또 그만큼 얻는 것이 있게 마련, 이것이 이 우주 운행
의 이치가 아니겠는가? 자네에게서는 허브 냄새가 나는군. 그것은
앎에 대한 지독한 갈구의 냄새이기도 하지. 자네에게서는 그런 냄새
가 나네그려."

나는 새삼스럽게 조제프 사제의 눈을 바라보았다. 초점이 없는 눈
이었다. 그는 아무것도 볼 수 없었지만 오히려 그 때문에 모든 것을
볼 수 있었다. 조제프 사제의 초점 없는 눈동자를 보고 있으려니 어
쩌면 그가 평범한 사람들의 눈으로 볼 수 없는 것까지 꿰뚫어보고
있다는 생각이 들었다.

그날 눈먼 조제프 사제가 나에게서 맡았다고 말한 앎에의 지독한

갈구의 냄새. 그것은 어쩌면 내 운명의 냄새였는지도 모르겠다. 돌이켜보면 평생을 걸고 내가 좇았던 것은 바로 앎 그 자체였던 것이다.

"놀랍고 또 놀랍습니다. 듣기로 사제께서는 교회의 문서를 담당하고 계신다고 하던데, 그렇다면 문서도 냄새로 식별하시는지요?"

"문서도 사람과 마찬가지네. 저마다 독특한 냄새를 가지고 있지. 양피지의 종류와 그 문서를 필사하거나 읽은 사람들의 손길, 그리고 보관된 장소와 햇수…… 이런 것들에 의해 문서는 자기만의 고유한 냄새를 갖게 되는 걸세. 그래서 나는 냄새로 어떤 문서인지 기억할 수가 있다네. 문서고에 새 문서가 들어오면 일단 나는 냄새를 기억하고 부제의 도움을 받아 그것이 어떤 내용의 문서이고 누가 쓴 것인지 확인을 하네. 문서의 냄새와 그 내용을 연결시키는 것이지. 일단 그렇게 기억해두면 어떤 문서가 어디에 보관되어 있는지 금방 알수가 있지. 태어날 때부터 눈이 멀었던지라 나는 글을 깨우치지 못했다네. 문맹이지. 재미있지 않은가. 문맹인 내가 문서를 담당하고 있다는 사실이."

문맹!

글을 읽지도 쓰지도 못하는 조제프 사제가 문서고를 담당하고, 게다가 주교의 납 인장을 주조한다니 선뜻 납득이 가지 않았다. 조제프 사제가 맹인이라는 사실을 알았을 때보다 더 놀라지 않을 수 없었다.

"점입가경, 실로 놀라움의 연속입니다. 주교의 납 인장도 직접 주조하셨다고 하던데 특별한 곡절이라도 있습니까?"

정작 내가 알고 싶은 것은 바로 그것이었다. 장님이며 문맹인 그가 어찌하여 서찰과 문서의 위조를 방지하는 주교의 납 인장을 만들게 되었는지, 그것이 궁금했다. 상식적으로는 납득할 수 없는 일인지라 필시 무슨 곡절이 있을 것이라고 생각했던 것이다.

"주교의 납 인장을 만들던 사람은 따로 있었지. 그런데 그 사람이 다른 교구로 옮겨 자리가 비게 되었네. 그런데 후임자를 물색하던 피에르 주교께서 어느 날 나를 부르시더니 그 일을 나더러 맡으라고 하시는 것이었어. 처음에는 못 하겠다고 사양했지. 앞을 못 보는데다가 문맹인 내가 어찌 도안에 세밀하게 경구를 새겨넣는 일을 할 수 있겠느냐며 펄쩍 뛰었다네. 누가 보아도 당연한 이치였지. 게다가 난 문서고 일만으로 만족하고 있었으니까. 사실 그 문서 담당도 피에르 주교가 간곡히 청을 하여 맡게 된 것이었다네. 본래는 소출을 담당하고 있었지. 그때도 나는 사양하기 바빴네. 처음에는 엄두가 나지 않았으니 말이야. 장님이며 문맹인 내가 문서를 관리한다고 하면 날아가는 자고새도 웃을 일이 아닌가. 그러나 피에르 주교는 이번에도 한사코 내가 아니면 안 된다며 나를 설득했네. 주교에게는 나름대로의 복안이 있었을 테지. 결국 내가 지고 말았다네. 알다시피, 주교의 인장을 만드는 것은 쉬운 일이 아니라네. 위조와 이본(異本)을 방지하기 위해 정교하게 만들어야 하니까 말이야. 작업은 대개 이런 식으로 진행되었네. 주교가 인장의 기본 도안을 설명하네. 그리고 도안에 새겨넣을 경구를 목판에 새겨주면 내가 손으로 만져본 후 그것을 그대로 재현하는 것일세. 주조하는 데 그다지 어려움은 없었네. 비록 앞은 볼 수 없지만 어릴 적부터 손재주는 제법 있는 편이었으니까."

"그렇다면, 사제께서는 인장에 새겨진 경구의 내용을 전혀 모르겠군요."

"그렇지. 문맹이니 말이야. 주교는 내게 그 의미에 대해서는 함구했다네. 그래서 나도 그것에 대해 한 번도 묻지 않았네. 굳이 알 필요도 없었고."

피에르 주교가 굳이 조제프 사제로 하여금 인장을 만들게 한 데에는 그만한 이유가 있을 것이다. 혹 문맹이라는 사실 때문에 부러 조제프 사제에게 맡기려고 했던 것은 아닐까. 피에르 주교에게는 조제프 사제가 장님이라는 것보다 문맹이라는 사실이 더 중요했던 것은 아닐까. 그래서 굳이 그를 지목해서 인장을 만들도록 했던 것인지도 모른다.

"혹시, 최근에 주교의 인장과 관련되어 이상한 일은 없었습니까? 그러니까 평소와 달랐던 점 말입니다."

"글쎄, 특별히 이상한 건 없었는데……"

조제프 사제의 대답은 결정적인 대목에서 나에게 실망을 안겨주었다. 뭔가를 붙들었다고 생각했는데 도로(徒勞)에 지나지 않았다. 소득이 전혀 없다고 할 수는 없었지만 기대한 만큼은 아니었다. 결국 다시 제자리로 돌아온 것인가. 맥이 빠지는 기분이었다.

"여러 가지로 고마웠습니다. 제가 사제님의 시간을 너무 많이 축냈습니다."

"자넨 역시 질문이 많군. 그 냄새처럼 말이야. 조심하게. 앎에의 갈구가 지나치면 신심을 흐리게 하는 법일세. 때로는 모르는 게 약이 되기도 한다네."

조제프 사제는 내게 화두와 같은 말을 툭, 던지고 지팡이를 휘적휘적 내저으며 가던 길을 재촉했다. 성안의 지리를 훤히 꿰뚫고 있는 듯 주저함이나 머뭇거림이라고는 찾아볼 수 없는 걸음걸이었다.

문득 나는 입고 있던 법의 소맷자락을 들어 코를 들이댔다. 아무리 코를 킁킁거려도 허브 냄새나, 앎에 대한 갈구의 냄새 따위는 맡을 수 없었다. 다만 부엌에서 손질했던 양파 냄새만 희미하게 배어 있을 뿐이었다. 그것도 아주 희미하게.


돌아오는 길에 성당 앞에서 토마스를 만났다. 그는 성당에서 나오는 길이었다. 먼저 발견한 내가 알은체를 했다.

"어디를 그리 급하게 가십니까?"

뭔가 다른 생각에 몰두하고 있었던 듯 토마스는 화들짝 놀랐다.

"아, 윌리엄 수사였군요."

토마스는 나를 돌아보더니 한숨을 내쉬며 힘없이 말했다.

"안에서 무슨 일이라도 있었습니까?"

내가 턱으로 성당 쪽을 가리키며 물었다.

"제가 방금 누구와 있었는지 아십니까?"

토마스는 어깨를 축 늘어뜨린 채 성당 쪽을 흘깃 돌아보았다. 나는 어깨를 으쓱거림으로써 모르겠다는 말을 대신했다.

"바로 발렌티노 수사입니다. 제롬 사제께서 왜 그를 툴루즈의 늑대라고 부르는지 이제야 알겠습니다."

진저리를 치며 토마스가 말했다.

"발렌티노 수사가 어쨌기에 그러십니까?"

"부주교의 분부로 성모 마리아 제단을 닦고 있는데 발렌티노가 유령처럼 다가오더니 대뜸 성모 마리아 제단을 닦는 것보다 신심을 닦는 것이 더 중하다고 말하더군요. 멀쩡한 성모 마리아 제단이 지저분하다고 생트집을 잡은 게 바로 몬테냐 추기경인데 말이죠. 발렌티노 수사의 잿빛 눈동자를 봤습니까? 보기만 해도 괜히 오금이 저리더군요. 그런 소름끼치는 눈빛은 처음입니다. 발렌티노 앞에 서 있으려니 마치 발가벗겨진 느낌이 들더군요. 아주 기분이 묘했습니다. 마왕의 졸개들을 상대하다보니 자신도 모르는 사이에 마왕의 눈빛을 닮아가는 것은 아닐까요?"

토마스는 그 섬뜩한 눈빛이 아직도 자신을 주시하고 있기라도 하듯, 말하는 도중에도 자꾸 성당 쪽을 흘깃거렸다. 잔뜩 겁을 집어먹은 듯했다.

"그래, 발렌티노 수사는 또 뭐라고 하던가요?"

"일단 겁을 주려고 그랬는지 그런 가당치도 않은 소리를 쏘아붙이더니 피에르 주교에 대해서 이것저것 묻더군요. 평소에 가깝게 지냈던 자는 누구냐, 죽기 전에 뭐 이상한 행동 같은 것은 없었느냐, 애지중지하던 물건은 없었느냐, 설교나 언행에서 의심스러운 대목은 없었느냐 등등, 심문이라도 하는 것처럼 찬바람 도는 싸늘한 목소리로 꼬치꼬치 캐묻더군요. 전 기분이 상해 아무렇게나 대답하려고 했습니다. 눈빛도 눈빛이려니와 죄인 대하듯 하는 고압적인 태도가 거슬렸거든요. 그런데 놀랍게도 그 사람은 내 마음을 훤히 들여다보고 있다는 듯이, 거짓을 고했다가 나중에 들통나면 경을 칠 것이라고 으름장을 놓더군요. 참 이상한 사람입니다. 대충 이야기하려고 마음먹었는데도 불구하고 기운이 빠지면서 시시콜콜 아는 것은 모두 불고 말았으니까요. 나중에는 이 자가 혹시 나 모르게 무슨 흑마술을 쓰는 게 아닐까 하는 의심마저 들더군요."

마침내 발렌티노가 움직이기 시작한 것인가. 토마스에게 질문한 내용으로 봐서는 피에르 주교와 관련된 무엇인가를 염탐하려는 것 같았다. 그가 알아내고자 하는 것은 무엇일까. 피에르 주교의 관이 비었다는 사실을 그도 알고 있을까?

토마스가 갑자기 화들짝 놀라더니 꽁지가 빠져라 회랑 쪽으로 달아났다. 성당 쪽에서 발렌티노가 어슬렁거리며 나타난 것이다. 그는 미끄러지듯 다가와 어느새 내 곁에 서 있었다. 발렌티노는 모든 면에서 군더더기라고는 한 점도 없는 인물이었다.

단신이지만 바위처럼 단단해 보이는 체구, 늘어진 살점이라고는 찾아볼 수 없는 피부에 검버섯이 피어 있는 얼굴, 쇠사슬을 긁는 듯한 목소리, 그리고 곧장 핵심을 관통하는 거침없는 언변, 무엇보다 싸늘한 냉기를 뿜으며 번뜩이는 매서운 눈빛…… 이 모든 것이 한데 어우러져 보는 이를 압도하는 인상을 만들고 있었다. 체격만 보자면 그다지 큰 편이라고 할 수 없었으나 왠지 거대한 산이 앞에 버티고 있는 듯한 느낌이었다. 그 거대한 산이 바로 코앞에서 움직이고 있었지만 인기척조차 느껴지지 않았다. 그만큼 그는 몸놀림이 민첩했다. 버틸 때는 산과 같고 움직일 때는 바람과 같은 사람이었다. 사냥꾼이 되었더라도 세상에 이름을 떨쳤을 것이라는 생각이 들었다. 하긴, 발렌티노는 사냥꾼은 사냥꾼이었다. 이단 사냥꾼 말이다.

발렌티노가 옆에 서자 갑자기 주위의 공기가 서늘해진 듯했다.

"안녕하십니까?"

부러 내가 큰 소리로 인사를 했다.

"죽은 피에르 주교와는 각별한 사이였다지?"

발렌티노와 나는 통성명을 한 적도 수인사를 나눈 적도 없었지만 그는 이미 나에 대해 알고 있었다. 나에 대해서 어느 정도 알고 있는지는 짐작할 수 없었지만, 이거 하나만큼은 미루어 헤아릴 수 있었다. 적어도 발렌티노라면 나에 대해 알고 싶은 것은 모두 알 수 있을 거라는 것.

"그렇습니다."

토마스의 귀띔도 있고 해서 나는 내심 긴장했다. 그리고 가능하면 말을 아끼기로 마음먹었다.

"피에르 주교와 부친이 절친한 사이였다고 하더군."

"네, 파리 대학에서 함께 공부했던 동학(同學)이었습니다."

"파리 대학이라!"

나는 아차 싶었다. 발렌티노의 눈이 역광을 받은 얼음장처럼 차갑게 빛났다.

나도 모르게 발렌티노의 유도심문에 말려든 꼴이었다. 파리 대학의 이름을 뇌까리는 발렌티노의 목소리가 음산하게 울렸다. 그러나 이미 엎질러진 물이요, 깨진 항아리였다. 나로서는 어서 자리를 뜨고 싶은 마음뿐이었다. 무엇보다도 내가 무슨 말을 더 하게 될지 스스로도 장담할 수가 없었다.

"다른 볼일이 없으시면 이만 물러가보겠습니다."

결례를 무릅쓰고 나는 먼저 자리를 뜨려 했다. 뜻밖에도 발렌티노는 선선히 나를 놓아주었다.

"악마는 우리가 생각하는 것보다 한 발짝 더 가까이에 있다. 주님의 권능이 우리가 미루어 짐작하는 것보다 위대한 것처럼 말이다. 주의하거라. 그리고 경계하거라. 종종 형상은 본질을 드러내는 것이 아니라 은폐하기도 한다는 사실을 말이다."

등뒤에서 발렌티노의 날카롭고 카랑카랑한 음성이 날아왔다. 발렌티노의 말은 참으로 뜻밖이었다. '형상이 본질을 은폐한다.' 이는 제롬 사제가 내게 했던 말이기도 했다.

과연 그것은 우연의 일치였을까. 제롬 사제에게서 들었던 말이 발렌티노의 입에서 튀어나오니 기분이 묘했다. 절로 발걸음이 빨라졌다. 한참 후, 나는 나도 모르게 뒤를 돌아보았다. 발렌티노는 그 자리에 그대로 서 있었다. 그 자리에 새롭게 융기한 산처럼 꿈쩍도 않은 채 버티고 서 있었다. 얼굴을 분간하지 못할 정도의 거리였지만 어쩐지 그가 나를 노려보고 있는 것만 같았다. 뒤통수가 서늘해지는 기분이었다.

피에르 주교의 시신을 검시했던 의사가 실종되었다는 소식을 들은 것은 식사를 마치고 회랑에 딸린 정원의 나무 그늘에 앉아 쉬고 있을 때였다. 이번에도 토마스가 소식을 전해주었다. 토마스의 말에 따르면, 미셸 사제의 사인을 진단하기 위해 부주교가 사람을 보내 의사를 찾았으나 의사는 지금껏 나타나지 않고 있다는 것이었다. 그래서 이웃 교구로 사람을 보냈고 그곳에서 온 의사가 미셸 사제의 시신을 검시해서 페스트라고 결론을 내린 것이었다. 여기까지는 나도 익히 아는 사실이었다. 행정장관이 수하를 풀어 의사의 행방을 수소문했지만 아직까지 이렇다 할 성과가 없다는 말도 토마스는 덧붙였다.

피에르 주교의 시종에 이어 의사도 실종된 것이라고 말하며 토마스는 다음은 어쩌면 자기 차례일지도 모른다고 중얼거렸다. 왜 그리 생각하느냐고 물었더니, 그냥 그런 불길한 예감이 든다는 것이었다. 그리고 대체로 불길한 예감이란 것은 적중하기 마련이라며 어깨를 힘없이 늘어뜨렸다.

토마스가 그리 생각하는 이유를 짐작하기는 어렵지 않았다. 피에르 주교의 시신을 맨 처음 발견했던 시종이 어느 날 연기처럼 사라졌다. 그리고 주교의 시신을 검시한 의사도 행방이 묘연했다. 두 사람의 공통점은 피에르 주교의 시신을 가까이에서 보았다는 것이다. 토마스도 피에르 주교의 시신을 본 사람들 중의 한 명이었다. 그러나 그러한 추론에는 무리가 따른다.

일단, 의사의 행방이 밝혀지지는 않았지만 아직 그의 신변에 변고가 생겼다고 단정할 수는 없었다. 토마스의 말대로 사냥을 갔든가, 창가(娼街)에 파묻혀 있는지도 모르는 일이다. 그리고 토마스말고도 피에르 주교의 시신을 목격한 사람은 얼마든지 더 있었다. 내가 알고 있는 것만 해도 레이몽 부주교가 보았고, 제롬 사제도 목격자 중의 한 명이었다. 내가 미처 파악하지 못한, 다른 인물이 있을 가능성도 완전히 배제할 수는 없었다. 무엇보다 주교를 모시던 시종과 의사의 실종을 근거로 피에르 주교의 시신을 목격한 자들이 실종된다는 결론을 도출하는 것은 성급한 일반화였다.

뒷날 내가 옥스퍼드 대학에서 사숙한 바 있는 로저 베이컨께서는 두 가지 사례에서는 어떤 규칙도 끌어낼 수 없다고 하셨다. 요컨대, 다음 차례가 바로 자신이라는 토마스의 예감은 논리적 근거가 희박한, 막연한 두려움에서 비롯된 기우에 지나지 않을 터였다. 그러나 토마스의 이런 억측은 토마스 개인의 불안한 심리 상태를 보여주는 것일뿐더러 교회와 성을 짓누르고 있는 불길하고 음울한 분위기를 반증하는 것이기도 했다.

사람들은 어쩌다 마주치는 일이 있어도 서로 약속이라도 한 것처럼 눈을 내리깔았다. 그리고 그늘진 곳에 둘씩 셋씩 짝지어 은밀히 무슨 말인가를 속닥이다가 낯선 자가 나타나면 그만 입을 다물고 황급히 자리를 뜨기 일쑤였다. 주의 신성한 가르침을 조석으로 되새기는 교회의 공기가 이러할진대, 기근과 역병으로 인해 술렁이고 있는 저잣거리야 두말할 필요가 없을 것이다. 유대인이 운영하는 전당포가 성난 군중에 의해 언제 습격당할지 예측할 수 없는 상황이었다.

"비어 있는 주교 자리에는 누가 가장 근접해 있죠?"

우울해지는 기분을 떨치기 위해 내가 말머리를 돌렸다.

"그야, 레이몽 부주교겠지요. 하지만 지금은 닭 쫓던 개가 된 셈이죠. 페스트에 발목이 잡힐 줄 누가 알았겠어요?"

입을 삐죽거리며 토마스가 말했다.

"참, 지금껏 궁금했던 게 있는데, 전에 있던 부주교, 뱅상 부주교는 어떻게 되었죠? 삼 년 전 이곳에 잠시 들렀을 때만 해도 그분이 부주교였는데……"

진작에 물어보려고 했던 것인데 그제야 생각이 난 것이다. 그만큼 베르송에서의 며칠은 정신을 수습할 수 없을 정도로 악몽의 나날이었다.

"작년, 성신 강림축일에 알프스 산맥을 넘다가 낙마하여 그만 목이 부러졌습니다. 끔찍하게 운명하셨지요."

말을 마치고 토마스는 성호를 그어 죽은 뱅상 부주교의 영혼을 위로했다.

"성신 강림축일에 알프스는 왜 넘으려 했던 것이죠?"

"로마로부터 소환을 받으셨습니다."

"로마로부터 소환을 받은 이유가 무엇입니까?"

로마라면 교황청을 두고 하는 말이었다.

"이곳 교회에 이단의 혐의가 있다는 제보가 교황청으로 날아들었습니다. 그래서 그 혐의에 대해 소명하기 위해 부주교가 교황청으로 소환되었던 것입니다. 원칙상으로는 주교가 직접 나서야 할 일이었지만 당시 피에르 주교께서는 병환을 핑계로 부주교를 대신 보냈지요. 사실 그 제보는 베르송의 교회를 노린 것이 아니라 피에르 주교를 겨누고 있었던 것이었으니까요. 주교로서는 교황청에 걸어들어가면 그것으로 끝이라고 생각했을 것입니다. 뱅상 부주교의 사고 소식을 접하고 피에르 주교는 사흘 동안 금식 기도를 올렸습니다. 말이 금식 기도지 죽으려고 작정한 사람 같았지요. 성모 마리아 제단 앞에 쓰러져 있는 주교를 시종이 발견했을 때는 거의 살아 있는 사람의 형상이 아니었습니다. 다행히 제롬 사제께서 처방한 몰약 덕택에 화를 면하셨지요. 그 일이 있은 후 주교는 부쩍 말수가 줄었습니다. 꼭 무엇에 쫓기는 사람 같았어요. 뱅상 부주교의 죽음이 당신 탓이라고 자책했던 것이겠지요."

"대체 어떤 자가 그런 무고를 했단 말입니까?"

"진실은 아무도 모릅니다. 소문과 추측만 무성할 뿐이죠. 항간에는 사순절 기간의 금육 문제로 다투었던 영주측에서 꾸민 일이라고 하더군요. 알프스에서 부주교가 죽은 것도 사고가 아니라 피에르 주교를 암살하기 위해 매복해 있던 영주의 수하에 의해 살해당한 것이라는 말도 있습니다. 뱅상 부주교를 피에르 주교로 오인했다는 것인데, 그 내막을 누가 알겠습니까? 어떤 자들은 애당초 그런 제보 따위는 존재하지도 않았으며, 교황청이 꾸민 자작극이라는 주장을 펴기도 합니다. 그 무렵, 교황청에서 피에르 주교의 과거에 대해 은밀히 내사를 하고 있다는 소문이 파다했으니까요. 또다른 자들의 입을 빌리자면, 그 모든 것이 국왕측에서 꾸민 음모라고 하더군요. 국왕에 대한 충성심을 보이지 않는 피에르 주교를 제거하고 자기 사람을 심으려 했다는 것입니다. 어느 것이 참인지 또 어느 것이 거짓인지 알 수가 없습니다. 달이 태양을 가린 듯, 태양이 달을 가린 듯, 진실은 뱅상 부주교의 주검과 함께 암흑 속에 묻힌 셈입니다. 영원히 말입니다. 오직 하늘에 계신 분만이, 만물과 만사를 주관하시는 그분만이 진실을 아시겠지요."

토마스의 말대로 달이 태양을 삼킨 듯 의혹을 파고들수록 사위는 점점 어두워질 뿐이었다. 과연 진실은 무엇인가? 한 걸음 한 걸음 내딛을 때마다 나는 수렁에 더 깊이 빠져들고 있었다. 거미줄에 걸린 나방처럼 달아나려고 파닥거릴수록 운신의 폭은 좁아지고 있었다. 다가갈수록 멀어지는 것, 적어도 내게 진실이란 벙어리 여인의 잔상과 다를 바 없었다.

뱅상 부주교의 죽음을 둘러싼 무성한 소문들. 그 소문의 내용은 각양각색이었지만 몇 가지 중요한 사실을 알려주고 있었다. 교황청이든 국왕이든 영주든, 그 누군가는 피에르 주교를 제거하고 싶어했다는 것. 그리고 피에르 주교는 그 어느 쪽으로부터도 그다지 환영받지 못했다는 것. 그 당시 누군가 피에르 주교를 제거하려다 실패한 것이 분명하다면 재차 일을 도모할 적당한 기회를 노리고 있었을 터.

아무리 달이 태양을 가려도 태양의 존재 자체를 지우지는 못하는 법. 오히려 달이 태양을 가림으로써 잊혀졌던 태양의 존재는 부각되는 것이다. 지우는 것은 곧 드러내는 것과 같으니……

새삼 나는 고개를 들어 작열하는 태양을 응시했다. 바스커빌에서,

샤르트르에서, 피렌체에서, 알프스의 고개에서 올려다보았던 것과 한치도 다를 바 없는 위압적인 자태, 준열한 광선, 그 자체로 완벽한 기하학적 형상…… 생명의 원천임과 동시에 소멸의 화신이기도 한 저 초절(超絶)한 빛의 덩어리를 보며 어떤 이는 탄생의 기적을 찬미하고, 어떤 이는 대재앙의 전조를 예단하고, 또 어떤 이는 불멸의 영생을 희구하기도 한다. 무심히 빛나고 있는 그 천체를 바라보며 나는 가슴속에 들끓는 모순에 찬 정념에 눈앞이 아득해지고 정신이 혼미해지는 듯했다.

빛이 있으라 함에 빛이 생기고, 어둠이 있으라 함에 어둠이 생겼다는 구약의 말씀에 따르면 빛과 어둠, 즉 선과 악 모두 신의 권능을 드러내는 것에 지나지 않을 터. 그리고 그 말씀에 깃들인 근원적인 모순…… 빛이 있음으로 해서 어둠은 스스로 생겨난 것이 아닌가. 무릇 어둠이란 빛이 없음과 한가지인 것이다. 태양이 빛을 만들어내고 동시에 어둠을 존재케 하듯이, 악이란 선의 한배 병아리가 아니던가! 저 사라센의 도시, 바그다드의 창공에 떠오른 태양에서 이교도들이 발견한 것도 바로 이러한 본원적인 모순이 아니었을까.

"사람들은 억울하게 죽은 뱅상 부주교의 원혼이 종종 교회의 공동묘지에 나타난다고 말합니다. 특히, 어젯밤처럼 안개가 자욱하게 낀 날에 말이죠. 미상불 어젯밤에도 성당 뒤편 공동묘지에서 유령을 보았다는 이가 있더군요."

태양을 응시하며 넋을 놓고 있던 나는 토마스의 말에 화들짝 놀라지 않을 수 없었다. 어젯밤에 공동묘지에서 본 유령은 다름아닌, 제롬 사제와 나였을 테니 말이다. 누군가가 보았다면 대단한 낭패가 아닐 수 없었다.

"그것이 뱅상 부주교의 유령이었답니까?"

마음을 졸이며 내가 넌지시 물었다.

"어젯밤 같은 날씨에 뭐가 제대로 보였겠습니까? 근래에 보기 드문 지독한 안개였습니다. 더군다나 유령을 보았다는 사람이 이 교회에서 가장 연로하신 조르주 사제였으니까요. 그분은 대낮에도 바로 앞에 있는 사람을 분간하지 못할 정도로 눈이 어둡거든요. 차라리 눈먼 조제프 사제가 보았다면 믿었을지도 모르겠죠. 보나마나 바람에 흔들리는 개암나무 가지를 보았을 테지요."

천만다행이었다. 조르주 사제라면 미사를 올릴 때 본 적이 있었다. 나무 껍질처럼 주름진 얼굴이 유난히 창백한 사제는 기력이 쇠한 듯 늘 밭은기침을 했다. 조르주 사제가 아니라 눈이 밝은 자가 보았다면 일이 골치 아프게 꼬일 뻔했다.

"레이몽 부주교는 어떻습니까? 그러니까 교황청이나 국왕, 영주와의 관계 말입니다."

토마스는 내 질문의 뜻을 이해했다는 듯 고개를 끄덕였다.

"그게 아리송합니다. 추기경 일행에게 하는 양을 봐서는 로마와도 소원한 것 같지는 않고 그렇다고 해서 국왕 쪽이나 영주와도 불편한 관계는 아닌 듯합니다. 사실, 이 베르송의 주교 자리란 참으로 미묘한 데가 있습니다. 지역적으로는 프랑스 땅이지만 예부터 로마의 입김이 만만치 않은 곳이거든요. 레이몽 부주교로서는 로마와 파리가 동시에 자신을 밀어주기를 바라겠지만 지금 같은 분위기에서는 낙타가 바늘구멍을 빠져나가는 일보다 더 어렵겠지요. 교황과 프랑스 국왕이 사생결단을 낼 것처럼 으르렁거리고 있으니 말입니다. 그래서 현실적으로는 교황청이나 프랑스 국왕 중 어느 한쪽을 등에 업어야 하는데 그 선택이 또한 녹록하지가 않습니다. 현재로서는 백중지세, 어느 쪽의 우세도 점칠 수가 없으니 말입니다. 자칫 줄을 잘못 골랐다가는, 시쳇말로 썩은 동아줄을 붙들었다가는 주교 자리는 고사하고 목숨을 부지하기도 힘들 테니까요. 아직까지는 아슬아슬하게 줄타기를 하고 있지만 레이몽 부주교의 머리도 꽤나 복잡할 것입니다. 정치라는 것은 알다가도 모를 괴물 같은 것, 리바이어던 같은 것이어서 저같이 아둔한 놈의 소견머리로야 그 복마전 같은 속내를 어디 짐작이라도 하겠습니까? 죽은 듯 엎드린 채 조석으로 그저 기도나 올리고 심판의 날을 예비하고 있어야지요."

사심 없어 보이는 토마스의 말에는, 그러나 뼈가 있었다. 그리고 무엇보다 서품을 둘러싼 암투에 대한 염오(厭惡)의 마음이 역력했다.

토마스의 설명대로 지금까지 눈앞에서, 혹은 보이지 않는 곳에서 벌어진 그 모든 일들이 의미가 남다른 베르송의 주교 자리를 놓고 일어난 것일까. 그러나 왠지 그렇게만 생각하기에는 찜찜한 구석이 많았다. 그 일례로 이곳에 파견된 자들의 면면이 심상치 않았다. 공석이 된 주교 자리에 새로 앉을 후임자를 뽑는 데 영향력을 행사하기 위해 이 정도의 측근들을 보냈다는 게 이해가 되지 않았다. 그리고 이런 눈에 보이는 것들과는 별도로 성에 들어서는 순간부터 감지되었던 기묘한 위화감, 뭔가 단단히 어긋나 있는 듯한 느낌을 주교 자리를 둘러싼 암투 정도로 설명해서 지울 수는 없었다. 그것보다 훨씬 심대하고 심각한 뭔가가 있는 게 틀림없었다.

"별일이야 있겠어요? 모든 게 주님의 뜻대로 되겠지요."

짐짓 담담한 태도로 내가 말했다.

"글쎄요. 아무쪼록 그리 되어야겠지요."

토마스의 대답은 신통치 않았다. 여전히 다음은 자기 차례라고 믿고 있는 것 같았다. 백 보를 양보해서 토마스의 말대로 피에르 주교의 시신을 직접 본 자들이 차례로 실종된다고 하더라도 다음 차례가 토마스라고 확신할 근거는 없었다. 다음 차례는 제롬 사제일 수도 있고 레이몽 부주교일 수도 있는 것 아닌가. 이런 생각을 토마스에게 말할까 하다가 그만두었다. 별반 소용이 없을 듯했다. 토마스에게 필요한 것은 논리적인 반론이 아니라 마음의 안정이었다. 그리고 그것은 비단 토마스뿐만 아니라 베르송의 모든 사람들에게 필요한 것이기도 했다.

저녁 미사 도중에 제롬 사제가 홀연히 내 곁에 나타났다. 그는 내 귀에 대고 미사가 끝난 후, 잠들기 전 부엌으로 오라고 말했다. 그것이 전부였다. 뭔가 중요한 일이 있는 모양이었다. 불경스러운 말이지만, 그것이 무엇일까 궁금한 마음에 레이몽 부주교의 설교, 찬송, 성경 봉독 따위가 지루해 견디기 힘들 지경이었다.

길게만 느껴지던 미사가 끝나고 급히 성당을 빠져나오다가 누군가의 어깨에 부딪쳤다. 조제프 사제였다.

"프란체스코 회의 윌리엄이로군."

"이번에도 금방 알아보시는군요."

사람 식별하는 수준이 이 정도라면 앞을 못 본다는 것이 별 장애가 아닐 듯했다. 새삼스레 탄복하지 않을 수 없는, 실로 놀라운 직관이었다.

"그렇지 않아도 내 자네를 찾으려 했네."

"저를 말씀입니까?"

"그렇다네."

"무슨 일로 찾으셨는지요?"

나는 조제프 사제의 소매를 끌고 인적이 드문 회랑의 구석진 곳으로 자리를 옮겼다. 어젯밤과는 달리 안개라고는 찾아볼 수 없는 맑은 날씨였다. 부풀어오를 대로 부풀어오른 만월이 창공을 둥그렇게 오려낸 듯, 첨탑 위로 솟아 있었다. 만월의 밤에는 늑대인간이 나타난다고 했던가. 대체, 늑대인간이라니! 만월의 빛은 내 마음을 더욱 어둡게 했다.

"낮에 자네가 내게 물었지. 피에르 주교가 죽기 전에 뭔가 이상한 일이 없었느냐고."

"네, 그렇게 여쭈었습니다."

"자네가 갑자기 묻는 바람에 그때는 기억해내지 못했는데 생각해보니 이상한 일이 있기는 있었어."

"그 이상한 일이라는 게 무엇이었습니까?"

나는 주위에 듣는 귀가 없나 살피며 조제프 사제의 대답을 기다렸다.

"주교가 죽기 한 달쯤 전에 갑자기 나를 찾아와서는 인장을 하나 새로 만들라고 하더군. 급히 만들어야 한다고 하면서 말이야. 알다시피, 인장은 한번 만들면 특별한 사유가 없는 한 바꾸지 않는 것이 관례야. 적어도 몇 년은 사용하는 법이지. 그런데 인장을 만든 지 채 반 년이 안 되었는데 새로 만들라고 해서 좀 의아하게 생각했지. 그러나 왜 그러느냐고 묻지 않았다네. 그만한 이유가 있을 것이라고 생각했지. 주교가 내게 그 일을 믿고 맡기는 것도 바로 그런 점 때문이기도 했으니까. 질문 같은 것은 하지 않는다는…… 그래서 나흘 낮과 밤을 매달려 인장을 새로 만들었지. 조금 별난 인장이었어. 도안에 들어가는 경구가 보통 때보다 길었지. 그래서 새기는 데 꽤나 애를 먹었지만."

"잠깐만 기다려보세요."

나뭇가지를 꺾어 나는 땅바닥에 글을 새겼다. 피에르 주교가 내게 보낸 서찰에 찍힌 인장의 경구를 그대로 바닥에 옮겨적었다. 나는 어느새 그 경구를 암기하고 있었던 것이다.


신의 말씀이 세속의 지혜보다 우위에 있거니와 이는 언어의 울림뿐 아니라 물질 역시 의미를 내포하기 때문이다.


"혹시 이와 같은 문구(文句)가 아니었습니까?"

나는 조제프 사제의 손을 잡고 땅바닥으로 가져갔다. 조제프 사제는 땅바닥에 팬 홈을 더듬어 거기에 새겨진 글귀를 확인했다. 이윽고 바닥의 글을 확인하느라 굽혔던 무릎을 펴며 그가 말했다.

"맞아! 바로 그 경구일세!"

조제프 사제는 자신 있게 대답했다.

"고맙습니다. 많은 도움이 되었습니다."

눈먼 조제프 사제가 알아볼 리 만무했지만 나는 마침내 단서를 찾았다는 기쁨에 꾸벅 인사를 했다. 조제프 사제는 무슨 영문인지 모르겠다는 표정이었다. 자신이 대체 무슨 도움을 주었는지, 갑자기 이 젊은이가 왜 이러나 하는 얼굴이었다. 나는 글자를 새기느라 바닥에 팬 홈을 흔적도 없이 깨끗하게 지웠다.

조제프 사제의 말에 따르면 피에르 주교는 한 달 전에 갑자기 새로운 인장을 만들었다. 그리고 나에게 보내는 서찰에 그 인장을 찍었던 것이다. 내가 피렌체에서 피에르 주교의 서찰을 받은 게 삼 주 전의 일이니 순서는 대충 그렇게 된 것일 터. 피에르 주교는 왜 화급히 새로운 인장을 주조하도록 했을까. 역시 답을 알 수 없는 의문이었지만 나는 왠지 문제의 핵심에 다가간 것 같은 기분에 휩싸였다.

의문은 새로운 의문을 낳고 그 새로운 의문은 또다른 의문을 낳는다. 대답은 속 시원하게 주어지지 않고 늘 연기되지만 나는 점점 본질적이고 결정적인 의문에 근접하고 있는 듯한 기분에 사로잡혔다. 토마스가 귀띔해준 것처럼, 궁극에 가서는 믿을 수 있는 자는 죽은 자뿐이고 답을 말해줄 수 있는 자 또한 죽은 자뿐이었다.

9

# 불귀, 혹은 휘프노스의 머리칼

부엌에 들어섰을 때, 제롬 사제는 보이지 않았다. 사제는 잠들기 전에 들르라고 했다. 너무 일찍 온 것은 아닌가 하는 생각이 들었다. 조제프 사제로부터 전해 들은 이야기 때문에 나는 좀 흥분된 상태였다. 그래서 잠자코 숙소에 머물러 있을 수가 없었던 것이다.

그날의 성무 일과가 끝난 참이라, 부엌은 말끔히 정리되어 있었다. 가마솥은 깨끗이 닦인 채 벽에 걸려 있었고 화덕의 불도 꺼져 있었다. 식사 때 썼던 각종 접시들도 말끔히 닦여 선반에 차곡차곡 포개져 있었다. 화덕의 불이 꺼진 탓에 사위는 어둑어둑했다. 부엌 한쪽의 조리대용 탁자 위에 놓인 등잔불이 가까스로 어둠을 밝히고 있었다. 어두워서 그런지 부엌이라기보다는 무슨 실험실 같은 분위기마저 풍겼다. 아마도 선반에 죽 늘어선 작은 단지들 때문이었으리라. 나는 부엌 여기저기를 하릴없이 기웃거리고 있었다.

그때였다.

부엌의 어둠 저편에서 나무판자가 삐걱거리는 소리가 들려왔다. 이윽고 쪽문이 열리는 듯한 소리가 이어졌다. 지하로 통하는 문이 열렸는지 곰팡내가 훅 끼쳐왔다. 그러나 그것은 단순한 곰팡내가 아니라 여러 가지 다른 물질들이 섞여 있는, 뭐라 형용할 수 없는 기이한 냄새였다. 그것은 분명, 부엌의 공기와는 다른 것이었다.

"누구인가?"

어둠 속에서 제롬 사제의 음성이 들렸다. 평소와는 달리 경계심이 담겨 있는 목소리였다.

"윌리엄입니다."

사제의 음성이 들려오는 쪽을 향해 내가 조심스럽게 대답했다.

"잠들기 전에 오라고 했다."

제롬 사제의 지적대로 취침 시간까지는 아직 시간이 좀 남아 있었다. 역시, 나는 너무 일찍 온 것이었다. 그러나 꼭 그 시간에 맞춰야 하는 것인지 나로서는 알 수 없었다. 어둠 저편에서 날아든 사제의 목소리는 무슨 이유에서인지 경직되어 있었다.

"분명히 그렇게 말씀하셨습니다. 그러나 마음이 뒤숭숭해서 가만히 방에 앉아 있을 수가 없었습니다."

나는 변명하기에 급급했다. 특별히 그렇게 생각할 이유는 전혀 없었음에도 불구하고 나는 큰 실수라도 저지른 듯한 기분이 들었다.

"됐다."

그 말이 떨어지기가 무섭게 어둠 속에서 불쑥, 제롬 사제가 모습을 드러냈다. 사제는 눈에 띄게 초췌한 모습이었다. 기력을 소진한 듯 지친 기색이 역력했다.

제롬 사제의 심상치 않은 기색을 살피다가 나는 호기심을 감추지 못하고 대뜸 질문을 던지고 말았다. 눈먼 조제프 사제가 통찰한 바 대로 나는 알고자 하는 욕망을 자제하지 못하는 인간인지도 몰랐다. 궁금한 것은 어떻게 해서든 알아내야 직성이 풀리는 것이다.

"지금 나오신 곳은 대체……"

제롬 사제의 굳어진 얼굴을 보는 순간, 괜한 것을 물었다는 생각이 들어, 나는 말끝을 흐리고 말았다. 그러나 평상시와는 사뭇 다른 사제의 태도는 오히려 내 호기심을 부채질하고 있었다.

"……포도주를 저장하는 지하창고다."

베르송은 예부터 포도주의 풍미가 탁월하기로 명성이 자자한 곳이었다. 교회에서도 상당한 규모의 포도밭을 소유하고 있었다. 그래서 포도주 소출이 제법 쏠쏠한 것으로 나는 알고 있었다.

부엌에 딸려 있는, 포도주를 저장하는 지하창고. 그러나 제롬 사제의 손에는 포도주 병이 아니라 낡은 서책이 한 권 들려 있었다. 그것은 너무나 낡아서 겨우 서책의 형상을 유지하고 있었다. 그것이 범상치 않은 물건임은 한눈에 간파할 수 있었다.

"그것은 무슨 서책입니까?"

가까이 다가가서 보니 그것은 아주 오래된 서책 같았다. 양피지로 만든 책장이 반질반질할 정도로 닳아 있는데다, 그 빛깔도 켜켜이 쌓인 먼지와 곰팡이 자국으로 누르스름하다 못해 검붉게 변색되어 있었다. 언뜻 보아서는 온전한 서책의 형상을 하고 있다고 할 수 없을 정도였다.

"궁금하면 직접 확인해보아라."

제롬 사제는 세월의 풍상으로 애초의 모습을 짐작할 수 없을 정도로 누덕누덕해진 그 서책을 내게 내밀었다. 너덜너덜해진 표지에는 다음과 같은 제목이 각인되어 있었다.

본초비방집전(本草秘方集典).

"혹시, 이것은 아랍 사람 자비르 이븐 하밀이 썼다는 그 서책이 아닙니까?"

"헐! 과문한 나이에 모르는 것이 없구나. 네가 지금 들고 있는 것은 원본은 아니고 필사본이다."

제롬 사제에게서 처음 듣는 칭찬의 말이었다. 너무 일찍 온 것은 아닌가, 뭔가 실수를 한 것은 아닌가 하며 위축되고 어두웠던 마음이 순간 등 하나를 내건 듯 환해졌다. 사사로운 감정조차 잘 드러내지 않던 제롬 사제이고 보면 대단히 이례적인 일이었다. 그러나 사제의 얼굴은 여전히 무표정 그 자체였다. 내가 헛것을 들은 것은 아닐까 의심이 들 정도였다.

자비르 이븐 하밀.

그는 9세기에 살았던 아랍인으로 본초와 의술에 관한 여러 가지 비전(秘典)을 남겼다고 전해지는 인물이었다. 특히 그는 희귀한 본초를 이용해 여러 가지 독과 그 독을 중화시키는 해독제를 제조한 것으로 알려져 있다. 그리고 그가 평생을 바쳐 연구하고 채집한 성과의 핵심을 고스란히 기록한 책이 바로 비전(秘傳) 중의 비전, 전설의 서책『본초비방집전』이었다.

풍설에 의하면, 하산 이븐 루슈드가 조직한 사라센의 전설적인 비밀 자객 집단도 바로 그 서책을 활용했다고 한다. 이야기를 부풀리고 과장하기를 좋아하는 사람들의 입을 거치면서 덧붙여지고 채색된 풍문에 불과한지도 모르지만 그 서책은 그 존재에 대한 소문만으로도 사람들의 상상력을 자극하기에 충분했다.

당대의 명의이기도 했던 자비르 이븐 하밀, 죽은 자도 능히 살려 낸다는 신기에 가까운 의술을 가지고도 영생을 얻을 수 없음에 절망 했던 것일까. 그는 말년에 불로불사의 물질을 만드는 일에 몰두했다 고 한다. 뛰어난 의사이며 박식한 본초학자였던 그가 종국에는 연금 술에 심취하게 된 것도 이로써 해명된다. 이른바 현자의 돌, 모든 유 한한 존재에 불멸의 생명을 불어넣는다는 그 영묘한 물질을 만들기 위해 그는 연금술에 매달린 것이었다. 그러나 유감스럽게도 그가 그 신비의 물질을 구하는 데 성공했는지 여부는 정확히 알려진 바가 없 었다. 실험 도중에 일어난 화재로 인해 목숨을 잃었다는 풍설이 있 는가 하면 현자의 돌을 얻어 아직 어딘가에 살아 있다는 풍설도 나 돌았다.

본초 연구에 관심이 많았던 나는 그에 관한 소문은 익히 들은 바 있었다. 그러나 그가 남겼다는 그 서책, 신의 서고에서 베꼈다고 말 해질 정도로 신비로운 비방들이 망라된 그 서책『본초비방집전』을 직접 눈으로 보게 되리라고는 꿈도 꾸지 못했다. 비록 원본이 아니 라 필사본이라 하더라도 말이다. 그만큼 자비르에 관한 이야기는 본 초를 연구하는 사람들 사이에서 하나의 전설로만 여겨졌다. 과문하 고 세상 물정에 어두운 약관의 나이에 불과했던 당시의 나로서는 과 연 그런 책이 태양 아래 존재하는지, 그런 인물이 실제로 존재했는 가조차도 미덥지 못했던 것이 사실이었다.

내가 샤르트르의 안정된 생활을 버리고 낯선 피렌체로 떠난 것도 알프스 너머에서는 풍문으로만 전해지는 아랍의 비전들이 그곳으 로 심심찮게 흘러들어온다는 소문과 결코 무관하지 않았다. 아랍 서 적의 수입창고라 불리는 피렌체에서조차 구경하지 못했던 그 진귀한 서책을 베르송에서, 그것도 제롬 사제의 부엌에서 접하게 되리라고는 전혀 예상치 못한 일이었다. 제롬 사제, 시간이 흐를수록 나는 그에 대해서 모르는 게 너무 많다는 것을 깨달았다. 벗겨도 벗겨도 새로운 껍질이 나타나는 저 양파처럼!

"너무나 놀라워 제 눈을 의심하지 않을 수 없습니다. 이 희귀한 서책을 어디서 구하셨는지요?"

궁금한 것이 한두 가지가 아니었지만 일단 나는 그 서책을 입수하게 된 경위부터 듣고 싶었다.

"먼저 내가 표시해둔 곳을 펴보거라."

제롬 사제가 그렇게 단언한 이상, 더 캐물을 수는 없는 노릇이었다. 하는 수 없이 나는 사제의 말을 좇아 서책을 들춰보았다. 서책 가운데 부분에 솔잎이 끼워져 있었다. 제롬 사제가 표시를 해두기 위해 일부러 끼워놓은 것이었다. 책장을 펼치니 세월의 더께에 찌든 곰팡내와 양피지 썩는 냄새가 코를 찔렀다.

이것이 바로 비전의 향기라는 것인가! 범용한 서책에서는 결코 맡을 수 없는 냄새가 정녕 이런 것인가. 나는 그 냄새만으로도 벌써 흥분하고 있었다.

"오른쪽 하단을 눈여겨보아라."

아무리 비전의 향기라지만 지독한 냄새였다. 시체가 썩으면 이런 냄새가 날까. 보관 상태가 결코 좋지 않았음에 틀림없었다. 곰팡내가 유난한 것으로 미루어 햇볕이 잘 드는 곳에 보관되지 못하고 습기가 차서 눅눅한 곳에 처박혀 있었던 것 같았다. 나는 코를 실룩거리며 펼쳐진 서책의 오른쪽 하단을 주목했다.

그곳에는 어떤 약초의 형상이 세밀하게 그려져 있었다. 언뜻 보아서는 로즈마리처럼 생긴 허브였다. 큰 줄기에서 갈라진 작은 줄기들, 줄기에 촘촘히 매달린 길쭉한 잎들. 어찌 보면 줄기에 달린 꽃은 향신료로 쓰이는 사프란 꽃 같았고 길쭉한 잎사귀는 아스파라거스 잎처럼 보이기도 했다.

그림 아래로는 그 풀에 대한 설명이 조목조목 상세하게 적혀 있었다.

이 본초의 이름은 불귀(不歸), 일명 '휘프노스의 머리칼'이라고 불리기도 한다. 원산지는 북아프리카의 고원지대로 일 년 중 6월부터 8월 사이에 꽃이 핀다. 잎에는 일시적으로 심장을 멎게 하는 독이 들어 있다……

이름부터가 희한한 본초였다. 불귀, 돌아오지 못한다는 뜻이다. 그런데 휘프노스의 머리칼은 또 무엇이란 말인가. 휘프노스라면 희랍의 신화에 나오는 잠의 신이 아니던가. 서책에 적힌 설명대로라면 이 본초를 달여 만든 독을 먹은 자는 반나절 동안 죽은 듯이 깊은 잠에 빠져든다는 것이다. 맥박도 잡히지 않고 심장도 뛰지 않는다. 게다가 호흡도 정지한다. 말 그대로 죽음과 같은 잠에 떨어지는 것이다.

"다음 장으로 넘겨보거라."

제롬 사제가 서책을 넘어다보며 그렇게 말했다.

제롬 사제의 분부를 좇아 나는 다음 장으로 넘겼다. 상단에는 그 본초의 잎으로 독을 만드는 방법과 더불어 다음과 같은 내용이 기록되어 있었다.

독을 마신 자는 잠들어 있는 동안 사후경직의 증세를 나타내는데, 체액 흐름의 둔화와 담즙의 과다분비로, 일시적으로 급격한 노화의 징후를 보인다……  나는 외마디 소리를 질렀다.

"그렇다면!"

"그럴 가능성도 충분하다."

제롬 사제는 서책을 건네받으며 신중하게 말했다.

"그렇다면, 피에르 주교는 죽은 것이 아니라 아직 어딘가에 살아 있을 수도 있다는 말이군요!"

"불가능한 것은 아니다."

"그런데 어떻게 이런 생각을 하게 되셨는지요?"

그 추리가 사실이라면 실로 경악할 만한 일이었다. 피에르 주교가 그 독을 먹고 잠시 죽어 있었던 거라면, 말해놓고 보니 이상하게 들리긴 하지만, 묘지에 묻힌 주교의 관이 비어 있다는 사실 또한 자연스럽게 해명되는 것이다.

"아까 낮에 조제프 사제의 말을 너도 들었을 것이다."

놀람과 흥분으로 떨리는 내 음성과는 대조적으로 추론의 과정을 설명하는 제롬 사제의 목소리는 여느때와 다름없이 담담했다.

"동면에 든 개구리 말씀입니까?"

"그렇다. 그 이야기를 듣는 순간 한 가지 가능성이 뇌리를 스쳤다. 이제까지 우리는 피에르 주교가 죽었다는 대전제에 대해서는 추호도 의심하지 않았다. 인간은 유한한 존재이며 그 운명은 신의 뜻에 의해 이미 정해진 것이라는 신학적 대전제에 대해 의혹의 눈초리를 보내는 것조차 신성모독으로 몰아붙이듯이 말이다. 어쩌면 문제는 거기에서부터 비롯된 것은 아닐까 하고 생각해보았다. 대전제가 그르면 제아무리 소크라테스라도 올바른 결론에 도달하지 못하는 법. 그런 약초가 있다는 것을 언젠가 들은 기억이 어렴풋하게 떠올랐다. 그래서 부랴부랴 자비르의 서책을 뒤져보았던 것이다. 그 서책에 없는 것이라면 이 세상에 존재하지 않는 것일 터. 피에르 주교의 시신을 보았을 때 품었던 의문이 그 책을 읽는 순간 해결되었다. 사후경직으로만 설명하기에는 뭔가 석연치 않은, 갑작스런 노화 말이다. 그 원인을 그제야 알게 된 것이다. 그러나 이것은 어디까지나 하나의 가설에 불과하다. 죽은 피에르 주교의 얼굴에 나타난 노화의 현상이나, 우리가 간밤에 확인한 사실, 즉 피에르 주교의 관이 비었다는 사실만으로 그 가설을 완전히 입증할 수는 없다. 우리의 가설을 확인하는 방법은……”

제롬 사제의 음성은 여느때처럼 담담했지만 눈빛만큼은 날카롭게 빛나고 있었다. 덧붙이자면, 제롬 사제의 말을 듣고 있노라면 나는 늘 줄타기를 하는 자를 바라보는 것처럼 아슬아슬한 느낌이 들곤했다. 그것은 사제의 말씀에 언뜻언뜻 내비치는 신성모독적이고 이단적인 사유의 편린 때문이었다. 팽팽하게 당겨진 줄 아래에는 불길이 치솟는 화형대가 놓여 있다. 한 발만 잘못 디디면, 한순간만 방심하면 곧장 화형대의 재가 될 터……

아아! 그러나 어찌하겠는가. 나는 제롬 사제의 그 아슬아슬한 줄타기에서 영혼을 울리는 전율과 감히 뿌리칠 수 없는 매혹을 느끼고 있었다.

“피에르 주교를 찾는 수밖에 없군요. 이미 시신이 되었든, 아직 살아 있든 간에…… 그런데 만일 누군가가 피에르 주교가 죽은 것처럼 꾸민 것이라면 대체 무엇 때문에 그런 짓을 저질렀을까요?”

제롬 사제의 추리는 벽에 부딪쳤던 몇 가지 의문을 명쾌하게 설명할 수 있었지만 동시에 새로운 의문을 불러일으켰다.

“피에르 주교를 살려둘 수밖에 없는 이유가 있는 것이다. 그를 죽이기 전에 뭔가를 얻어내려고 하는 것이다.”

"무엇을 얻어내려고 했을까요?…… 순전히 막연한 추측에 불과합니다만…… 피에르 주교 스스로 꾸민 일일 가능성도 있겠군요."

"……"

굳게 걸려 있던 의혹의 빗장이 풀리자 모든 가능성들이 한꺼번에 봇물 터지듯 쏟아져 머릿속을 뒤죽박죽으로 만들었다. 피에르 주교가 죽었다는 사실조차도 손바닥 뒤집듯 뒤집히는 판국이니 이제부터는 모든 것을 의심해보아야 한다. 토마스가 충고한 대로 이곳 베르송에서는 그 어느 것도, 그 누구도 믿을 수 없었다. 신의 권능을 제외한 모든 것들을 의심해야 하는 것이다. 저 만월의 애애한 빛마저도 예외가 될 수는 없으리라. 발 밑에 들러붙은 그림자가 진정 내 그림자인지도 의심해야 할 판이었다. 새로운 단서를 찾았다는 사실에 흥분한 나머지 내 머리는 온갖 상념으로 들끓고 있었다.

"그럴 가능성도 완전히 배제할 수는 없다. 지금 우리에게 필요한 것은 쉽게 타협하지 않는 독한 회의와 절대로 포기하지 않는 불굴의 인내심이다."

제롬 사제의 말을 듣고 있으니 자못 비장한 기분마저 들었다. 타협하지 않는 독한 회의와 결코 포기하지 않는 불굴의 인내심을 강조하는 사제의 모습에서 나는 마음의 평안과 안식을 구하는 신앙인이 아닌, 하나의 문제를 풀기 위해 전 생애를 걸고 천착하는 철인(哲人)의 풍모를 엿보았던 것이다.

"만일 피에르 주교가 죽은 것이 아니라면 지금 어디에 있을까요? 그리고 누군가가 주교에게 독을 먹인 것이라면 어떻게 그리 했을까요? 피에르 주교가 죽은 것으로 이목을 속이면서까지 그에게서 얻어내려고 한 것은 또 무엇일까요?"

마구잡이로 쏟아내는 내 질문에 제롬 사제는 손을 내저었다.

"질문은 사유의 촉매일 뿐, 사유 그 자체는 아니다. 의문이 흘러넘 칠수록 정신을 가다듬어야 한다. 우선 첫번째 질문, 피에르 주교가 살아 있다면 지금쯤 어디에 있을까? 아마도 그리 먼 곳은 아닐 것이 다. 주교가 죽은 이후 성문의 경계가 삼엄해졌으니 성밖으로 나가지 는 못했을 것이다. 누군가가 피에르 주교에게 독을 먹인 것이라면 주위의 이목 때문에 멀리 데리고 가기는 힘들었을 터, 아마도 교회 의 문을 빠져나가지 못했을 것이다. 그렇다면 주교는 교회 어딘가에 결박당해 있을 공산이 크다. 그리고 두번째 질문, 죽기 전날 밤 주교 는 몸이 불편하다며 식사를 자신의 처소로 올려보내도록 했다. 식사 를 만든 것은 물론 나다. 그날 저녁 요리는 양송이 스튜, 야생 과일즙 을 발라 구운 훈제 연어, 귀리로 만든 빵이었다. 음식 때문에 탈이 난 것은 아닐까 의심이 들어서 일일이 확인을 해보았기 때문에 그날 저 녁의 요리를 확실히 기억하고 있다. 유감스럽게도 주교는 식성이 좋 아 음식을 조금도 남기지 않았다. 그래서 독이 들어 있었는지 여부 는 확인할 수 없었다. 부엌에 남은 요리에는 독이 들어 있지 않았다. 요리를 주교의 처소로 가져간 것은 주교의 시종이었다. 만일 누군가 음식에 독을 탔다면 그사이 일을 벌였을 것이다. 그러나 그 시종이 행방불명되어 그마저도 확인할 수가 없다. 물론 요리를 만든 내가 독을 탔을 수도 있을 것이다. 그 독의 존재를 기록한 서책도 손에 넣 고 있으니 말이다. 그러나 내가 만일 그런 짓을 저질렀다면 너와 함 께 관을 열어보는 어리석은 행동은 하지 않았을 것이다. 마지막 질 문에 대해서는, 글쎄다…… 뭔가 중요한 것이었겠지. 생사를 걸 정 도로 말이다."

"피에르 주교의 시종과 의사가 실종되었는데 이것도 피에르 주교의 일과 관련이 있을까요? 듣자 하니 항간에는 만월의 밤에 출몰하는 늑대인간의 소행이라고 하던데. 물론 그저 소문에 불과한 것이라고 생각됩니다만…… 공교롭게도 실종된 두 사람은 모두 주교의 주검을 목격한 사람들입니다. 더구나 시종은 그 문제의 식사를 주교에게 가져간 인물이기도 하구요. 주교에게 일어난 변고와 두 사람의 실종 사이에는 뭔가 연관성이 있을 거라 사료됩니다."

"늑대인간에 관한 소문은 나도 들었다. 그러나 그 형상을 본 자는 아무도 없더구나. 모두 민심이 흉흉하다는 증거가 아니겠느냐. 마녀나 마왕, 늑대인간 따위의 존재는 불안한 마음이 만들어내는 것이다. 즉 그런 존재들이 있다는 믿음이 사라지지 않는 한 마녀나 마왕, 늑대인간은 존재하지 않으면서도 존재하는 것이다. 즉 마녀된 자가 있어 마녀가 존재하는 것이 아니라 마녀가 있으면 어쩌나 하는 두려움이 있어 마녀가 존재하는 것이다. 피에르 주교의 시신을 검시한 의사의 행방이 묘연하다는 얘기는 나도 들어서 알고 있다. 우연의 일치일 수도 있겠지. 차차 그 전모가 밝혀질 것이다."

제롬 사제의 말씀은 늘 명쾌하고 울림이 있었다. 훗날 내가 종교재판 조사관이 되어 마녀로 기소된 자들을 조사할 때 언제나 제롬 사제의 말씀이 귓전에 맴돌았다. 화형주의 불길로부터 한 명의 무고한 영혼이라도 구해내려 노심초사했던 것도, 결국 조사관의 직을 자진해서 버린 것도 제롬 사제의 말씀에 영향받은 바 컸다.

"가엾은 토마스 부제는 다음은 자기 차례라며 불안에 떨고 있습니다. 피에르 주교의 시신을 목격한 사람들은 모두 변을 당할 거라고 믿고 있더군요. 마치 유령에라도 홀린 사람 같았습니다."

"토마스는 원래 마음이 여린 편이다. 별일이야 있겠느냐. 지금은 모두가 힘겨운 나날을 보내고 있다. 이럴 때일수록 마음을 굳게 먹어야 할 터. ……그런데 내일은 영주가 교회의 참사회원들을 자신의 성으로 초대한다고 한다."

"이렇듯 성안의 공기가 어수선한데 한가하게 초대는 무슨 초대랍니까?"

"명목상으로는 지난번 참사회의장에서 일어난 불미스러운 일에 대해 화해를 도모하는 자리라고 한다."

"그렇다면 몬테나 추기경 일행도 함께 초대되는 것입니까?"

"물론이다. 그러나 그 검은 속을 누가 모르겠느냐. 교회의 참사회원들을 구워삶으려는 수작임이 불을 보듯 뻔하다."

"목적이 그와 같다면 추기경 일행을 함께 초대한 것은 이상하지 않습니까? 오히려 방해가 되지 않겠습니까?"

"딴은 그렇다만 참사회원들만 초대하면 모양새가 이상할 것이라고 생각한 것이다. 추기경 일행을 초대해서 기를 죽이고 싶은 심산도 아주 없지는 않았을 터. 이곳의 영주는 화려한 연회를 자주 열기로 소문이 자자하다. 내일은 아마 태어나서 처음으로 맛보는 산해진미를 실컷 구경하게 될 것이다."

"저도 함께 갑니까?"

"그것이 참으로 이상한 노릇이다. 영주는 특별히 너를 지목해서 함께 데리고 오라는 전갈을 보냈다. 피렌체에서 온 프란체스코 교단의 젊은 수사, 바로 너를 말이다."

"영주가 저를 말입니까?"

영주가 자신이 주최하는 만찬에 나를 초대하다니, 뜻밖이 아닐 수 없었다.

"일개 뜨내기 수사에 불과한 저를 영주가 무엇 때문에 초대한단 말입니까?"

"영주의 꿍꿍이를 어찌 다 알겠느냐? 뭔가 알아내야 할 것이 있는 게지. 영주는 꼭두각시에 불과하다. 문제는 그 뒤에 도사리고 있는 자다. 주목해야 할 것은 흔들리는 나무가 아니라 그 나무를 흔드는 바람이다."

그 뒤에 도사리고 있는 자라면 국왕의 고문인 기욤을 두고 하는 말인가? 아니면 국왕 필립 4세를 가리키는 것인가? 어쩌면, 내가 의심한 대로 몬테나 추기경 일행이나 기욤 일행은 단순히 베르송의 주교 자리에만 관심이 있는 것은 아닐지도 모른다. 그것보다 몇 갑절 더 중요한 무엇인가를 노리고 있는지도 모른다. 그것이 대체 무엇일까.

지금 돌이켜보아도 그것은 참으로 이상한 일이 아닐 수 없다. 그 날 그 자리에서 나는 왜 조제프 사제로부터 들은 이야기를 제롬 사제에게 전하지 않았던가. 토마스의 말처럼 나는 죽은 자 외에는 아무도 믿지 못했던가. 제롬 사제마저도 불신과 의혹의 대상이었던가. 아니다. 결코 그렇지 않다. 나는 베르송의 그 누구보다 제롬 사제를 마음 깊은 곳으로부터 신뢰하고 있었다. 그곳에서 내가 믿을 수 있는 사람이 있다면 오직 제롬 사제뿐이었다. 이단으로 의심되는 비유나 주장으로 종종 놀라게 하기는 했지만 바로 그 때문에 나는 그를 믿을 수 있었던 것이다. 신성모독의 불경을 무릅쓰고 고백컨대, 오히려 나는 거칠 것 없는 언사와 이단적 사유 때문에 제롬 사제를 더욱 신뢰하고 있는지도 몰랐다.

냉정하게 판단해보건대, 그것은 다만 나의 불찰일 뿐이었다. 한 곳에 정신이 팔리면 다른 것은 돌보지 못하는 나의 미욱한 천성 때문이었다. 만일 그때 조제프 사제가 확인해준 내용을 제롬 사제에게 낱낱이 이야기했다면 그 이후의 사정은 전혀 다르게 전개되었을지도 모른다. 저 희랍 철학자의 깨달음처럼 한번 발을 담근 물에는 다시 들어가지 못하는 법, 이제 와서 이런 생각을 천 번, 만 번 되풀이한들 무슨 소용이 있겠는가마는, 그후에 많은 일들이 벌어졌거니와 그중에는 일어나지 말았어야 할 일들도 없지 않았다. 그러나 나는 들끓는 의문에 사로잡힌 채 부엌문을 나서고 말았다.

내가 피에르 주교의 인장을 다시 떠올린 것은 접객소의 방으로 돌아오고 나서의 일이었다. 촛불 아래에서 나는 법의 품에 감춰둔 피에르 주교의 서찰을 펼쳐보았다. 열 번도 더 넘게 읽어보았던 그 서찰을 새삼스럽게 다시 찬찬히 살폈다. 특히 한 달 전에 새로 주조했다는 인장을 유심히 살펴보았다.

교회의 문서에는 위조 방지를 위해서 인장, 화압(花押)을 찍고 주교가 친히 서명을 한다. 그리고 각각의 교회는 나름의 독특한 필체를 사용하기도 했는데, 이러한 방식은 세속에도 영향을 끼쳐 왕실이나 귀족들도 교회 문서를 규범삼아 나름대로 특별한 양식을 개발하기도 했다. 특히 정교하게 주조된 납 인장은 위조를 방지하는 자물쇠 중의 자물쇠였다.

피에르 주교의 서찰에 찍힌 인장의 도안은 일견 평범해 보였다. 큰 원 안에 작은 원이 들어 있고 작은 원 안에는 십자가가 끼워져 있었다. 인장의 표어는 큰 원과 작은 원이 만든 고리 안에 깨알처럼 새겨져 있었다. 장님이면서 문맹인 조제프 사제가 새긴 것이라고는 믿을 수 없을 정도로 글씨는 정교했다. 그리고 무엇보다, 표어치고는 이례적이라 할 정도로 길었다.

신의 말씀이 세속의 지혜보다 우위에 있거니와, 이는 언어의 울림뿐 아니라 물질 역시 의미를 내포하기 때문이다.

신의 말씀이 세속의 지혜보다 더 우위에 있다. 이는 굳이 설명할 것 없이 지당한 이치이다. 그런데 언어의 울림뿐만 아니라 물질 역시 의미를 내포하기 때문이라는 건 무슨 소리인가? 가만히 생각해보면 앞뒤가 맞지 않았다. 신의 말씀은 언어이고 울림일 터, 언어이며 울림인 신의 말씀이 세속의 지혜보다 우월한 이유가 바로 물질도 의미를 내포하기 때문이라니…… 문맥을 따르자면, 신의 말씀은 언어나 울림의 차원이 아니라 하나의 물질이라는 소리가 된다. 신의 말씀이 물질이라니, 이건 또 무슨 해괴한 궤변이란 말이냐. 그리고 물질이 의미를 내포한다는 것은 또 무슨 뜻인가?

처음 서찰을 개봉했을 때는 몰랐는데 그 의미를 헤아리기 위해 찬찬히 읽어보니 도무지 이해하기 힘든 문장이었다. 암호가 따로 없었다. 나는 단어 하나씩 끊어서 소리내어 읽어보기도 하고 단숨에 읽어보기도 했다. 그러나 아무리 소리내어 읽어보아도 다만 그 언어의 울림만 남을 뿐, 공허한 울림만 남을 뿐, 의미는 좀체 떠오르지 않았다.

피에르 주교는 왜 이런 야릇한 표어를 인장에 집어넣었을까? 인장에는 대체 어떤 비밀이 감추어져 있는 것인가?

침침한 촛불 아래에서 깨알처럼 새겨진 글자들을 노려보고 있자니 눈이 시어왔다. 나는 자신의 우둔함을 탓하며 한숨을 내쉬었다. 그리고 양피지를 둘둘 말아 다시 법의 품에 집어넣었다. 촛불을 끄고 침상에 기어들어가 잠을 청했다. 해괴하고 망측한 꿈에 시달리지 않기를 주님께 기도하면서 눈을 감았다. 기도 덕분이었는지 피곤함 때문이었는지, 그날 밤에는 꿈도 없는 깊은 잠에 빠져들었다.

# 10
# 영주의 만찬

베르송에서 맞는 다섯번째 날이었다.

만물의 주인이시며 만사의 주관자이시며 만백성의 어버이이신 하느님께서는 빛과 어둠을 만들고 하늘과 땅을 만들고 만 가지 식물과 만 가지 짐승을 만들고도 남을 시간이었지만, 한없이 아둔하고 어리석은 나, 윌리엄이 그 동안 한 일이라고는 고작 피에르 주교의 관을 열어본 것밖에는 없었다. 그리고 알아낸 것이라고는 피에르 주교를 둘러싸고 모종의 음모가 진행되고 있다는 것뿐, 그 음모의 전모가 무엇이고 그것을 도모한 자가 누구인지 짐작조차 못 하고 있었다.

어찌 비천한 종복인 나와 전능하신 주님의 능력을 감히 비교할까마는, 지옥의 밑바닥처럼 불신과 반목과 쟁투가 들끓는 베르송에 굳이 이 남루한 영혼을 인도하심도 주님의 뜻이라면 그 음모와 악덕의 불구덩이를 헤쳐나가게 하심도 거룩하신 주님의 뜻일진저, 주님의 말씀을 섬기고 따르는 자로서 나는 다만 주의 심원한 뜻을 좇을 뿐이다. 그러나 답답하고 또 답답하도다. 주님의 뜻은 대체 어디에 있는 것인가. 이것이 베르송에서 다섯번째 아침을 맞이하는 나의 솔직한 소회였다.

이렇듯 장황함을 무릅쓰고 베르송에서 다섯번째 날을 맞이하는 착잡한 소회를 가감 없이 술회하는 것은, 그만큼 베르송에 입성한 이후로 보고 들은 여러 가지 일들로 인해 나는 심각한 혼란에 사로잡혀 있었기 때문이다. 그 혼란이라는 것은 단지 피에르 주교의 죽음과 관련된 수수께끼 같은 일들 때문만은 아니었다. 그것은 단지 일부분에 불과한 것이었다. 베르송에서 만난 모든 사람들, 그들과 나눈 수상쩍고 미심쩍은 대화들, 그리고 눈에 비친 모든 것들이 이제까지 내가 믿고 의지했던 세계의 상, 인간의 상을 여지없이, 뿌리째 흔들었던 것이다. 요컨대, 나에게 베르송은 영원의 도시가 아니라 음모와 의혹과 암투로 점철된 지옥도(地獄道)였던 것이다.

무엇이 옳고 무엇이 그른지, 무엇이 참이고 무엇이 거짓인지, 무엇이 선이고 무엇이 악인지, 그간 나는 나름대로 합당한 기준과 가치를 터득하고 있다고 자부하고 있었으나, 베르송에 들어선 순간부터, 피멍으로 얼룩진 채 사도 요한의 예언을 설파하던 저 채찍질 고행승을 목도한 그 순간부터 스핑크스의 수수께끼에 걸려든 나그네마냥 혼돈의 나락으로 떨어지고 만 것이다.

그 동안의 정진과 수련으로 쌓아올린 믿음이니, 정의니, 선이니 하는 덕목들은 그토록 허약하고 취약한 사상누각에 불과했던 것인가!

착잡한 나의 심정을 비웃기라도 하듯 다섯번째 날은 시내에서 들려오는 좋지 못한 소식과 함께 시작되었다. 급기야 시내에서도 페스트 환자가 발생했다는 것이었다. 그리고 삼엄한 경계에도 불구하고 샤를마뉴 가에 있는 유대인의 전당포가 복면을 뒤집어쓴 괴한들에게 습격을 당했다는 것이었다. 다행히 크게 다친 사람은 없었지만 전당포에 있던 귀중품들을 모두 도난당했다고 했다. 결국 베르송의 대기를 짓누르고 있던, 앞날에 대한 두려움과 지난날 억눌려온 어두운 욕망이 유대인에 대한 터무니없는 분노로 표출된 것이다. 이쯤 되면 아무리 경계를 강화하고 치안 유지에 전력을 다한다고 해도 무슨 일이 발생할지 예측하기 힘들게 된 것이다.

심상치 않게 돌아가는 시내의 상황을 들으며 나는 오늘도 결코 쉽지 않은 하루가 될 것이라는 예감에 사로잡혔다. 토마스의 말대로, 대체로 그런 불길한 예감이라는 것은 빗나가는 법이 없었다. 그날은 정말이지 기억하고 싶지 않을 만큼 끔찍한 하루였다. 그러나 어쩌겠는가. 기왕에 그곳에서 벌어진 모든 일들을 태양 아래 낱낱이 밝히기로 마음먹고 내처 기록자의 소임을 자처한 마당에 무엇을 저어하고 또 무엇을 감추겠는가. 내 자신, 그 자리에 있어 직접 확인했음에도 불구하고 오십여 년이 지난 지금도 믿어지지 않으니, 이 글을 읽는 독자 제현이 허황한 이야기라고 의심하는 것, 단지 그것이 마음에 걸릴 뿐이다.


그날의 끔찍했던 일들은 영주의 만찬에서 이미 그 전조를 드러내고 있었다.

질베르 드 페레르 영주.

프랑스 국왕 필립 4세의 충직한 봉신이면서 베르송의 실질적인 주인이었던 그는 상당한 부를 축적한 재력가이기도 했다. 대대로 물려받은 땅이 대부분 기름진 옥토였고 그 면적도 대단했다. 소출이

상당한 것은 당연한 일. 성을 기점으로 부채꼴 모양으로 넓게 펼쳐진 영주의 땅은 그 광활함이 이루 헤아릴 수가 없어서, 독수리를 타고 하늘로 날아오르면 모를까, 영주의 땅을 밟지 않고는 입성할 수 없다는 말이 제법 그럴듯하게 들릴 정도였다. 특히 영주의 소유지에서 생산되는 포도주는 프랑스 왕실에서 인정할 정도로 그 맛과 풍미가 뛰어나서 멀리 이탈리아로 팔려나가기도 했다. 오세르, 본느, 생테리옹, 생푸르생, 오를레앙의 포도주와 비교해도 그 맛과 향에서 결코 뒤지지 않는다고 했다. 포도 경작지의 면적을 감안하면 포도주로 벌어들이는 수입은 상상을 초월할 정도였다. 영주의 재력은 바로 그 포도주에서 비롯된 것이라고 해도 과언이 아닐 것이다.

페레르 가문의 자랑거리는 막대한 재산뿐만이 아니었다. 질베르 영주의 조부는 태양왕 루이 9세를 도와 이단 알비 파를 정벌하는 십자군에 참여했다. 그리고 증조부는 네번째 십자군원정에 출정해 콘스탄티노플에 입성하기도 했다. 영주의 가문은 기사도에 대한 자부심이 대단했던 것이다. 프랑스 국왕의 신임이 두터운 것은 당연한 결과였다.

이상은 영주의 성으로 가는 도중에 사제들로부터 전해 들은 이야기였다. 질베르 영주의 가문에 대한 내력을 듣고 있으려니 어느새 블랑 가 끝에 다다랐다. 저녁 만찬치고는 이르다 싶은 시각이었다. 태양은 아직 그 기세가 쇠하지 않은 채 맹렬한 빛을 토해내고 있었다.

영주의 성은 일종의 성 안의 성, 말하자면 내성이었다. 도시를 에워싸고 있는 외성의 동쪽 끝에 자리잡은 영주의 성은 가문의 위세에 걸맞게 그 규모가 보는 이를 압도하기에 충분했다. 각 모서리마다 창공을 찌를 듯이 망루가 솟아 있고 그 망루와 망루를 견고한 성벽이 연결하고 있었다. 성당을 보았을 때 느꼈던 장엄함과는 또다른 분위기가 느껴졌다. 터무니없다 싶을 정도의 장대함은 오히려 성곽의 현실감을 희석시키고 있었다. 내가 영주의 성곽 앞에서 느낀 것은 비현실적인 장대함이었다. 그것은 높이와 부피를 지닌 지상의 건물이 아니라 왜곡되고 억눌린 욕망의 어두운 그림자가 빚어낸 거대한 괴물처럼 보였다.

돌이켜보면 이후 나는 세상의 많은 도시를 주유하며 그보다 더 규모가 큰 성곽과 건물들을 접했지만 질베르 영주의 성을 보았을 때 느꼈던 그러한 이물감은 다시 경험하지 못했다. 물론 질베르 영주의 성곽은 그 규모가 대단하긴 했다. 그러나 그것만으로 내가 느꼈던 이물감을 온전히 설명할 수는 없었다. 그 당시 내가 견문이 일천한 약관의 나이였다는 점, 의혹을 불러일으키는 일련의 사건들 때문에 심리적으로 불안한 상태였다는 점 등을 십분 참작하더라도 사정은 마찬가지였다. 영주의 성에는 말로 설명하기 힘든 뭔가가 분명히 있었던 것이다.

영주의 성은 위에서 내려다보면 가운데가 텅 비어 있는 직사각형의 형상으로 보일 것이다. 도시 안쪽에서 봤을 때 바깥쪽에 해당하는 성벽은 외성과 겹쳐져 있었다. 겹쳐져 있다기보다는 내성의 한 면이 바로 외성의 일부인 셈이었다. 외성과 내성의 직사각형이 만나는 양 끝에는 망루를 겸하는 거대한 탑이 세워져 있었다. 안쪽의 망루에 비해 그 규모가 두 배쯤 되었다. 내성으로 통하는 성문은 그 탑들의 맞은편 성벽에 나 있었다.

괴물의 아가리를 연상시키는 거대한 성문을 통과해 내부로 들어가니 울창한 숲이 나타났다. 성벽으로 둘러싸인 안쪽의 빈 공간은 드넓은 내부 정원으로 꾸며져 있었다. 너도밤나무, 느릅나무, 전나무, 소사나무, 참나무, 보리수, 자작나무, 개암나무, 오리나무 등이 정원을 가득 메우고 있었다. 세상의 모든 나무들을 옮겨심어놓은 듯했다. 그중에서도 어른 키의 다섯 곱절쯤은 좋이 되는 듯한 높이의, 성벽과 어깨를 나란히 하고 있는 아름드리 고로쇠나무가 특히 인상적이었다. 고로쇠나무는 페레르 가문의 상징이라고, 안내를 맡은 영주의 종이 자랑스레 설명했다. 손바닥 같은 고로쇠나무의 잎들이 마치 하늘을 향해 기도를 올리고 있는 듯한 형상이었다. 그 단아하면서도 고즈넉한 울창함에서는 어떤 종교적인 분위기마저 느껴졌다.

성 안으로 들어간 일행은 만찬이 준비된 1층의 홀로 들어섰다. 홀은 상당히 넓은 편이었다. 들어선 자를 압도할 만한 규모였다. 천장은 드높았고 바닥은 널찍했다. 영주의 종들이 만찬 준비를 위해 분주하게 오가고 있었다. 영주의 성을 처음 구경하는 나로서는 그 규모에 놀라고 시중을 드는 종들의 일사불란함에 혀를 내두를 지경이었다.

홀의 벽과 천장은 돌을 짜 맞추고 회반죽과 흙으로 틈새가 드러나지 않도록 다져놓은 듯했다. 그리하여 넓적한 돌의 단면이 고스란히 드러나 있었다.역시 똑같은 방식으로 만들어졌을 바닥에는 잘 마른 짚이 촘촘히 깔려 있었다. 어찌나 촘촘하게 깔려 있는지 풀밭 위를 거닐고 있는 듯한, 융단을 밟고 있는 듯한 착각이 들 정도였다. 벽에는 좌우로 횃불이 걸려 있었다. 횃불의 수가 결코 적지는 않았지만 홀의 크기를 온전히 감당할 수 있을 정도는 아니어서 홀의 내부는 전체적으로 어두운 편이었다.

횃불 사이사이로 사냥에서 잡아온 듯한 짐승들의 머리가 걸려 있었다. 뿔이 탐스러운 사슴, 어금니가 튀어나온 멧돼지, 금방이라도 포효하며 달려들 것만 같은 곰, 이제는 거의 소멸되어 희귀종이 된 들소, 눈을 희번덕거리고 있는 오소리, 잔뜩 겁을 집어먹은 듯한 노루 등등 다양한 짐승들의 머리가 박제로 만들어져 벽에 걸려 있었다. 마치 그 모든 짐승들이 머리를 내밀고 홀 안을 내다보고 있는 것 같은 착각이 들 정도로 박제는 정교하게 처리되어 있었다. 흔들리는 횃불의 빛이 짐승들의 머리에 어른거려 그것들은 지옥의 사자와도 같은 기괴한 분위기를 자아내고 있었다. 질베르 영주는 소문난 사냥광이었다.

홀의 가운데에는 대형 식탁이 차려져 있었고 영주의 식탁은 홀의 상단에 따로 준비되어 있었다. 상단 식탁에 준비된 의자는 하단에 마련된 대형 식탁의 의자보다 훨씬 높았다. 높은 신분과 지위를 과시하기에 모자람이 없을 정도의 높이였다.

영주의 식탁에는 레이몽 부주교, 몬테나 추기경, 발렌티노 수사, 마비앙 행정장관, 기욤 등이 배석했다. 교회의 사제단과 추기경 수행원 등은 중앙의 식탁에 둘러앉았다. 식탁에는 아직 요리가 차려져 있지 않았다. 포도주 잔만 덩그러니 놓여 있었다. 모든 사람이 자리를 찾아 착석한 것을 확인한 질베르 영주가 만찬에 앞서 자리에서 일어나 인사의 말을 했다.

"만찬에 앞서, 눈코 뜰 새 없는 성무(聖務)에도 불구하고 갑작스러운 초대에 기꺼운 마음으로 응해주신 몬테나 추기경 일행과 교회의 사제단 여러분께 충심에서 우러나오는 감사의 뜻을 전하고 싶습니다. 특히 멀리 로마에서 오신 몬테나 추기경 일행의 방문은 저희 페레르 가문의 무한한 영광이 아닐 수 없습니다……"

의례적인 인사와 치하로 시작된 영주의 인사말은 지루하게 늘어졌다. 사족의 말과 격식에 구애된 표현들을 생략하고 그 내용을 대강 요약하자면 다음과 같다.

시절이 수상한데도 불구하고 이런 자리를 마련한 것은 지난번 교회 참사회의장에서의 불미스러운 일로 인해 생긴 반목을 해소하고 마음의 앙금을 해소하자는 취지에서 비롯된 것이라는 점, 베르송에 불행한 일들이 연달아 발생해 주민들이 두려움과 불안에 떨고 있는 지금이야말로 기독교 사회를 수호하는 양 검이 힘을 합쳐야 할 때라는 점, 그리고 이러한 화해와 협력을 위해서는 무엇보다도 서로 마음을 열고 불신의 빗장을 풀어야 한다는 것이었다. 참사회의장에서의 꼴사나운 소란을 의식해서인지 영주의 태도는 답답하게 느껴질 정도로 점잖았다.

"……제 뜻은 이상과 같습니다. 음식은 다 먹지 못할 정도로 푸짐하게 준비되어 있으니 사양하지 마시고 마음껏 드시기 바랍니다. 그리고 이곳은 교회가 아니니 부디 침묵의 계를 개의치 마시고 서로 담소를 나누면서 자유롭게 음식을 즐기시기 바랍니다. 그럼, 다 같이 한마음으로 주님의 영광을 위해 건배합시다."

영주가 잔을 높이 치켜들었다. 모두들 잔을 들었다. 잔에는 페레르 가문의 명물 포도주가 담겨 있었다. 레이몽 부주교가 짤막하게 기도를 올리고 나서 모두들 포도주를 음미했다. 명성 그대로 포도주는 훌륭했다. 부드럽게 넘어가면서도 한동안 진한 여운을 남기는 포도주였다. 여기저기에서 포도주에 대한 감탄과 치하의 말이 들려왔다. 영주는 상당히 고무된 표정이었다. 싸늘한 표정의 발렌티노조차도 포도주를 삼키고는 엷은 미소를 지었다. 순간 나는 내가 헛것을 본 것은 아닌가 의심하였다. 지옥의 사자와 같은 발렌티노가 포도주 한 모금에 그토록 천진한 미소를 짓다니!

음식을 대접하기에 앞서 포도주를 맛보도록 한 것은 영주의 치밀한 계산에서 비롯된 듯싶었다. 자기 가문의 자랑거리 중의 자랑거리인 포도주를 극적으로 돋보이게 하기 위해 만찬의 관례를 어기면서까지 음식이 나오기도 전에 포도주를 먼저 맛보게 한 것이다. 내 짐작대로 영주가 그리 계산했다면 결과적으로 그 계산은 백 퍼센트 적중한 셈이었다. 모두들 포도주의 근사한 맛에 매료당한 얼굴이었다. 맛을 즐기는 것과는 거리가 멀 것 같은 발렌티노 역시 마찬가지였다.

영주가 손짓을 하자 대기하고 있던 하인들이 갖가지 요리들을 내오기 시작했다. 말 그대로 산해진미의 일대 향연이었다. 본 적도 들은 적도 없는 음식들이 식탁에 차려지고 있었다. 세상에 이런 음식이 있을까 싶을 정도였다. 그중에서 특히 눈길을 끈 것은 설탕으로 만든 성이었다. 하인 셋이서 들고 올 정도로 큰 그것은 가까이에서 보니 영주의 성과 똑같은 모양이었다. 여기저기에서 찬탄이 흘러나왔다.

영주의 종들은 설탕으로 만든 성을 영주가 앉아 있는 테이블 앞으로 가져갔다. 한껏 고무된 표정의 영주가 자리에서 일어나 긴장감을 고조시키려는 듯 부러 천천히, 성곽의 가운데 부분, 즉 실제 영주의 성으로 치자면 내부 정원을 덮고 있던 보자기를 걷어냈다. 그러자 기다렸다는 듯 비둘기들이 날아올랐다. 실제 성곽에서는 정원이 자리한 그 공간에 비둘기들이 갇혀 있었던 것이다. 날개를 푸드득거리며 날아오르는 비둘기를 보자 모두들 입을 다물지 못하고 기쁨에 겨

운 얼굴로 박수를 쳐 영주의 환대에 대한 감사의 마음을 표했다. 그
러나 그것은 시작에 불과했다. 식탁을 가득 메운 요리에 만찬 참석
자들은 다시 한번 놀라지 않을 수 없었다.

　이름도 알 수 없는 갖가지 전채 요리를 필두로 해서 아이의 엄지
손가락만한 크기의 푸른 콩을 사흘 동안 삶아서 만든 퓌레, 레몬즙
을 담뿍 뿌린 신선한 굴 요리, 갓 잡아올린 신선한 연어살을 발라 구
운 스테이크, 몸통이 어른 팔뚝만한 뱀장어 튀김 등등.

　혀에서 녹는 그 맛도 맛이려니와 콧잔등을 기분 좋게 간질이는 향
이 기가 막혔다. 참석자들은 모두 그 향에 취하고 맛에 넋을 잃고 말
았다. 처음에는 체면을 차리며 서로 눈치를 보던 사제들도 누가 먼
저랄 것도 없이 소매를 걷어붙이고 음식을 탐하기 시작했다. 저마다
손놀림이 점점 빨라지고 얼굴에는 만족스러운 미소가 가득 피어올
랐다.

　“영주의 요리사는 향신료를 남용했다. 이 연어 스테이크에는 정
향과 육두구를 너무 많이 썼다. 정향은 1온스만으로도 신경을 마비
시킬 수 있다. 아무리 향이 뛰어난 육두구도 과용하면 독이 된다. 퓌
레에도 이 귀한 물건을 너무 많이 뿌렸구나. 코가 마비될 지경이다.”

　요리의 전문가답게, 제롬 사제는 음식을 입에 대지도 않고 각각의
요리에 첨가된 향신료의 종류와 그 양을 알아맞혔다. 생각해보니 제
롬 사제가 만든 음식에는 향신료가 거의 들어가지 않는 것 같았다.
향신료로 맛을 내는 것이 아니라 요리에 들어가는 재료 본래의 맛을
십분 활용하는 것이 제롬 사제가 만든 요리의 특징이었다. 그러니
코를 간질일 정도로 향신료가 범벅이 된 요리를 두고 좋은 소리를
할 턱이 없었다.

제롬 사제의 신랄한 품평에도 불구하고 나는 음식에서 눈과 손을 떼지 못했다. 수도원의 음식과는 비할 수 없을 만큼 기름지고 풍성했다. 나도 다른 이들에게 뒤질세라 부지런히 손과 입을 놀렸다. 음식들은 하나같이 혀에 닿자마자 녹아 없어지는 듯 부드럽고 그 맛이 풍성했다. 요리의 종류가 너무 많아 무엇부터 손을 대야 할지 고민이었다. 그러나 평소에 감히 맛볼 수 없을 정도로 진귀한 음식 앞에서 나는 문득 죄의식에 사로잡혔다.

기근과 역병으로 비탄에 빠져 있는 어린양들을 생각하니 그런 기름진 음식을 대하는 것도 죄악처럼 여겨졌다. 더구나 폭식과 식탐이야말로 악덕 중의 악덕이라고 하지 않았던가. 그러나 그런 찰나의 죄의식도 향기로운 음식을 향해 샘솟는 욕망을 어쩌지는 못했다. 욕망의 직접성에 비하면 윤리나 도덕, 계율과 같은 말씀들은 얼마나 공소하고 추상적인가!

앞서 열거한 바 있는 요리들은 첫번째 코스에 불과했다. 요리를 담은 접시가 바닥을 드러내기가 무섭게 영주의 하인들이 새로운 요리를 내왔다. 그리하여 두번째로 식탁을 채운 요리들은 다음과 같았다.

마치 살아 있는 듯 보이는 칠성장어 스튜, 껍질이 바삭바삭하게 구워진 라비올리, 이탈리아 산 살라미 소시지 구이가 주렁주렁 매달린 전나무 한 그루, 호두 가루를 뿌려서 구워 마치 거대한 호두열매처럼 보이는 크레이프 빵, 명주 천에 싸서 쪄낸 가재, 박하꽃으로 장식한 블랑망제 등등.

미리 밝혀두건대, 내가 열거하는 음식이 전부는 아니었다. 내가 익히 아는 요리만 기술했을 뿐이다. 처음에는 곁에 앉은 제롬 사제에게 생소한 음식의 이름을 묻곤 했으나 음식 맛보는 데 경황이 없어 나중에는 그 이름을 묻는 것조차 망각하고 말았다. 말 그대로 맛의 향연, 식탐의 일대 경연장이었다. 점잖던 사제들도 서로 경쟁하듯 접시를 비워나갔다. 굶주린 사람처럼 음식을 탐하는 그들의 얼굴에서는 더이상 서원한 자로서 마땅히 지켜야 할 절제나 청빈의 덕목은 찾아볼 수 없었다. 음식 앞에서 이성을 잃고 욕망의 포로가 되어버린 그들에게서 나는 주려 죽은 악귀의 저주를 목도하는 듯했다. 그러나 제롬 사제만큼은 음식이 별로 마음에 들지 않는 듯 요리 접시에 거의 손을 대지 않았다. 그리고 또 한 사람, 발렌티노 수사도 음식에 관심이 없는 듯 포도주만 조금씩 홀짝거렸다. 그 자리에서 오직 두 사람, 제롬 사제와 발렌티노 수사만이 기름진 음식의 유혹을 뿌리치고 있었던 것이다.

진귀하고 풍성한 음식 때문이었는지 만찬장의 분위기는 나쁘지 않았다. 상석에서는 여전히 긴장감이 흐르고 있었지만 중앙 하단에 마련된 식탁에서는 간혹 웃음소리도 터져나왔다. 역병이나 죽음 따위는 모두 까맣게 잊은 듯 한껏 고양된 분위기였다. 만찬의 음식은 잠시나마 코앞까지 육박한 죽음의 공포를 잊게 하기에 충분할 만치 맛있었다. 허기를 모면하고 주린 배를 불리기 위해 음식을 먹는 것이 아니라 너나 할 것 없이 오로지 혀를 즐겁게 하기 위해 음식을 입안에 쓸어넣었다. 어쩌면 지상의 고난과 죽음에 대한 공포를 잊기 위해 음식을 탐하는 것인지도 몰랐다.

두번째 요리의 여운이 채 가시기도 전에 세번째 요리가 다시 식탁을 가득 메웠다.

갖은 야채와 과일을 쌓아 성을 만든 샐러드, 오븐에서 막 구워낸 청어, 성 프란체스코 라비올리, 성 니콜라 마카로니, 성 베르나르 라자니아, 보름달 아래에서 빻은 밀로 만든 흰 빵, 철갑상어 지느러미를 갈아 만든 수프, 송어살이 아작아작 씹히는 폴렌타, 사과주에 백일 동안 절인 모과, 덜 익은 포도즙으로 만든 베르쥐 소스를 곁들인 잉어 구이 등등.

식탁의 제왕으로 불릴 정도로 왕성한 식욕을 자랑했다던 샤를마뉴 대제, 프랑크 왕국이라는 대제국을 건설한 황제의 화려했던 식탁보다 더 푸짐한 듯했다. 전해내려오는 이야기에 의하면 샤를마뉴 대제의 식탁에는 불꽃을 토해내는 공작새 요리가 나왔다고 한다.

풍성한 식탁을 접하고 보니, 문득 피렌체의 수도원 서고에서 본 적이 있는 우화시가 생각났다. 굶주림의 공포와 삶의 고난에 찌든 민중들의 염원과 환상을 그리고 있는 그 우화시의 내용을 기억이 허락하는 한 되살리면 다음과 같다.

……모든 집들의 벽은 연어, 청어, 농어, 잉어로 만들어져 있다. 서까래는 철갑상어로, 들보는 소시지로, 지붕은 햄으로 되어 있다. (……) 길거리에는 살찐 거위와 칠면조가 떼를 지어 스스로 마늘 소스를 묻히며 구워지고 있다. 밀밭은 돼지 순대와 온갖 고기 조각들로 빙 둘러져 있다. 강은 포도주로 넘치고 도로에는 흰 빵들이 깔려 있다. 나무마다 빵과 파이와 과자가 주렁주렁 매달려 있고 하늘에서는 사과주와 우유가 번갈아 쏟아져내렸다. 바람이 불면 언덕에 치즈가 산처럼 쌓이고 새벽이면 꿀서리가 내렸다……

굶주림에 시달리며 늘 아사(餓死)의 두려움에 떠는 빈한한 사람들에게 우화시에서 묘사된 그곳이야말로 천상의 예루살렘이었던 것이다. 그 어떤 복음의 말씀보다 우화시의 한 소절이 그들에게 더 큰 위안을 주지 않았다고 어떻게 장담할 수 있겠는가. 갑자기 나는 입맛을 잃고 말았다. 음식 맛에 넋을 잃은 나머지 주거에 편안함을 구하지 아니하며 음식을 대함에 혀의 즐거움을 구하지 아니하는 성 프란체스코의 가르침을 잠시나마 망각한 나 자신이 부끄러울 따름이었다.

만찬의 주인인 질베르 영주는 음식에 만족스러워하는 손님들을 지켜보며 흡족한 표정을 짓고 있었다. 포도주를 비우는 그의 동작에는 자부심이 배어 있었다. 기분이 좋았던지 급기야 그는 자기 조상들의 무용담을 떠들어대기 시작했다. 영주의 무용담은 주로 십자군 원정에 관한 것이었다.

질베르 영주는 루이 9세의 명을 받들어 알비 파를 소탕한 조부의 활약상과 콘스탄티노플 함락전에 참가한 증조부의 무용담을 거침없이, 의기양양하게 떠들었다. 영주의 이야기는 즉흥적인 과장과 의도적인 윤색으로 점철되어 있었다. 특히 콘스탄티노플 함락전에 대해 떠드는 대목은 듣기 민망할 정도였다. 자신의 증조부가 목을 벤 사라센 이교도의 피가 지중해까지 흘러들었다는 것이었다. 허풍이 이 정도이니 누가 그 말을 곧이 듣겠는가. 요리가 나왔을 때부터 뭔가 못마땅한 표정을 짓고 있던 제롬 사제가 갑자기 입을 열었다.

"증조부의 전공(戰功)이 대단하셨군요. 그 정도라면 전쟁이 아니라 학살이라고 해야 더 어울릴 듯합니다."

일순, 만찬장은 찬물을 끼얹은 듯했다. 사제들은 놀란 나머지 음식을 입 안에 가득 문 채 눈을 동그랗게 떴다. 잔 부딪히는 소리, 음식

썹는 소리, 웃음소리 등으로 왁자하던 홀에 갑작스레 정적이 감돌았
다. 좌중의 시선이 불의의 일격을 받은 질베르 영주에게로 향했다.

영주는 당황한 빛을 애써 감추며 짐짓 호탕하게 웃었다.

"하하하. 까짓 이교도 놈들, 몇을 죽인들 어떻습니까? 어차피 천
국 근처에도 가지 못할 놈들인 것을. 여러분, 안 그렇습니까?"

영주는 그렇게 말하고 주위를 둘러보았다. 자신의 말에 동의를 표
시해주기를 바라는 눈치였지만 돌발적인 상황에 모두들 어안이 벙
벙할 뿐이었다. 음식이 목에 걸렸는지 화급히 물을 들이켜는 자도
있었다.

옆에 앉은 나는 조마조마했지만 정작 당사자인 제롬 사제는 태연
자약한 얼굴로 영주의 말에 응수했다.

"황금을 찾기 위해 이교도의 시신을 갈라 그 창자를 뒤지고 그것
도 모자라 주검을 태워 그 재를 체에 거른 것도 신의 뜻이었습니까?
십자군의 정신이라는 것이 고작 이미 죽어 쓰러진 적의 시신을 태워
황금을 구하는 것입니까? 원수가 한쪽 뺨을 때리면 나머지 한쪽 뺨
도 내어주라고 하신 주님의 가르침은 대체 어떻게 된 것입니까?"

제롬 사제의 응수는 서릿발처럼 매서웠다. 취중에 조상들의 무용
담을 호기롭게 늘어놓던 영주의 얼굴이 일그러졌다. 언뜻 보아서는
제롬 사제의 추궁이 지나치다 싶었지만, 나 자신 만찬 자체가 처음
부터 못마땅했던 터라, 아니 만찬의 음식에 넋을 잃고 영혼을 돌보
지 못한 스스로가 부끄러웠던 터라 말리고 싶은 마음은 없었다. 오
히려 나는 후련한 기분이었다.

제롬 사제의 질타는 그 근거가 없는 것은 아니었다. 듣기로, 1191년
3차 십자군전쟁 때 사자왕 리처드는 2,3천에 달하는 이교도의 처형

을 명했다. 그리고 병사들은 시신의 창자를 뒤졌다. 이교도들이 황금을 삼켰다는 이유였다. 심지어 시신을 태워 그 재를 체에 걸러 황금을 구했다는 말도 있었다. 듣는 귀를 의심하지 않을 수 없는 이야기였다. 일이 그쯤 되면 그것은 더이상 고결한 신앙심에서 비롯된 신성한 전쟁이 아니라 음험한 욕망과 광기로 점철된 참혹한 학살과 살육일 뿐이었다.

"제롬 사제, 사제는 지금 이교도의 칼날로부터 기독교 세계를 보호하고 주님의 말씀을 피로써 지키려는 십자군의 신성한 목적을 부인하면서까지 전 기독교 세계의 적, 문명의 파괴자, 이교도를 옹호하려는 것이오?"

질베르 영주가 목에 핏대를 세우며 소리쳤다.

"십자군전쟁은 야만으로부터 기독교 문명을 보호하려는 성전이오. 이를테면 위대한 로마의 전쟁인 것이오. 주지하다시피, 로마는 그리스도 신앙의 심장이 아니오. 위대한 로마 문명을 부정하고 교회의 주권을 능멸하는 이교도를 척살(刺殺)하고 혁파하는 것은 모든 그리스도인의 성스러운 의무인 것이오."

몬테나 추기경까지 끼어들었다. 추기경은 일견 영주를 두둔하는 것 같았지만, 사실은 로마인의 자부심과 교황청의 긍지를 은연중에 과시하고 있었다.

이쯤 되면 제롬 사제도 선선히 물러설 수는 없었다. 자칫 잘못했다가는 이단의 올가미에 걸려들 수도 있었다. 더군다나 당대의 이단 심문관 발렌티노가 서슬 퍼렇게 앉아 있는 자리가 아니던가. 사실, 관점에 따라서 제롬 사제의 발언은 이단으로 오해될 소지가 아주 없는 것도 아니었다.

"존경하는 몬테나 추기경 나리, 말씀 한번 잘하셨습니다. 십자군
전쟁은 로마의 전쟁입니다. 그런데 그 성스러운 로마의 전쟁에 참가
하기 위해 1212년 쾰른에서 소집된 이만 명의 어린이 십자군이 이탈
리아에 도착했을 때 그들에게 대체 무슨 일이 벌어졌습니까? 수많
은 소녀들이 매음굴에 내던져지거나 종이 되지 않았던가요? 바다를
겨우 건넌 소년들은 또 어떻게 되었습니까? 제대로 싸워보지도 못
하고 배에서 내리자마자 노예로 팔려가지 않았습니까?"

이번에는 몬테나 추기경의 얼굴이 굳어졌다. 그러나 추기경 옆에
있던 발렌티노 수사의 표정은 좀 묘했다. 이것 봐라, 하는 듯 흥미로
워하는 빛과 동시에 본능적인 의구심과 경계의 빛이 얼굴에 스쳤다.

"제롬 사제의 말에도 경청할 부분이 있습니다."

갑자기 프랑스 왕의 고문 기욤이 설전에 끼어들었다. 그가 제롬
사제를 두둔하고 나선 것이다.

"말할 것도 없이 십자군전쟁은 이교도의 위협으로부터 순례자를
보호하고 전 기독교 세계를 방위하기 위한 것입니다. 십자군은 본래
그리스도 신앙의 빛인 예루살렘 순례에서 비롯된 것입니다. 예루살
렘으로 가는 길, 그것은 본래 살육과 약탈의 정벌이 아니라 참회와
회개의 성지순례였습니다. 기독교를 공인한 위대한 콘스탄티누스
황제의 어머니, 헬레나 황후가 지금으로부터 천 년 전 예루살렘을
향한 멀고 긴 도정에 오른 것도 바로 그와 같은 고귀한 뜻에서 비롯
된 것이 아니었습니까? 그런데 지금은 어떻습니까? 성지순례라는
그 본래의 신성한 뜻을 저버리는 자들이 기독교 세계를 내부로부터
갉아먹고 있습니다. 신심이라고는 눈곱만큼도 찾아볼 수 없으나 전
쟁으로 막대한 부를 축적하는 이탈리아 남부의 항구, 예컨대 제노바

와 베네치아 같은 도시의 무역상인들, 전쟁의 와중에 한몫 잡으려고 혈안이 된 온갖 협잡꾼, 거간꾼, 거짓 선지자, 십자군 조직을 명목으로 막대한 세금을 거둬들이는 교황청의 추기경들, 특히 순례자 보호라는 미명하에 배타적인 조직을 결성해 눈먼 기부로 막대한 부를 축적하고 그것으로도 모자라 공공연하게 이교도와 내통을 일삼고 왕홀을 우습게 여기는 기사단들…… 그 무리들 중의 일부는 바로 우리 코앞에서 자신의 신분을 숨긴 채 암약하고 있습니다. 기독교 세계를 위협하는 무리는 우리 내부에도 도사리고 있다는 것을 한시도 잊어서는 안 될 것입니다.”

이른바 동방 원정에서 생겨난 특수 집단인 기사단. 순례자와 약자를 보호하고 돌보기 위해 조직된 기사단은 짧은 기간에 강력한 집단으로 변모했다. 특히 1118년 상파뉴의 기사 위그 드 파양스가 순례자 보호를 위해 결성한 성전 기사단은 그 명성이 드높았다. 그들은 일종의 수도회로서 교황의 공인을 받을 정도로 세력이 막강해졌다. 예루살렘의 솔로몬 신전 터를 거점으로 팔레스타인, 시리아 등지에 자신들의 성을 쌓아 성지 방어에 지대한 공을 세우기도 했다. 그들은 유력자들의 기부와 금융사업으로 막대한 부를 축적했으며 막강한 재력을 바탕으로 강력한 정치 결사를 형성하기도 했다. 성전 기사단 외에, 성 요한 기사단, 튜튼 기사단, 구호소 기사단 등이 있었다. 이들은 자선, 의료활동 등도 병행했으며 적의 칼날과 죽음 앞에서 두려워하지 않고 끝까지 항전하는 불굴의 용기로 유명했다. 그런 기사단을 기욤은 무엇 때문에 기독교 내부의 적으로 비난하는 것인가? 몬테나 추기경의 말을 듣고 나서 나는 그 의문에 대한 답을 찾을 수 있었다.

"기사단의 명성에도 불구하고 일부 단원들의 전횡과 정치적 야심 등 그 부정적인 면이 우려할 만한 것은 사실입니다. 그러나 들리는 바에 의하면 프랑스 국왕은 성전 기사단의 막대한 재산에 상당한 관심을 가지고 있다고 하던데…… 혹시, 성전 기사단을 척살하고 그 재산을 강탈하려는 속셈이 아니시오?"

몬테나 추기경이 갈파한 대로 프랑스 국왕이 성전 기사단을 칠 것이라는 소문이 파다했다. 막대한 부와 화려한 명성을 등에 업고 강력한 결사를 구축한 성전 기사단. 스스로 속권의 수장임을 자부하는 프랑스 국왕은 이들의 존재가 내심 못마땅했던 것이다. 무엇보다 그들의 엄청난 부, 그 재산을 차지하고픈 유혹을 쉽게 떨칠 수 없었던 것이다. 그러나 교황으로부터 버젓한 수도회로 공인을 받은 이상 함부로 칼을 들이댈 수는 없었다. 그들을 치기 위해서는 먼저 교황을 쳐야 했다. 기욤과 몬테나 추기경 사이에 오간 가시 돋친 고언의 이면에는 이러한 정치적 흑막이 깔려 있었다.

"여러분! 벌써 질베르 공의 인사말을 잊으셨습니까? 이 자리는 십자군전쟁의 공과에 대해 토론하는 자리가 아닙니다. 지난번 참사회 의장에서의 불미스러웠던 일을 벌써 잊으셨습니까? 모처럼 영주께서 선의를 가지고 이런 뜻 깊은 자리를 마련하셨으니 그 충심에 감사하는 마음으로 모두들 마음껏 즐기도록 합시다."

사태가 심상치 않게 돌아간다고 판단했는지, 레이몽 부주교가 자리에서 벌떡 일어나서 주위를 둘러보며 말했다. 이처럼 부주교가 속권과 교권의 다툼 때마다 중재에 발 벗고 나서는 것은 그리 이상한 일이 아니었다. 공석이 된 주교 자리를 노리는 레이몽 부주교로서는 속권과 교권이 대립하는 것이 자신에게 불리하다고 판단했던 것이다. 대립하더라도 우열이 확연하게 드러나는 경우에는 강자의 편에 서면 그만일 테지만 지금처럼 양측이 팽팽하게 맞서는 상황에서는 이럴 수도 저럴 수도 없는 것이다.

불편해진 분위기를 바꾸려는 생각이었는지, 영주가 종을 시켜 네 번째 요리를 내어오도록 시켰다. 그러나 영주의 의도는 여지없이 빗나가고 말았다. 네번째 요리를 보고 모두들 벌어진 입을 다물지 못했기 때문이다. 나 또한 네번째 요리를 보며 경악을 금치 못했다.

부리에서 불꽃을 토해내는 꿩 구이, 아흔아홉 가지의 갖은 향신료가 들어간 산토끼 스튜, 토끼를 구워 쌓아올린 성 바비큐, 암컷을 유혹하듯 화려한 꼬리를 활짝 펼치고 있는 수컷 공작 구이, 골에서 김이 몽글몽글 피어오르는 염소 대가리 찜, 칠리 소스를 끼얹은 낙타 혓바닥 스테이크, 털도 뽑지 않은 곰 발바닥 요리, 원숭이 골 푸딩, 겨울잠을 자다 잡힌 두꺼비 찜, 소금에 백 일 동안 절인 훈제 양고기, 먼지처럼 잘게 다진 송아지고기 파이, 피가 뚝뚝 떨어지는 돼지 염통, 돼지 피를 응고시켜 만든 푸딩, 향신료를 뿌린 후 오븐에 삶아서 얇게 썰어낸 오리고기, 송아지 스튜, 파슬리를 곁들인 닭고기 수프, 올리브유를 발라 노릇노릇하게 구워낸 칠면조고기, 생강과 계피 향이 진동하는 노루고기……

놀라운 요리의 향연은 그것으로 그치지 않았다. 나무를 깎아 만든 성 모양의 상자 뚜껑을 열자 이번에는 메추라기들이 다투어 날아올랐다. 메추라기가 날아오름과 동시에 상석에 앉아 있던 질베르 영주가 갑자기 자리에서 일어났다. 그의 손에는 활이 들려 있었다. 영주는 재빨리 시위를 당겨 화살을 날렸고, 날아간 화살은 어김없이 메추라기를 관통했다. 영주의 활 솜씨는 신기에 가까워서 날아간 화살마다 한 마리씩 떨어뜨렸다. 그야말로 백발백중이었다. 순식간에 그 많던 메추라기들이 모두 화살을 품고 바닥에 떨어졌다. 메추라기들이 바닥에 떨어지기가 무섭게 대기하고 있던 종들이 그것들을 주워, 들고 있던 횃불로 그 자리에서 구워냈다.

고기로 만들 수 있는 모든 요리들이 망라되어 있었다. 육식을 금하는 사순절이라는 것을 영주도, 영주의 요리사도 모를 리 없었을 텐데, 네번째 요리는 하나에서 열까지 고기로 만든 것이었다. 조금 전까지만 해도 음식 맛에 정신을 잃은 채 서품 받은 자로서의 본분도 망각하고 접시를 비우기에 여념이 없던 사제들도 이번만큼은 하얗게 질린 채 입을 굳게 다물고 말았다. 금식 기간이 아닌 바에야 육식을 금하는 사순절 기간에도 생선은 먹을 수 있었다. 그러나 네번째 요리 중에서는 손을 델 수 있는 것이 하나도 없었다. 적어도 금육의 계를 지키려는 자라면 말이다.

여기저기에서 웅성거리는 소리가 들렸다. 사제들의 안색에는 동요의 빛이 역력했다. 그들은 마치 백일몽에서 화들짝 깨어난 듯한 표정이었다. 뭔가에 단단히 홀려 있다가 제정신으로 돌아온 것마냥 고개를 갸웃거리기도 했다. 눈앞에 펼쳐진 요리들은 이제 그들에게 하나의 악몽이었다. 차마 눈뜨고 볼 수 없어서 애써 외면하는 사람도 있었다. 눈을 감고 성호를 긋는 사제도 있었다. 조제프 사제는 두 손으로 코를 틀어막고 있었다.

영주의 의도가 제롬 사제와의 논쟁에 종지부를 찍는 것이었다면 결과적으로 대단히 성공한 셈이었다. 네번째 요리 덕택에 조금 전의 설전에 대해서는 그 누구도 관심을 기울이지 않았던 것이다. 그 대신 또다른 심각한 문제가 불거진 셈이었다. 사순절 기간의 금육의 계에 관해서 이미 피에르 주교와 한바탕 감정 대결을 벌인 전력이 있는 질베르 영주가 아니던가. 그 질베르 영주가 로마의 추기경과 교회의 사제단을 초대한 자리에 갖가지 고기 요리를 내놓은 것이다. 게다가 굳이 사순절 기간이 아니더라도 맛을 볼 엄두가 나지 않을 해괴망측한 요리들까지. 단순한 실수라고 웃어 넘길 분위기가 아니었다.

사제들의 얼굴이 악마의 그림자나 망자의 유령이라도 본 것처럼 사색이 되었다. 대부분 알아들을 수 없는 말을 중얼거리며 성호를 긋고 있었다. 서로 눈치만 볼 뿐, 접시에 감히 손을 대는 자는 단 한 명도 없었다. 그들은 악몽이라도 꾸고 있는 듯한 표정이었다.

"어찌 그리 놀라십니까? 음식이 상하기라도 했습니까? 아! 그러고 보니 지금이 사순절이군요. 요리사가 미처 날짜를 헤아리지 못했나봅니다. 기왕 이렇게 되었으니 우리 교구에서만큼은 박식함이 오른편에 설 자가 없다는 제롬 사제께서 이 많은 고기 요리를 어떻게 해야 할지 탁견을 말씀해보도록 하시죠."

이로써 고기 요리를 내놓은 것이 결코 실수가 아니라는 것 하나는 분명해진 셈이다. 영주는 계획적으로 망측한 고기 요리를 내온 것이다. 추기경 일행이 시퍼렇게 눈을 뜨고 있는 자리에서 교회의 금기를 조롱하고 야유하기 위해…… 만찬을 준비할 때부터 이미 그런 복안을 갖고 있었던 것이다. 아니, 처음부터 이 장면을 연출하기 위해 만찬을 준비했는지도 모른다. 벙글거리는 영주의 얼굴을 보며 나는 그런 혐의를 지울 수 없었다. 그러나 제롬 사제를 지목한 것만큼은 계획에 없는 일이었으리라. 그것이 악수인지 묘수인지는 전적으로 제롬 사제의 입에 달려 있었다. 홀에 있는 모든 이들의 시선이 제롬 사제에게 모아졌다.

"여기, 빈도(貧道) 앞에 있는 송아지 스튜를 만들기 위해서는 먼저 송아지의 대퇴부 살을 깨끗한 나무꼬챙이에 꿰어 살짝 익힙니다. 이때 주의할 점은 고기를 물에 씻지 말아야 한다는 것입니다. 물로 씻으면 육질이 쫄깃쫄깃한 맛을 잃어버리기 때문입니다. 살짝 익힌 고기를 엄지손가락 크기 정도로 썬 뒤 양파와 함께 두루 볶습니다. 다음으로는 빵을 겉이 타지 않도록 구워야 합니다. 빵을 적실 수프로는 약간 신 포도주와 신선한 콩으로 만든 퓌레 수프가 제격입니다. 수프에 첨가할 양념으로는 고기의 노린내를 없애기 위해 생강과 정향을 넣는데, 지금 나온 것처럼 노란색을 내기 위해서는 사프란을 쓰기도 합니다. 수프에 적셔둔 빵을 식초에 살짝 담갔다가 얇은 명주 천으로 감싼 뒤 물기를 짜냅니다. 이렇게 준비된 송아지고기와 빵을 솥에서 끓이되 노릇노릇해질 때까지 끓입니다. 세지 않은 불에 천천히 끓이면서 양념을 넣고 걸쭉해지기를 기다렸다가 마지막으로 아몬드를 갈아 골고루 뿌려줍니다. 그런데 지금 빈도 앞에 놓인 이 송아지 스튜는 사프란을 너무 많이 넣은 나머지 송아지고기 본래의 풍미가 반감되었습니다. 게다가 빵은 너무 많이 구워 검게 되었습니다. 검게 탄 빵은 그 검은빛과 들큰한 맛이 산토끼 스튜에 더 어울립니다. 그리고 귀한 후추를 너무 많이 뿌려, 창궐한 후추 향이 다른 양념의 풍미를 도륙하고 있습니다. 맛과 향이 이 정도라면 사순절이 아니라 추수감사절에도 감히 내놓지 못할 듯합니다. 덧붙이자면 빈도는 본시 고기를 즐기지 않는 편이라서 다행히 이 요리를 먹는 수고를 덜 수 있을 것 같습니다. 대신 페레르 가문의 자랑이며 우리 교구의 자랑이기도 한 포도주나 한 모금 더 마시렵니다. 예수 그리스도께서 황야를 떠돌며 고행하신 이 뜻 깊은 기간에 그리스도의 피로 기름때가 낀 영혼을 정결히 하는 것도 그리 나쁘지 않을 듯싶군요."

만찬장에는 정적이 흘렀다. 요리를 입에 대지도 않고 그 맛을 조목조목 품평하는 예리한 눈썰미와 음식 조리법에 관해 청산유수처럼 흘러나오는 제롬 사제의 해박한 지식에 모두들 탄복과 놀라움을 금치 못하고 있었다. 다만 영주는 전혀 예상치 못했던 엉뚱한 답변에 당황한 기색이 역력했다. 발렌티노는 제롬 사제를 눈여겨보며 레이몽 부주교의 귀에 대고 뭔가를 속삭였다. 그러자 레이몽 부주교가 발렌티노의 귀에 다시 무슨 말인가를 속닥거렸다. 그들이 무슨 말을 주고받았는지는 알 수 없었다. 다만 그 눈빛과 분위기로 보아 제롬 사제의 신상에 대해 묻고 답하는 듯했다.

사실, 제롬 사제의 대답은 엉뚱한 것이었다. 사순절에 육식을 해도 되는지 금해야 하는지를 묻는 영주의 질문에 송아지 스튜 만드는 법을 강의하다니! 그러나 그 송아지 스튜 요리법에는 제롬 사제가 정작 하고 싶어하는 말이 담겨져 있었다. 그는 영주의 예봉을 절묘하게 피하면서 자신의 주장을 은연중에 펼치고 있었던 것이다. 정중하면서도 신랄하고 조심스러우면서도 담대한 그의 말에 좌중은 압도당하고 말았다.

"허허, 명불허전이라더니! 제롬 사제를 두고 이르는 말이었군요. 사제의 박식함에 대해서는 익히 들어 알고 있었지만 이 정도일 줄은 몰랐습니다. 피에르 주교의 치하가 결코 허언이 아니었군요. 이 봐라, 뭐 하고 서 있는 게냐. 제롬 사제의 말씀을 못 들었느냐. 향신료에 찌든 고기들을 치우고 손님들에게 산뜻한 후식을 대접하거라."

영주의 말이 떨어지기가 무섭게 하인들이 달려들어 식탁의 고기 요리들을 치우고 새 요리를 담은 접시들을 내왔다.

만찬의 다섯번째 요리였다.

갓 짜낸 우유로 만든 푸딩, 열흘 낮과 열흘 밤을 말린 호두, 익힌 배, 모과를 쌓아 만든 성, 야생 딸기로 빚은 고로쇠나무, 각종 건어물, 성 발렌시아 경단, 성 니콜로 과자, 성 루치아노 파이, 구운 건락, 체리, 자두, 오렌지, 딸기 크림……

싱싱한 과일을 보니 입 안에 침이 고이고 입맛이 다시 돌아왔다. 나는 야생 딸기를 먹고 손바닥만한 크기로 구워진 파이에 손을 댔다. 그런데 갑자기 제롬 사제가 내 소매를 붙들었다.

"그 파이에는 손대지 마라."

"왜 그러십니까? 상하기라도 했습니까?"

"뭔가 석연치 않다."

제롬 사제가 고개를 보일 듯 말 듯 갸웃거리며 말했다. 나는 문제의 파이를 살펴보았다. 겉으로는 특별히 이상한 점을 발견할 수 없었다. 오히려 이제까지 나온 어떤 파이보다도 더 먹음직스러워 보였다. 그러나 그 빛깔만 보고도 음식의 맛과 재료를 능히 짐작하는 제롬 사제의 말인지라 섣불리 손을 대기도 어려웠다. 먹음직스러워 보이기는 했지만 어쩔 수 없었다.

음식 시중을 드는 하인이 빈 접시를 치우기 위해 가까이 다가왔을 때 제롬 사제가 하인에게 말을 걸었다.

"이 파이는 맛이 참으로 훌륭한데, 그 재료가 무엇인가?"

능청스러운 질문이었다. 제롬 사제는 뭔가 자신이 알아내고 싶은 것이 있으면 일단 상대방을 안심시키곤 했다. 방심한 상대는 말하지 않아도 될 것까지 술술 털어놓기 십상이었다. 이번에도 마찬가지였다.

"이 파이는 쇤네가 낮에 장의 가게에서 사온 것입니다. 맛이 별나다는 소문을 듣고 찾아간 것이지요. 재료가 무엇인지는 쇤네도 모릅니다. 가게 주인인 장은 그냥 사순절 파이라고만 하던뎁쇼…… 앗! 이런……"

하인이 놀란 것은 식탁 위로 손을 뻗쳐 빈 접시를 집으려다 내 앞에 놓인 포도주 잔을 엎질렀기 때문이었다. 포도주 잔이 넘어지면서 잔에 남아 있던 포도주가 내 법의 위로 쏟아졌다. 넘어진 잔이 바닥에 떨어지려는 것을 내가 간신히 잡기는 했지만 쏟아지는 포도주를 어쩌지는 못했다. 법의가 고스란히 포도주에 젖고 말았다. 잔을 엎지른 종은 당황한 나머지 얼굴을 붉힌 채 몸 둘 바를 모르고 있었다. 나는 괜찮다고 말했다. 그러나 그는 연신 고개를 조아리며 죄송하다는 말을 반복했다.

"장의 가게라면 샤를마뉴 가에 있는 그 과자점 말이더냐?"

제롬 사제는 아무 일도 없었다는 듯 태연히 질문을 던졌다.

"네 그러하옵니다."

영주의 종은 어물거리며 대답을 하면서도 연신 고개를 조아리고 있었다.

젖은 법의를 살피면서 나는 제롬 사제와 영주의 종이 나누는 대화를 유심히 귀 기울여 들었다. 장의 가게라면 쌍둥이 형제 중, 형이 운영하는 과자점이었다. 벙어리 여인이 들어간 푸줏간 옆에 있던……

제롬 사제의 얼굴이 어두워졌다.

"뭐가 잘못되기라도 했습니까?"

내가 사제에게 물었다.

"……아니다."

여느때와 달리 제롬 사제의 말에는 힘이 없었고, 뭔가 망설임의 흔적도 엿보였다.


만찬이 별다른 불상사 없이 끝나고, 추기경 일행과 사제단이 교회로 돌아갈 채비를 할 즈음 영주가 은밀히 나를 불렀다.

"자네가 피렌체에서 온 프란체스코 회의 윌리엄인가?"

영주가 입을 열자 포도주 냄새가 짙게 끼쳐왔다. 어지간히 마신 모양이었다. 영주 바로 뒤에는 프랑스 국왕의 고문 기욤이 벽에 기댄 채 비스듬히 서 있었다. 심상한 얼굴로 나를 바라보고 있는 듯했지만 그 눈빛만큼은 날카롭게 빛나고 있었다.

"네, 그러하옵니다."

나는 한껏 공손하게 대답했다.

"어떤가? 오늘밤은 여기에서 묵고 가는 게. 방은 얼마든지 비어 있으니 말일세."

뜻밖의 제안이었다.

"고마운 말씀입니다만 저는 교회로 돌아가야 합니다."

"교회로 반드시 돌아가야 할 특별한 이유라도 있는 겐가?"

영주는 내가 자신의 호의를 거부한 것에 약간 놀라는 눈치였다. 따지고 보면 꼭 교회로 돌아가야 할 이유는 없었다. 어차피 나는 교회에 신세를 지고 있는 객(客)에 불과했다. 특별히 나에게 주어진 성무도 없었다. 그러나 영주의 성에 머물고 싶은 마음은 전혀 없었다. 그래야 할 이유 역시 하등 없었다. 그리고 나에게는 피에르 주교의 죽음에 관한 의혹을 한시라도 빨리 풀어야만 할 책무가 남아 있었다. 영주의 청을 거절한 것은 무엇보다 뜻밖의 호의의 이면에 깔린, 그 저의가 의심스러웠기 때문이다. 암만 생각해보아도 영주가 일개 떠돌이 수사에 불과한 나에게 그저 선의에서 그런 호의를 베푸는 것이라고는 생각되지 않았다. 굳이 나를 지목해 만찬에 초대한 것부터가 납득이 가지 않았던 터였다. 나에게서 뭔가를 얻어내려는 속셈이 아니고서야……

"지켜야 할 귀한 물건이라도 있는가?"

영주와 나의 대화를 가만히 듣고 있던 기욤이 은근한 목소리로 그렇게 말했다.

"귀한 물건이라뇨? 저 같은 뜨내기 수사에게 무에 그리 중요한 물건이 있겠습니까? 그저 가슴속에 품고 있는 주님에 대한 신심이 가장 귀한 것이지요. 영주님의 호의는 진심으로 고맙게 생각합니다. 그러나 아무래도 제가 있어야 할 자리는 교회가 아닌가 합니다. 부디 저의 충심을 헤아려주십시오."

영주는 잠시 망설이더니 기욤의 낯빛을 살폈다. 기욤이 굳은 얼굴로 고개를 끄덕이는 것이 어둠 속에서 희미하게 보였다.

"자네의 뜻이 정 그러하다면…… 어쩔 수가 없군. 이곳에 머무는 동안 마음이 내키거든 언제라도 들르게. 내 성의 문은 늘 열려 있으니 말일세."

일개 떠돌이 수사에 불과한 내가 호의를 거절한 것에 심기가 불편해졌는지 영주의 태도가 싸늘해졌다. 그나마 그 정도의 인사말을 하는 것도 뒤에 그림자처럼 버티고 서 있는 기욤 때문인 듯했다. 그런 난데없는 제안도 어쩌면 기욤의 머릿속에서 나온 것인지도 몰랐다.

　성문 밖으로 나서니 추기경 일행과 사제단이 떠날 채비를 마친 채 기다리고 있었다. 영주의 성으로 들어설 때만 해도 환했는데, 그새 어둑어둑해져 있었다.

　"늦었다."

　제롬 사제가 성문 안쪽을 흘깃 돌아보며 말했다.

　"영주가 묵고 가라는 것을 뿌리치고 오느라 본의 아니게 지체되었습니다."

　"영주가?"

　제롬 사제의 말꼬리가 올라갔다.

　"들으신 그대로입니다."

　"……어서 길을 떠나자."

　제롬 사제는 무슨 말인가를 입 밖으로 내려다가 그만두고 고개를 돌려 영주의 성을 올려다보았다. 나도 사제의 시선을 좇아 영주의 성을 돌아보았다. 어둑어둑한 탓이었는지 영주의 성은 더욱 크고 위압적으로 보였다. 그때까지 닫히지 않고 반쯤 열려 있는 성문은 여전히 거대한 괴물의 아가리를 연상시켰다. 그 안으로는 텅 빈 동굴처럼, 검고 텅 빈 동굴처럼 스스로의 형상을 내밀하게 감추고 있는 어둠과 정적만이 웅숭그리고 있을 뿐이었다.

　말을 탄 추기경 일행이 앞장을 서고 사제들이 도보로 그 뒤를 따랐다. 나는 제롬 사제의 뒤를 그림자처럼 따랐다. 추기경의 호위병들이 선두에서 횃불로 어둠을 밝히고 있었다. 거리에는 행인이 한 명도 없었다. 가게의 문들은 모두 굳게 잠겨 있었다. 통행금지 시간까지는 아직 여유가 좀 있었지만 성안의 뒤숭숭한 분위기 때문인지, 인적이 끊긴 거리는 쥐죽은듯 고요했다.

성 도미니크 광장에 도달했을 때 어디선가 들려오는 개 짖는 소리가 귓전을 때렸다. 그 소리가 어찌나 맹렬하고 처절했던지, 선두에선 몬테나 추기경이 손짓을 해서 행렬을 멈추게 했다.

"마왕의 군대라도 본 것이 아닌가?"

"개의 눈에는 악마가 보인다고 하던데……"

"지옥의 문이라도 발견한 모양이군."

"늑대인간의 냄새라도 맡은 게 아닐까?"

행렬 여기저기에서 수군거리는 소리가 들렸다. 내가 듣기에도 개 짖는 소리는 심상치 않았다. 그 소리는 샤를마뉴 가에서 들려오고 있었다.

몬테나 추기경의 지시에 따라 횃불을 든 호위병들이 광장에서 방향을 틀어 소리가 나는 쪽으로 향했다. 가게가 즐비하게 늘어선 샤를마뉴 가는 역시 텅 비어 있었다. 어둠 속에서 개 짖는 소리가 점점 크게 들려왔다. 횃불 저편, 어슴푸레한 곳에 덩치가 제법 큰 개가 보였다. 사납게 짖고 있는 그 개는 검은 사냥개였다. 개의 형체가 횃불 아래 드러나자 나는 화들짝 놀라고 말았다.

어둠 속에서 사납게 짖고 있던 개는 고향 바스커빌에서 어린 시절 전해 들은 어둡고 음산한 전설 속의 개와 그 외양이 너무나 흡사했기 때문이었다. 만월의 밤이면 허연 연기를 내뿜으며 다트모어의 황야를 미친 듯이 뛰어다닌다던 그 전설의 개. 덩치는 사자와 같고 검기는 까마귀와 같다던 그 광견이 전설 속에서 걸어나온 듯했다.

"저것은 마르셀의 개가 아닌가!"

"맞아! 의사 마르셀의 사냥개가 분명해!"

행렬에서 누군가가 외쳤다. 그 개는 행방이 묘연하다는 의사의 개

였다. 그리고 그 개가 사납게 짖고 있는 곳은, 다름아닌 푸줏간 앞이
었다. 의사 마르셀의 개는 귀와 꼬리를 곧추세운 채 굳게 닫힌 가게
문을 노려보며 으르렁거리고 있었다. 개의 아가리에서는 하얀 김이
새어나오고 있었다.

## 11
# 사순절 파이

호위병이 푸줏간 문을 거칠게 두드렸다.

"게 아무도 없느냐? 어서 문을 열어라!"

푸줏간 안에서는 아무런 응답이 없었다. 무장한 호위병이 다시 문을 세차게 두드렸다. 열지 않으면 부수고라도 들어갈 기세였다. 안에서 어렴풋이 인기척이 들려왔다. 검은 사냥개는 더욱 사납고 맹렬히 짖어댔다.

"이 밤중에 뉘시오?"

문이 열리고 얼굴을 내민 것은 쌍둥이 동생 로제였다. 얼굴만 보아서는 장인지 로제인지 알 수 없었으나, 그곳은 어디까지나 동생의 가게였으니 그 자가 로제라고 생각할밖에 없었다. 그는 자다가 일어났는지 하품을 늘어지게 하고 있었다. 그러나 서슬이 퍼런 호위병을 보고는 잠이 달아난 듯 얼굴이 굳어졌다. 개는 여전히 짖고 있었다. 로제의 뒤쪽으로 머리를 풀어헤친 벙어리 여인이 호기심 어린 눈으로 밖을 내다보고 있었다. 그러나 횃불을 치켜든 병사를 보고는 금방 겁먹은 얼굴이 되었다.

"무슨 일이십니까?"

짐짓 태연한 목소리로 로제가 물었다.

"이 개를 아는가?"

병사의 굵은 목소리가 쩌렁쩌렁 울렸다.

"글쎄요. 못 보던 개인뎁쇼."

로제는 맹렬히 짖고 있는 개를 본 체 만 체하며 대답했다.

그때였다.

갑자기 개가 열린 문틈을 비집고 안으로 뛰어들었다. 너무나 순식간에 벌어진 일이라 문 밖에 있던 사람들도 문 안에 서 있던 로제도 개를 막지 못했다.

"아니, 저 미친개가!"

돌발적인 사태에 로제가 당황하며 외마디 쉿소리를 내질렀다. 그러나 개는 이미 가게 안으로 자취를 감춘 뒤였다.

낭패감으로 얼굴이 일그러진 로제가 허둥거리며 개의 뒤를 쫓았고 그 뒤를 다시 병사가 쫓았다. 제롬 사제와 나도 가게 안으로 뛰어들었다. 놀란 얼굴로 문 옆에 서 있던 벙어리 여인과 잠시 눈이 마주쳤다. 무구한 눈빛은 나에게 대체 무슨 일이냐고 묻는 것 같았다. 말을 알아듣지 못하는 그녀였기에 나는 다만 고개만 가볍게 끄덕여주었다. 괜찮을 거라고, 별일 없을 거라고……

푸줏간 안쪽에 놓인 커다란 궤짝 앞에서 개가 으르렁거리고 있었다. 으르렁거리다 바닥에 코를 들이밀고 킁킁거렸다. 그리고 다시 고개를 들고 짖었다.

"이 궤짝 밑에 무엇이 있느냐? 어서 치워보아라!"

개를 뒤쫓아온 병사가 벼락처럼 소리쳤다.

"궤짝 밑에 무엇이 있겠습니까? 아무것도 없습니다. 소인을 믿어 주십시오."

사색이 된 로제가 팔을 허공에 휘적휘적 내저으며 병사를 가로막았다.

"말이 많구나. 그렇다면 내가 직접 치우도록 하마."

앞을 가로막고 선 로제를 병사가 밀쳤다. 그 서슬에 엉덩방아를 찧으며 주저앉은 로제는 순식간에 전혀 다른 사람으로 돌변했다. 눈에는 핏발이 서고 턱수염이 검게 번들거렸다. 눈빛에는 푸르스름한 살기가 어려 있었고 꽉 다문 입에서는 어떤 결연함마저 느껴졌다. 그것은 막다른 곳에 몰린 짐승이 죽기를 각오하고 최후의 일격을 도모하는, 그런 결연함이었다.

"조심하시오!"

내가 다급히 소리쳤다. 그와 동시에 바닥에 쭈그리고 있던 로제가 몸을 바로 세우며 메뚜기처럼 뛰어올랐다. 그 동작은 전광석화와도 같이 민첩해서 오히려 비현실적으로 느껴지기까지 했다. 로제의 손에는 잘 갈아진 칼이 번쩍, 어둠 속에서 시퍼렇게 빛나고 있었다.

"살(殺)!"

지옥에서 날아온 악귀처럼 외마디 쇳소리를 내지르며 로제가 병사의 옆구리를 칼로 찌르려는 찰나, 제롬 사제가 비호처럼 허공으로 몸을 날렸다. 몸을 날린 제롬 사제는 로제의 어깨에 온몸으로 부딪쳤다. 불의의 일격을 당한 로제는 균형을 잃고 벽 쪽으로 나뒹굴었다. 덕분에 칼날을 피하고 정신을 수습한 병사가 자세를 가다듬으며 허리춤에 차고 있던 검을 재빨리 뽑아들었다.

"죽어!"

벽에 부딪혀 뒹굴던 로제가 어느새 쥐고 있던 칼을 날렸다. 칼을 던지는 동작이 너무나 빨라 손의 움직임을 감지한 순간, 칼은 이미 어디론가 날아간 뒤였다. 이번에도 병사를 노린 것이었다. 그러나 이번의 출수(出手)도 무위에 그치고 말았다. 병사가 잽싸게 몸을 비껴 칼은 벽에 꽂히고 말았다. 실로 간발의 차이였다. 조금만 늦었더라도 칼은 병사의 심장에 꽂혔을 것이다. 그런데 그 출수가 어찌나 강력했던지, 날아간 칼은 벽에 꽂히고 나서도 날카로운 파공성을 토해내며 한참 동안 부르르 떨었다.

로제의 출수도 출수려니와 로마 추기경을 보위하는 호위병의 기민한 동작도 예사롭지 않았다. 말로만 듣던 로마 교황청 최정예 근위병의 무공이라는 것이 바로 이런 것인가! 그 찰나의 순간에도 나는 감탄의 마음을 금할 수 없었다. 민첩하기가 바람과 같은 자들이었다. 쌍방 간의 일합(一合)이 보는 이의 간담을 서늘하게 하고 손에 땀을 쥐게 할 정도였다.

감탄하고 있을 새도 없이 반격에 나선 병사의 검이 바람 소리를 내며 허공을 갈랐다. 그 빠르기가 시위를 떠난 화살과 같아서 검의 날이 그리는 궤적을 미처 육안으로 감지할 수 없을 정도였다. 그러나 로제는 용케도 검을 피하면서 팔을 내저었다. 로제의 소매가 펄럭이는가 싶더니 그 안에 감추어져 있던 또다른 칼이 튀어나왔다. 이번에는 미처 피할 겨를이 없었는지 병사는 허공을 향해 검을 휘둘렀다. 번쩍, 푸른 섬광이 일면서 쇠와 쇠가 부딪치는 파열음이 날카롭게 울렸다. 놀랍게도 병사는 로제가 출수한 두번째 칼을 검으로 막아낸 것이었다. 로제의 얼굴에 낭패의 빛이 스쳤다. 소매에 감추어둔 칼은 그것이 전부였는지도 모른다.

"살쾡이 같은 놈! 이번에는 네놈 차례다!"

병사가 공격 자세를 가다듬으며 기세 좋게 소리쳤다. 이번에는 로제가 수세에 몰린 형국이었다.

"흥, 어림없다!"

병사가 검을 휘두르려는 찰나 로제가 바닥을 힘껏 차고 튀어올라 문을 향해 내달았다. 시간을 끌어보았자 승산이 없다고 판단하고 달아나기로 마음을 고쳐먹은 것이었다. 문에서 제일 가까이에 서 있던 나는 반사적으로 로제의 퇴로를 가로막았다. 그러나 역부족이었다. 사생결단으로 덤벼드는 로제를 막을 수는 없었다. 검은 그림자와 함께 서늘한 기운이 내 몸을 덮침과 동시에 나는 둔탁한 소리를 내며 바닥으로 나가떨어졌다. 마치 거대한 벽이 날아와서 부딪친 듯했다.

"놈이 달아난다. 입구를 막아라!"

병사가 다급히 소리쳤다.

문으로 내닫는 소란스런 발소리. 그리고 문 밖에서 들려오는, 하늘을 찢을 듯이 울리는 단말마의 비명 소리. 그것은 인간의 소리가 아니라 짐승의 울부짖음이었다. 덫에 걸려 발버둥치는 짐승이 내지르는 외마디 절규였다. 밖에서 대기하고 있던 다른 병사에 의해 로제가 붙들렸던 것이다.

병사가 궤짝을 밀치자 바닥에 고리가 달린 작은 문이 나타났다.

비밀통로!

대체 어디로 연결된 것인가?

실종된 의사의 사냥개는 그곳을 향해 미친 듯이 짖어댔다. 문을 들어내자 아래로 연결된 작은 계단이 보였다. 문이 열리자 개는 기다렸다는 듯이 계단을 따라 아래로 뛰어내려갔다. 횃불을 든 병사가 앞장을 서고 제롬 사제와 내가 더듬더듬 그 뒤를 따랐다.

한 발 한 발 내딛을 때마다 낡은 목조계단이 삐걱이는 소리를 냈다. 그 소리의 음산함에 소름이 돋을 지경이었다. 계단이 끝나는 곳은 지하창고였다. 역한 비린내가 진동을 했다. 지하창고 특유의 눅눅하고 습한 공기 속에서 그 비린내는 더욱 기승을 부렸다. 내가 지금 지옥의 문턱을 넘어선 것은 아닌가, 그런 생각이 들 정도로 지독한 냄새였다. 나는 코를 틀어막지 않을 수 없었다. 그러나 냄새는 없어지지 않았다.

"여기를 보시죠!"

횃불을 좌우로 내저으며 사위를 살피던 병사가 외쳤다.

병사가 횃불로 가리킨 쪽으로 시선을 던졌다. 창고 구석에 커다란 자루가 세워져 있고 그 안에는 피가 흥건한 고깃덩어리가 아무렇게나 담겨 있었다. 제롬 사제는 자루를 들추며 그 안에 담긴 물건을 유심히 살폈다. 검은 사냥개는 여전히 으르렁거리고 있었고, 머리 위에서는 발소리가 어지럽게 들려왔다. 나는 여전히 코를 틀어막은 채 제롬 사제의 어깨 너머로 그 자루 안을 들여다보았다.

"이것은…… 인육(人肉)!"

제롬 사제가 신음처럼 내뱉었다.

믿을 수 없는 일이었다. 사제가 자루를 이리저리 뒤적거리자 자루 안에서 뭔가가 툭 떨어졌다. 흘러내린 피가 굳어 까맣게 엉겨붙은 손목이었다. 바닥에 떨어진 그 손이 내 발목을 붙들 것만 같았다. 하마터면 나는 그 자리에 주저앉을 뻔했다. 사지가 부들부들 떨리고 속이 울렁거렸다. 급기야 나는 바닥에 쭈그린 채 영주의 성에서 먹은 음식들을 게워내기 시작했다. 나는 헛구역질을 하고 신물이 넘어올 때까지 먹은 음식을 남김없이 게워냈다. 그곳은 생지옥이나 다름없었다.

"저기, 올라가는 계단이 있습니다!"

병사가 횃불로 위쪽을 가리키며 소리쳤다.

"어떤 지옥이 나오는지 한번 올라가봅시다."

제롬 사제는 그 상황에서도 침착함을 잃지 않았다. 나는 손으로 코를 틀어막은 채 사제의 꽁무니를 바짝 뒤따랐다. 계단을 오르는데 밑에서 악귀가 발목을 붙들 것만 같았다. 사지에서 기운이 쑥 빠져나가는 듯했다. 목재로 만들어진 계단은 이번에도 걸음을 옮길 때마다 기분 나쁘게 삐걱거렸다. 그 소리는 지옥의 저편에서 들리는 마왕의 웃음소리인 듯 음산하기 그지없었다.

"여기 출구가 있습니다!"

병사가 외치며 문을 힘껏 밀어올렸다. 계단의 출구를 나서니 빵과 과자를 굽는 커다란 화덕이 눈앞에 나타났다. 그곳은 푸줏간 바로 옆에 붙어 있는 장의 가게였다.

"역시!"

제롬 사제가 주위를 둘러보며 중얼거렸다. 그는 이미 영주의 만찬장에서 이상한 낌새를 눈치채고 있었던 것이다. 후식으로 식탁에 오른 문제의 그 파이를 먹지 못하도록 만류했을 때부터 말이다. 그래서 인육을 발견했을 때조차도 그는 그다지 놀라는 기색이 없었던 것이다.

"대체, 이 밤중에 무슨 일……"

잠자리에서 빠져나왔는지, 장이 잠옷 바람으로 주방으로 들어오
다 낯선 그림자 셋을 보고 말을 끊었다. 순간 장의 얼굴이 하얗게 질
렸다. 놀란 그 얼굴 위로 일이 돌이킬 수 없을 정도로 어긋난 것에 대
한 절망과 낯선 침입자에 대한 적의와 분노가, 짧은 순간 차례로 명
멸했다.

장은 로제처럼 결사적으로 저항하지는 않았다. 그는 한눈에 상황
이 매우 안 좋다는 것을 눈치챈 듯했다. 비밀통로를 통해 사람들이
가게로 들이닥쳤다는 것은 이미 로제도 당했다는 것을 의미하기 때
문이었다. 그는 저항을 포기하고 달아나기로 마음먹은 듯했다. 시선
이 열려진 출구에 가 닿는가 싶더니 장은 부리나케 달려 문 밖으로
도주했다. 그러나 밖에는 소란한 소리를 듣고 달려온 성의 경비병들
이 이미 몇 겹의 진을 치고 있었다.


장과 로제, 쌍둥이 형제는 포승에 묶인 채 나란히 교회로 끌려왔
다. 벙어리 여인도 쌍둥이 형제와 함께 끌려왔다. 결박당한 채 끌려
가는 벙어리 여인의 뒷모습을 지켜보아야 하는 내 마음은 무겁고 착
잡하기 이를 데 없었다. 벙어리 여인의 무구한 눈빛은 그녀가 쌍둥
이 형제가 저지른 가증할 범죄와 무관함을 감각의 차원에서 웅변하
고 있었다. 그러나 내가 해줄 수 있는 일은 현실적으로 전무했다. 그
저 목숨만이라도 건질 수 있기를 기도할밖에.

범죄자는 본래 속권에 넘겨져 죄에 합당한 형벌을 받도록 되어 있
었으나 이번처럼 죄질이 사악해 이단 심문을 받을 필요가 있을 시에
는 이단 심문관의 취조를 받아야 했다. 이단 심문은 분명히 국왕의
법 테두리 바깥에 있는 일이었다. 그렇기 때문에 이에 대해서 속권

은 아무런 간섭을 할 수가 없었다. 이단 심문관은 교황에게서 부여받은 면책특권에 의거하여 죄인을 심문하며, 만일 기소된 자가 이단으로 판명되면 속권은 죄인을 넘겨받아 화형주에 매달게 된다.

"저들은 어떻게 될까요?"

교회로 향하는 도중에 제롬 사제에게 내가 물었다.

"목숨을 보존하기가 어려울 것이다. 인면수심, 그런 흉악무도한 짓을 자행했으니…… 더구나 천하의 마녀 사냥꾼 발렌티노가 아니더냐? 저들에겐 빠져나갈 구멍이 없다. 이젠 산송장이나 다름없다."

제롬 사제의 말에 내 마음은 더욱 어두워졌다.

무구한 눈빛을 지닌 벙어리 여인이 어쩌다 저렇게 극악한 사건에 연루되었는가. 교회에 당도할 때까지 내 머릿속을 가득 채운 것은 바로 이러한 의문과 안타까움이었다. 교회에 일행이 도착하자마자 심문이 시작되었다.

심문은 접객소 앞마당에서 진행되었다. 길다란 참나무 탁자가 본관에서 내어져왔다. 탁자 한쪽의 중앙에 이단 심문관 발렌티노가 착석했고, 그 좌우로 몬테나 추기경과 레이몽 부주교가 심판관 자격으로 배석했다. 그리고 추기경의 수행원이 기록을 위해 앉아 있었다. 그 맞은편에 쌍둥이 형제와 벙어리 처녀가 포승에 결박당한 채 서 있었다. 벙어리 처녀가 가운데에 서고 그 오른쪽으로 여태 잠옷 바람인 장이, 그 왼편에 동생 로제가 서 있었다.

로제는 푸줏간 밖에서도 필사적인 격투를 벌인 듯 얼굴이 참혹하게 망가져 있었다. 입술이 터지고 여기저기 피멍이 들어 있었다. 본래 험상궂은 얼굴인데다 피멍이 들어 더욱 흉측하게 보였다. 무장한 교황청의 호위병들이 죄인들 양편으로 횃불을 들고 도열해 있었다.

심문은 실내에서 진행할 수도 있었다. 그러나 발렌티노는 탁자와 의자를 내오는 번거로움을 감수하면서까지 굳이 옥외에서 심문을 진행했다. 그것은 나름대로의 계산이 있어서였다. 비록 봄이 시작되는 사순절이었지만 밤이 되면 서리가 내려앉을 정도로 쌀쌀했다. 발렌티노는 그 차가운 밤 공기를 심문에 십분 이용하려 한 것이다. 붙잡혀온 죄인들은 그렇지 않아도 심적으로 대단히 위축된 상태일 것이다. 서늘한 밤 공기는 그들의 오금을 더욱 저리게 만들 터, 이단 심문에 이골이 난 발렌티노가 그 미묘한 차이를 놓칠 리 없었다.

수많은 횃불이 대낮처럼 환하게 어둠을 밝히는 접객소 앞마당에는 끊어질 듯 팽팽한 긴장감이 감돌았다. 숨소리, 침 삼키는 소리조차 들리지 않았다. 무심한 만월마저도 숨을 죽인 채 이 모든 것들을 내려다보고 있었다. 이단 심문 현장을 처음 보는 나도 긴장되기는 마찬가지였다. 그 가공할 침묵 속에서, 끌려온 자는 막연한 두려움이 점차 견딜 수 없는 공포로 변하는 것을 느낄 것이다.

포승에 묶인 쌍둥이 형제는 낮처럼 어둠을 밝히고 있는 수많은 횃불과 정적이 감도는 분위기에 기가 질린 듯 오들오들 떨고 있었다. 발렌티노는 덫에 걸려 몸부림치는 짐승을 내려다보며 결정적으로 숨통을 끊을 시기를 저울질하는 사냥꾼처럼 느긋한 표정이었다. 그러면서도 눈빛만은 차갑게 번뜩이고 있었다. 그러나 벙어리 여인만큼은 이 모든 것들을 비웃기라도 하는 듯 꿈을 꾸고 있는 듯한 표정이었다. 아직까지도 그곳이 어떤 자리인지, 앞으로 자신에게 무슨 일이 닥칠 것인지, 그리고 자신이 무슨 연유로 그곳으로 끌려왔는지 짐작조차 못 하고 있는 듯했다.

죄인들을 싸늘하게 노려보던 발렌티노가 주위를 둘러보며 입을 열었다.

"여러분, 오늘밤 우리는 참으로 놀랍고도 공노할 범죄의 현장을 목격했습니다. 그 흉악한 범죄의 장본인들이 바로 여러분 앞에 서 있습니다. 이제부터 심판관들과 여러분들이 지켜보는 가운데 저 극악한 죄인들이 저지른 죄악을 낱낱이 드러내 지엄한 하늘의 율법이 이곳에 살아 있음을 보여줄 것입니다. 심문에 앞서 여러분께 몇 가지 당부의 말씀을 드리도록 하겠습니다. 악마와 내통하는 자들은 그 술수가 교묘하고 언변이 교활하여 자칫 현혹되기 쉽습니다. 그 교활함이 심지어 심문관의 눈을 가리고 귀를 어지럽힐 정도이니, 이 자들이 하는 말에 정(正)과 사(邪)를 분별하는 눈이 흐려지지 않도록 주의해야 할 것입니다. 제 경험에 비추어보건대, 이단자들은 논쟁을 즐겨 하니 이 자들의 궤변에 말려들면 안 됩니다. 요컨대, 이단자들에게 필요한 것은 논쟁이 아니라 악마의 더러운 술수에 의해 타락한 영혼을 다시 깨끗하게 정화하는 것이며, 말씀으로 그것이 불가능할 시에는 신성한 화염으로써 그 더럽혀진 영혼을 정화시켜야 할 것입니다."

툴루즈의 발렌티노.

교황이 직접 세운 대학이 있으며 기독교 세계에서 이단을 발본색원하는 교황의 친위대, 도미니크 회의 아성이며 이른바 정통신학의 본산이기도 한 그 툴루즈의 늑대로 불리는 발렌티노답게 그는 시작부터 죄인들의 저항 의지를 꺾고 숨통을 조이고 있었다. 인사말을 빌려 그는 이미 죄인들을 이단으로 규정하고 그 처벌 방안까지 제시하고 있는 것이었다. 즉, 죄인들이 이단이라는 것을 기정사실화하고, 단지 이단의 세목을 밝히는 일만 남았다고 선언한 것이다.

그것은 고도의 심리전이었다. 겉의 뜻과는 달리 발렌티노의 말은 죄인들에 대한 엄포이자 으름장이었다. 내 귀에는 마치, 너희들이 화형주로 보내지는 것은 불을 보듯 뻔한 사실이다, 그러니 잔술수를 부릴 생각은 애당초 꿈도 꾸지 말고 모든 것을 사실대로 털어놓고 내 선처나 바라고 있어라, 하고 말하는 것처럼 들렸던 것이다. 발렌티노의 의도는 어느 정도 적중한 셈이었다. 오들오들 떨고 있던 장과 시퍼렇게 치를 떨고 있던 로제의 얼굴이 일순 납빛으로 변했다.

"피의자들은 각각 자신의 신원을 밝혀라."

"알비 출신의 장이라고 합니다. 나이는 서른셋입니다. 동생 로제와 저는 보시다시피 쌍둥이 형제로 한날 한시에 태어났습니다. 그리고 제 곁에 있는 계집은 동생이 데리고 있는 아이로, 이름은 마리라고 하옵고 그 정확한 나이는 모르겠으나 대략 열일곱이나 여덟쯤 되었을 것입니다. 벙어리에다 귀가 먹어 듣지도 말하지도 못합니다."

겁에 질린 장이 술술 털어놓았다.

"알비 출신이라고 하였느냐?"

반문하는 발렌티노의 냉담한 얼굴에 득의의 빛이 스쳤다. 처음부터 의외의 소득을 건졌다는 표정이었다. 장으로서는 겁에 질린 나머지 사실대로 말했겠지만 그것은 돌이킬 수 없는 실수였다.

알비 지방이라면 이단이 득세하는 프랑스 남부 중에서도 가장 악명 높은 곳이었다. 오죽하면 그 지명을 따서 알비 파라는 이단 종파가 생겼겠는가. 여기저기서 술렁거리는 기운이 느껴졌다. 그제야 자기가 무슨 짓을 저질렀는지 깨달은 장의 얼굴이 보기 민망할 정도로 일그러졌다. 공포에 질린 나머지 그는 초점 없는 눈으로 주위를 두리번거리다가 갑자기 한 곳을 뚫어져라 노려보기도 했다. 흡사 덫에 갇힌 한 마리 짐승 같았다.

"여러분, 들으신 바와 같이 이 자들은 알비 출신이라고 합니다. 교활하기가 여우와 같고 능청스럽기가 뱀과 같은 이단자들도 수구초심, 죽음을 앞둔 마당에 자신의 고향을 속이기는 싫었나봅니다. 알비가 대체 어떤 곳입니까? 이단의 본산이요, 이단의 소굴이 아닙니까? 마니교의 이단적 교리에 그 뿌리를 댄 카타리 파의 온상이 아닙니까? 그 사도의 무리들이 오죽 들끓었으면 알비 카타리 파라는 이단 분파가 생겨났겠습니까? 지금 여러분 앞에 끌려온 이 자들이 바로 그 알비 출신이라고 자랑스럽게 떠벌리고 있습니다. 그 오욕과 독신(瀆神)의 땅을 거론하는 저 자의 태도를 보십시오. 한치의 주저함이나 망설임도 엿볼 수가 없습니다. 본시 이단자들은 자신의 죄와 악덕을 부끄러워하지 않습니다. 오히려 스스로의 행동에 대해 자부심마저 느끼곤 합니다. 그들은 심문이나 처벌이 두려워서 자신의 죄를 고백하는 것이 결코 아닙니다. 이단자들의 굳게 닫힌 입을 열게 하는 것은 두려움이 아니라 자부심, 자존심입니다. 그들이 선선히 자신들이 저지른 죄악을 실토한다고 해서 그것을 회심의 증거로 여길 수만은 없는 이유가 바로 여기에 있습니다."

장이 조금만 영악한 인물이었다면, 아니 사리분별만 정상적으로 할 수 있는 상태였다면 이단으로 기소되어 종교재판을 받는 마당에 자신의 출신지를 곧이곧대로 말하지는 않았을 것이다. 더욱이 그곳이 알비 지방이라면 말이다. 그러나 쇠사슬에 묶여 끌려온 겁에 질린 한 마리 야생의 짐승과 같은 장에게는 그런 단순한 계산조차도 할 수 없으리만치 마음의 여유가 없었던 것이다. 정상적이고 이성적인 사고를 할 수 없을 정도로 겁에 질려 있었던 것이다. 그리하여 정직의 대가는 참혹하고 엄혹한 것일 터, 스스로 파멸의 구덩이를 판 꼴이었다.

"저희들이 알비 사람인 것은 분명합니다. 그러나 로마 사람이 모두 성자는 아니듯이 알비 사람이라고 해서 모두 이단자는 아닐 것입니다. 맹세컨대, 저희들은 마니교가 무엇인지, 카타리 파가 무엇인지 전혀 모르옵니다."

형의 실언을 만회하기 위해 동생 로제가 항변했다. 그는 상황이 여의치 않다는 것을 이미 눈치채고 있는 듯했다. 그러나 발렌티노는 가소롭다는 듯이 한동안 로제를 싸늘한 눈빛으로 노려보다 이렇게 쏘아붙였다.

"뚫린 입이라고 말은 잘하는구나. 말인즉 네놈의 말이 맞다. 그러나 내가 네놈들이 알비 출신이기 때문에 이단자라고 말한 적은 없다. 단지, 알비 지방이 이단의 소굴이 되어 있음을 환기시켰을 뿐이다. 좋다, 그렇다면 네놈에게 직접 묻겠다. 너의 주인은 대체 누구냐? 너는 누구의 종이냐?"

발렌티노의 음성은 굵지도 크지도 않았지만, 살갗을 저미고 뼈를 들쑤시는 것처럼 날카로웠다. 내가 만일 심문을 받는다면 그 음성만으로도 기가 질릴 판이었다.

"소인의 주인은…… 여기 계시는 추기경 나리와 사제님들, 그리고 심문관 나리가 섬기는 그분, 이 세상의 만물을 창조하시고 만사를 주관하시는 유일한 분이십니다. 소인은 전지전능하신 만인의 왕, 바로 그분의 종이옵니다."

부들부들 떨면서 치명적인 대답을 무심코 내뱉는 장에 비한다면 로제는 썩 훌륭하게 심문관의 예봉을 피하고 있었다. 비록 가증할 범죄를 저지른 죄인이었으나 절체절명의 상황에서도 자세를 흩뜨리지 않고 당당하게 자신을 돌보는 그 담대함이 놀라울 따름이었다.

"교활하기가 여우와 같은 놈! 네놈의 수법을 내 모를 것 같더냐. 적당히 둘러대면 무사할 성싶으냐. 능청스러운 말재주로 신성한 재판장을 능멸하려 하는구나. 내 다시 묻겠노라. 네놈이 주인으로 섬기는 자가 대체 누구냐?"

발렌티노가 노기 띤 목소리로 재우쳐 물었다.

"천 번, 만 번을 물으신다고 해도 저의 대답은 달라질 것이 없습니다. 소인의 주인은 베드로의 후예, 교황 성하께서 섬기는 그분이며 모든 교회가 주인으로 모시는 그분이며 골고다 언덕에서 십자가에 못 박혀 돌아가신 그분입니다. 물을 것도 없이 소인은 그분의 종입니다. 부디 믿어주시옵소서."

로제는 한 발짝도 물러서지 않았다. 물러서면 끝장이라고 생각하는 듯 버틸 수 있는 한 버티고 있었다. 현장을 들키고 증거가 발견되었으니 살인죄는 어쩔 수 없다고 해도 이단으로 몰리는 것만큼은 모면하려는 의도가 역력했다. 사실 그것은 실로 중대한 차이가 아닐 수 없었다.

살인 혐의만 받게 된다면 속권에 넘겨져 국왕의 법에 의해 심판을 받게 될 것이다. 일이 그렇게 풀리기만 한다면 살인죄는 벗지 못하더라도 국가와 피해자의 가족들에게 일정액의 보상금을 치르면 목숨만은 건질 수도 있었다. 반면에 이단으로 낙인이 찍히면 아무리 막대한 금은보화로도 목숨을 구할 수가 없게 된다. 일이 그리 되면 그들을 기다리는 것은 마른 장작이 쌓인 화형주뿐이다. 그것을 모를 리 없는 로제가 이단 혐의를 결사적으로 부인하는 것은 어쩌면 당연한 일이었다.

"그렇다면, 네놈이 말하는 교황은 카타리 파가 스스로 선출한 사도의 우두머리 대립 교황이며, 네놈이 믿는 교회는 마니교의 이단적 교리를 신봉하는 카타리 파의 교회이겠구나. 그 자들이 섬기는 것은 육(肉)의 세계를 창조한 어둠의 신일 터, 네놈이 섬기는 것도 바로 그 어둠의 신, 악의 제왕이 틀림없겠구나."

발렌티노의 교묘한 유도심문이었다.

발렌티노의 말대로 카타리 파는 로마 교회에 대항하기 위해 자체 계서(繼序)조직까지 갖추었다. 교회는 물론 주교, 교구, 공의회도 있었으며 심지어 자신들의 교황을 따로 선출하기도 했다. 주로 평야 지대에 세력을 구축한 카타리 파는 프랑스 남부에서 그 맹위를 떨쳤고 이미 지적한 대로 알비 지방을 주요 거점으로 삼았다. 그들은 마니교의 교리를 그대로 받아들여 육체는 악한 신에 의해, 영혼은 선한 신에 의해 창조되었다고 믿었다. 그리하여 그들은 성체변화와 영세성사를 부정하고 위령안수의례(慰靈按手儀禮)를 통해 선한 영과 결합해 순수해지기를 갈망했다. 이러한 이원론적인 신앙은 그 자체로 로마 가톨릭의 교리에 위배되는 것이었다.

카타리 파의 이원론은 평신도들에게 종종 상반되는 극단적인 두 가지 경향을 조장했는데, 그것은 청빈과 정절과 순결에 대한 맹목적 집착과 물질적인 것이 안겨다주는 쾌락에 대한 과도한 탐닉이었다. 로마 교황청은 후자를 빌미로 그들에게 성적 타락의 혐의로 이단의 멍에를 씌웠지만, 로마 교황청에게 진정 위협적이었던 것은 물질에의 탐닉이 아니라 극단적인 금욕주의가 아닌가 하는 의혹을 나는 떨칠 수 없었다.

베르송에 오기 전까지만 해도 이런 불경한 생각을 한다는 것은 있을 수 없는 일이었다. 그러나 이제 이런 의혹은 너무나 자연스럽게 내 머릿속에 떠올랐다. 분명 베르송에 머문 며칠 동안 내 자신의 내부에 많은 변화가 생긴 것이다. 그렇지 않고서야……

제롬 사제의 말대로 모든 금욕주의와 청빈사상은 그 자체로 권력이나 금력과는 거리가 멀며, 오히려 권력 강화에 장애가 되는 것이리라. 로마 교황청이 청빈을 강조하는 겸양파, 엄격주의파, 소형제파, 그리고 카타리 파를 한통속으로 몰아가는 것도 어쩌면 이런 사정과 무관하지 않을 것이다. 그런 의미에서 '카타리'라는 말이 본래 순수함을 뜻하는 라틴어에서 비롯되었다는 것은 별로 놀랄 만한 사실이 아니었다.

"억울합니다. 나리께서는 소인이 믿지 않는 것을 믿었다고 털어놓으라, 하지 않은 일을 했다고 자백하라 강요하고 계십니다. 혀를 깨물고 죽으면 죽었지, 믿지 않은 것을 믿었다고 하고 행하지 않은 것을 했다고 말할 수는 없습니다. 소인은 카타리 파가 무엇인지, 그들이 정녕 무엇을 가르치는지 전혀 모르옵니다. 목숨을 버릴지언정 진실을 포기할 수는 없습니다. 거짓 증언을 바라시거든 차라리 소인의 목을 치십시오."

발렌티노의 유도심문에도 불구하고 로제는 완강하게 버텼다. 그는 성난 사자와도 같이 자신의 결백을 부르짖었다. 내 예상대로 버틸 수 있는 한 버텨보겠다는 속셈이 분명했다. 의외로 만만치 않은 저항에 부딪치자 발렌티노는 오히려 태도를 누그러뜨렸다.

"좋다. 그렇다면 네가 원하는 대로 네가 한 일들에 대해서만 묻겠다. 이제부터는 예, 아니오 둘 중의 하나로 답하도록 해야 한다. 알겠느냐?"

더할 나위 없이 차분하고 부드러운 목소리로 발렌티노가 물었다.

"네, 그렇게 하겠습니다."

로제가 무겁게 대답했다. 얼떨떨한 표정이었다. 마지못해 대답을 하면서도 발렌티노의 의중을 파악하려는 듯 눈을 깜박거리고 있었다. 발렌티노의 갑작스러운 태도 변화는 나로서도 의외였다.

"역시, 발렌티노!"

시종일관 굳은 얼굴로 심문을 지켜보던 제롬 사제가 탄식처럼 내뱉었다. 나는 무심결에 고개를 돌려 옆에 서 있는 사제의 얼굴을 쳐다보았다. 나는 깜짝 놀랐다. 제롬 사제의 표정은 영주의 만찬장에서 사순절 금육의 계에 대한 영주의 질문에 재기 넘친 답변을 하는 사제를 바라보던 발렌티노의 그것과 너무나 흡사했다. 경계심을 거두지 않으면서도 흥미로워하는 기색을 감추지 않는 표정이었다.

"너는 샤를마뉴 가에서 푸줏간을 운영하고 있다. 내 말이 맞느냐?"

발렌티노가 로제를 향해 물었다.

"네."

로제가 짤막하게 대답했다.

"저 벙어리 계집도 푸줏간에서 일하는 것이 맞느냐?"

분위기가 심상치 않음을 눈치챈 듯 주위를 두리번거리며 겁에 질려 있는 벙어리 여인을 턱으로 가리키며 발렌티노가 물었다.

"저 계집의 이름은 마리입니다. 마리는 오갈 데 없어서 저희 형제가 거둔 아이입니다. 그리고 저 아이가 푸줏간에서 특별히 하는 일은 없습니다."

로제는 흥분을 가라앉힌 듯 침착하게 대답했다.

"예, 아니오 둘 중의 하나로만 대답하라는 말을 벌써 잊었더냐?
푸줏간에 있는 것이 맞느냐?"

갑자기 발렌티노가 탁자를 내리치며 호통을 쳤다. 그 서슬에 로제
의 얼굴이 더욱 굳어졌다.

"네, 그렇습니다."

"사순절 기간 동안에 푸줏간을 닫은 것도 사실이렷다?"

"네, 허나 그것은 딱히 사순절 때문이 아니라 기근과 돌림병으로
팔 수 있는 고기가⋯⋯"

"나는 지금 푸줏간을 닫은 이유에 대해서 묻고 있는 것이 아니라
푸줏간을 닫았느냐고 묻고 있는 것이다. 묻는 말에만 답을 해야 할
것이다."

"명심하겠습니다."

"푸줏간에 비밀통로가 있는 게 사실이냐?"

"네, 그렇습니다."

"그 비밀통로가 장의 과자점으로 연결되었다는 것도 인정하느냐?"

자신의 이름이 거명되자 장은 사시나무 떨듯 몸을 떨었다. 로제는
상황이 점점 불리하게 돌아가고 있음을 눈치챘는지 얼굴이 점점 흙
빛이 되어갔다. 발렌티노의 심문으로부터 빠져나갈 구멍은 보이지
않는 듯했다. 질문과 대답이 오갈수록 발렌티노의 올가미가 점점 옥
죄어오는 것을 느끼는 듯 서늘한 밤 공기에도 불구하고 로제는 이마
에 식은땀을 줄줄 흘렸다. 발렌티노는 이미 백일하에 드러난 사실들
을 추궁함으로써 점점 죄인들을 막다른 골목으로 몰아가고 있었다.

발렌티노가 묻는 것들은 모두 현장에서 이미 확인된 사실들이었
다. 그는 분명히 밝혀진 사실들을 재차 캐물었고 로제는 어쩔 수 없

이 그것들을 시인했다. 그러나 그 각각의 사실들이 발렌티노에 의해 한 줄로 꿰어지면서 뭔가 결정적인 결론을 향해 치닫고 있는 듯했다. 나는 잠시 그 연유를 곰곰이 따져보았다. 그 자체로 부정할 수 없는 낱낱의 사실들도 절묘한 배열에 의해 의미심장한 인과관계를 암시하게 되는 것인가. 어쨌거나 로제는 자기 자신을 변론할 기회를 변변히 찾지 못하고 돌이킬 수 없는 파멸의 나락으로 한 발 한 발 걸어들어가고 있었다.

"부인하지 않겠습니다."

"비밀통로 창고에 있던 것이 인육이었더냐?"

"보신 그대로입니다."

여기저기에서 놀라움의 탄식 소리가 새어나왔다.

"뻔뻔스럽기가 이를 데 없구나! 그 인육은 며칠 전부터 종적을 감춘 의사의 것이 분명하더냐?"

"……"

로제가 잠시 머뭇거렸다. 대답을 해야 할지 말아야 할지 망설이고 있는 듯했다.

"간악한 놈! 무슨 잔재주를 부리려고 시간을 버느냐? 어서 바른대로 대답하지 못하겠느냐!"

발렌티노가 틈을 주지 않기 위해 로제를 몰아쳤다.

"그런가봅니다."

다시 한번 술렁거리는 소리가 들렸다. 어떤 이는 기도를 올렸고 어떤 이는 성호를 긋고 있었다.

"환자를 돌보고 있어야 할 의사가 왜 거기에 있단 말이냐?"

"……"

로제는 살인죄를 부인하는 것은 어렵다고 판단한 듯했다. 현장을
들킨 이상 무작정 부정할 수만은 없었던 것이다.

"여러분! 이것은 여기 끌려온 피고 장의 가게에서 팔던 파이입니
다. 듣자 하니 사순절 파이라고 한다는군요. 제가 조사한 바에 의하
면, 사순절 들어 이 파이가 날개 돋친 듯이 팔려나갔다고 합니다.
장, 이번에는 네가 대답할 차례다. 이 파이의 재료가 무엇이냐? 인
육이 아니더냐?"

발렌티노의 손에는 영주의 만찬에서 익히 본 적이 있는 문제의 그
파이가 들려 있었다. 파이를 본 사제들이 동요했다. 땅에 코를 박고
토악질을 하는 이도 있었다. 그들은 허리를 꺾고 바닥에 고개를 떨
군 채, 만찬장에서 탐욕스레 뱃속에 쓸어담았던 음식을 쏟아내고 있
었다. 너나 할 것 없이 사제들은 뱃속의 음식을 남김없이 게워냈다.
토사물 특유의 시큼하면서 역한 냄새가 진동했다. 나는 코를 감싸쥐
었다. 지독한 냄새였다. 그것은 벌거벗은 탐욕의 냄새이기도 했다.

이제 모든 사람의 시선이 일순 장에게로 쏠렸다. 장은 거의 제정
신이 아닌 듯했다. 침을 질질 흘리며 알아들을 수 없는 말을 중얼거
리고 있었다. 그리고 무의식중에 동생 로제 쪽을 흘깃거렸다. 가만
히 들어보니 그것은 프랑스 남부 지방의 방언인 듯싶었다.

"이놈! 수상쩍은 말을 중얼거리지 말고 어서 바른 대로 고하지 못
하겠느냐?"

로제를 심문할 때와 달리 장을 다그치는 발렌티노의 눈빛과 목소
리에는 냉혹함과 위압감이 서려 있었다. 처음부터 발렌티노가 노린
것은 로제가 아니라 장이었음이 분명했다. 장은, 말하자면 방비가
가장 취약한 약점이었던 셈이다. 놀라울 정도로 담대하게 버티고 있

는 로제로서도 어떻게 해볼 수가 없는 결정적인 급소 말이다.

"나리! 살려주십시오! 제발 목숨만 살려주십시오! 부디 목숨만은…… 나리, 은총을 베풀어주십시오! 저는 그저 동생이 시키는 대로 했을 뿐입니다…… 저년이…… 저년이 바로 마녀입니다! 이 모든 것은 순전히 저년, 저 마녀 때문에 일어난 일입니다…… 제발 목숨만은……"

겁에 질린 장은 입 밖으로 허연 거품을 토해내며 소리쳤다.

"닥쳐! 제발 그 입 좀 다물란 말이야! 그런다고 저 자들이 우리를 살려줄 것 같아? 어차피 우리는 화형주로 끌려가게 되어 있단 말이야!"

로제가 악다구니를 썼다.

"이런 무엄한 놈! 감히 어떤 자리라고 주둥이를 함부로 놀리는 것이냐! 잠자코 있지 못하겠느냐!"

발렌티노가 벌떡 일어서며 탁자를 내리침과 동시에 로제의 옆에서 경비를 서던 병사가 몽둥이로 로제의 옆구리를 내질렀다. 로제는 비명 한 번 제대로 내지르지 못하고 앞으로 고꾸라졌다.

장은 말 못 하는 벙어리 여인에게 모든 것을 덮어씌우려 했으나 결과적으로 스스로 무덤을 판 셈이었다. 그것도 빠져나올 수 없을 정도로 아주 깊은 구멍을 판 것이다.

"이제야 모든 것을 실토하는구나. 여러분도 들으셨을 것입니다. 이 자들은 스스로 자신들이 마왕의 졸개들임을, 악마의 하수인임을 시인하고 있습니다. 이 계집은 마왕의 시녀, 마녀임에 틀림없습니다. 이들은 교회가 주관하는 모든 성사를 부인하고 마왕과 협정을 맺어 그 대가로 흑마술을 배운 것입니다. 보름달이 뜨는 밤이면 악마를 호출하여 문란한 성적 향연을 벌이고 식인행위와 영아살해를 일삼기도 합니다. 심지어 세례조차 받지 않은 갓난아이를 잡아먹기도 합니다. 이들의 음탕함은 차마 말로 다 드러낼 수 없을 정도인바, 그 끝이 없는 육욕이야말로 온갖 흑마술의 원천인 것입니다. 여러분, 이 계집을 보십시오. 지금 여러분 앞에 서 있는 저 계집은 육욕의 화신, 그것이 아니고 달리 무엇이겠습니까? 계집은 성교로써 굳게 맺은 협정의 대가로 마왕에게서 전수받은 가증할 흑마술로 뭇 사내들을 꾀어 그 육체를 도륙하고 그것으로도 만족할 수 없었던지 파이로 만들어 사람들에게 팔아치웠습니다. 그 목적이 무엇이겠습니까? 흑마술로써 어린양들을 마왕의 졸개로 만들려는 수작이 아니고 무엇이겠습니까? 근자에 실종된 사람들은 아마 대부분 파이의 재료가 되었을 것입니다. 지엄한 교황 성하의 명을 받들어 그 동안 수많은 종교재판을 주관하고 이단 혐의자들을 심문해왔지만 이토록 잔악하고 사악한 무리는 일찍이 본 적이 없습니다."

발렌티노가 주위를 천천히 둘러보며 잠시 말을 끊었다. 그의 얼굴은 경악과 분노, 착잡한 심회가 교차하고 있었다. 모두들 발렌티노의 말과 몸짓 하나하나에 이목을 집중했다. 그는 청중의 반응을 잠시 살핀 뒤, 서릿발같은 음성으로 로제에게 호통을 쳤다.

"아직도 네 죄를 모르겠느냐? 본시 마왕의 가장 큰 악덕이 바로 교만이라고 했거늘, 네놈은 자신의 죄를 뉘우치고 회개의 기회를 구하기는커녕 세 치 혀로 허물을 가리려고 하느냐? 이 또한 네놈이 마왕의 종임을 증명하는 것이 아니고 무엇이겠느냐? 네놈은 사순절에 고기를 먹지 못하도록 하는 교회의 율법을 악용해 저 마녀의 꾐에 빠진 자들의 인육으로 파이를 만들도록 한 사실을 부인하지는 못할 것이다. 그리고 밤마다 늑대인간이 출몰해 사람을 잡아간다는 괴이한 소문도 그간의 죄를 은폐하기 위해 바로 네놈들이 퍼뜨린 것이렷다?"

"……어차피 내가 무슨 말을 해도 믿지 않을 것 아닌가. 네 멋대로 상상해라, 교황의 미친개야! 그래, 실종된 자들은 모두 파이 반죽이 되었다. 그 호색한 의사, 떠돌이 순례자, 주교의 시종…… 참! 융통성이라고는 티끌만큼도 없던 피에르 주교도 사실은 내가 죽였다. 보름달이 뜬 밤에 제웅을 만들어 칼로 쑤셔대었더니…… 크하하…… 아담이 밭을 일구고 이브가 베를 짤 때 귀족이 어디 있고 사제가 어디 있고 천민이 어디 있었겠느냐? 왕후장상의 씨가 어디 따로 있더란 말이냐? 모두가 더러운 육체에 갇힌 가여운 영혼들에 불과한 것을…… 그래서 불쌍한 영혼들이 육체의 감옥으로부터 벗어나 궁극의 자유를 얻도록 도와준 것일 뿐이다. 마왕이라고? 너희들의 그 대단한 주인이 너희들이 떠드는 것처럼 전지전능하다면 악은 왜 존재하느냐? 마왕을 왜 두려워하는 것이냐? 네놈들의 위선에 경배하느니 차라리 마왕의 볼기짝에 입을 맞추겠다! 크하하하…… 이 모든 일들이 결국 그분의 뜻이 아니고 무엇이겠느냐? 나는 그분을 위해서라면 목숨도, 아니 목숨보다 더한 것이라도 내놓을 수가 있다. 조만간 그분께서 너희들을 심판하러 오실 것이다!"

로제는 자신이 무슨 말을 하는지도 모르고 입에서 나오는 대로 지껄이고 있었다. 눈빛은 광기로 번들거렸고 웃음소리에는 귀기마저 서려 있는 듯했다. 이제는 모든 것을 체념한 듯 될 대로 되라는 식이었다. 숨통이 끊어지기 직전의 맹수처럼 로제는 울부짖었다. 그러나 입에 거품을 물며 토해내는 그의 말에는 뭔가 심장을 선뜩하게 만드는 구석이 있었다. 사제들은 저마다 기도를 올리며 성호를 그었다.

"그분이란 대체 누구냐?"

발렌티노가 호통을 쳤다. 그러나 로제의 기세는 전혀 수그러들지 않았다. 그는 오히려 소란을 즐기고 있는 듯했다.

"그분은 이미 여기에 와 계신다. 너희들 가운데에, 너희 형제의 얼굴로, 바로 너희들 자신의 형상을 빌려 이곳에서 모든 것을 지켜보고 계신다. 언젠가 폭풍우가 치던 날 밤, 그분께서 나를 찾으셨다. 두건으로 가려져 그 형상은 희미했으나 음성만큼은 또렷했다. 그 음성이 이렇게 말씀하셨다. 알비 사람 로제여, 이제부터 내 너에게 내 살과 피를 나누어 줄 테니, 그것으로 세상에서 가장 맛있는 음식을 만들어 어린양들의 주린 배를 채우도록 하거라. 그리하여 내 살과 피를 나누어 먹은 자들은 신분의 높고 낮음, 가진 것의 많고 적음에 상관없이 모두 너의 형제들이니라. 내가 다시 오는 날, 네 형제들의 나라, 귀천이 따로 없고 선과 악이 따로 없는 신천지가 펼쳐질 것이다."

로제의 외침을 듣고 있으니 모골이 송연해졌다. 나는 무의식중에 주위를 둘러보았다. 사제들은 애써 서로의 시선을 피하고 있었다. 모두들 로제의 말에 당황하고 있음이 분명했다.

"닥쳐라! 이 잔망스러운 놈아. 어느 안전이라고 감히 간교한 술책을 쓰려 하느냐? 네 더럽혀진 영혼은 성스러운 불꽃만이 정화시킬 수 있을 것이다. 여러분! 이로써 마녀와 그 일당의 극악한 죄상이 백일하에 드러났습니다. 일찍이 성경 말씀에 마녀된 자를 살려두지 말라고 하셨습니다. 이들은 성부와 성자와 성신의 삼위일체를 부정하고 마왕과 내통하여, 위로는 주님의 성사를 어지럽히고 아래로는 국왕의 법을 어긴 죄를 물어 화형대로 보내야 마땅할 것입니다. 이제 죄인들을 속권에 넘겨 그 죄에 대한 값을 치르도록 해야 할 것입니다."

로제를 노려보는 발렌티노의 눈빛은 간담이 서늘해질 정도로 매서웠다. 그 눈빛 때문이었는지 광견처럼 날뛰며 울부짖던 로제가 잠 잠해졌다. 그러나 그것도 잠시뿐, 로제는 눈을 희번덕거리며 저주의 말들을 쏟아냈다. 그 모습은 실로 악마에 홀린 자의 광태(狂態)에 가까운 것이어서, 어쩌면 이 자가 정말로 마왕의 졸개가 아닌가 의심이 들 정도였다.

로제는 이미 산 자의 몰골이 아니었다. 완전히 정신이 나간 듯 히죽히죽 웃기까지 했다. 제정신이 아니기는 장도 마찬가지여서 그는 하얗게 질린 채 알아들을 수 없는 말을 쉴새없이 중얼거리고 있었다. 마녀로 지목된 벙어리 여인, 마리는 겁에 질린 눈빛으로 로제와 발렌티노를 번갈아 쳐다보고 있었다.

그녀는 정녕 마녀란 말인가. 무거운 마음을 가눌 길이 없었다. 그녀를 보고 품었던 나의 마음, 그리고 어수선하고 망측했던 꿈, 그 모든 것들이 모두 마녀가 부린 흑마술의 결과였던가?

죄인들은 무장한 병사들에 의해 끌려갔다. 죄인들을 넘겨받은 병사들은 행정장관의 수하들이었다. 심문은 교권이 했지만 그 처벌은 속권의 몫이었다. 끌려가는 벙어리 여인의 뒷모습을 나는 멍하니 지켜볼 수밖에 없었다. 고개를 떨군 채 끌려가던 벙어리 여인이 갑자기 뒤를 돌아보았다. 그녀의 시선은 어쩐지 나를 향하고 있는 것만 같았다. 커다란 눈망울에는 뿌옇게 이슬이 맺혀 있었다. 입술은 파랗게 질려 부들부들 떨리고 있었다. 무슨 말인가 하려던 것이었는지도 몰랐다. 그러나 끝내 그녀의 입에서는 아무 말도 새어나오지 않았다. 벙어리였으니 당연한 일이었다. 겁에 질리고 슬픔에 잠긴 그녀의 얼굴은 그러나 추악하고 혼란스럽기 짝이 없는 이 지상의 것이라고는 믿을 수 없으리만치, 너무나 아름다웠다.

## 12
# 성물 보관소를 찾아서

이단으로 정죄된 죄인들은 행정장관 수하의 형리들에게 넘겨졌다. 그들은 화형 집행이 있을 때까지 옥에 갇혀 있게 될 것이었다. 재판 결과 이단으로 판정되고 속권에 넘겨진 이상 그들은 이미 죽은목숨이나 다름이 없었다. 이제 그들이 바랄 수 있는 것은 형의 집행이 조속히 이루어지는 것뿐이었다. 그래야 고통을 덜 받고 죽을 수 있기 때문이다.

죄인들을 이단자로, 마왕의 졸개로 판결하는 것으로 이단 심문은 끝났지만 교회의 분위기는 침울하고 어수선했다. 죄인들이 끌려가는 모습을 모두 넋을 잃고 쳐다보고 있었다. 사제들의 어두운 얼굴에는 뭔가 크게 잘못되어가고 있다는 우려의 그림자가 짙게 드리워져 있었다. 로제가 마지막까지 발악하는 모습이 눈앞에 어른거리고, 피를 토하듯 쏟아낸 그의 저주가 귓전에 생생하게 남아 있었다. 피에르 주교를 자신이 죽였다고 말할 때 로제의 모습은 지옥에서 날아온 악귀와도 같았다. 그러나 피에르 주교를 로제가 죽였다고 믿는 사람은 아무도 없었다.

죄인들의 뒷모습이 어둠 속으로 사라지자 사제들은 약속이라도 한 것처럼 다른 이의 시선을 애써 외면하며 황망히 자리를 떴다. 오늘밤만은 모두들 자중하면서 몸과 마음을 정결하게 하고 싶을 것이다. 저마다 이단의 더러운 병균이 자신의 영과 육에 옮지 않도록 각별히 신경을 쓸 터이다. 영주의 만찬에서 순간이나마 탐욕의 노예가 되었던 자신들을 부끄러워하며 말이다.

"저들이 우리에게 천재일우의 기회를 주었다."

낮처럼 어둠을 환히 밝히던 횃불도 꺼지고 그 많던 사람들도 모두 자신의 처소로 뿔뿔이 흩어져 어둡고 적막하기 이를 데 없는 접객소 앞마당에서 제롬 사제가 중얼거렸다.

"기회라면?"

마음속에 짚이는 바가 아주 없지는 않았으나 나는 신중한 태도로 그렇게 물었다.

"오늘은 일 년과도 같은, 참으로 긴 하루였다. 사람의 마음이라는 것은 저 달과 같아서 차고 나면 기울게 마련, 긴장의 끈을 바짝 죄었던 만큼 사건이 일단락된 후에는 느슨하게 풀어지기 십상이다. 또한 성 구석구석을 경계하는 경비병들도 오늘밤만큼은 저 죄인들을 감시하느라 여념이 없을 것이다."

어느 정도 예상했던 대로 제롬 사제는 얼마 전부터, 그러니까 자비르 이븐 하밀의 비서(秘書)에서 기이한 본초 표본을 발견한 이후로 쭉, 그 실행의 시기를 저울질하고 있던 모종의 계획을 바로 오늘밤 결행하려고 마음먹은 것이다.

"오늘밤 말씀입니까?"

주위를 경계하며 내가 물었다.

"우리는 이미 너무 많은 시간을 허비했다. 만에 하나 피에르 주교가 아직 살아 있다 하더라도 그리 오래 버티지는 못할 것이다. 한번 몸 안에 들어온 독은 쉽사리 없어지지 않는 법, '불귀'라는 본초가 비록 인명을 앗아가는 것은 아니다만 독초임에는 분명하니 피에르 주교는 치명적인 내상을 입었을 것이다. 제대로 독을 다스리지 않는다면 목숨을 보존하기 힘들 것이다. 이것은 하늘이 내린 기회임이 분명하니 실기하기라도 한다면 땅을 치고 후회하게 될 것이다. 그러니 촌각을 다투어야 한다. 일단 밤이 더 깊어지기를 기다렸다가 숙사의 불빛이 모두 꺼지거든 움직이도록 하자."

그리하여 제롬 사제와 나는 성당 지하에 있는 성물 보관소를 찾아 나섰다. 예수 그리스도의 손에 박혔던 대못이 보관되어 있다고 전해지는 바로 그 성물 보관소 말이다. 제롬 사제는 만일 피에르 주교가 살아 있어서 교회 어딘가에 구금되어 있다면 바로 그곳일 가능성이 크다고 판단했던 것이다. 교회에서 굳이 보초를 세우거나 하지 않더라도 감히 출입할 엄두를 내지 못하는 곳이 바로 그곳이었다.

성물 보관소, 그것도 예수 그리스도의 혈흔이 묻은 대못이 보관된 곳이라면 성소 중의 성소인 셈이었다. 머리가 돈 자이거나 배덕을 일삼는 자가 아니고서야 감히 발을 들여놓을 꿈조차 꾸지 못하리라는 것은 당연한 이치일 터, 제롬 사제가 주목한 것은 바로 그 점이었다. 굳이 수백의 보초를 세우지 않고도 안전을 장담할 수 있는 곳, 성당 지하의 성물 보관소가 바로 그런 곳이었다.

얼마 전만 같았어도 나는 배덕의 죄를 무릅쓰고 성물 보관소에 잠입하는 불경한 일은 언감생심, 상상조차 못 했을 것이다. 그러나 그때는 신성모독보다 더한 금기가 가로막고 있다 하더라도 크게 개의치 않을 것만 같았다. 물론 나 혼자라면 사정이 달랐겠지만 제롬 사제와 함께라면 설령 그곳이 지옥의 끝이라고 하더라도 나는 망설이거나 주저하지 않았을 것이다. 나로서는 놀랄 만한 변화가 아닐 수 없었다. 언제부터인가 나는 제롬 사제를 마음으로부터 믿고 의지하게 된 것이다. 훗날 옥스퍼드 대학에서 수학하던 시절, 로저 베이컨 사부를 믿고 따랐던 것처럼 말이다.

　부엌 문을 나섰을 때는 밤이 깊을 대로 깊은 시각이었다. 교회의 모든 불빛이 꺼진 상태였다. 제롬 사제와 나는 등잔불 하나에 의지한 채 어둠을 틈타 회랑 쪽으로 몸을 숨겼다. 만월의 농염한 빛이 회랑을 가득 비추고 있었다. 교회 구석구석의 지리에 밝은 제롬 사제가 등잔불을 들고 앞장섰고 나는 그 뒤를 바짝 따랐다. 너무 바짝 붙은 나머지 몇 번이고 사제의 발꿈치를 밟을 뻔했다.
　제롬 사제는 민첩하게 회랑을 가로질러 성당 뒤로 돌아 들어갔다. 묘지 위로도 실하기 그지없는 달빛이 부드럽게 빛나고 있었다. 성당 뒤에는 이웃한 부속 건물과 연결된 궁륭이 지옥의 문을 지키는 사자(使者)처럼 견고한 침묵 속에 버티고 서 있었다. 궁륭을 지나 사제들의 숙소를 앞에 두고 오른쪽으로 접어들자 성모 마리아의 입상이 보였다. 그 입상 뒤로는 숙사와 성당의 첨탑을 지지하는 흙벽이 둘러쳐져 있었다. 언뜻 보기에 그것은 작은 제단처럼 보였다. 성모 마리아의 입상을 떠받치고 있는 제단 말이다. 그러나 가까이에서 보니 제단처럼 보였던 정방형의 입상받침은 사실 작은 출입문이었다.

출입문이라고는 하였으나 오랜 세월 방치된 채 버려져 있었던 듯, 문틈 사이로 넝쿨과 잡초가 웃자라 있어 밝은 대낮에 지나치더라도 여간해서는 그것이 문이라는 사실을 알아차리기 힘들 정도였다. 더구나 키가 낮은 출입문 위로 세워진 성모 마리아 입상의 배치가 워낙 절묘한 나머지 문의 존재를 은폐하기 위해 일부러 입상을 설치한 것은 아닌가 의심이 들 정도였다.

"코를 가까이 대보거라."

제롬 사제가 문을 가리고 있는 넝쿨을 헤치며 내게 말했다.

사제의 말대로 나는 문틈에 코를 들이대고 킁킁거려보았다. 분명 그곳에서는 바깥 공기에서는 맡을 수 없는 독특한 냄새가 풍겨나오고 있었다. 곰팡이 냄새와 썩은 풀 냄새, 고양이나 살쾡이 같은 짐승의 시체가 부패하고 있는 듯한 역한 냄새가 뒤엉켜 있었다. 성물 보관소라는 신성한 이름에 걸맞지 않는 지독하고 불길한 냄새임에 틀림없었다. 로제의 가게 지하에서 맡았던 것보다 더 지독했다. 제롬 사제만 아니었다면 그 길로 접객소의 방으로 달아나고 싶을 정도였다.

"지옥이 따로 없군요."

법의 소맷자락으로 코를 틀어막으며 내가 말했다.

"그곳은 본래 지옥이었다."

제롬 사제의 설명에 따르면 그곳은 오래 전, 마녀로 의심되는 자들을 가두고 문초하던 지하감옥이었다. 한번 들어가면 제 발로 걸어나오지 못한다는 소문이 알프스 너머 이탈리아 북부 지방에까지 퍼질 정도로 악명이 드높았다. 갈리아 땅이 로마제국의 변경이었을 무렵, 로마의 질서에 반하는 전쟁 포로들을 가두던 곳이었다는 말이 전해지기도 했다. 성의 규모가 커지고 성당을 새로 세우게 되면서

지하의 구조물들이 대부분 폐쇄된 것이라고 했다. 그러나 제롬 사제의 설명을 듣고 나서도 도무지 납득이 가지 않는 대목이 있었다.

"그런데 하필이면 왜 이런 곳에 성물을 보관한답니까?"

이해할 수 없다는 투로 내가 질문을 했다.

"거기에는 두 가지 이유가 있다. 이미 짐작은 했겠지만 말만 들어도 으스스한 지하감옥에는 감히 누구도 얼씬거리지 못하리라는 계산이 그 하나다. 즉 성물을 지키는 데에 굳이 수고를 들일 필요가 없다는 것이다. 또하나는, 성물의 영험한 기운으로 죽은 마녀들의 요사스런 기운을 다스린다는 의미가 있다. 후자는 어떤지 모르겠다만 첫번째 목적은 의도한 바를 충분히 달성한 듯싶다."

제롬 사제가 대답하고 나서 등잔불을 내게 건넸다. 내가 등잔불을 받아들자 사제는 조심조심 문을 밀었다. 뻑뻑하게 닫혀 있던 문이 열리는 쇠된 소리가 텅 빈 궁륭에 날카롭게 울렸다. 나는 무의식적으로 등잔불을 가슴에 품고 자세를 낮추었다. 제롬 사제도 바닥에 닿도록 몸을 낮추고 주위를 경계했다.

"앗, 뜨거워!"

나는 외마디 비명을 질렀다. 나도 모르는 사이에 가슴팍에 품고 있던 등잔불의 불꽃이 법의에 옮겨붙었던 것이다.

"어서 바닥에 엎드리거라."

제롬 사제가 황급히 소리쳤다.

나는 사제의 말을 좇아 바닥에 엎드려 가슴팍을 비벼댔다. 법의에 옮겨붙었던 불똥이 꺼지면서 가슴팍에서 흰 연기가 모락모락 피어났다.

"타고 있는 등잔불을 품에 안다니, 불지옥을 구경하고 싶은 것이냐!"

노기 띤 목소리로 제롬 사제가 나무랐다.

"문이 열리는 소리에 놀라 저도 모르게 그리 되었습니다. 조심, 또 조심하겠습니다."

다행스럽게도 법의에 그을린 자국이 조금 남았을 뿐 살을 데거나 하지는 않았다. 그 와중에도 등잔불을 꺼뜨리지 않았다는 게 신기할 뿐이었다. 등잔불을 앞쪽으로 치켜들고 문 안으로 들어가려는데 제롬 사제가 내 어깨를 붙들었다.

"잠깐!"

제롬 사제는 허리춤에서 뭔가를 주섬주섬 꺼냈다. 실 꾸러미였다. 사제는 실의 한쪽 끝을 성모 마리아의 손목에 단단히 묶었다.

"성모 마리아께서 우리의 귀환을 도울 것이다."

매듭이 제대로 지어졌는지 확인하기 위해 끈을 팽팽하게 잡아당기며 제롬 사제가 말했다.

"지하의 성물 보관소에서 길을 잃더라도 이 끈만 따라 나오면 성모 마리아의 품으로 돌아오겠군요."

제롬 사제의 치밀함에 다시 한번 경탄하지 않을 수 없었다.

"등잔불을 이리 다오. 내가 앞장설 테니, 성모 마리아의 손은 네가 붙들고 있거라."

나는 등잔불을 제롬 사제에게 건네고 실 꾸러미를 받아들었다.

"아래에서 무슨 일이 벌어지더라도 그것만큼은 놓치면 안 된다."

제롬 사제는 다시 한번 다짐을 해두었다.

"마왕을 만난다 해도 꼭 움켜쥐고 있겠습니다."

실제로 나는 주먹을 움켜쥐어 보였다.

"그 정도의 각오라면 충분하다."

제롬 사제가 등잔불로 발 밑을 밝히며 어둠 속으로 들어갔다. 나도 그 뒤를 바짝 따랐다.

돌로 만들어진 계단을 내려가니 살갗에 소름이 돋았다. 차가운 공기 때문이었다. 하얗게 입김이 나올 정도였다. 사위는 코앞을 분간할 수 없을 정도로 어두웠다. 어찌나 어두운지 바로 앞에서 걸어가는 사제의 형체를 식별하기 어려울 정도였다. 나는 다만 등잔불의 미약한 불빛을 좇아 부지런히 발을 놀리고 있을 따름이었다. 그 등잔불이라는 것도 발치만을 간신히 밝히고 있어서 주위를 두루 살필 여력은 없었다. 정말이지 지독한 어둠이었다. 너무나 지독한 나머지 어둠은 뼛속까지 파고드는 듯했다.

계단을 완전히 내려오니 통로가 하나 나타났다. 두 사람이 겨우 드나들 수 있을 정도의 좁은 통로였다. 통로 양편은 커다란 돌과 작은 돌들이 정교하게 끼워 맞춰진 석벽이었다. 언제 만들어졌는지 모를 그 벽은 천년의 세월이 흘러도 무너지지 않을 정도로 견고해 보였다. 쥐죽은듯한 정적 속에서 제롬 사제와 나, 두 사람의 발소리만 음산하게 울려퍼지고 있었다.

좀더 안쪽으로 들어가니 그 옛날 감옥으로 쓰였다는 제롬 사제의 말을 입증이라도 하는 듯 작은 방들이 하나 둘 시야에 들어왔다. 문짝은 사라지고 없었다. 나무로 만든 문이 세월의 풍상을 견디지 못하고 썩어버린 것이었다. 썩어 부스러진 검은 나무 조각들이 발에 걸리기도 했다. 썩은 나무토막을 갉아먹고 있던 쥐들이 갑자기 나타난 불빛에 놀라 어둠 속으로 달아났다. 텅 빈 방에는 해골이 먼지를 뒤집어쓰고 버려져 있었다. 어둠 속에서 금방이라도 뭔가가 튀어나올 것만 같았다.

“그런데 사제께서는 장의 가게에서 사온 파이가 이상하다는 것을 어떻게 눈치채셨습니까?”

불안한 마음을 달래고 머릿속을 어지럽히는 불길한 상상을 떨치기 위해 나는 부러 제롬 사제에게 말을 시켰다. 몹시 궁금하기도 하던 참이었다.

“제가 그것을 먹지 못하도록 제지하셨을 때, 그때 이미 인육으로 만든 파이라는 것을 간파하신 것입니까?”

내 목소리가 통로 안에서 기묘하게 공명을 일으키고 있었다.

“그 일이 그렇게 궁금한가?”

자못 곤혹스럽다는 투로 제롬 사제가 되물었다.

“암만 생각해도 사제께서는 그때 이미 파이의 정체를 꿰뚫어보셨던 것 같습니다. 설마, 라고 중얼거리셨던 것도 그렇고, 놀라고 당혹해하시던 표정도 그렇고…… 로제의 가게, 아니 장과 로제의 가게 지하에서 인육을 발견했을 때도 사제께서는 별반 놀라지 않으셨습니다. 마치 그럴 줄 알았다는 듯이 말입니다.”

“생각했던 것보다 더 눈이 밝구나.”

제롬 사제는 무심한 듯 그렇게 운을 떼고서 내게 놀라운 사실을 털어놓았다. 지금 와서 생각해보면, 자신의 목숨을 위태롭게 할 수도 있는 비밀이었음에도 불구하고 나에게 숨김없이 털어놓은 것은 나를 신뢰하고 있었다는 점 외에 뭔가 다른 뜻이 있었던 것 같다. 그러나 당시에는, 겉으로 드러나는 무심하고 냉정한 태도에도 불구하고 사제께서 이토록 나를 마음속으로부터 신뢰하고 있구나, 하는 생각에 마음 깊이 감읍할 뿐이었다.

제롬 사제는 자신의 신변에 무슨 일이 일어날 것에 대비해 내게 미리 자신의 비밀을 귀띔해준 것인지도 몰랐다. 어쩌면 이미 자신의 앞날을 예견하고 있었는지도 모른다. 앞의 일을 내다보는 혜안을 지닌 제롬 사제라면 능히 그러고도 남았을 터다. 더구나 그 비밀이라는 것이 숨 돌릴 새 없이 몰아치는 음모, 악마의 수수께끼와도 같은 음모를 파헤치는 데에 없어서는 안 될 열쇠가 될 수도 있다면 더 말할 나위가 없을 것이다.

안경이라는 광학의 열매에 의지한 채 침침하기 짝이 없는 노안을 애써 가다듬으며 이 기록을 남기고 있는 지금도 제롬 사제의 영혼이 곁에 있는 것만 같다. 사제만 아니었다면, 죽음을 앞두고 굳이 이런 글을 남기는 수고 따위는 하지 않았을 것이다. 그날 사제께서 내게 선선히 자신의 비밀을 털어놓은 데 대한 마음의 빚을 나는 이렇게나마 갚으려 하는 것인지도 모른다. 그러나 나는 아직도 사제의 말이 온전히 진실이었는지 확신할 수 없다. 아무래도 그것은 내 능력 밖의 일처럼 여겨진다.

"시제르가 광인의 손에 살해되었다는 것을 믿느냐?"

"제가 알고 있는 것은 그저 풍설에 불과한 것입니다. 세상 돌아가는 이치에 어두운 제가 그 상세한 내막을 어찌 알겠습니까?"

시제르의 비참한 최후와 인육 파이. 제롬 사제의 질문은 엉뚱한 것이 아닐 수 없었다.

"그럴 테지. 의혹만 무성할 뿐, 진실은 아직도 암흑 속에 묻혀 있으니…… 인육 파이, 그 망측한 것의 정체를 나는 영주의 만찬장에서 이미 알고 있었다. 장의 가게에서 파이가 날개 돋친 듯이 팔린다는 풍문을 들었을 때부터 뭔가 수상하다고 생각했다. 그곳의 물건들은 볼품이 없는 것이었다. 언젠가 그 집에서 만든 파이를 먹어본 적이 있다만 정말 형편없었다. 그래서 그 집 파이가 갑자기 불티나게 팔려나간 데에는 그만한 곡절이 있을 것이라 추측했다. 그리고 무엇보다, 나는 인육을 먹어본 적이 있다."

"인육을…… 맛본 적이 있다고 하셨습니까?"

내 귀를 의심하지 않을 수 없었다.

"십자군원정에 참여했을 때의 일이다. 예루살렘으로 진격해 들어가던 도중 사라센의 군대와 마주쳤다. 치열한 전투가 벌어졌다. 싸움이 계속되는 동안 해가 지고 다시 해가 떠올랐다. 이틀 낮과 밤에 걸친 처절한 전투였다. 피가 강을 이루고 시체가 산을 이루었다. 십자군과 사라센의 군대는 자신들이 섬기는 신의 이름을 부르며 죽어갔다…… 너무나 많은 사람들이 속절없이, 처참하게 죽어나갔다. 전쟁터는 성스러움과는 너무나 거리가 먼, 끔찍한 살육의 현장일 뿐이었다. 어느 순간부터인가 나는 다만 죽지 않기 위해서 검을 휘두르고 있었다. 미친 듯이 검을 휘두르던 나는 어느 순간 그만 정신을 잃고 말았다. 눈을 떠보니 동굴로 된 지하감옥이었다. 사라센 사람들의 포로가 된 것이었다. 나말고도 그곳에는 다섯 명의 포로가 더 있었다. 이탈리아인, 잉글랜드인, 프랑스인도 있었다. 이탈리아인 기사는 살아서 이교도의 포로가 된 것을 치욕스러워했지만 신의 은총을 바라는 기도를 올리는 것 외에 그곳에서 할 수 있는 일은 아무것도 없었다. 그러던 어느 날, 동굴 바깥이 소란스러워지더니 알아들을 수 없는 고함 소리와 뿔피리 소리가 들리고 이내 그 소리는 점점 멀어졌다. 사라센인들이 출정한 것이었다. 옥을 지키던 자들도 모두 떠난 것으로 보아 대규모 전투가 벌어진 것이 분명했다. 그러나 그들은 돌아오지 않았다. 단 한 사람도 말이다. 누군가에게 발견되기 전에는 밖으로 나갈 수 없는 형편이었다. 이중의 감옥에 갇힌 셈이었다. 동굴이라는 감옥과 굶주림이라는 감옥. 꼬박 일 주일 동안 우리는 아무것도 먹지 못했다. 이탈리아인 기사가 죽었을 때 동굴감옥에 있던 사람들은 모두 같은 생각을 하고 있었다…… 눈빛만으로도 알 수 있었다."

"……끔찍한 이야기로군요."

나는 그 지옥도의 풍경이 떠오르는 듯해 몸서리를 쳤다.

"전쟁터에서도 그랬듯이, 오직 살아야 한다는 생각밖에는 없었다. 원초적인 삶에의 의지, 그것은 선도 아니고 악도 아닌, 선과 악을 초월한 그 무엇이었다. 때로 죽음은 그 자체로 죄악인 것이다. 불완전함이 결코 미덕이 될 수 없듯이 말이다. 예수 그리스도께서 하필이면 유한하고 불완전한 인간의 육신을 빌려 이 땅에 내려오신 것도 결과적으로는 인간의 불완전성을 다시 한번 일깨우는 계기가 되고 말았다. 마귀의 꾐에 빠져 선악과를 따먹은 하와가 그랬듯이 인간은 그 불완전성으로 말미암아 또한번 돌이킬 수 없는 죄를 지은 것이다. 자신들을 구원하기 위해 강림한 구세주의 손에 직접 못을 박지 않았더냐. 모든 죄악은 바로 이 불완전성에서 비롯된 것이다. 죄악이란 불완전성의 다른 이름이다. 어찌 보면 선악과란, 유한한 인간에게는 애당초 허락되지 않는 완전함의 다른 이름인지도 모른다. 만일 내가 에덴의 주민이었다 해도 선악과를 취하고자 했을 것이다. 그것이 바로 인간의 참모습이다. 금기를 유혹의 다른 이름으로 여기는 것, 이것이야말로 인간적인 본성이 아니고 무엇이더냐? 메마른 대지가 비를 바라고 얼어붙은 땅이 봄을 기다리듯이 불완전하고 유한한 존재가 완전함과 불멸을 희구하는 것은 지당한 일이 아니겠느냐?"

　제롬 사제의 말에 따르자면, 인간은 그 불완전함으로 말미암아 본질적으로 죄를 지을 수밖에 없는 존재이다. 극단적으로 말하자면 인간의 존재, 유한한 존재 그 자체가 이미 죄악인 것이다. 그렇다면, 죄악이라는 것은 인간의 유한함에 대한, 인간의 존재 자체에 대한 명백한 증거가 아니겠는가. 그리하여 존재 그 자체만으로도 죄악이 되는 저주의 사슬에서 벗어나는 유일한 길은 불멸, 그 완전함을 구하는 것이리라. 그러나 그것을 상상하는 것만으로도 피조물의 본분을 망각한, 불경스럽기 짝이 없는 독신의 죄를 범하는 것일 터.

　"그런데 시제르는 이 일과 무슨 관련이 있습니까?"

　통로는 어디론가 계속 뻗어 있었다. 안쪽으로 들어갈수록 암흑은 더욱 짙어갔다. 점차 암흑의 중심부로 접어들고 있는 것 같았다. 차갑고 습한 공기 때문인지 등잔불의 불빛이 점차 희미해지고 있었다. 어디를 가도 비슷비슷한 형상이었다. 비좁은 통로와 텅 빈 암실, 그리고 또다른 통로…… 같은 곳을 맴돌고 있는 기분도 들었다. 실 꾸러미를 쥔 손이 땀으로 축축해졌다.

　"브라방 사람 시제르는 나의 스승이었다."

　점입가경, 실로 놀라움의 연속이었다. 비범한 능력이나 거침없는 언변에서 엿보이는 독특한 사상적 편력으로 보아 뭔가 범상치 않은 역정을 지나온 분이라는 것은 어림짐작하고 있었지만 제롬 사제의 입에서 튀어나오는 말들은 모두가 내 예상을 훨씬 뛰어넘는 것이었다.

　파리 대학에 뿌리내린 이단의 거두 시제르가 제롬 사제의 스승이라니! 그제야 나는 사제가 시제르의 불미스러운 최후에 대해 의혹을 거두지 않은 연유를 알 것 같았다. 이쯤 되면 그의 이단적인 사상의 뿌리가 어디에서 비롯되었는지도 명약관화해진 셈이다.

"파리 대학에서 공부를 하셨습니까?"

놀란 가슴을 진정시키며 내가 자세한 내용을 물었다. 시제르의 제자였다면 응당 파리 대학에 적을 두고 있었을 것이다.

"십자군에 참가하기 전까지 나는 파리 대학에서 철학을 공부하고 있었다. 그러던 차에 교황청의 탄압이 집요해졌다. 급기야 스승인 시제르가 이단으로 정죄되고 감금당했다. 알다시피 시제르는 감금당해 있던 중 정체를 알 수 없는 자에 의해 살해당하고, 파리 대학 인문학부에 대한 교황청의 내사가 끈질기게 진행되었다. 교황청은 시제르를 제거하는 것만으로는 만족할 수 없었던 것이다. 시제르의 가르침을 따랐던 자들을 완전히 발본색원하여 수상쩍은 사상의 씨를 말리려 했던 것이다. 형제들은 옥죄어오는 교황청의 수사망을 피해 지하로 숨어들거나 나처럼 십자군에 참여했다."

"십자군에 참가한 것은 온전히 교황청의 추적을 따돌리기 위한 것이었군요."

"당시로서는 십자군에 합류하는 것만큼 완벽한 도피처는 없었다."

그 당시의 일들이 눈앞에 떠오르기라도 하는지 사제의 목소리가 아득해졌다.

"그런데 파리 대학의 형제들이란 누구를 지칭하는 것입니까?"

형제라는 호칭은 통상 수도회에서 사용하는 것이었다. 대학의 동료들에게는 동학(同學)이라는 표현을 쓰는 게 일반적이었다. 평상시 늘 빈틈이 없을 정도로 주도면밀한 사제였던 터라, 그것은 단순히 호칭상의 실수나 용어 선택의 혼선이라고 여겨지지는 않았다.

"······자유영혼의 형제단이라고 들어보았느냐?"

"금시초문입니다."

"자유영혼의 형제단은 파리 대학 인문학부에서 결성된 비밀결사였다. 시제르의 가르침을 몸소 실천하고 널리 전파하는 것을 목적으로 만들어진······"

"그렇다면 사제께서도 그 일원이었군요. 헌데 지금은 어떻게 되었습니까? 그······ 자유영혼의 형제단 말입니다. 시제르의 죽음으로 큰 타격을 입었을 듯합니다만······"

이른바 자유영혼의 형제단이 파리 대학의 인문학부에 뿌리를 둔 비밀결사체였다면 아모리나 아베로에스주의와도 무관하지 않을 것이다. 백 년을 두고 파리 대학 인문학부에 면면히 이어져온 급진적 아리스토텔레스주의 속에서 그들은 한 묶음이었기 때문이다. 이단의 혐의를 무릅쓰고 신의 섭리와 예정된 운명을 부정하면서까지 인간 이성의 가능성을 그 극한에까지 밀어붙이는 저 도도한 인본주의자들! 적어도 내가 알고 있는 아베로에스주의, 아모리주의, 시제르주의라는 것은 바로 그런 것이었다.

"자유영혼의 형제단은 이제 존재하면서도 존재하지 않는다."

"존재하는데 어찌 존재하지 않는단 말씀입니까?"

"자유영혼의 형제단은 철저한 비밀결사체였다. 누구도 다른 형제들의 정체를 알지 못했다. 각각 시제르와 일 대 일로 연결되어 있어 시제르를 제외한 그 누구도 형제들의 신원을 알 수 없었다. 조직을 지키기 위해서 그보다 더 좋은 방편은 없었다. 형제단의 실체를 파악하기 위해 로마에서 그토록 집요하게 내사를 벌였지만 별다른 성과를 거두지 못한 것도 모두 그 때문이었다."

“그렇다면 시제르가 죽은 지금 자유영혼의 형제단은 존재하지 않는 것이나 다름이 없군요. 아무도 단원의 면면을 알 수 없을 테니 말입니다.”

그제야 나는 존재하되 존재하지 않는다는 말의 의미를 온전히 이해할 수 있었다. 자유영혼의 형제단의 비밀을 유지하게 했던 장점이 오히려 치명적인 약점이 되었던 셈이다. 시제르를 제외한 그 누구도 단원의 면면을 알지 못했기에 교황청의 손아귀에서 자유로울 수 있었지만, 오히려 그것 때문에 시제르가 죽은 이후 결사가 공중분해되어버린 것이다.

“시제르가 죽은 후, 자유영혼의 형제단은 실체가 없는 유령이 되어버렸다.”

“사태가 그 지경이었다면 시제르가 어떤 단서를 남기지 않았을까요?”

“혹 그랬다면 모를까……”

말꼬리를 흐리는 제롬 사제의 음성에는 진한 안타까움이 묻어 있었다. 만일 시제르가 아무런 단서도 남기지 않고 죽은 것이라면 자유영혼의 형제단은 흔적도 없이 망각의 암흑 속으로 사라져버릴 터였다. 그 사실을 누구보다도 더 잘 알고 있을 사제의 안타까움이 고스란히 내 심장으로 전해지는 듯해 마음이 착잡했다.

제롬 사제가 놀라운 비밀을 털어놓는 동안에도 우리는 쉼 없이 암흑의 심장 속으로 더듬거리며 걸어들어가고 있었다. 통로는 미로처럼 끝없이 이어졌다. 한기에 발이 얼고 손도 얼어붙는 듯했다. 실타래도 거의 그 끝을 드러내고 있었다.

“준비한 실이 얼마 남지 않았습니다. 더이상 앞으로 나아가는 것은 무리일 듯싶습니다."

열 걸음 정도만 더 나아가도 실타래는 완전히 바닥을 드러낼 것
같았다.

"결국 빈손으로 돌아가야 하는 것인가."

제롬 사제가 그렇게 실망하는 것은 처음인 것 같았다. 좀처럼 자
신의 감정을 드러내지 않는 그였기에 오히려 실을 쥐고 있는 내 자
신이 민망할 지경이었다.

"정녕 돌아가야 하는가!"

제롬 사제가 깊은 한숨을 내쉬며 몸을 돌렸다.

그 순간, 암흑의 저편 어디에선가 탄식과도 같은 신음 소리가 낮
고 음울하게 들려왔다.

"무슨 소리가 들립니다!"

내가 다급히 소리쳤다.

그것은 꺼져가는 생명이 힘겹게 토해내는 단말마의 숨소리였다.

"조용히 해보거라!"

등잔불로 이리저리 비춰보며 제롬 사제는 귀를 곤두세웠다. 암흑
의 심장 박동과도 같은 음울한 신음이 가냘프게 들려왔다.

"저쪽이다!"

제롬 사제는 통로의 오른편 전방으로 내달렸다. 그리고 곧장 모퉁
이 옆에 있는 방으로 들어갔다. 불빛에 놀란 쥐들이 발 밑에서 우글거
렸다. 나는 부지런히 발을 놀려 쥐 떼를 내치면서 앞으로 나아갔다.

"오! 하느님, 세상에……"

나도 모르게 비명이 터져나왔다. 방의 정면 벽에 시커먼 물체가
물에 젖은 듯 축 늘어져 있었다. 죽은 줄로만 알았던 피에르 주교였

다. 손과 발은 벽에 박힌 쇠사슬에 단단히 묶여 있었고, 얼굴은 본래의 형상을 알아볼 수 없을 정도로 처참하게 일그러져 있었다. 곳곳에 피멍이 들고 입술에는 혈흔이 검게 말라붙어 있었다. 스스로를 가눌 기력조차 없는 듯, 피에르 주교의 육신은 쇠사슬에 간신히 매달려 있었다.

피에르 주교는 산송장이나 다름없었다. 이미 죽음의 냄새를 맡았는지 쥐들이 엉겨붙어 주교의 살점을 뜯어먹고 있었다. 제롬 사제는 악귀처럼 들러붙는 쥐 떼를 내쫓았다.

“주교님, 피에르 주교님! 저를 알아보시겠습니까? 윌리엄이 옵니다.”

경황중에 나는 피에르 주교의 상체를 안으며 소리쳤다.

“으…… 으으……”

피에르 주교는 힘겹게 눈을 치뜨며 나에게 무슨 말인가를 하려고 했다. 그러나 뜻대로 되지 않는 듯, 점차 사위어가는 눈빛에는 안타까움과 회한, 분노 그리고 절망의 빛이 스쳤다.

“주교님, 피에르 주교님!”

잠시 눈꺼풀이 파르르 떨리더니 피에르 주교는 이내 고개를 떨구고 말았다. 주교의 육신은 베어진 고목처럼 힘없이 무너져내렸다.

“절명했다.”

제롬 사제가 피에르 주교의 동공을 열어보고는 굳은 얼굴로 말했다.

“대체…… 어떤 자들이……”

피에르 주교는 나에게 아버지와 같은 분이셨다. 갑자기 주위가 뿌옇게 흐려졌다.

“이것을 보거라.”

제롬 사제가 피에르 주교의 입을 벌려 보였다. 주교의 혀에서 검붉은 피가 흘러내리고 있었다.

“스스로 혀를 깨물었다.”

피에르 주교의 육신은 영혼이 깃들였던 곳이라고는 믿을 수 없을 정도로 보기 흉하게 망가져 있었다. 팔과 다리에는 불에 덴 자국이 화인(火印)처럼 선명하게 찍혀 있었고 살갗은 퍼렇게 변해 있었다. 입고 있던 옷은 갈가리 찢겨 쥐새끼들의 배를 불리고 있었다.

“상처와 피멍을 보건대 갖은 문초를 당한 것이 분명하다.”

축 늘어진 피에르 주교의 시신을 살피며 제롬 사제가 말했다.

“무엇 때문에 피에르 주교를 이 지경으로 만들었을까요?”

나는 끓어오르는 분노와 비통한 마음을 애써 달래며 상황의 전모를 파악하기 위해 정신을 집중했다.

“주교의 입을 열려고 했던 것이 분명하다. 주교가 뭔가 중요한 것을 알고 있었을 것이고, 그들은 그것을 필사적으로 알아내려고 했을 것이다.”

“그렇다면, 주교가 스스로 혀를 깨문 것도…… 영원히 입을 다물어버리기 위해서!”

스스로 혀를 깨물어가면서까지 피에르 주교가 지키려 했던 것은 무엇이었을까?

피로 얼룩진 주교의 입술을 바라보며 나는 몸을 부르르 떨었다. 누군가는 산 사람을 송장으로 만들면서까지 뭔가를 알아내려고 했고, 피에르 주교는 혀를 깨물면서까지 그것을 지키려 한 것이다. 두렵고 또 두려울 뿐이었다. 세상이 모두 미쳐버린 것은 아닌가 의심스러웠다.

 "……또 내가 들으니 보좌에서 큰 음성이 나서 가로되, 보라 하느님이 저희와 함께 있으매 하느님이 저희와 함께 거하시리니 저희는 하느님의 백성이 되고 하느님은 친히 저희와 함께 계셔서 모든 눈물을 그 눈에서 씻기시매 다시 죽음이 없고 애통한 것이나 곡하는 것이나 고통스러운 것이 다시 있지 아니하리니 처음의 것들이 다 지나갔음이라."

 나는 피에르 주교의 눈을 감기며 비명에 간 그의 넋을 위로하기 위해 기억나는 대로 중얼거렸다.

 "오늘은 그냥 돌아가는 것이 좋겠다."

 내가 하는 양을 두고 바라보던 제롬 사제가 내 팔을 잡아끌며 말했다.

 "피에르 주교의 시신을 그냥 두고 가자는 말씀입니까?"

 "지금은 감상에 젖어 있을 때가 아니다. 망자에 대한 도리가 아닌 줄은 나도 안다. 그러나 지금은 시신을 수습할 여력이 없다. 훗날을 도모하도록 하자."

 제롬 사제의 음성은 이상하리만치 단호했고 표정은 싸늘했다. 나는 그만 입을 다물고 말았다. 냉정하게 생각해보면 피에르 주교의 시신을 밖으로 운반한다고 해도 뾰족한 방법이 없었다. 묘를 다시 파헤치고 관에 시신을 안치하기에는 시간이 턱없이 부족했다. 더군다나 땅을 팔 도구도 준비되어 있지 않은 상황이었다. 당장 주교의 시신을 옮기는 데에는 여러 가지로 무리가 따를 수밖에 없었다. 제롬 사제는 내가 주교의 눈을 감기는 짧은 순간에 이미 이 모든 것들을 고려하고 현실적인 결론을 내린 것이었다. 더이상 반론의 여지는 없었다.

제롬 사제와 나는 피에르 주교의 시신을 그대로 버려둔 채 서둘러 그곳을 빠져나왔다. 슬픔과 분노와 두려움에 휩싸인 나머지 어떻게 그곳을 빠져나왔는지 지금 생각해도 알 수 없다. 오로지 제롬 사제의 옷자락을 놓치지 않기 위해 안간힘을 썼다는 것뿐. 내가 기억할 수 있는 것은 그것뿐이다.

제롬 사제는 그 어둠 속에서도 마치 대낮에 익숙한 길을 가는 것처럼 단박에 출구를 향해 나아갔다. 들어올 때는 더듬거리며 들어왔지만 나갈 때는 그럴 필요가 없었다. 성모 마리아의 손목에 묶어둔 끈을 따라 되짚어가면 되었기 때문이다. 말 그대로, 성모 마리아의 손끝이 인도하는 그곳을 좇을 뿐이었다.

성물 보관소에는 만신창이가 된 피에르 주교의 시신과 그 시신을 물어뜯는 쥐와 지옥과도 같은 암흑만 존재할 뿐, 성물 따위는 없었다. 그곳에 보관된 것이라고는 공포를 뛰어넘는 공포와 세상에 편재하는 악을 모두 합한 것보다 더 사특한 악뿐!


접객소의 방으로 돌아와서야 나는 겨우 마음을 진정시킬 수 있었다. 법의가 식은땀에 흥건히 젖어 있었다. 나는 한숨을 돌리며 그날 일어난 일들을 차례대로 헤아려보았다. 너무도 많은 일들이 벌어졌다. 마치 긴 악몽을 꾼 것만 같았다. 베르송에 입성할 때부터 가슴 밑바닥에서 꿈틀거리던 어렴풋한 위화감이 이제는 가공할 공포로 변해 있었다.

무슨 연유에서인지는 모르지만 페스트와 인육 파이와 피에르 주교의 죽음, 그 모든 것들이 우연이라고 하기에는 뭔가 미흡한, 알 수 없는 그 어떤 힘에 의해 동시에 일어난 것은 아닌가 하는 의문을 떨쳐버릴 수가 없었다. 무엇보다 나를 혼란스럽게 하는 것은 그 모든 일들의 와중에서 무엇이 옳고 무엇이 그른지 자신 있게 말할 수 없었다는 점이었다. 베르송에 발을 들여놓는 순간부터, 여태 한순간도 의심하지 않았던 믿음의 성채에 서서히 균열이 생기고 있었음을 나는 고백하지 않을 수 없다.

눈을 감아도, 눈을 부릅뜨고 어둠을 노려보아도 자꾸만 피에르 주교의 비참한 주검이 떠올랐다. 혈흔으로 얼룩지고 참혹하게 망가진 주교의 얼굴이 눈앞에 어른거려 나는 몸서리를 치며 침상에서 벌떡 일어났다. 주교의 참혹한 시신이 악귀와도 같은 쥐 떼에 뜯긴 채 버려져 있다고 생각하니 잠을 청할 수 없었다.

나는 침상에서 빠져나와 부싯돌로 촛불을 켰다. 법의를 뒤적거려 품고 있던 피에르 주교의 서찰을 꺼냈다. 둘둘 말린 양피지를 펼치던 나는 깜짝 놀라고 말았다. 양피지에 전에 보지 못했던 글이 새겨져 있었던 것이다. 인장이 찍혀 있는 부분에 글씨가 새로 새겨져 있었다. 자세히 보니 그것은 알파벳의 조합이었다. 놀라운 일이 아닐 수 없었다. 글씨는 좌우로 이어지다가 희미하게 지워져 있었다. 얼룩처럼 번진 것으로 보아 새로 새긴 것이 아니라 애당초 새겨져 있던 것이 우연히 드러난 것 같았다. 전에 없었던 글씨가 새로 생기다니!

"……!"

그 순간, 어떤 강렬한 느낌이 뇌리를 스쳤다.

나는 양피지를 펼쳐 촛불 위로 가져갔다. 자세히 살펴보니 글씨가 새로 드러난 부분에는 붉은 얼룩이 묻어 있었다. 포도주가 흘러내린 자국이었다. 무슨 조화인지는 모르겠으나 포도주가 묻은 부분에만 전에 없던 글씨가 드러난 것이었다.

영주의 만찬!

기억을 더듬던 나는 영주의 만찬에서 시중을 들던 하인이 포도주 잔을 엎질러 법의가 젖었던 사실을 생각해냈다. 법의를 적신 포도주가 가슴에 품고 있던 양피지에까지 스며든 것이 분명했다. 붉은 얼룩과 글씨는 그때 생겨난 것이리라.

"신의 말씀이 세속의 지혜보다 우위에 있거니와 이는 언어의 울림뿐 아니라 물질 역시 의미를 내포하기 때문이다."

나는 인장에 적힌 경구를 중얼거렸다.

물질 역시 의미를 내포한다!

물질 역시 의미를 내포한다는 말의 속뜻을 나는 그제야 알 수 있었다. 신의 물질, 그것은 그리스도의 피였다. 그리고 포도주는 바로 그리스도의 피를 상징하는 물질이 아니던가! 나는 그제야 경구에 숨겨진 의미를 완전히 해독할 수 있었다. 머릿속을 가득 메우고 있던 안개가 조금은 걷힌 듯했다. 나는 흥분을 억누르며 양피지를 면밀히 살폈다. 붉은 얼룩이 있는 부분에만 다음과 같은 글자가 나타나 있었다.

currius.

쿠리우스? 처음 듣는 이름이었다. 얼룩이 없는 부분에는 아무런 변화도 없었다. 포도주가 닿자, 먼지 속에 묻혀 있던 묘비명이 바람에 드러나듯 감추어진 문자가 그렇게 떠오른 것이었다.

나는 별 의심 없이 그것을 일종의 명부(名簿)라고 생각했다. 쿠리우스는 아무래도 사람의 이름 같았기 때문이다. 그 이름의 주인공이 누구인지, 그리고 어떤 사람들의 이름들이 더 숨겨져 있는지는 알 수 없었다. 그러나 피에르 주교가 혀를 깨물며 지키려 했던 것이 바로 그 이름이었다는 것을 유추해내기란 그리 어렵지 않았다. 주교는 자신의 신변에 닥칠 위험을 눈치채고 그런 식으로 명부를 감추었던 것이다.

대체 어떤 명부이기에 목숨과 바꾸려 했던 것일까?

나는 주위를 둘러보았다. 방에는 포도주가 없었다. 나는 주교의 서찰을 둘둘 말아 다시 법의 품 속에 집어넣었다. 부엌에는 포도주가 있을 것이다. 그곳에는 포도주 창고도 있으니 말이다. 무엇보다 포도주를 찾는 것이 급선무였다. 포도주만 있으면 그 서찰에 감추어진 비밀을 완전히 밝힐 수 있을 것이었다. 나는 급히 방을 나섰다.

명부에 너무 정신이 팔린 탓이었던가, 예기치 않은 결정적 발견에 너무 흥분했던 것인가. 나는 좀더 주위를 경계했어야 했다. 피에르 주교가 목숨을 걸고 지키려 했던 이름들이 수중에 들어왔다는 사실의 의미를 나는 너무 과소평가하고 있었던 것이다.

문을 나서는 순간, 묵직한 통증이 뒤통수를 강타했다. 불의의 일격을 받은 나는 비명 한 번 지르지 못하고 그대로 쓰러지고 말았다. 희미해지는 의식 속에서 나는 차가운 손길이 가슴팍으로 미끄러져 들어오는 것을 느꼈다. 놈이 노린 것은 피에르 주교의 서찰이었다. 수족을 움직여보려 안간힘을 썼지만 제대로 몸을 가눌 수조차 없었다. 그러나 희미하게나마 어떤 특이한 냄새만큼은 느낄 수 있었다. 내 가슴팍을 뒤지는 손길에서 그 냄새를 맡을 수 있었다. 희미해지는 의식 저편으로 검은 그림자가 바람처럼 달아나는 것이 보였다. 잠시 후, 검은 그림자도 사라지고 그리스도의 피가 호명한 이름들도 사라진 암흑의 낭하에서 나는 그 수상쩍은 냄새의 정체를 궁리하다가 그만 정신을 잃고 말았다. 누군가 어깨를 흔들어 눈을 떴을 때, 날은 이미 밝아 있었다.

## 13
# 검은 태양

이튿날, 화형이 집행되었다.

범죄의 현장이 백일하에 드러나고 증거가 명백한 것을 감안하더라도 판결과 형 집행의 과정은 이례적이라 할 만큼 신속하고 전격적이었다. 특히 화형 집행의 조속한 결정은 지나치게 서두른다는 인상을 줄 정도였다. 여기에는 몇 가지 정치적인 고려가 개입되어 있는 듯했다.

먼저, 기근과 페스트로 흉흉해진 민심을 신속한 화형 집행으로 무마하려는 의도가 엿보였다. 장의 가게에서 만든 파이를 먹은 대부분의 성 사람들의 분노와 혐오감을 한시라도 빨리 진정시켜야 했던 것이다. 그렇지 않으면 폭동이나 소요가 일어날지도 모르는 일이었다. 유태인의 전당포 습격 정도는 그 서막에 불과한 것이다. 불씨를 잠재우지 못한다면 어떤 끔찍한 일이 벌어질지 모르는 상황이었다.

또하나, 만찬에 장의 파이가 나온 것을 알게 된 영주가 노발대발

했다는 후문으로 미루어 짐작컨대, 자신의 만찬에 오점을 남긴 장본
인들을 영주는 가만히 내버려두고 싶지 않았을 것이다. 영주로서는
한시라도 빨리 그들을 처치함으로써 자신의 명예에 금이 가는 것을
막고 싶었을 것이다.

　마지막으로, 교권에 의해 그들이 마왕의 하수인으로 판명된 만큼
속권으로서는 하루라도 빨리 형을 집행하는 것이 파문을 수습하는
지름길이라고 판단했을 것이다. 서임권을 둘러싸고 교권과 날카롭
게 맞서고 있는 마당에 이번 사건의 파문이 확산되어 베르송이 이단
의 소굴로 낙인찍히기라도 한다면 프랑스 국왕으로서는 심각한 타
격이 아닐 수 없다. 그러잖아도 프랑스 남부 지방이 이단의 온상으
로 악명이 높은데다가 베르송에서 발생한 불미스러운 일의 파문이
확산된다면 속권으로서는 그보다 더 치명적인 일이 없을 것이다. 요
컨대, 형의 집행에 관한 전권을 쥐고 있는 속권의 입장에서는 이미
확정된 형 집행을 차일피일 미룰 이유가 전혀 없었던 것이다.

　화형은 성 도미니크 광장에서 집행되었다. 며칠 동안 북쪽에서 불
어오던 찬바람은 멎어 있었다. 하늘에는 구름 한 점 없었다. 다만 성
을 감싸고 있던 안개만이 엷게, 주의를 기울이지 않으면 그 존재를
눈치채지 못할 정도로 엷게 끼어 있었다.

　정오 무렵이었다. 태양이 머리 위로 떠올랐고, 때를 맞춰 수많은
사람들이 개미처럼 광장으로 모여들었다. 성 도미니크 광장은 화형
을 지켜보려는 사람들로 바늘 꽂을 틈 하나 없었다. 베르송의 모든
사람들이 몰려든 듯했다. 그런데 제롬 사제의 모습이 보이지 않았
다. 사제들에게 물어보았지만 모두들 아침 미사 이후로 볼 수 없었
다고 했다. 군중 속 어딘가에 있을 것이라고 말하기도 했다. 피에르

주교의 서찰, 잃어버린 명부에 대해 말하기 위해 정신을 차리자마자 제롬 사제를 찾아 동으로 서로 뛰어다녔으나 사제의 모습은 어디에도 없었다.

잃어버린 명부 때문에 마음이 천근만근 무거웠다. 그 물건이 만일 그것을 손에 넣어서는 안 되는 자의 수중에 들어갔다면 한바탕 피바람이 몰아칠 터였다. 피에르 주교의 비참한 최후가 그것을 예언하고 있지 않은가.

화형대는 광장 한가운데에 마련되어 있었다. 마른 장작이 수북하게 쌓여 있었다. 쌓아올린 장작더미 위로 굵은 화형주가 세 개, 나란히 곧장 하늘을 향해 세워져 있었다. 군중은 화형대를 중심으로 둥그렇게 원을 그린 채 광장을 메우고 있었다. 무장한 병사들이 만일의 사태에 대비해 화형대를 둘러싸고 있었다. 그들은 군중이 화형대 주위로 접근하지 못하도록 막고 있었다.

병사들도 긴장한 기색이 역력했고 어딘지 모르게 상기된 표정들이었다. 그곳에 운집한 많은 사람들, 사제들, 상인들, 도제들, 농민들, 관리들 모두 너나 할 것 없이 긴장한 얼굴이면서도 들뜬 듯한 분위기를 만들어내고 있었다. 광장 중앙에 버티고 있는 화형대의 서슬 퍼런 모습만 아니었다면 축제의 시작을 기다리는 사람들이라고 생각해도 좋을 정도였다.

사람들은 옆에 있는 자들과 수군수군, 벙어리 여인과 쌍둥이 형제에 관한 확인되지 않은 풍문을 주고받기에 바빴는데, 그 모습은 마치 시장 저잣거리에서 만나 그간의 소식을 다정하게 주고받는 것만 같았다. 페스트가 퍼진 것이 마녀의 흑마술 때문이라는 둥, 그래서 마녀만 태워 죽이면 페스트도 자연히 소멸할 것이라는 둥, 파이가

너무 맛있어서 뭔가 의심스러웠다는 둥, 쌍둥이 형제는 알비 파의
주교였다는 둥, 보름달이 뜨는 밤마다 푸줏간으로 마왕이 들어가는
것을 목격했다는 둥, 쌍둥이 형제가 바로 늑대인간이었다는 둥……
　주고받는 대화라는 것은 악의에 찬 험담과 제멋대로 만들어낸 억
측이 대부분이었다. 불과 하루 전까지만 해도 입에 침이 마르도록
그 맛을 치하하며 앞다투어 장의 가게로 달려가던 사람들이 맞나 싶
을 정도였다. 인육으로 만든 파이를 먹었다는 사실을 부정하고 싶은
만큼, 그들은 입을 모아 화형에 처해질 자들을 비난하고 조롱했다.
그들이 불에 타 죽음으로써 자신들이 저지른 부끄러운 행동도 연기
와 함께 사라지게 될 것이라고 믿는 것 같았다. 광장에 몰려든 사람
들이 은밀히 공유하고 있는 축제적 분위기는 바로 거기에서 비롯된
것이리라. 마녀를 태워 죽임으로써 자신들의 죄를 대속받을 수 있을
것이라는 기대감, 그들의 들뜬 표정에서 내가 본 것은 바로 그것이
었다.
　“저기, 마녀와 쌍둥이 형제가 나타났다!”
　군중 틈에서 누군가가 소리쳤다. 사람들의 시선이 일제히 소리나
는 방향으로 쏠렸다. 광장 북쪽, 시 청사 쪽에 있던 사람들이 좌우로
물러서며 길을 열었다. 군중 사이로 새로 길이 열리고, 마비앙 행정
장관과 발렌티노 수사가 말을 탄 채 선두에 서고 형틀에 결박당한
장과 로제, 그리고 벙어리 여인 마리가 형리들의 감시 속에 차례로
끌려오고 있었다. 그 뒤로는 병사들이 이열종대로 뒤따랐다.
　“마녀를 죽여라!”
　“마왕의 졸개들을 지옥으로 보내라!”
　“사탄의 요부에게 불지옥을!”

누가 먼저랄 것도 없이 군중은 일제히 고함을 질렀다. 흥분한 몇
몇은 제지하는 병사들과 밀고 밀리는 실랑이를 벌이기도 했다. 야유
와 욕설과 저주의 말들이 난무했다. 불에 타 죽기 전에 분노한 군중
의 손에 요절날 것 같은 분위기였다. 밀려드는 군중을 창과 방패로
막아내며 병사들은 겨우겨우 화형대로 죄인들을 호송할 수 있었다.
 “세례도 받지 않은 갓난애들까지 잡아먹었대.”
 “마왕과 그짓을 너무 많이 해서 벙어리에 귀머거리가 된 거야.”
 “마왕의 아이를 잉태했대. 저기 봐, 아랫배가 볼록하잖아.”
 “세상에, 그런 줄도 모르고 난 내 남편을 의심했지 뭐야.”
 앞에 서 있는 아낙네들이 벙어리 여인을 향해 손가락질하며 수군
거렸다. 그중 하나는 얼마 전 장의 가게 앞에서 고해성사를 했던 그
아낙네였다. 벙어리 여인에 대한 반감과 분노는 아낙네들 사이에서
한층 더 심했다. 나도 무심히 벙어리 여인 마리의 아랫배를 쳐다보았
다. 리넨으로 만든 치마가 제법 실하게 부풀어 있었다. 그녀가 아이
를 가졌다고 하더라도 그것이 마왕의 자식이라는 증거는 전혀 없었
다. 그럼에도 불구하고 아낙네들은 벙어리 여인의 뱃속에서 마왕의
씨앗이 자라고 있음을 믿어 의심치 않았다. 만일 저 여인이 마왕의
자식을 가졌다는 것을 어찌 아느냐고 묻는다면, 그들은 반문할 것이
다. 저 계집이 마왕의 자식을 가지지 않았다는 증거를 대라고. 재판
에 회부된 자의 유죄를 입증하는 것이 아니라 기소된 자가 스스로 자
신의 무죄를 입증해야 하는 세속의 사법제도에서처럼 말이다. 나는
문득, 베르송에 당도하던 날 성문 밖에서 보았던 채찍질 고행승의
설교가 떠올랐다. 요한 묵시록에 나오는 그 예언 말이다.

……하늘에는 커다란 표지가 서고, 한 여자가 태양을 입고 달을 밟고서 별이 열두 개 달린 월계관을 쓰고 나타나리라. 그 여자는 뱃속에 아이를 잉태했으니 해산의 고통과 진통으로 인해……

형리들이 형틀을 풀고 죄인들을 화형주에 매달았다. 가운데에 벙어리 여인 마리, 좌우로 각각 장과 로제가 화형주에 묶였다. 벙어리 여인 마리는 흑단 같은 머리를 길게 풀어헤치고 있었다. 그 때문인지 얼굴이 몰라보게 수척해 보였다. 여전히 겁에 질린 눈빛이었지만 희망이 없다는 것을 아는 듯 얼마간 체념한 얼굴이었다. 로제는 반항을 하다 형리들에게 호되게 문초를 당했는지 코가 깨지고 눈두덩이 퍼렇게 부어 있었다. 그런 와중에도 눈빛만큼은 살아 있어서 야수의 그것처럼 번뜩이고 있었다. 심약한 장은 거의 혼절하다시피 해서 동공이 열리고 입에서는 침이 줄줄 흘러내리고 있었다. 이미 영혼을 소유한 인간의 얼굴이라고 할 수 없었다. 그것은 인간으로서의 존엄함이라고는 찾을 수 없는 허깨비요 껍데기에 불과했다.

"여러분, 오늘 우리는 하느님의 자식임을 부인하고 망측한 배덕 행위로써 스스로 마왕의 수족임을 자처한 죄인들을 벌하고 그 더럽혀진 영혼을 정화하기 위해 이 자리에 모였습니다……"

말에 올라탄 채로 행정장관이 입을 열었다. 목소리가 필요 이상으로 격해 있었다. 광장에 모인 군중이 무엇을 원하고 있는지 그도 잘 알고 있었던 것이다. 장황하게 인사의 말을 마친 후, 그는 판결문을 낭독했다. 판결문의 내용은 이단 심문의 자리에서 발렌티노가 밝힌 것과 크게 다르지 않았다. 특별히 눈길을 끈 것은, 그들이 본래 이곳 출신이 아니라 알비 출신이라는 사실을 유난히 강조하고 있다는 점이었다.

"……이와 같이 이들은 마왕과 계약을 맺은 알비 카타리 파의 잔당으로서 신성한 하늘의 율법과 지엄한 지상의 국법을 유린하여 신성모독을 일삼고 삼위일체를 부정하고 영성체를 어지럽히는 등, 온갖 배덕을 자행한 혐의로 기소되어 그 죄상이 낱낱이 밝혀진바, 주의 어린양을 돌보는 성스러운 임무를 다하는 국왕의 대리인으로서 국왕으로부터 부여받은 권한에 의거, 죄인들을 분형(焚刑)에 처할 것을 명하노라."

행정장관의 선고가 끝남과 동시에 함성과 박수 소리가 마른하늘을 찢고 땅을 울렸다. 허공에 주먹을 내지르는 자도 있었고 발을 동동 구르는 자도 있었고 어서 불을 지피라고 고함치는 자도 있었다. 모두들 뭔가에 홀린 듯 알 수 없는 열기에 들떠 있었다. 무시무시한 적의와 살의로, 너와 나를 하나로 묶어주는 광기로 들끓고 있는 군중을 바라보며 나는 광장에 있는 모든 이들이 미친 것은 아닌가 하는 생각이 들었다. 그곳에서 온전한 정신을 유지하고 인간의 면모를 잃지 않은 자는 마녀로 지목된 벙어리 여인뿐이 아닐까 하는 의구심마저 들었다. 말하지 못하고 듣지 못하는 것이 오히려 인간의 존엄을 잃지 않게 하는지도 모르겠다는 엉뚱한 생각을 나는 곱씹고 있었다.

형 집행 책임자인 행정장관의 명에 따라 형리들이 일제히 장작더미에 불을 붙였다. 장작에 불이 붙는 순간, 군중의 함성이 뚝 그쳤다. 모두들 숨을 죽였다. 그 어떤 소리도 들리지 않았다. 완벽한 정적, 빛과 어둠이 있기 전 태초의 정적이 광장을 통째로 집어삼켰다.

장작더미에서 하얀 연기가 피어오르기 시작했다. 불꽃은 보이지 않았다. 연기가 장작더미를 덮으며 자욱하게 깔리는가 싶더니 뱀처럼 화형주를 타고 올라갔다. 피어오르는 연기를 보고 비명을 지르던 장은 급기야 까무러치고 말았다. 솟아오른 연기가 무연히 푸른 하늘로 퍼져나갔다.

일월의 흐름이 멎고 삼라만상의 모든 것이 얼어붙은 듯했다. 오로지 하얀 연기만이 살아서 꿈틀거리고 있었다. 그것은 하나의 생명체, 발 없는 짐승처럼 보였다. 장작더미 사이로 슬그머니 머리를 쳐들고 빠져나온 그것은 이 세상을 염탐하듯 주위를 천천히 맴돌다 곧장 화형주를 타고 기어올랐다. 벙어리 여인 마리의 맨발을 어루만지는가 싶더니 굴곡이 확연한 여인의 몸을 친친 감아올라가는 것이었다. 연기는 여인의 허벅지 사이로 돌아나와 가슴을 유린하고 목덜미를 감쌌다. 살짝 벌어진 입술을 탐하는가 싶더니 표표히 허공으로 머리를 치켜들었다. 머리카락을 따라 몸뚱이와 꼬리가 오연히 하늘로 솟구쳤다.

탁탁, 장작 타는 소리가 들렸다. 장작더미 안쪽으로부터 불꽃이 붉은 혀를 날름거리고 있었다. 불꽃을 보는 순간 나도 모르게 아, 하는 탄식이 새어나왔다. 손에서는 식은땀이 끈적거렸다. 장작더미 주위로 아지랑이와도 같은 투명한 열기가 어른거렸다. 반대편에 선 자들의 모습이 물결치듯 흐늘거렸다.

"지옥이 두렵지 않느냐? 목숨이 붙어 있을 때 회개하고 참회하라!"

열에 들뜬 목소리로 누군가가 외쳤다. 침묵을 지키던 사람들이 여기저기에서 회개하라고, 참회하라고 종용하기 시작했다. 그러나 들을 수도 말을 할 수도 없는 벙어리 여인 마리는 겁에 질려 떨고만 있었다. 로제 역시 눈만 희번덕거릴 뿐이었다.

그러나 그 순간.

"천국의 종이 되느니 차라리 지옥의 주인이 되겠다! 크하하!"

광장에 있던 사람들은 모두 자신의 귀를 의심했다. 참담하고 흉측한 몰골의 로제, 잠시 후면 한줌의 재가 될 비참한 운명의 그 로제가 너무도 당당하게 외치고 있었다. 사람들은 경악과 당혹감에 입을 다물지 못했다. 그들을 당황하게 한 것은 바로 로제가 보여준 당당함, 죽음을 앞에 두고 있는 자라고는 믿을 수 없을 정도의 당당함이었다.

무엇이 저 자로 하여금 죽음을, 절멸을 두려워하지 않게 만드는 것일까?

드러내놓고 말은 하지 않았지만 광장에 모인 모든 사람의 심중에는 그러한 의혹이 똬리를 틀고 있었으리라.

장작 틈 사이로 혀를 내밀던 화마(火魔)가 갑갑해서 못 견디겠다는 듯 장작더미 밖으로 촉수를 뻗쳤다. 불꽃이 일렁이면서 장작에 불이 붙는 소리가 커졌다. 그사이 연기는 자취를 감추고, 그 자리를 투명한 불꽃이 차지했다. 일렁이는 투명한 열기가 육안으로 보일 정도로 화마의 세력이 커졌다. 그때였다. 참으로 기이한 일이 벌어진 것은.

"어서 회개하라!"

"주님 앞에 참회하라!"

군중은 다급하게 외치기 시작했다.

불꽃이 화형주 위로 너울거리자, 정작 초조해야 하는 쪽은 로제였음에도 불구하고 오히려 그것을 구경하는 군중이 초조함에 발을 동동 굴렀다. 실로 기이한 심리적 역전 현상이 아닐 수 없었다. 죽음을 앞에 두고도 너무나 태연자약한 죄인을 보며 사람들은 처음에는 놀라움을 감추지 못했으나, 시간이 흐름에 따라 애초의 놀라움은 당혹

감으로 바뀌어갔다. 마치 자신들 발에 불이 붙은 듯 사람들은 고함을 치며 발을 동당거렸다.

"인육 파이를 먹은 네놈들의 목구멍에서 검은 피가 끓어오르고 사지가 뒤틀릴 것인즉, 네놈들이야말로 천사 중의 천사, 루시퍼의 엉덩이에 입을 맞추며 회개하고 참회해야 할 것이다. 하하하!"

로제는 붉게 핏발이 선 눈으로 군중을 노려보며 악귀와도 같이 울부짖었다. 푸줏간 주인이었던 알비 사람 로제가 진정 마왕의 수족이었는지 카타리 파의 잔당이었는지, 나는 확신할 수가 없었다. 태양 아래 명백한 것은 그가 사람을 죽이고 그 육신을 무참히 도륙했다는 것뿐. 그러나 발치에서 불꽃이 삼킬 듯이 타오르는데 차마 입에 담기 민망한 저주의 말을 아무렇지도 않게 지껄이는 것을 보며 나는 악의 실체를 목격하는 듯한 기분이 들었다.

죽음을 목전에 둔 죄인이 지껄이는 저주의 말에 군중의 기세가 주춤했다. 그러는 동안에도 불꽃은 기세 좋게 타올랐다. 날름날름 화형주를 삼키며 불꽃은 죄인들의 발치까지 타들어갔다. 뜨거운 열기가 갑자기 훅, 끼치는가 싶더니 불끈 솟아오른 불꽃이 죄인들의 몸뚱이에 엉겨붙었다. 여기저기에서 탄식이 새어나왔다. 그런데 어쩐 일인지 내 귀에는 그 소리가 안도의 한숨처럼 들리는 것이었다. 죄인들은 살인적인 열기로 인해 이미 정신을 잃은 듯했다. 마지막까지 눈을 부릅뜨며 저주의 말을 토해내던 로제도 등등하던 기세를 잃고 고개를 떨군 채 옴짝달싹하지 않았다.

……또다른 표지가 하늘에 나타날지니, 이번에는 일곱의 머리와 열 개의 뿔을 가진, 머리마다 왕관을 쓴 거대한 붉은 용이 꼬리

로 하늘의 별 삼분의 일을 휩쓸 것이로다······

　요한 묵시록에 등장하는 일곱의 머리와 열 개의 뿔을 가진, 머리
마다 왕관을 쓴 붉은 용이란 세상을 삼키는 불꽃이 아닐까. 최후의
날에 예비되었다는 불의 심판을 뜻하는 것은 아닐까. 그렇다면 불의
심판으로 세상 사람의 삼분의 일 이상이 목숨을 잃게 된다는 것인
가. 일단 옷에 불이 붙자, 그들의 육신은 허망할 정도로 급속히 타들
어갔다. 그 기세가 어찌나 사납던지 화형대 주위에 있던 사람들이
움찔거리며 뒷걸음질할 정도였다. 타오르는 화형대를 바라보는 사
람들의 눈에는 저마다 불꽃이 일렁거렸다. 물결치는 그 불꽃 속에서
죄인들을 묶은 밧줄이 타고 죄인의 육신이 타고 온 세상이 타들어갔
다. 세 명의 육신을 한순간에 게걸스럽게 집어삼킨 불기둥이 태양을
향해 너울너울 군무를 췄다.
　갑자기 툭, 하는 소리가 들렸다. 밧줄이 타면서 화형주에 높이 매
달려 있던 시신들이 바닥에 떨어진 것이다. 군중 사이에서 와와, 하
는 함성이 터져나왔다. 검게 타버린 그것은 이미 인간의 육체가 아
니었다. 처음부터 그 광경을 빠짐없이 지켜보던 나는 화들짝 놀라지
않을 수 없었다. 검게 탄 로제의 얼굴이 싸늘하게 미소짓고 있는 것
만 같았기 때문이었다.
　한때는 더없이 향기로웠을 벙어리 여인의 육신도 본래의 그 아름
아름다웠던 형상과 향기는 덧없이 사라지고 재만 남게 되었다. 벙어
리 여인 마리의 몸에서 풍기던 그 달콤하고 황홀한 냄새가 장미향이
었음을 나는 그제야 생각해냈다. 모든 것이 검게 타버린 바로 그 순
간에 말이다. 향기로웠던 육신은 재가 되고 그 장미향마저 화염 속

으로 증발해버린 그 절멸의 순간에……

　……해산하기만 하면 아기를 삼키려 붉은 용이 지키고 서 있는 가운데 마침내 여자는 아이를 낳을 것이다. 그 아기는 장래에 쇠지팡이로 만국을 다스릴 분이시니……

　……그러나 붉은 용, 기세 좋게 타오르는 불꽃이 여인을 삼켜버렸을 뿐, 그 탄생을 만천하에 알리는 아이의 울음소리는 어디에서도 들리지 않았다. 붉은 용은 모든 것을 재로 만들어버린 것이다.
　죄인들이 절명한 것을 확인하자 사람들은 곁에 있던 사람과 악수를 하거나 어깨를 두드리거나 주를 찬송하는 노래를 불렀다. 소리 없이 감격의 눈물을 흘리는 이도 있었다. 눈물을 흘리는 자의 얼굴은 기쁨과 환희로 빛나고 있었다. 서로 부둥켜안고 뛸 듯이 기뻐하는 자들도 있었다. 기도문을 중얼거리는 자들도 있었다. 가히 축제의 분위기를 방불케 했다. 죽음과 분형의 현장은 그 어느 때보다 삶의 열정으로 충만해 있었다. 적어도 그 순간만큼은 고달픈 일상을, 페스트에 대한 두려움을, 불확실한 앞날에 대한 불안을 불타는 장작더미 속에 몽땅 내던져버린 듯했다.
　갑자기 북쪽에서 거센 바람이 불어왔다. 광장 바닥에 쌓여 있던 검은 재가 허공으로 솟아올랐다. 바람은 잠잠해지는가 싶더니 잠시 후, 더욱 거세졌다. 시름시름 사위어가던 불꽃이 마지막 진기를 쥐어짜듯 다시 일어나고 바람과 불꽃의 열기에 재가 일제히 날아올라 광장의 하늘을 검게 뒤덮었다. 검은 메뚜기 떼…… 들판의 곡식을 순식간에 먹어치우는 저 가공할 검은 메뚜기 떼가 하늘을 덮은 듯했다.

급기야 재는 태양을 가렸다. 발 밑에 오그라들어 있던 그림자도 이내 사라졌다. 정오를 알리는 성당의 종소리가 천둥처럼 마른하늘에 울려퍼졌다. 종소리를 기다렸다는 듯, 태양이 검게 부풀고 북쪽으로부터 검은 구름이 바람을 타고 몰려오고 있었다. 대낮인데도 사위가 해거름마냥 어둑어둑했다.

백주의 어둠 속에서 나는 뭔가가 강렬히 뇌리를 스치는 것을 느꼈다. 지금까지 내가 놓치고 있던 그 무엇, 내가 알아내려고 기를 썼던 그 무엇을 알 것만 같은 기분이었다. 그러나 그것이 정확히 무엇인지는 알 수가 없었다. 다만 알 것 같다는 그 느낌만은 너무나 또렷해서, 그것이 구체적으로 무엇인지 알려고 하는 노력 자체가 무의미하게 느껴질 정도였다.

그때였다. 북풍이 멎고 갑자기 빗방울이 떨어지기 시작했다. 천둥벼락이 치고 검은 비가 내렸다. 허공에 날리던 재가 비에 씻겨 떨어졌다. 처음에는 몇 방울씩 떨어지더니 빗방울은 점차 굵어졌다. 군중의 머리 위로, 아직도 타고 있는 죄인들의 시신 위로, 붉은 혀를 날름거리고 있는 장작더미 위로 비가 쏟아졌다. 그러나 정작 놀라운 것은 변화무쌍한 자연의 조화가 아니라 사람들의 반응이었다.

재가 하늘을 덮고 태양이 사라질 때만 해도 마왕의 저주가 실현되는 것은 아닌가 싶어 두려움에 떨던 군중은, 갑자기 비가 쏟아지자 탄성을 내지르며 허공을 향해 두 팔을 벌린 채 떨어지는 빗방울을 온몸으로 받아냈다. 머리에 쓰고 있던 모자를 내던지는 자가 있는가 하면 두 손으로 빗방울을 받아 얼굴에 문지르는 자도 있었다. 너무나 흥분한 나머지 윗옷을 벗어던지는 자들도 부지기수였다. 부부나 연인들은 뜨겁게 포옹을 했고 낯선 자와도 기꺼이 입을 맞췄다. 대

담한 애무가 난무했고 절정의 쾌락이 역병처럼 군중 사이로 퍼져나
갔다. 억눌렸던 욕망이 걷잡을 수 없이 분출되고 있었다. 환청이었
을까. 그 광란의 소용돌이 속에서 내 귀에는 주의 권능을 찬양하는
찬송가가 아득하게 들려왔다.

　해를 넘기면서 계속된 가뭄을 감안한다 하더라도 사람들의 그런
반응은 예상 밖이었다. 광장은 말 그대로 광란의 도가니, 축제의 분
위기였다. 쏟아지는 빗물이 자신들의 죄를 씻어주고 지상의 온갖 재
앙과 횡액을 없애줄 거라고 믿는 듯했다. 비가 내리면서 하늘을 덮
었던 재가 가라앉고, 사라졌던 태양이 다시 나타났다. 햇빛이 다시
맹렬히 빛을 발하고 있었지만 비는 그치지 않았다.


　어느덧 비는 그치고, 언제 그랬냐는 듯 하늘은 맑게 갠 상태였다.
내가 자리를 뜰 때까지도 군중은 여전히 광장을 가득 메운 채 자신
들이 아직 살아 있다는 사실에 경배하고 있었다. 내일 당장 페스트
로 목숨을 잃을지라도 그 순간만큼은 모든 시름을 잊고 삶의 열락에
취하고 싶었던 것이다. 그들은 죽음을 통해서, 마녀된 자의 죽음을
통해서 자신들의 삶을, 살아 있음을 새삼 확인하고 싶었는지도 모른
다. 죽음을 삶의 한복판으로 끌어들임으로써 소멸에 대한 두려움을
덜고자 하는 것이다. 나로서는 눈앞에 펼쳐진 일련의 광경들을 달리
설명할 도리가 없었다.

　교회로 돌아오자마자 나는 부엌으로 달려갔다. 제롬 사제는 부엌
에도 없었다. 밖으로 나가려다 문득 나는 걸음을 멈췄다. 마음속에
짚이는 바가 있었기 때문이었다. 나는 조심스럽게 부엌 안쪽으로 걸
음을 옮겼다. 동으로 서로 교회 안을 돌아다녔지만 아직 발을 들여

놓지 않은 곳, 제롬 사제 외에는 교회의 그 누구도 출입할 수 없는 곳, 포도주 저장실로 나는 살금살금 다가갔다.

문은 의외로 쉽게 열렸다. 고리를 잡아당기자 문은 소리 없이 젖혀졌다. 발 아래에서 희미한 빛이 새어나오고 있었다. 만일에 대비해 안쪽에서 문을 걸어잠근 후, 나는 숨을 죽이고 계단을 내려갔다. 희뿌연 불빛 저쪽에 검은 형체가 서 있었다. 제롬 사제였다. 그는 내가 들어온 사실을 눈치채지 못한 듯했다. 나는 인기척을 내지 않도록 주의하며 천천히 주위를 살폈다.

그곳은 평범한 포도주 창고가 아니었다. 물론 포도주가 저장되어 있기는 했다. 계단 왼쪽에 먼지를 뒤집어쓴 포도주 통들이 차곡차곡 쌓여 있었다. 그리고 나머지 공간에는 온갖 서적들과 용도를 짐작하기 힘든 기이한 모양의 기구들이 들어차 있었다. 그 서적들의 면면에 나는 놀라지 않을 수 없었다.

사라센의 전설적인 연금술사 자말 핫산 바게리의 『연금술 개요』 『황금 사과를 둘러싼 철학적 논쟁에 대한 주석』『연금술의 네 단계』, 역시 사라센의 연금술사 게베르의 『비법집대전』『연금술대전』 『황금의 비밀』을 비롯해서 로저 베이컨의 『연금술의 거울』『연금술 주해』, 알베르투스 마그누스의 『약초』『물질들』, 아베로에스의 아리스토텔레스 주석본 전집, 보티첼로의 『유황과 수은의 배합에 대한 연구』 등등……

눈에 띄는 대로 골라보아도 그 이름만 전해질 뿐, 나로서는 실체를 확인한 적이 없는 기서들이었다. 열이 하나와 같이 모두 희귀본들이었다. 언제, 어디에서, 어떤 경로를 통해 그 귀한 서책들을 제롬 사제가 입수하게 되었는지 알 수 없는 노릇이었지만, 나는 오래 전부터 남몰래 이방의 언어와 사상에 대해 불경한 호기심을 간직해오던 터라 그 제목들을 일별하는 것만으로도 피가 끓고 가슴이 벅차올랐다.

제롬 사제는 여전히 내 존재를 느끼지 못했는지 아니면 개의치 않았는지, 내 쪽으로는 눈길 한 번 주지 않고 투명한 통에 뭔가를 섞고 있었다. 그 투명한 둥근 통은 작은 화롯불 위에서 달궈지고 있었다. 그것이 이교도가 저술한 어느 서책에서 읽은 바 있는 증류였다는 사실을, 그리고 그 해괴한 장치가 증류기였다는 사실을 알게 된 것은 훨씬 후의 일이었다.

나는 눈앞에 펼쳐진 뜻밖의 풍경에 압도당했다. 제롬 사제는 어둠의 일부라도 되는 것처럼 요지부동, 그 투명한 통 속에서 액체가 끓는 모습을 지켜보고 있었다. 옆에서 본 제롬 사제의 얼굴은 화석처럼 굳어 있었다. 사제의 굳은 얼굴에는 성자의 신성함이 깃들여 있는가 하면 독신자(瀆神者)의 비정함도 묻어 있는 듯했다. 그리하여 나는 전혀 낯선 자의 얼굴을 바라보고 있는 듯한 기분에 사로잡혔다.

"사, 사제님……"

그 초절하고 엄숙한 분위기에 압도당해 머뭇거리던 나는 용기를 내어 겨우 입을 열었다. 간밤에 있었던 일을 한시라도 빨리 제롬 사제에게 알려야 한다는 다급한 마음이 아니었다면 나는 결코 그 압도적인 정적을 깨뜨릴 엄두를 내지 못했을 것이다.

인기척에 놀란 제롬 사제가 백일몽에서 깨어난 사람처럼 흠칫거리며 돌아보았다. 그러나 내 얼굴을 물끄러미 바라볼 뿐, 사제는 아무 말도 없었다.

"……"

　제롬 사제는 밤사이 눈에 띄게 수척해져 있었다. 뜬눈으로 밤을 지샌 것이 분명했다. 볼이 움푹 들어가고 눈에는 핏발이 서 있었으며 정신을 오래도록 집중한 듯 기진맥진한 표정이었다. 기력을 남김없이 소진시켜 입을 열 여력이 없는 듯했다.

　"화급한 일이 생겨 백방으로 찾아다녔습니다. 교회 안에서 안 가 본 곳은 이곳뿐이라서……"

　제롬 사제의 침묵에 압도되어 내 목소리가 점점 작아졌다.

　"화급한 일이란 무엇이냐?"

　그리하여 나는 간밤에 제롬 사제와 헤어진 후에 일어났던 일들을 상세히 이를 수 있었다. 접객소의 방에서 우연히 피에르 주교의 서찰을 꺼내보았다는 것, 붉은 얼룩이 묻은 자리에 전에 없던 글씨가 나타났다는 것, 아마도 포도주의 어떤 성분이 숨겨져 있던 글씨를 나타나게 한 듯하다는 것, 포도주를 찾기 위해 방을 나서다 정체를 알 수 없는 괴한에게 급습을 당해 그 서찰을 잃어버렸다는 것 등을 차례대로 낱낱이 고했다.

　"어리석은 영혼! 피에르 주교의 서찰을 가지고 있다는 사실을 왜 진작에 밝히지 않았느냐?"

　제롬 사제가 그리 역정을 내는 모습은 처음이었다. 그 서찰에 숨겨진 내용이 예사롭지 않은 것이라는 점에 대해서는 의심의 여지가 없었으나 사제가 그토록 상기된 얼굴로 질타하는 것을 보며 나는 당황하지 않을 수 없었다.

　"그 명부가 그리 중요한 것입니까? 대체 어떤 명부이기에……"

　나는 쥐구멍이라도 찾고 싶은 심정이었다. 처음 대면했을 때 제롬 사제가 피에르 주교로부터 뭔가 받은 것이 없느냐고 물었던 사실이 새삼 뼈아프게 기억되었다.

"아아! 운명이 기어코 내 손가락 사이로 한줌 모래처럼 빠져나가는도다!"

제롬 사제의 목소리가 너무나 음울하고 비탄에 차서 나는 고개를 들 수가 없었다.

"그 명부의 정체는 이제 곧 밝혀질 것이다. 발렌티노 쪽에서 움직인다면 그것은 분명 자유영혼의 형제단 명부일 테고 기욤 쪽에서 움직인다면 성전 기사단의 명부일 것이다. 이로써 그들이 이곳에 급파된 목적도 분명해졌다."

제롬 사제는 이내 특유의 냉철함을 되찾았다. 그러나 역시 맥 빠진 표정이었다. 나는 내가 얼마나 어마어마한 물건을 품에 지니고 있었던가 놀라 상황을 실감할 수 없을 지경이었다. 만일 그것이 자유영혼의 형제단 명부라면 제롬 사제의 신변이 위험해질지도 모른다. 내가 얼마나 엄청난 실수를 저질렀는지 나는 감히 짐작조차 할 수 없었다.

"이쪽으로 와서 이것을 보거라."

목숨이 바람 앞의 등불처럼 위태로워진 지경에서도 제롬 사제는 전혀 동요하는 빛이 없었다. 한낱 피조물에 불과한 인간에게 선험적으로 부여된, 거역할 수 없는 생과 사의 운명마저도 초월한 듯한 사제의 태도에는 어떤 귀기마저 느껴졌다.

투명한 통 속에 담긴 뿌연 액체가 요동치며 용암처럼 끓고 있었다. 그 통에 연결된 기다란 관을 타고 희끄무레한 연기가 모락모락 피어올랐다.

"이것이 바로 연금로(鍊金爐)라는 것입니까?"

"황금이라는 것은 일종의 수사에 불과한 것이다. 예부터 황금이
란 모든 생명이 희구해 마지않는 궁극의 경지, 영원불변을 상징하는
물질이 아니더냐? 마찬가지로 현자의 돌이란 불사불멸의 물질을 의
미한다. 내 이미 너에게 이른 것처럼 인간의 모든 죄악은 바로 유한
함에서 연유하는바, 이성이 신앙의 시녀 노릇을 하는 한 인간에게
선험적으로 씌워진 죄악의 굴레로부터 벗어나기란 요원한 일이다.
앎은 결코 죄악이 아니다. 무지야말로 모든 죄악의 근본인 것이다.
일찍이 에덴의 하와가 선악과를 취한 것도 앎에 대한 궁극적인 갈구
에서 비롯된 것일 터, 무지의 천국을 택하느니 차라리 앎의 지옥을
택하겠노라. 그러나 시간이 나를 기다려주지 않는다. 불멸의 꿈이
여! 불사의 염원이여! 부시도록 찬란하게 빛나는 황금의 열매여! 이
제 겨우 그 한줄기 서광을 엿보았을 뿐이거늘……"

제롬 사제의 말은 가열한 독신의 언어로 가득 차 있었다. 그러나
사제의 언어는 도발적이되 조악하지 않았고, 거침이 없으되 기품을
잃지 아니했으며, 욕망을 토로하되 갈급하지 아니했다. 사제의 말은
성대의 공명이 아니라 영혼의 울림으로서 존재하고 있었던 것이다.
비통해하고 애통해하는 사제의 모습에 나는 그만 가슴이 서늘해지
고 말았다.

불사불멸의 꿈!

제롬 사제는 밤마다 이곳에서 한낱 피조물에게는 일별조차 허락
되지 않은, 험원(險遠)하고도 험원한 길을 애써 넘겨보고 있었던 것
이다. 일찍이 인간이 숙명처럼 타고난 유한함에 염오와 의혹의 눈초
리를 보냈던 자들이 다만 염원과 희구로써 엿볼 뿐이던 금단의 길을
사제는 감히 걸으려 하고 있었다. 사제의 얼굴에 드리워진 맹렬한

불꽃의 그림자를 바라보며 나는 희열과 두려움에 몸을 떨었다. 그 희열이라는 것은 금기를 짓밟는 통쾌함에서 비롯된 것이었고, 두려움이라는 것은 신앙 없는 이성의 무모함과 불경함에 대한 경계의 마음에서 비롯된 것이었다. 어쩌면 그 불꽃이라는 것은, 제롬 사제의 염원이라는 것은, 이렇듯 도저한 이율배반이 낳은 결과가 아닌가, 아니 이율배반 그 자체가 아닌가, 나는 그런 사념에 사로잡혔다.

불멸의 영혼을 유한한 육신에 가두었을 때부터 이 가증할 이율배반은 시작되었던 것이 아닌가!

갑자기 바깥이 소란스러워졌다. 뭔가를 뒤지는 듯한 소리, 어수선한 발소리, 고함 소리 등이 귀를 어지럽혔다. 그 소리들은 머리 위, 부엌에서 들려오고 있었다. 바깥의 상황이 심상치 않았다.

"놈들이 벌써 들이닥친 모양이다. 이로써 명부를 손에 넣은 자가 발렌티노임이 분명해졌다."

제롬 사제의 말이 옳다면 내가 잃어버린 것은 자유영혼의 형제단 명부였다. 피에르 주교가 교황청의 소환을 받았던 것도, 죽은 것으로 알려진 채 성물 보관소에 끌려가 참혹한 문초를 받은 것도, 혀를 깨물어 스스로 목숨을 버린 것도 모두 그것 때문이었을 것이다. 피에르 주교가 자유영혼의 형제였다면 파리 대학에서 함께 수학했던 선친도……

시제르에 대한 정죄를 주도했던 발렌티노가 이곳에 파견된 이유도 이로써 자명해졌다. 그러나 여전히 의문은 남았다.

이곳에서 숨가쁘게 벌어진 모든 일들을 처음부터 끝까지 발렌티노가 계획하고 지휘한 것인가? 피에르 주교의 거짓 죽음, 이것은 누가 꾸민 일인가? 주교 자리를 탐낸 레이몽 부주교가 저지른 것인가?

아니면 발렌티노와 레이몽 부주교가 모두 한패란 말인가? 제롬 사제는 그 명부가 성전 기사단의 명부일 수도 있다고 했다. 그렇다면, 레이몽 부주교가 교황청과 프랑스 왕실 사이에서 모종의 거래를 획책했던 것은 아닐까? 피에르 주교에게서 자유영혼의 형제단 명부가 나오면 교황청과 거래를 하고, 성전 기사단 명부가 입수되면 프랑스 왕실과 거래를 하려고 했던 것은 아닐까? 그런데 만일 그것이 제롬 사제의 말대로 자유영혼의 형제단 명부였다면 피에르 주교는 왜 제롬 사제에게 그 사실을 말하지 않았을까. 명부에는 제롬 사제의 이름이 올라 있을 터인데 말이다.

내 머릿속은 온갖 의혹과 의심으로 소용돌이치고 있었다. 잠시 후, 바깥이 더욱 소란스러워졌다. 상황이 긴박하게 전개되고 있었다.

"여기 문이 있는뎁쇼!"

"파(破)하라!"

"복명(復命)!"

창고 출입문 쪽에서 나는 소리였다. 놈들이 기어코 들이닥칠 모양이었다. 그 순간 제롬 사제가 내 어깨를 꽉 붙들었다.

"프란체스코 회의 윌리엄이여! 이제부터 내가 하는 말을 명심하거라. 무슨 일이 있어도 나는 놈들에게 이곳을 넘겨줄 수 없다. 내가 소리치거든 뒤돌아보지 말고 곧장 밖으로 내달려라. 어떤 일이 벌어지더라도 이곳으로 돌아와서는 안 된다. 그리고 밖으로 나가거든 속히 성을 빠져나가라. 행정장관이 역병의 확산을 막는답시고 성의 출입을 봉쇄했으나 이는 손바닥으로 하늘을 가리려는 어리석은 짓이다. 역병은 수만의 병사로도, 수백 척 높이의 성벽으로도 막을 수 없는 법, 조만간 이곳에 페스트 환자가 속출할 것이다. 될 수 있는 한 이곳으로부터 멀리 가라. 머지않아 피로써 피를 씻고 죽음으로써 죽음을 갚는 전대미문의 광풍이 몰아칠 것이니 부디 목숨을 도모하거라! 하여 후일을 기약하거라!"

제롬 사제는 다급하게 말을 내뱉고 잠시 나를 무구하게 쳐다보았다. 나를 염려하는 사제의 눈빛은 사무치도록 애잔했다. 마지막이라고, 작별이라고 생각하니 목이 메고 눈앞이 아득해졌다. 그때 나를 바라보던 사제의 눈빛을 지금도 잊을 수 없다.

"……하지만, 사제께서는……"

나는 목이 메어 차마 말을 잇지 못했다.

"지체할 시간이 없다. 자 어서!"

제롬 사제는 나를 돌려세우고는 희뿌연 액체가 끓고 있는 쪽으로 단호하게 몸을 돌렸다. 그는 벽에 세워진 선반에서 무언가를 꺼내고 있었다. 나는 어찌할 바를 몰라 발만 동동 구르고 있었다. 등뒤에서 출입문이 열리는 소리가 긴박하게 들려왔다. 그 순간, 나는 마음 깊은 곳에 도사리고 있던 모종의 의념에 몸을 떨었다. 그것은 냄새, 정확히 말하자면 언젠가 내가 맡은 적이 있던 냄새에 대한 어렴풋한 기억 때문이었다.

곰팡내, 유황 냄새와 해묵은 서책에서 나는 특유의 냄새가 어우러진 냄새, 피에르 주교의 서찰을 빼앗아간 검은 그림자에게서 맡은 바 있던 그 냄새였다!

"지금이다. 어서 달려라!"

제롬 사제가 외쳤다. 사제의 고함에 깜짝 놀라 불에 덴 듯 출입구 쪽으로 몸을 날렸지만 나는 출입구를 막고 있던 검은 그림자를 어깨로 들이받고 나동그라지고 말았다. 내가 부엌 바닥에 쓰러짐과 동시에 포도주 창고 쪽에서 우레와 같은 굉음이 들려왔다. 고막이 찢어질 정도의 충격이 전신을 엄습했다. 사지가 떨리고 가슴이 벌렁거렸다. 그 엄청난 충격에 놀라 병사들이 모두 바닥에 납작 엎드렸다. 바닥에 엎드린 자들은 로마 교황청에서 온 추기경의 호위병들이었다.

"불이다! 포도주 창고에서 불길이 치솟는다!"

밖에서 누군가가 외쳤다. 땅을 흔드는 진동과 하늘을 찢는 굉음이 가라앉자 나는 바닥에 엎드린 채 고개를 돌려 포도주 창고 쪽으로 시선을 던졌다. 과연 포도주 창고에서 불길이 솟구치고 있었다. 문짝은 어디론가 날아가버리고 없었다. 문을 통해 보이는 것이라고는 용트림을 하고 있는 화염뿐이었다. 마치 불을 내뿜는 거대한 용이 주둥이를 한껏 벌리고 있는 듯한 착각에 나는 사로잡혔다.

"아아! 사제님…… 제롬 사제님!"

조금 전의 믿어지지 않는 상상과 의구심에도 불구하고 불길에 휩싸인 포도주 창고를 바라보는 내 눈은 뿌옇게 흐려졌다. 날아온 흙먼지를 뒤집어쓴 채 나는 통절하게 중얼거렸다. 손을 뻗어보았지만 손가락 사이로 보이는 것은 다만 이 세상을 집어삼킬 듯 너울거리는 불꽃뿐이었다. 고막을 찢을 듯한 굉음에 놀라고 치솟는 불길에 얼이 빠진 사람들이 고래고래 고함을 치며 우왕좌왕하고 있었다. 물동이를 들고 달려오는 자가 있는가 하면 넋을 잃은 채 구경만 하고 있는 자도 있었다.

이것은 악몽일 것이다. 악몽이어야만 한다. 악몽임에 틀림없다. 악몽이 아니라면 필시 나는 지옥에 떨어진 것이리라. 지옥에 떨어져 배덕의 죄값을 치르고 있는 것이리라. 그도 아니라면 최후의 날이 도래한 것인가. 종말의 나팔 소리가 들리는 듯도 하다. 소멸의 숙명

을 타고난 모든 것들은 이렇듯 사라져가는 것인가. 덧없이 사라져가
는 것인가. 나는 정신이 가물거리는 것을 느끼며 그대로 고개를 떨
구고 말았다.

"정신 차리거라!"

누군가가 내 어깨를 거세게 흔들었다. 선잠에서 깨어난 듯 혼미한
정신 속에 겨우 눈을 뜰 수 있었다. 나는 여전히 부엌 바닥에 쓰려져
있었고, 포도주 창고의 불길은 부엌으로 번지고 있었다. 뿌연 시야
속에서 나는 누군가의 얼굴을 발견했다. 나를 흔들어깨운 사람은 발
렌티노였다. 나는 무슨 말인가를 하려고 했으나 아무 말도 나오지
않았다.

"됐다. 말하지 않아도 나는 모든 것을 알고 있다."

놀랍게도 발렌티노의 음성은 더없이 부드럽고 자애로웠다. 나는
꿈을 꾸고 있는 것이라 믿었다. 그러나 그것은 현실이었다. 발렌티
노는 나를 일으켜세운 후 들쳐업었다. 그리고 불길이 너울거리는 부
엌을 서둘러 빠져나갔다. 부엌에서 멀리 떨어진 곳에 나를 내려놓자
마자 발렌티노는 다시 부엌으로 달려갔다.

"우물에서 물을 길어와라! 우물까지 인(人)의 사슬을 만들어라!"

모두들 혼비백산한 와중에 발렌티노만이 침착함을 잃지 않고 화
재 진압을 진두지휘하고 있었다. 그는 당황한 기색도 없이 여전히
무표정했으나, 무표정한 가운데에서도 자신의 행동에 티끌만큼의
주저함도 내비치지 않았다.

포도주 저장 창고에서 솟아오른 불길은 점점 거세어지고 있었다.
검은 연기가 하늘을 뒤덮었다. 굉음을 듣고 놀라 달려온 사제들이
불길을 잡기 위해 동분서주했지만 역부족이었다. 워낙 목재를 많이

써서 지은 건물인데다가 창고에 있던 서적 때문에 불길은 걷잡을 수 없이 치솟았다. 창고에 있던 여러 가지 물질이 타면서 나는 검은 연기와 숨을 쉬기 힘들 정도로 매캐한 냄새 때문에 접근하는 것 자체가 불가능할 지경이었다. 그저 멀리서 물을 끼얹는 게 할 수 있는 전부였다. 기세가 오른 불길은 부엌으로 번져갔고, 바람에 날린 불똥이 튀어 성당까지 불이 옮겨붙고 있었다.

"성당에 불이 붙는 것을 막아라! 성당을 구해라!"

발렌티노가 쩌렁쩌렁한 음성으로 외쳤다. 그 옆에는 사색이 된 레이몽 부주교가 발을 동동 구르고 있었다.

사람들은 부엌이 딸린 부속 건물은 포기하고 성당에 불이 옮겨붙지 못하도록 집중적으로 물을 뿌려댔다. 병사들, 사제들 그리고 불길을 보고 달려든 주민들까지 합세해 성당을 지켜내기 위해 안간힘을 썼다. 조금 전까지만 해도 죄인들이 불꽃 속에서 한줌의 재가 되는 광경을 지켜보며 환호성을 올렸던 사람들이었다. 그들은 이제 지상의 천국, 교회를 화마로부터 지켜내기 위해 한덩어리가 되었다.

경황중에도 침착함을 잃지 않은 발렌티노의 지휘하에 사람들은 우물까지 긴 인간 사슬을 만들어 분주하게 물동이를 날랐다. 나는 정신을 수습하고 나서 물동이를 들고 부엌 쪽으로 달려갔다. 머릿속에는 제롬 사제를 구해야겠다는 일념뿐이었다. 제롬 사제는 그곳에서 미처 빠져나오지 못했던 것이다. 그러나 불길을 잡겠다는 생각은 애당초 무리였다. 나는 매캐한 검은 연기를 맡다가 밭은기침을 내뱉으며 맥없이 바닥에 주저앉고 말았다.

사람들이 몸을 돌보지 않고 달려든 덕택에 성당에 옮겨붙었던 급한 불은 끌 수 있었다. 그러나 부엌이 딸린 부속 건물은 땅거미가 내려앉을 때까지 오래도록 타고 또 탔다. 모두들 불을 끄는 것은 포기하고 주위 건물로 불똥이 튀지 않도록 하는 데에 정신을 쏟았다. 부엌이 딸린 건물의 서까래가 주저앉고 기둥이 무너지고 나서야 불길은 점차 수그러들었다.

건물의 서까래가 주저앉고 기둥이 무너지는 광경을 묵묵히 바라보며 나는 내 내부의 한 부분이 소리 없이 무너져내리는 듯한 기분에 사로잡혔다. 피에르 주교의 손에 이끌려 신의 충복이 되기로 서원한 바로 그 순간부터 일궈왔던 신성에 대한 믿음, 절대적 선에 대한 신심, 영과 육을 분별하는 마음, 진실과 거짓을 가리는 혜안……이 모든 것들이 타오르는 불꽃 속에서 검은 연기를 토해내며 재가되고 있었다. 그 잿더미 속에서 금방이라도 제롬 사제가 걸어나올 것만 같았지만 당당하면서 초절한 사제의 풍채는 그 어디에도 보이지 않았다. 사제의 육신은 잿더미 속에 파묻혀 흔적도 없이 사라지고 말았다. 불멸을 향한 도저한 열망과 함께……


화형과 화재로 인해 성안은 술렁거리고 있었다. 불에 타 죽은 마녀의 저주 때문에 교회에 화재가 발생했다고 수군거리는 자들도 있었다. 화재는 다만 시작일 뿐 엄청난 재앙이 미구에 닥쳐올 것이라고 점치는 자들도 있었다. 그날 밤 소란의 와중에 경계가 허술해진 틈을 타, 성을 빠져나왔다. 뒤도 돌아보지 않았다. 아무런 미련도 회한도 없었다. 다만 제롬 사제의 시신을, 피에르 주교의 시신을 수습하지 못하고 떠나는 것이 마음에 걸릴 뿐이었다. 그리고 무엇보다 잿더미에 묻힌 진실을 가려내지 못한 것이 못내 안타까웠다. 내친 김에 나는 곧장 알프스를 넘기로 마음먹었다.

산 중턱에서 문득 뒤를 돌아다보니 어슴푸레한 어둠 속에서 멀리 베르송의 성곽이 내려다보였다. 제법 먼 거리였지만 아스라이 도시의 모습이 보였다. 교회에서는 여전히 검은 연기가 솟아오르고 있었다. 검은 연기는 영원히 계속될 것만 같았다. 건물의 남은 벽과 기둥과 재마저 다 태우고 불길이 잦아들면 검은 연기도 사라질 테지만 제롬 사제의 형상과 음성이 잊혀지지 않는 한 불멸을 향한 도저한 열망의 불꽃은 내 가슴속에서 영원히 타오를 것이었다.

알프스를 넘은 후, 나는 피렌체의 수도원으로 돌아갔다. 그곳에 잠시 머물면서 신변을 정리하고 다시 정처 없는 여행길에 올랐다. 그럴 일은 없겠지만 혹시 내 뒤를 쫓는 자가 있을지도 모른다고 생각했기 때문이다. 그리고 무엇보다 더 넓은 세상에 나가 더 많은 것들을 보고 겪고, 내 자신을 시험해보고 싶었다.

이탈리아의 이곳저곳을 떠돌며 나는 간간이 알프스 너머에서 전해오는 소식을 들을 수 있었다. 베르송에는 페스트가 창궐해 많은 사람들이 목숨을 잃었고, 살아남은 자들은 식솔을 거느리고 인적이 드문 시골로 피신하기도 했다. 그리고 그 즈음 파리 대학에서는 피바람이 몰아쳐 인문학부의 많은 교수와 학생들이 독신과 이단 혐의로 투옥되었고, 그중 일부는 화형에 처해졌다. 그 피비린내 나는 풍설에 발렌티노의 이름이 함께 실려오기도 했다. 그는 여전히 독신의 무리로부터 교회를 수호하는 파수꾼이었다. 우연히 그의 이름을 들을 때마다 나는 제롬 사제에 대한 추모의 소회에 빠져들었고, 저 영원의 도시에서 벌어졌던 일들을 떠올리며 몸서리쳤다.

그후로도 세상에는 밤하늘의 별들만큼이나 많은 일들이 일어났다. 물론 내 신상에도 많은 변화가 있었다. 베르송에서의 일이 있은 후, 나는 십여 년 동안 이탈리아를 주유하다 바다를 건너 고향으로 돌아갔다. 지친 심신을 달래는 데 고향만큼 적합한 곳이 어디 있겠는가. 그러나 배움만큼은 게을리 할 수 없어서 그 사이에도 옥스퍼드에서 자연학을 공부했다. 그리고 그곳에서 로저 베이컨 사부를 뵙게 되었다. 로저 베이컨 사부는 제롬 사제와 더불어 내게 지대한 영향을 끼친 분이다. 그분에게 입은 은혜를 어찌 말로 다 드러낼 수 있을 것인가. 옥스퍼드에서 공부하던 중 신성로마제국의 황제를 자문하는 무리에 끼어 다시 바다를 건넌 이후, 나는 지금까지 고향에 돌아가지 못하고 있다.

후일담을 너절하게 거론할 마음도, 기력도 내게는 없다. 그러나 베르송에서 벌어진 일련의 사건과 관련하여 기록하지 않을 수 없는 큰 일들이 있었으니 전후사정을 살펴 그 대강을 요약하자면 다음과 같다.

일단 베드로의 검을 뽑아든 교황청은 내친 김에 1301년과 그 이듬해, 속권에 대한 교황권의 우위를 주장하는 일련의 교령을 발표해 프랑스 국왕을 궁지에 몰아넣었다. 이에 위기감을 느낀 프랑스 왕 필립 4세는 대담한 반격을 하기에 이른다. 왕의 고문인 기욤 드 노가레가 아나니를 급습해서 그곳에 머물던 교황 보니파키우스 8세를 감금하고 베드로의 권좌에서 물러날 것을 강요한 것이다. 필립 4세의 돌격대에 의해 보니파키우스 8세가 구금되자 교황의 권위는 땅에 떨어졌고, 사건의 당사자인 교황 보니파키우스 8세는 구금의 후유증에 시달리다 화병으로 서거했다. 1303년의 일이다.

숙명의 정적을 격퇴하고 거칠 것이 없어진 프랑스 왕 필립 4세는 급기야 이단의 혐의를 걸어 성전 기사단을 척결하기에 이른다. 1307년 성전 기사단의 전 단원이 이단 혐의로 체포되었다. 전하는 바에 따르면 36명의 단원이 고문으로 죽었고 72명 이상이 화형에 처해졌다고 한다. 1311년 빈 공의회 격의에 의해 성전 기사단은 결국 해산되었다. 일찍이 십자군의 꽃으로 불리며 지상에 현현한 신성의 상징으로 경탄과 흠모의 대상이 되었던 성전 기사단이 이단으로 정죄되어 해산된 것이다. 1309년 급기야 교황청이 로마에서 프랑스의 아비뇽으로 옮겨졌다. 로마 교황청 시대가 그 종지부를 찍고 아비뇽 교황청 시대가 도래한 것이다. 이로써 한 시대가 종언을 고하고 역사의 뒤안길로 사라진다. 양 검의 승부는 결국 속검의 승리로 기우는 듯했다. 로마의 영광도 이제는 한갓 옛날이야기에 지나지 않게 되었다. 성과 속의 사활을 건 대결도 교황청이 아비뇽으로 옮기면서 일단락되었지만 세상은 여전히 혼란스러웠다.

승자인 프랑스 왕 필립 4세의 세 아들과 손자가 잇달아 죽어 1328년 프랑스 왕위가 공석이 되었다. 경이로울 정도의 다산을 자랑하던 카페 왕조의 혈통이 단절된 것이다. 세상 사람들은 필립 4세의 군대가 자신의 거처를 습격할 때 보니파키우스 8세가 카페 왕가에 저주를 내렸다고 수군거렸다. 어쨌거나 필립 4세의 직계 혈통을 가진 후손은 왕위를 잇지 못했다. 그 뒤를 이어 방계인 발루아 가문의 필립 6세가 즉위했지만 카페 왕가의 단절은 결국 영국과의 전쟁을 불러왔다. 1338년 영국 왕 에드워드 3세가 프랑스 왕위의 적임자를 자처하며 프랑스를 공격한 것이다. 그 전쟁은 끝이 보이지 않아서 이 기록을 남기고 있는 지금도 계속되고 있다.

운명이란 참으로 얄궂은 것이어서, 로마와의 싸움에서 승리한 필립 4세의 영광도 후손이 끊김으로써 불과 한 세대를 넘기지 못했다.

유한한 인간에게 영원한 승리란 애당초 허락되지 않는 법, 결국 진정한 승자는 운명 그 자체가 아닐까!

한치 앞을 내다볼 수 없는 쟁투의 시대가 거하고 평화의 시대가 도래하는가 했으나 지금도 영국과 프랑스가 끝이 보이지 않는 전쟁을 치르고 있고, 유럽은 다시 페스트의 공포에 떨게 되었다. 수많은 사람이 피를 흘렸고 짧지 않은 세월이 흘렀건만 변한 것은 없었다. 브라방의 시제르가 갈파한 것처럼 역사는 반복되고 있었다. 베르송에서의 사건이 교황 보니파키우스 8세와 프랑스 왕 필립 4세가 서로 다투는 와중에 벌어진 것이라면, 기력이 허락하는 한 앞으로 기록하게 될 저 베네딕트 회 수도원에서의 끔찍했던 일들은, 교황 요한 22세와 신성로마제국의 황제 루드비히, 양자가 마주 보고 으르렁거리던 때에 일어난 것이다. 교권과 속권의 다툼은 끝날 줄을 모르고 독신 행위는 도처에서 기승을 부리니, 참된 신앙의 빛은 점점 희미해져만 간다.

따지고 보면 내 나이 약관에 베르송에서 겪었던 일이나 루드비히 황제의 밀명을 수행하던 시절 이탈리아 폼포사 인근의 베네딕트 회 수도원에서 목격한 처참한 일이나, 결국은 궁극의 것에 대한 앎에의 욕망과 맹신이 결과한 독선에서 비롯되었다는 점에서는 한가지가 아니겠는가. 멀리 갈 것도 없이 나 자신, 그때나 지금이나 참된 믿음의 길을 찾지 못한 채 마음의 갈피를 잡지 못하고 있는 형편이 아닌가. 정녕 이 모든 것이 생의 그 순간부터 소멸의 멍에를 짊어진 피조물에 불과한 인간이 감당해야 할 몫이란 말인가.

이 두서 없고 혼란스러운 글을 갈무리하기 전에 한 가지 덧붙일 사실이 있다. 베르송에서의 일이 있고 십 년 후, 나는 우연히 토마스를 만나게 되었다. 리옹에서의 일이었다. 정처 없는 이탈리아 여행을 마치고 고향으로 가는 배를 타러 가는 길에 잠깐 들른 리옹의 교회에서 나는 토마스를 만났다. 그는 어엿한 사제가 되어 있었다. 먼저 알은체한 쪽은 나였다. 처음에 그는 나를 알아보지 못했다. 따지고 보면 십 년이라는 짧지 않은 세월이 흘렀음에도 불구하고 내가 그를 단박에 알아본 것이 이상하다면 이상한 일이었다. 그러나 그 십 년 동안 나는 베르송에서 만났던 사람들과 그곳에서 벌어진 일들을 한순간도 잊어본 적이 없었다. 십 년을 하루같이, 눈을 뜨고 있을 때나 감고 있을 때나 나는 늘 그곳에 있었다.

토마스는 나를 한눈에 알아보지는 못했으나 베르송에서 벌어졌던 그 모든 일들을 아주 잊어버리고 있지는 않았다. 기억을 더듬어 나를 알아본 그는 무척 반가워했다. 반갑기는 내 쪽도 마찬가지였다. 그 십 년 동안 나는 베르송에서의 일이 어쩌면 꿈은 아니었던가, 한낮의 꿈은 아니었던가 스스로 의심한 적도 여러 차례 있었던 것이다. 그러나 토마스를 만나자 그때의 일들이 다시 생생하게 눈앞에 펼쳐지는 듯했다. 내가 떠난 이후 베르송에서 일어난 일들을 토마스는 소상하게 들려주었다. 토마스에게서 들은 내용을 간추리면 다음과 같다.

그날의 화재로 부엌이 딸린 부속 건물은 전소되었다. 검은 연기는 사흘 낮과 밤 동안 계속 피어올랐다. 잿더미를 샅샅이 뒤져보았지만 제롬 사제의 시신은 발견되지 않았다. 화재가 발생한 이튿날, 발렌티노와 몬테나 추기경 일행은 로마로, 기욤은 파리로 돌아갔다. 화형과 화재의 불길이 꺼지고 얼마 후 페스트가 창궐해 많은 사람들이 죽어나갔다. 교회 공동묘지에 시체가 쌓여갔고, 커다란 구덩이를 파서 한꺼번에 시체들을 매장하기도 했다. 레이몽 부주교도 페스트로 목숨을 잃었다. 베르송 주민의 절반이 공동묘지에 묻혔다. 살아남은 사람들은 그곳에 악마의 저주가 내렸다며 대부분 성을 떠났다.

로마로 돌아간 발렌티노는 독신 혐의로, 죽은 피에르 주교에 대한 파문을 청원했다. 연금술에 탐닉하고 이교도의 불온한 서적을 수집했다는 것이 그 이유였다. 그날 포도주 창고에 추기경의 호위병들이 들이닥친 것도 그 증거를 찾기 위해 발렌티노가 교회 곳곳을 수색하도록 명령했기 때문이라는 것이었다. 피에르 주교가 연금술에 탐닉했다는 것은 금시초문이었다. 이 대목에서 나는 토마스에게 다시 한 번 확인해보았다. 제롬 사제가 아니라 피에르 주교가 맞느냐고 물었다. 토마스는 영문을 알 수 없다는 표정을 지으며 피에르 주교가 틀림없다고 확언했다.

토마스의 이야기는 놀라운 것이 아닐 수 없었다. 내가 알고 있던 사실과는 너무나도 다른 이야기였다. 만일 피에르 주교의 서찰이 명부가 아니었다면 그것의 정체는 대체 무엇이었단 말인가. 그리고 제롬 사제가 한 말들은 또 무엇이었단 말인가. 나는 십 년 전보다 더 극심한 혼란에 빠져들었다. 어느 쪽의 말을 믿어야 할지, 제롬 사제가 했던 말들은 어디까지가 사실이고 어디까지가 꾸며낸 것인지 분별할 수가 없었다. 무엇이 진실이고 무엇이 거짓인지 알 수 없었다. 악마에 홀린 듯한 기분이었다. 토마스와 작별의 인사를 나누며 나는 그에게 이런 질문을 던졌다.

"혹시, 쿠리우스라는 이름을 들어본 적이 있는가?"

토마스는 마치 유령을 본 듯한 얼굴로 한참 나를 바라보더니 이렇게 말했다.

"그런 이름은 들어본 적 없네. 혹시 메르쿠리우스를 말하는 것은 아닌가?"

메르쿠리우스? 메르쿠리우스라면 연금술의 신이 아니던가!

그렇다면 피에르 주교의 서찰에 비밀리에 적혀 있던 것은 무엇이었단 말인가? 주교가 혀를 깨물면서까지 지키려 했던 것은 또 무엇이었나?

토마스의 말이 사실이라면 피에르 주교의 서찰에 숨겨져 있던 것은 연금술에 관한 비밀이었단 말인가. 현자의 돌을 얻어내는 비방이 숨겨져 있었던 것인가. 제롬 사제도 그것을 수중에 넣고자 했었던가. 나를 습격해서 주교의 서찰을 수중에 넣은 것도 제롬 사제였던가. 모를 일이다. 어쩌면 명부를 얻어내기 위해 꾸몄던 음모를 은폐하기 위해 발렌티노측에서 의도적으로 흘린 거짓 정보일 가능성도 배제할 수 없었다. 진실은 망자와 더불어 잿더미 속에 묻히고, 남은 것은, 살아남은 자들에게 남겨진 것은 다만 두려움 뿐, 진실에 대한 두려움 뿐!

나 또한 유령을 목격한 듯한 기분에 사로잡힌 채 황망히 길을 나섰다. 문득 돌아보니 토마스는 뭔가를 궁리하는 듯 지평선 위의 작은 점이 되도록 그 자리에 우두커니 서 있는 것이었다.

대저 참진리라는 것은 무엇인가. 그 참진리라는 것이 신의 섭리라면 한낱 피조물에 불과한 인간은 어떻게 그것에 도달할 수 있단 말인가. 그것에 도달하는 것이 과연 가능하기나 한 것인가. 나이를 먹어 식견이 넓고 깊어지면 세상의 이치에 밝아진다고 했거늘, 미천한 영혼을 가진 나는 일월성신이 운행을 거듭할수록 머리가 혼란스러

워지고 마음이 심란해지는구나. 그리하여 요즘에는 제롬 사제의 촌
철과도 같은 말씀이 더욱 생생하고 애틋하게 귓전을 맴도는 것이다.

"양파란 묘한 것이다. 그 껍질을 벗기고 벗기다보면 아무것도 남
지 않으니 말이다. 껍질이면서 알맹이고 알맹이면서 껍질이다. 그
오묘함이나 허망함이 꼭 생과 같지 않더냐. 생의 비밀을 한 꺼풀씩
벗겨나가다보면 궁극에는 텅 빔, 절대 무(無)만 오롯이 남게 되는
법. 사멸의 멍에를 지고 태어난 우리가 도달할 수 있는 경지란 고작
거기까지이다. 양파 껍질을 벗기며 눈시울을 붉히는 것. 눈시울을
붉히며 손에 아무것도 남지 않았음을 확인하는 것. 뼈아프게 확인하
는 것……"

**14**
# 후기

『프랑스를 비롯한 전 세계에서 가장 고귀하고 가장 괴물 같은 일들에 관한 기록』에 수록된 바스커빌 사람 윌리엄 수사의 수기는 그렇게 끝을 맺고 있었다. 서책의 맨 앞에는 '프란체스코 회의 수도사 윌리엄의 수기'라는 부제가 붙어 있었다. 서책의 제목도 그러하거니와 부제를 붙인 것으로 보아 그 서책은 기이한 내용을 담은 수기를 채록한, 일종의 수기 모음집일 공산이 컸다.

윌리엄 수사가 수기 모두(冒頭)에 언급했듯이 루드비히 황제의 밀명을 수행하면서 겪었던 일을 기록으로 남겼는지 나로서는 확인할 길이 없었다. 문제의 서책 『프랑스를 비롯한 전 세계에서 가장 고귀하고 가장 괴물 같은 일들에 관한 기록』의 나머지 부분은 남아 있지 않았기 때문이다. 수기를 기록하던 당시에 페스트가 수도원을 덮쳤다면 나머지 이야기를 미처 기록하지 못하고 유명을 달리했을 가능성도 있다. 앞서 밝혔듯이 윌리엄 수사가 이 수기를 작성한 1347년은 페스트로 유럽 인구의 삼분의 일 이상이 사망한 해였다. 누가 어떤 목적으로 그 서책을 엮었는지는 알 수 없었다. 다만 누군가가 윌리엄 수사가 쓴 수기를 필사한 것이라면 이 서책은 적어도 1347년 이후에 만들어진 것만큼은 분명하다.

나는 뭔가에 홀린 듯 단숨에 윌리엄 수사의 수기를 독파했다. 앞장을 넘기기가 무섭게 내 눈은 뒷장에 씌어진 글자들을 쫓고 있었다. 수기를 읽는 내내 나는 까닭 모를 흥분과 전율에 휩싸였다. 서책을 읽는 동안에는 논문에 대한 절망과 근심도 거짓말처럼 잊을 수 있었다. 그 순간만큼은 온 세상이 사라지고 오직 글을 읽는 나와 서책에 새겨진 기호들만 존재했다. 나는 흐릿한 라이터의 불빛을 등불 삼아 중세의 어느 수도사가 남긴 기호들을, 묘비명과도 같은 아득한 글귀를 더듬고 있었다.

수기를 다 읽었을 때 나는 거의 탈진한 상태였다. 도서관에 들어설 때 이미 기진맥진한 상태였거니와, 흐린 불빛 아래에서 서책을 읽느라 과도하게 정신을 집중한 탓이었다. 그 상황에서 만만치 않은 분량의 수기를 단박에 읽었다는 것이 거의 기적에 가까운 일처럼 여겨질 정도였다. 이제 나는 그대로 바닥에 주저앉아 죽음을 기다리거나 남아 있는 기력을 모아 도서관 밖으로 빠져나가는 수밖에 없었다. 욕심 같아서는 서고를 더 뒤지고 싶었지만 유감스럽게도 그럴 만한 기력이 내게는 없었다.

사위는 점점 더 어두워졌다. 라이터 불을 켜지 않으면 주위를 분간할 수 없을 정도였다. 나는 썩어가는 양피지 냄새 가득한 서책의 무덤 속에서 그대로 화석이 되는 것은 아닐까, 절멸의 순간을 맥없이 기다리는 형해(形骸)가 되는 것은 아닐까 생각하기도 했다. 그때

처럼 죽음에 대해 구체적으로 생각하기는, 아니 죽음을 감각으로 느
낀 적은 없었다. 나는 자못 비장한 기분에 사로잡혔다.

어둠 속에서 한 발짝씩 죽음이 다가오는 소리가 들리는 듯했다.
나는 남아 있는 얼마간의 기력을 모아 몸을 일으켰다. 그곳에서 그
대로 생을 마감할 수는 없었다. 무엇보다 내 손에 들려 있는 서책이
햇빛을 보게 해야겠다는 마음이 간절했다. 어떻게 해서든 그곳을 빠
져나가야 했다. 그 서책이 망각의 서고에 버려진 채 썩어 없어지도
록 내버려둘 수는 없었다.

나는 서책을 품에 안고 무작정 걸음을 옮겼다. 라이터 불에 의지
한 채 어둠 속을 더듬거리며 조금씩 앞으로 나아갔다. 허락된 시간
이 많지 않았다. 라이터 연료가 바닥나기 전에 그 어둠의 서고를 빠
져나가야만 했다.

서고를 빠져나가기 위해 나는 먼저 장미와 사자가 돋을새김되어
있던 문을 찾았다. 그러나 그 문을 찾을 수가 없었다. 분명히 왔던 길
을 되짚어 갔는데도 불구하고 그런 문은 어디에도 보이지 않았다.
나는 거의 절망적인 기분에 사로잡혔다. 걸음을 옮길 때마다 출구로
부터 더 멀어지고 있는 것만 같은 불안 때문에 발걸음이 무거워졌
다. 나는 한 방향으로만 계속 움직였다. 그래야 같은 곳을 두 번 걸음
하는 일이 없으리라 판단했던 것이다.

그렇게 얼마나 걸었을까. 이제 주위에는 서고의 형체도 사라지고,
남은 것은 어둠뿐, 칠흑과 같은 어둠만 존재할 뿐이었다. 양피지 냄
새도 아득해져 대체 어디를 지나가고 있는지 가늠할 수가 없었다.
설상가상, 라이터의 불꽃이 점점 작아지고 있었다. 라이터의 불꽃마
저 사라진다면 더이상 희망은 없었다.

　형해와도 같은 관념의 성채에 갇힌 채 이대로 불귀의 객이 되고 마는 것인가!

　비탄에 젖어 주저앉으려는 순간, 어떤 희미한 빛이 머릿속을 스치고 지나갔다. 불빛을 꺼뜨리지 않는 방법이 있다! 만일 그렇게 한다면, 그렇게만 한다면……

　나는 오른손에 움켜쥐고 있던 서책을 내려다보았다. 그 서책만이 유일한 희망이었다. 어쩔 수 없었다. 아니, 어쩔 수 없다고 나는 스스로를 설득했다. 쉽지만은 않은 결정이었다는 것을 밝힌다 한들 이제 와서 무슨 소용이 있으랴! 나는 라이터 불을 끄고 완전한 어둠 속에 웅크린 채 꽤 오랫동안 주저했다. 영겁의 세월이 흐른 듯했다. 아니, 찰나의 순간이 흘렀던 것인가. 나는 결단을 내려야만 했고, 결단을 내렸다. 만일 그런 상황이 다시 닥친다 해도 나는 똑같은 선택을 했을 것이다.

　아아! 나는 목숨을 부지하기 위해, 절멸을 모면하기 위해, 품고 온 서책을 태우기로 한 것이었다!

　나는 서책의 맨 앞장을 뜯어 불을 붙였다. 마를 대로 마른 양피지였던지라 쉽게 불이 붙었다. 불이 붙은 양피지를 보고 있자니 내 살이 타고 내 영혼이 화염에 휩싸이는 듯했다. 그렇다, 그때 내가 태운 것은, 그때 타고 있던 것은 양피지가 아니라 내 영과 육이었다. 내가 그때까지 쌓아올린 관념의 잿빛 성채였다.

　나는 이를 악물었다. 불쑥, 반드시 이곳을 빠져나가야겠다는 오기가 생겼다. 양피지가 스스로를 불살라 만들어내는 불빛에 의지해 나는 계속 앞으로 나아갔다. 그러나 자꾸만 내 시선은 타고 있는 양피지로 향했고, 아직 타지 않은 글자를 더듬어내려가고 있었다. 그런 와중에도 발놀림을 멈추지는 않았다.

첫 장이 거의 다 탔을 무렵 나는 다음 장을 뜯어 불을 붙였다. 다시 한번 말하지만, 내 몸이 타고 있는 듯한 착각이 들 정도로 그것은 고통스러운 광경이 아닐 수 없었다. 영원의 도시를 감싸고 있던 안개가 타오르고, 벙어리 여인의 무구한 아름다움이 타오르고, 불사불멸의 꿈이 타오르고…… 윌리엄 수사의 기억 속에 존재했던 그 모든 것들이 차례대로 타올랐다. 그렇게 해서 윌리엄 수사의 수기는, 프랑스를 비롯한 전 세계에서 가장 고귀하고 가장 괴물 같은 일들에 관한 기록은 점점 재로 변해갔다.

결과적으로, 뜻하지 않은 상황 때문에 한 번 더 수기를 읽게 된 것이다. 나는 탈진한 상태에서도 정신을 집중해서 글자 하나 하나를 마음속에 새겨두었다. 하여 윌리엄 수사의 수기에 적힌 글자들은 한 자 한 자 내 심장에 화인이 되어 새겨졌다. 그것들을 기억함으로써 내 자신, 용렬함을 면치 못하는 도생(圖生)을 용서받고 싶었던 것인지도 몰랐다.

멀리서 새어들어오는 희미한 불빛을 발견했을 때 서책은 이미 재가 된 상태였다. 마치 서책을 완전히 태워야 그곳에서 나갈 수 있도록 처음부터 정해져 있기라도 한 것처럼. 수기의 마지막 장, 그러니까 윌리엄 수사가 제롬 사제의 말을 회고하는 대목이 타고 있을 무렵 나는 그 불빛을 발견했던 것이다. 아니, 내가 수기를 모두 태우자 불빛이 나를 찾아온 것인지도 모른다. 나는 문득, 애당초 그 서책을 온전히 가지고 나올 수 없었던 것은 아닌가 하는 의구심에 사로잡혔다.

만난신고 끝에 도서관 밖으로 나왔을 때, 어두운 하늘 위로 형형색색의 불꽃이 터지고 있었다. 유성처럼 길게 꼬리를 끌고 올라간 불꽃들이 검은 하늘에 갖가지 기하학적인 문양을 수놓고 있었다. 쉴새없이 터지는 폭발음과 환호성이 파리의 하늘을 뒤덮었다. 프랑스가 결승전에서 브라질을 꺾고 월드컵을 거머쥔 것이었다. 길거리에 쏟아져나온 군중과 차량들이 한데 엉겨 나팔과 경적을 울리며 월드컵 제패의 감격을 만끽하고 있었다. 사람들은 샴페인을 터뜨려 허공에 뿜어대는가 하면 자동차 보닛 위로 올라가 춤을 추기도 했다. 파리의 시가지는 그야말로 축제의 도가니였다. 어두운 서고에 갇혀 있었던 탓이었을까. 나로서는 그러한 광경이 오히려 비현실적으로 느껴졌다.

집 근처 스낵바에서 커피와 오믈렛으로 며칠 만의 식사를 했다. 평소 안면이 있던 스낵바의 주인은 우승 기념이라며 식사 값을 받지 않았다. 그것만으로는 자신의 기쁨을 다 표현하지 못하겠던지 봉투 가득 바게트까지 담아주었다. 고맙다는 인사를 하는 내게 그는 활짝 웃으며 엄지손가락을 치켜 보였다.

그날 밤, 나는 밤새도록 창 밖에서 들려오는 경적 소리와 기쁨의 함성과 폭죽 터지는 소리를 벗삼아 윌리엄 수사의 수기를 기억나는 대로 노트에 옮겨적었다. 그것은 분명 즉흥적이고 충동적인 행동이었지만, 그 즉흥적이고 충동적인 행동은 나를 책상 앞에 붙들어놓았다. 수기를 옮겨적는 내내 나는 꼼짝도 할 수 없었다. 도서관에서 돌아온 순간부터 나는 밤새 지적 흥분 상태 속에서 윌리엄 수사의 수기를 노트에 적어내려갔던 것이다. 650여 년 전 페스트의 유령이 출몰하는 수도원 골방에서 프란체스코 회의 노수사가 한 자 한 자 새긴 글들을, 나는 월드컵 우승을 자축하는 흥분과 환희의 소요로 들끓는 파리의 어느 주택가 쪽방에서 무엇에 들린 듯 노트에 옮겨적고 있었던 것이다. 아니 심장 위에 화인으로 찍혀 있던 기호들을 하나씩 소환했던 것이다.

논문 제출 시한이 임박했음에도 불구하고 나는 방 안에 틀어박혀 밤낮 없이 그 일에만 몰두했다. 마치 그 일을 하지 않으면 내 삶이 끝나기라도 할 것처럼 한 달 내내 윌리엄 수사의 기록을 필사하는 작업에 매달렸다. 의욕은 넘쳤으나 결코 쉬운 작업이 아니었다. 무엇보다 필사는 전적으로 내 기억에 의존할 수밖에 없었기 때문이다.

원본이 없는 마당에 글자 그대로 재현한다는 것은 지난한 일이 아닐 수 없었다. 더구나 내가 도서관에서 본 것도 윌리엄 수사가 기록한 원본이 아니라 그 이후에 채록된 편집본이 아니었던가. 따지고 보면, 기록을 남긴 당사자인 윌리엄 수사도 사건 발생 오십여 년 후, 희미해진 기억을 더듬어 적은 것이니 당시의 사건을 한치의 오차도 없이 완전하게 재현했다고 단언할 수는 없었다. 대저 인간이 만들어낸 글이라는 것은, 기호라는 것은, 어떤 실체를 재현하는 것이 아니라 또다른 기호를, 선행하는 기호를 소환할 뿐이며, 원본이라 말할 수 있는 것은 오로지 신의 서고에나 존재할 것이다. 요컨대, 나는 그림자의 그림자의 그림자……를 더듬고 있는 꼴이었다.

기억에 의존할 수밖에 없는 상황에서도 나는 윌리엄 수사의 기록을 최대한 원문대로 재현하기 위해 노력했다. 그러나 무의식적인 누락과 기억의 윤색에 의한 가필과 첨언의 우를 완전히 배제했다고 장담할 수는 없을 것이다. 다만, 나는 그림자의 그림자의 그림자를 더듬되 태양이 사라지지 않기를, 그림자의 윤곽이 지워지지 않기를 마음속으로 빌 따름이었다. 뜻하지 않게 잊혀진 기록의 복원자, 기록에 대한 기록자를 자처하게 된 나는 때로는 기억을 더듬으며, 때로는 내 자신의 상상력이 이끄는 대로, 또 때로는 여러 서적과 자료들을 등대 삼아 조금씩 앞으로 나아갔다. 탈고한 후에는 이것이 과연 윌리엄 수사의 기록인지, 내 자신의 창작물인지, 참고서적과 자료를 재료로 한 가공물인지 나 자신조차 분별할 수 없었다. 그것은 순수한 연대기적 기록물이면서 창작물이면서 가공물이었다. 동시에 그 어느 것도 아니었다. 그 어느 것도 아니면서 그 모든 것이었다. 당연히, 그것은 작품이 아니라 하나의 텍스트였다.

윌리엄 수사의 수기가 깨알같이 필사된 노트를 바라보며 나는 어쨌거나 윌리엄 수사의 수기는 살아남았다고 스스로를 위로했다. 비록 원본 그대로는 아니더라도 말이다. 글을 기록한 사람도, 그 글을 채록한 사람도, 그들이 남긴 서책도 이제는 지상에 존재하지 않지만 그 이야기만은 살아남은 것이다. 어쩌면 이야기야말로 멸(滅)을 감당하도록 운명지어진 인간의 불사불멸을 향한 희원이 낳은 열매가 아닐까. 생을 연장하기 위해 매일 밤 이야기를 지어내야만 했던 『아라비안 나이트』의 세헤라자데가 그러했던 것처럼!

가끔 철학사를 전공하는 J형이 찾아와주었다. 그는 아직 내가 시퍼렇게 살아 있음을 기뻐하며 노트에 기록된 정체불명의 글을 읽어주고 기꺼이 조언을 아끼지 않았다. 읽는 이들의 이해를 돕기 위해 수기에서 거론된 역사적 인물에 대한 간단한 프로필과 관련 연보를 원고 말미에 덧붙이는 것도 전적으로 그의 머릿속에서 나온 아이디어였다. 나는 그의 견해를 십분 존중하기로 했다. 그가 있었기에 나는 끝까지 용기를 잃지 않을 수 있었다.

한 달 만의 탈고 후, 나는 문제의 서책을 발견했던 대학 도서관을 찾아갔다. 유난히 햇볕이 따가운 날이었다. 그 동안 두문불출했던 탓에 햇살이 더욱 따갑게 느껴지는 것인지도 몰랐다. 도서관은 한 달

전과 별로 달라진 것이 없었다. 적어도 겉으로 보기에는 말이다. 나는 곧장 고문헌실을 찾아갔다. 도서관에 들어가니 기분이 묘해졌다.

그러나 고문헌실을 찾아가던 발걸음을 나는 멈추지 않을 수 없었다. 그곳은 출입이 통제되고 있었다. 서책 정리와 시설 보수를 위해 당분간 열람을 금지한다는 공고문이 벽에 붙어 있었다. 공고문에 표시된 공사 기간에 따르면 그곳은 보름 후에나 열람이 가능했다. 발길을 돌려야만 했다. 생각해보니 그곳에 무엇을 하러 왔는지도 알 수 없었다.

도서관을 빠져나오다 출납대의 사서에게 다가가 말을 건넸다. 한 달 전, 그날 밤에 보았던 사람은 아니었다. 이번에는 유난히 눈이 푸르고 창백할 정도로 피부가 하얀, 젊은 여자였다.

"말씀 좀 묻겠습니다. 혹시 이곳 고문헌실에 루이 도를레앙 공의 서재가 복원되어 있습니까?"

"……"

푸른 눈의 여자는 눈만 깜박거릴 뿐 아무 대답이 없었다. 마치 내 말 뜻을, 아니 내 말 자체를 못 알아듣겠다는 표정이었다. 나는 여자의 푸른 눈을 물끄러미 들여다보다 그만 돌아서고 말았다. 더이상 묻는 것은 무의미했다. 여자의 푸른 눈이 내게 그렇게 말하고 있었다.

뭔가에 쫓기듯 도서관을 빠져나와 교정을 가로질러가던 나는 문득 뒤를 돌아보았다. 오후의 부신 역광 속에서 도서관의 잿빛 건물은 검게 타들어가고 있는 듯했다. 타고 또 타도 사라지지 않고 영원히 타오를 것만 같았다. 마치 불멸의 염원을 정제(精製)하는 저 연금로(鍊金爐)처럼. 타는 듯한 도서관 건물을 바라보며 나는 문제의 서책을 읽었던 것이 진정 사실인가 자문해보았다.

고개를 들어 작열하는 태양을 올려다보았다. 태양은 수천, 수만 년 전부터 그래왔듯이 아무 말 없이 지상에 빛과 어둠을 새기고 있었다. 나는 담배를 꺼내물었다. 그리고 라이터를 찾기 위해 바지 주머니를 뒤적였다. 라이터의 연료는 바닥나 있었고 손바닥에 검은 재가 묻어났다. 나는 주머니에서 재를 꺼냈다. 그것은 분명히 재였다. 뭔가가 타고 남은 재였다. 작년에 내린 눈이 지금은 어디에 있는지 알 수 없듯이, 무엇이 타올랐는지는 오직 불꽃만이, 이제는 흔적도 없이 사라져버린 불꽃만이 기억할 뿐이었다.

나는 재를 허공에 뿌렸다. 손가락 사이로 빠져나간 재는 바람에 실려 어디론가 날아갔다. 내가 알 수 없고 기억할 수도 없는 곳으로 가없이 사라져갔다. 허공으로 흩어진 검은 재는 옛적의 아름답던 향기도, 빛나던 이름도 남기지 않고 편편이 사라져갔다. 태양은, 창공에 떠 있는 불멸의 그 천체는 표표히 사라지는 재에 한줌 그림자도 허락하지 않았다. 그 오연하고 무위(無爲)한 천체를 새삼 올려다보며 나는 언제가 읽은 적이 있는, 프란체스코 회의 어느 수도사가 지었다는 시편을 떠올렸다.


한때 그토록 고결했던 솔로몬은 어디 있는지 말해주오.
또 그토록 용맹스럽던 삼손은?
아름다운 얼굴을 가진 빼어난 용모의 압살롬은?
가장 사랑스럽고 다정하던 요나단은?
어디로 갔는가 카이사르는, 그 고귀하던 제왕은?
툴리우스는 어디로 갔는가, 그 빼어난 웅변가는?
또 아리스토텔레스는 어디 있는가, 그 최고의 지성은?

| 인명록 |

**그로스테스트(?~1253)** 로버트 그로스테스트. 영국 서포크 출생. 옥스퍼드 대학교 총장과 링컨의 주교를 역임했다. 옥스퍼드 대학에서 신학을 강의했고, 아리스토텔레스의 저서 『자연학』을 라틴어로 번역하고 주해를 달아 자연과학방법에 지대한 영향을 끼쳤다. 특히 광학에 관심이 깊어 그 방면에 많은 논문을 남기기도 했다.

**기욤 드 노가레(1260?~1313)** 로마의 법학자. 몽펠리에에서 법률을 가르치다가 1295년부터 프랑스 왕 필립 4세의 고문이 되었다. 1296년 왕권강화를 위해 비고르와 상파뉴에 파견되기도 했다. 1303년 필립 4세의 명에 따라 돌격대를 이끌고 아나니를 습격, 교황 보니파키우스 8세를 감금했다. 1304년 보니파키우스 8세의 후계자인 베네딕투스 11세에 의해 파문당한다.

**루이 도를레앙(1372~1407)** 프랑스의 명문가 오를레앙 가문의 귀족이며 프랑스 왕 샤를르 6세의 동생이다. 문예를 옹호했으며 진기한 서적과 수기본을 수집하기로 유명했다. 왕위계승 문제로 프랑스가 영국과 전쟁을 치르고, 왕좌에 오른 샤를르 6세가 정신질환을 앓는 등 혼미한 시기에 왕국의 주도권을 놓고 다투던 부르고뉴 가문의 무겁공(無怯公) 장의 사주에 의해 살해당한다. 그의 방대한 서고는 시인이기도 했던 아들 샤를르 도를레앙에 의해 더욱 풍성해졌다.


**발렌티노 카스텔리치(1254~1317)**　도미니크 회의 수도사. 젊은 시절 한때 볼로냐 대학에서 수학하기도 했다. 이단 심문관으로 활동했으며 파리 대학의 급진적 아리스토텔레스주의자들을 척결하는 데 앞장서기도 했다. 말년에 자신의 종교재판 경험을 바탕으로 쓴 저서『이단 심문과 관련된 서른 가지 신학적 명제에 대한 주석』을 남겼다. 일명 툴루즈의 늑대로 불렸다.


**보나벤투라(1217~1274)**　이탈리아의 신학자. 토스카나 지방의 바그노레지오 출생. 프란체스코 회 소속으로 파리 대학에서 수학하고 동대학에서 신학 교수를 역임했다. 1257년 프란체스코 회의 회장이 되었고, 1273년 추기경과 알바논 주교를 역임했다. 성 아우구스티누스의 전통을 좇아 신비적인 사색을 존중했다. 1482년 시성(諡聖)되었다. 주요 저서로『가난한 자의 변명』이 있다.


**보니파키우스 8세(1235?~1303)**　교회법 학자로, 본명은 베네데토 카이타니다. 1294년 12월 24일 교황이 되었다. 성직자 재산에 대한 과세와 서임권을 둘러싸고 프랑스 왕 필립 4세와 대립했으며, 교황권의 우위를 주장하는 일련의 교령을 공표하기도 했다. 1303년 9월 7일, 교황의 탄생지이며 별장이 있는 로마 남동쪽의 아나니에 머물던 중 필립 4세의 고문인 기욤 드 노가레가 이끄는 돌격대의 습격을 받고 감금당했다가 로마로 피신 후 그곳에서 화병으로 죽었다.


**시제르(1240~1282)**　브라방의 시제르. 파리 대학 인문학부에 형성된 급진적 아리스토텔레스주의, 즉 좌파 아리스토텔레스주의의 핵심적인 인물이었다. 아베로에스의 사상에 많은 영향을 받았으며 이성의 자율성과 순수한 지식을 옹호했다. 그의 사상은 당시 파리 대학의 학생들과 학자들에게 큰 반항을 불러일으켰으나 이단으로 정죄되었다. 1282년 교황에 의해 감금당해 있던 중 정체불명의 광인에 의해 살해되었다. 훗날 단테는『신곡』에서 시제르의 숙명의 경쟁자이며 적수였던 토마스 아퀴나스로 하여금 다음과 같이 노래하게 했다. "······밀짚 깔린 거리에서 글을 읽으며 진리에 관하여 토론할 때 시기심을 떨칠 수 없게 했던 시제베르트의 영원한 빛이여······"

**아베로에스(1126∼1198)**　에스파냐 코르도바 출생의 아랍인으로 본명은 이븐 루슈드이다. 그리스도교 세계에는 그리스명인 아베로에스로 알려졌으며 철학적 이단의 우두머리로 지목되었다. 저명한 법조 가문 출신으로 신학과 법학을 공부했고 철학과 의학에도 출중했다. 27세 때 이븐 투파일의 소개로 무와히드 왕조의 칼리프였던 아부야루브 유수프 1세를 만났다. 그의 후원으로 아리스토텔레스 저작에 주석을 달았다. 그의 주장에 따르면 인격화된 신은 존재하지 않으며 인간에게 천상에서 주어지는 보상이나 속죄는 없다. 또한 신 자신은 현세와 인간에 대해 애착을 갖지 않는다. 이후, 그의 사상은 파리 대학을 중심으로 형성된 인본주의의 뿌리가 되었다. 저서로『파괴의 파괴』『의학 개론』등이 있다.

**아모리(?∼1206)**　베네의 아모리. 샤르트르 근처 작은 마을 베네 출생으로 파리 대학 인문학 석사였으며 철학을 가르쳤다. 아베로에스적 아리스토텔레스주의자였으며 모든 인간적 행위가 바로 하느님의 행위이며 인간의 성취는 오직 이 생에서만 가능하다고 가르쳤다. 살아 생전에는 이단으로 공격을 받았으며, 죽은 지 사 년이 지나 다시 시신이 불에 태워졌다.

**알베르투스(1193∼1280)**　도미니코 회 수도사였다. 평생 동안 쾰른, 파리 등에서 후학 양성에 힘썼다. 토마스 아퀴나스의 스승이며 신학자로 수학, 형이상학, 자연학, 동물학, 지리학, 천문학, 광물학, 의학 등 광범위한 분야에 걸쳐 연구를 했으며 연금술에도 조예가 깊었다. 위대한 알베르투스, 알베르투스 마그누스라 불린다.

**요아킴(1130∼1202)**　피오레의 요아킴. 신학자이며 시토 회의 신비주의자였다. 성지 순례 도중 에트나 산에 들어가 은둔생활을 하며 교인들을 가르쳤다. 교회의 압력으로 시토 회의 수도사가 되었고 칼라브리아의 피오레에 엄격한 규율의 수도원을 설립하고 원장이 되었다. 엄격주의적인 면모로 인해 배교자로 몰리기도 했다. 엄격한 수도생활에서 그리스도교의 완성을 구했으며 신에 의해 직접 인간이 계몽되는 새로운 시대를 예견했다. 이러한 사상은 청빈을 중시하는 프란체스코 회의 수도사들에게 지대한 영향을 끼쳤으며, 수많은 이단적 신앙과 예언을 낳게 했다.

**토마스 아퀴나스(1225~1274)**　이탈리아 로카세카 출신으로 도미니크 회의 수도사가 되었다. 알베르투스에게 사사를 받고 1257년 파리 대학의 신학교수가 되었다. 1268년부터 1272년까지 재차 파리 대학의 교수로 신학을 강의했으며 1274년 리옹 공의회에 참석하기 위해 가던 중 포사노바의 시토 회 수도원에서 병사했다. 경험적 방법과 신학적 사변을 종합해 독자적인 사상체계를 확립해 스콜라 철학을 완성했다. 주요 저서로『신학대전』『대이교도대전』『진리에 대하여』『신의 능력에 대하여』 등이 있다.

**필립 4세(1268~1314)**　프랑스 왕. 미남왕이라 불렸으며 재위 기간 동안 왕권 강화에 힘썼고 프랑스 통일의 체제를 갖추었다. 신성로마제국이 왕위계승 문제로 혼란을 거듭하는 사이 서유럽의 강자로 부상해 교황 보니파키우스 8세와 첨예한 권력투쟁을 전개했다. 1303년 최초로 삼부회를 소집하고 아나니를 급습해 교황청을 아비뇽으로 옮긴다. 1307년 이단의 혐의를 씌워 성전 기사단을 강제로 해산하고 전 재산을 몰수하기도 했다.

　*위의 인물들 중 발렌티노 카스텔리치를 제외한 모든 인물들은 실존 인물이다.

**1210년** 파리 대학의 인문학 석사였으며 철학 선생이었던 아모리의 시신이
죽은 지 사 년이 지나 다시 불에 태워졌다.

**1213년** 성직자가 자연과학 연구에 개입하는 것을 금하는 최초의 교령이 발
령되었다.

**1229년** 이십여 년 동안의 알비파 정벌 십자군원정이 끝났다.

**1232년** 종교재판소에 고문권이 허용되었고 도미니크 회 수도사들이 종교
재판을 담당하게 되었다.

**1260년** 이탈리아에서 채찍 고행 운동이 시작되었다.

**1269년** 파리 대학에서 시제르의 가르침이 이단으로 정죄되었다. 연임을 금
하는 대학 법령에도 불구하고 토마스 아퀴나스가 두번째로 파리 대
학에서 신학을 가르치게 된다.

**1274년** 토마스 아퀴나스가 사망했다.

**1282년** 브라방의 시제르가 교황에 의해 오르비에토에 감금당해 있던 중 정
체불명의 광인에 의해 살해되었다.

**1285년** 미남왕 필립 4세가 프랑스 왕위를 계승한다.

**1294년** 보니파키우스 8세가 교황이 되었다.

**1296년** 교황 보니파키우스 8세가 교황권의 우위를 주장하는 교령 '클레리

키스 라이코스 (Clericis Laicos)'를 공표한다.

**1301년** 교황 보니파키우스 8세가 교령 '아우스쿨타 필리(Ausculta Fili)'를 공표한다.

**1302년** 보니파키우스 8세가 대칙서 '우남 상탐(Unam Sanctam)'을 공표한다. 필립 4세는 프랑스 역사상 최초로 삼부회를 소집한다.

**1303년** 필립 4세의 명에 따라 기욤 드 노가레가 아나니를 습격해 교황 보니파키우스 8세를 감금한다.

**1307년** 필립 4세가 성전 기사단을 이단 혐의로 체포한다.

**1309년** 교황청이 로마에서 프랑스의 아비뇽으로 옮겨진다. 이로써 로마 교황청 시대가 막을 내리고 이른바 아비뇽 유수가 시작된다.

**1311년** 성전 기사단이 빈 공의회 격의에 의해 해산되고 필립 4세에 의해 단원의 전 재산이 몰수된다.

**1337년** 왕위계승 문제를 놓고 프랑스와 영국 간에 전쟁이 시작된다. 전쟁은 백 년 동안 계속된다.

**1347년** 서유럽에 페스트가 창궐한다.

| 도움 받은 책들 |

김복래, 『서양 생활 문화사』, 대한교과서, 1999.

Cantor, Norman F., 『중세 이야기』, 이종경 외 옮김, 새물결, 2001.

Delot, Robert, 『서양중세의 삶과 생활』, 김동섭 옮김, 새미, 1999.

Heer, Friedrich, 『중세의 세계』, 김기찬 옮김, 현대지성사, 1997.

Huizinga, Johan, 『중세의 가을』, 최홍숙 옮김, 문학과지성사, 1997.

Montanari, Massimo, 『유럽의 음식 문화』, 주경철 옮김, 새물결, 2001.

Richards, Jeffrey, 『중세의 소외집단』, 유희수 · 조명동 옮김, 느티나무,
    1999.

Seibt, Ferdinand, 『중세의 빛과 그림자』, 차용구 옮김, 까치, 2000.

Verdon, Jean, 『중세의 쾌락』, 이병욱 옮김, 이학사, 2000.

■ 발문

# 고백록, 1인칭 소설,
# 내면을 빌려온 텍스트로서의 『황금 사과』

김연수

## 1

　은연중 자신을 유럽 소설사의 적자라고 여기는 듯한 밀란 쿤데라는 '시대정신' 이라는 말을 자주 사용했다. 20세기의 시대정신은 소설에 적대적이라는 사실을 밝히기 위해 쿤데라는 이 말을 거론했다. 20세기의 시대정신이 무엇인지 유럽 소설사의 적자가 할 수 있는 말로 바꾸면 다음과 같다. "우리 시대의 정신에 있어서는, 옳은 것은 안나거나 카레닌일 뿐이며, 앎의 어려움과 잡을 수 없는 진실의 어려움에 대하여 우리에게 말하는 세르반테스의 원숙한 지혜는 거추장스럽거나 쓸데없는 것으로 보일 따름이다."(밀란 쿤데라, 『소설의 기술』, 이하 같은 책) 소설의 내재적인 복잡성은 '앎' 과 '진실' 을 지향하는데, 이것들은 생각하기 싫어하고 인터뷰 · 좌담 · 영화 · 텔레비전 등으로 끊임없이 각색되기를 바라는 20세기의 시대정신과 양

립할 수 없다. 그렇기 때문에 쿤데라는 마치 20세기에 툭 떨어진 18세기 사람처럼 이렇게 말했다. "이것은 '더이상 자기의 것이 아닌' 세계 속에서 소설이 사라지게 되리라는 것, 유럽이 '존재 망각'의 암흑 속에 방치되리라는 것, 이제 남은 것이라고는 아무 책이나 닥치는 대로 읽는 자들의 수다와 '소설의 역사 이후의 소설들' 뿐이라는 것을 의미하는 것일까? 나는 모른다."

말은 이렇게 해도 쿤데라는 알고 있다. 20세기에 이르러 각색되지 않는 교양으로서의 소설은 끝장났다는 말이다. 그럼에도 (20세기의 소설가로서) 쿤데라는 소설의 '각색되지 않음(다시 씌어지지 않음)'과 '앎'을 끝까지 고수하는 일이 소설의 역사 이후에 소설이 살아남는 일이라고 생각했다. 한국어를 모르는 쿤데라가 한국어 번역판을 꼼꼼히 살펴보는 까닭은 바로 이 '각색되지 않음'의 중요성에서 비롯한다. 누군가 자신의 작품을 다시 쓸지도 모른다는 이 두려움은 1960년대 후반 『농담』이 유럽 각지로 번역되면서 경험한 작품 훼손(오역)에서 기인했다. 어쩌면 쿤데라는 자신의 소설이 번역될 수 없다고 여긴 것인지도 모른다. 쿤데라는 파스칼의 말을 인용해 반복되는 어휘를 동의어로 대체하려는 번역가들에게 이렇게 경고했다. "한 문장에 반복되는 말이 있어 그것을 고치려 하다 보면 그것들이 워낙 고유해서 그것을 고치면 문장 전체가 엉망이 된다는 것을 알게 된다. 그것들은 그대로 두어야 한다. 그것이 특징인 것이다."

의심의 여지없이 쿤데라는 신비주의에 빠져 있는 것이다. 이 신비주의는 (동의어 사용을 싫어하는 쿤데라에게는 욕을 얻어먹을 얘기지만) 엘리트주의라는 말로 대체할 수 있다. 쿤데라는 자기 문학의 열쇠어들을 사전식으로 배열한 글에서 이 엘리트주의를 표제어로 채

택했다. "유럽 전역에 걸쳐 문화적 엘리트들이 다른 엘리트들에게 자리를 내주고 있는 중이라는 것을 생각하게 만든다." 다른 엘리트들이란 바로 관료들이다. 공산권에서는 경찰기구의 엘리트들이, 서방권에서는 매스미디어 기구의 엘리트들이 이전에는 문화적 엘리트들이 있던 자리를 차지했다. 참을 수 없는 이 경멸과 조롱에 맞설 수 있는 방법은 무엇일까? 놀랍게도 그건 바로 명상이다. 명상 역시 쿤데라의 사전에 들어 있기에 길게 인용한다.

"소설가의 기본적인 세 가지 가능성 : 이야기를 '들려' 주거나(필딩), 이야기를 '묘사' 하거나(플로베르), 이야기를 '생각' 하는 것(무질). 19세기의 소설적 묘사는 당시의 (실증주의적이고 과학적인) 시대정신과 잘 어울리는 것이었다. 소설을 끊임없이 명상 위에 세우는 것은 어떤 것에 대해서도 생각하기 싫어하는 20세기의 정신을 거슬러 가는 것이다."

안개가 뿌옇게 긴 듯한 느낌이지만, 프라하의 봄을 경험했으며 『농담』 같은 소설을 쓴 사람에게는 더없이 훌륭한 결론이다.

2

쿤데라가 명상이라고 말할 때, 이는 '소설의 역사 이후의 소설들'이 채택한, 서사라는 소설적 제도(형식)에 맞서기 위한 새로운 제도(형식)를 염두에 둔 개념이다. 쿤데라의 명상은 소설화되면서 에세이라는 또다른 제도를 끌어들인다. 소설 속에서 서사라는 제도와 에세이라는 제도가 맞서게 될 때 비평과 소설, 역사와 소설, 철학과 소설, 미학과 소설 등의 경계는 무너진다. 이건 사실상 쿤데라가 그토록 우려한 '소설의 죽음'이나 마찬가지다. 서사가 에세이로 대체될 때, 소설은 비평으로 바뀌게 된다. 하지만 이 죽음을 통해 '소설의 역사 이후의 소설들'이 판치는 세상에서 각색되지 않은 채 앎을 고수하는 소설은 재생하게 된다.

그간 나는 내심 문학적으로 1980년대와 1990년대를 나눌 수 있는 기준이 되는 게 바로 1989년에 번역된 무라카미 하루키의 『상실의 시대』라고 생각했다. 『상실의 시대』는 서사라는 소설적 제도에 거의 육박하는 다른 제도가 존재할 수 있는 가능성을 나에게 보여줬다. 당시에는 도대체 그 정체를 알 수 없었던, 이 다른 제도의 형성에 추진력을 제공하는 게 바로 명상이다. 이 명상은 쿤데라가 말한 명상과 같으면서도 다른 것이다. 쿤데라에게 명상은 '앎'에 가까운 숙고의 뜻이지만, 우리에게 명상은 정신의 이완과 침잠에 가까운, 선(禪)적인 어떤 것이다. 쿤데라는 철학적인 의미로 명상이란 단어를 사용하지만 우리는 종교적인 의미로 사용한다. 쿤데라는 역사 속에서 명상하지만 우리는 사적인 공간 속에서 명상한다.

『상실의 시대』가 암시한, 그 정체를 알 수 없었던 다른 제도는 결국 고백록(회상록)임이 드러났다. 이는 '나는'이라고 시작하는 소설을 뜻한다. 이 점에 대해서는 가라타니 고진이 『일본 근대문학의 기원』에서 깊이 있게 다룬 바 있는데, 고진은 고백이라는 제도(형식)가 '나는'이라고 시작하는 문장을 만들고 이어 그 문장에 합당한 내면을 만들어내는 과정을 잘 설명했다. 일본 근대문학이 창안해낸 '내면'을 곧장 1990년대 우리 문학에 대입할 수 있는 근거도, 그런 여력도 내겐 없다. 다만 나는 고백록(회상록)의 형식, 더 특정지어 말하자면 후일담의 형식이 갖춰지고 난 뒤에 내면이 생겼다는 말을 하고 싶은 것뿐이다.

『상실의 시대』가 1989년 대학교 1학년이었던 내게 그토록 인상적이었던 것은 이 소설이 "서른일곱 살의 그때, 나는 보잉 747기의 좌석에 앉아 있었다"로 시작해 "나는 아무 데도 아닌 공간의 한가운데에서 미도리를 계속 부르고 있었다"로 끝났기 때문이었다. 이는 "영원한 재귀는 아주 신비스러운 사상이다"로 시작하는『참을 수 없는 존재의 가벼움』의 첫 문장과 비교된다. 쿤데라의 첫 문장은 온전히 말해 "영원한 재귀는 아주 신비스러운 사상이다, 라고 나는 생각한다"라고 해야 한다. 그러나 쿤데라는 '～라고 나는 생각한다'를 감췄다. 쿤데라는 객관화된 '나', 소통가능한 '나'로 명상했기 때문이다. 반면에 하루키는 주관화된 '나', 고립된 '나'로 명상했기 때문에 번번이 '나는'으로 시작하는 문장을 쓸 수밖에 없었다. 1990년대는 바로 이 '(주관화되고 고립된)나는'으로 시작되는 문장의 시대, 즉 고백록(회상록)의 시대였다.

1990년대 초반 고백록(회상록)의 형식이 나를 사로잡았던 까닭은 그 형식이 하나의 제도임을 깨닫지 못했기 때문이다. 그러나 진실을 말하자면, 고백하거나 회상하고 있다고 생각하는 그 순간에도 작가는 고백하거나 회상하고 있다고 생각한다고 '느낄 뿐이다.' 고백록(회상록)의 제도를 도입한 소설에서 실제로 작가는 고백하지도 회상하지도 않는다. 다만 서사라는 제도에 맞서는 또다른 제도로서 작가는 '(주관화되고 고립된)나는'으로 시작하는 고백록(회상록)에 도달했고 그 다음에 그에 걸맞는 내면이 고백되고 회상됐을 뿐이다. 그런데도 작가는 자신의 내면을 표현하기 위해 '나는'이란 문장을 스스로 선택했다고 믿었기 때문에 고백, 혹은 회상의 형태를 매력적이라고 느꼈다.

1990년대 후반에 접어들면서 '(주관화되고 고립된)나는' 으로 시작하는 고백록(회상록)의 형식이 하나의 제도임이 여실히 드러났다. 그게 후일담 소설이든, 불륜을 다룬 소설이든 고백, 혹은 회상이 제도로 굳어졌을 때 그 내용이 모두 동일해지는 현상이 일어났기 때문이다. 원칙적으로 세상의 모든 고백이나 회상은 단 하나의 이야기만을 지닐 뿐이다. 어떤 사람도 다른 사람의 내면을 고백하거나 삶을 회상할 수는 없다. 이 점에서 고백록이나 회상록은 핍진성이 상당히 떨어지므로 소설의 영역 안으로 들어올 수 없다. 그러나 제도화될 때, 고백록이나 회상록의 내용은 서로 비슷해지고 하나의 사실적인 서술로 굳어지게 되며 핍진성을 획득한다. 이 즈음이면 처음에 가졌던 매력은 상당 부분 사라질 수밖에 없다. 1990년대 소설의 파탄은 고백록(회상록) 형식의 제도화가 시대정신으로 자리잡으면서 시작됐다. 이 시대정신에 굴복한 작가는 고백록(회상록)의 형식에서는 내면이 절대 다른 텍스트와 소통할 수 없다는 사실을 알면서도 제도적인 필요성 때문에 다른 누군가의 고백이나 회상을 빌려올 수밖에 없었다. 그러면서 1990년대 초반 나를 그토록 매료시켰던 힘인 명상이 사라지고 누군가 분간할 수 없는 수많은 '나'만 남게 됐다.

고진은 나중에 한국어판 서문을 쓰면서 『일본 근대문학의 기원』을 쓸 당시 일본 지식사회의 분위기를 다음과 같이 전한 바 있다. "당시는 1960년대부터 계속되었던 급진적인 정치 운동이 좌절되고, 그 결과 사람들이 '문학' 으로 향하는 현상이 생기고 있었다. 아니면 '내면' 으로 향하는 것을 통해 모든 공동 환상으로부터 '자립' 하는 일이 가능한 것처럼 생각되고 있었다." 고진은 이런 현상을 비판하기 위해 문학 안으로 들어가 이 일이 메이지 20년대부터 되풀이돼 왔다는 사실을 밝혔다. 우리에게도 익숙한 이 현상에 대해 고진만큼 강하게 비판한 사람은 없다. 고진에 따르면, 그것은 '사실 진보적 포즈를 취한 보수주의'에 지나지 않는다. 이쯤에 이르면 '(주관화되고 고립된)나는'으로 시작하는 문장은 결국 빈 껍데기만을 담을 뿐이라는 사실이 밝혀지고야 만다. 순진한 말이지만, 누군가의 고백이나 회상이 아무런 내용을 담지 않은 포즈에 지나지 않는다는 결론은 대단히 충격적이다.

3

김경욱은 나와 같은 해 등단한 소설가다. 1994년 4월, 우리는 서울 사간동 출판문화회관 3층 화장실에서 담배를 피우며 서로 안면을 텄다. 문학상 시상식이 시작되기만을 기다리던 그때, 나는 25세였고 김경욱은 24세였다. 대개 25세 무렵의 소설적 감각이란 어디까지나 가장 훌륭한 경우 자기 얘기를 솔직하게 털어놓거나 가장 나쁜 경우 다른 사람의 얘기를 자기 것인 양 말하는 수준에서 벗어나지 못한다. 김경욱은 어땠는지 모르겠지만, 내 경우는 그랬다. 한동안은 이걸 세대 감각이라고 생각해 신세대니 하는 말들이 난무했지만, 이건 세대 감각이 아니라 나이 감각에 가깝다. 어느 세대에나 존재하는 이 나이 감각이 1990년대에 새삼스레 주목받게 된 것은 그 시대의 정신이 고백록(회상록)의 형식을 띠고 있었기 때문이었다. 그런 점에서 우리는 운이 좋았다.

'(주관화되고 고립된)나는'으로 시작하는 문장만을 구사할 수 있는 나이 감각이 세대 감각으로 인정받을 때 나아갈 수 있는 방향은 두 가지이다. 고백(회상)의 내용을 차별화시키거나 고백(회상)의 형식을 차별화시키거나. 전자의 경우에 소재주의로 나아갈 수밖에 없고 후자의 경우 문체주의로 나아갈 수밖에 없다. 그러니까 1994년 4월, 시상식을 기다리며 담배를 피우던 25세 무렵의 나이 감각을 지닌 우리 앞에는 이런 두 갈래의 길이 놓여져 있었던 셈이다. 그런 점에서 우리는 운이 좋지 않았다.

"충격적인 내용이나 문체주의가 아니라면 나아갈 길은 어디에 있을까?"는 1990년대 후반부터 오랫동안 나를 사로잡았던 의문이다. 그건 두말할 필요도 없이 고백록(회상록)에서 벗어나는 길이다. 고백록(회상록)의 나이 감각을 세대 감각이라고 믿고 문학적으로 출발한 우리에게 이건 간단한 일이 아니다. 우선 주관화되고 고립된 '나'를 객관화되고 소통되는 '나'로 바꿔야만 했다. 이는 1인칭에서 3인칭으로의 전환을, 더 나아가서는 전지적 작가시점, 즉 숨은 화자의 사용법을 터득해야만 한다는 사실을 뜻했다.

"그렇다면 '그는'으로 시작하는 문장을 쓰면 되지 않느냐"고 말할 수도 있겠지만, 그 양상은 전혀 다르다. '(주관화되고 고립된)나는'으로 시작하는 문장은 고백록(회상록)의 형식이기 때문에 세상에 단 하나뿐인 이야기이며 핍진성에 큰 구애를 받지 않는다. 내가 읽은 어느 일본인의 회상록에는 8·15 직후 본토로 퇴각하는 비무장 일본인 민간인들에게 조선인들이 자행한 조직적인 폭력 이야기가 들어 있었다. 이 얘기의 진실성에 깊은 의문을 느낀다고 하더라도 전적으로 반박할 수는 없다. 그런 일이 일어나지 않았다는 게 진실이라 하더라도 예외는 있을 수 있기 때문이다. 고백록(회상록)을 제도로 받아들인 소설에서 이런 일이 일어난다. 심하게 말하자면, '(주관화되고 고립된)나는'으로 시작하는 문장에서는 해가 서쪽에서 뜬다고 하더라도 괜찮다. 고백록(회상록)은 '~라고 생각한다'의 세계가 아니라 '~라 느낀다'의 세계이기 때문이다.

그러나 전지적 작가시점으로 가면 문제가 너무나 달라진다. 해는 동쪽에서만 떠야만 하고 예외를 일반화시켜서는 안 된다. 그렇기 때문에 전지적 작가시점으로 가기 위해서는 수많은 근거를 지나야만 한다. 예컨대 이 책 『황금 사과』에서 김경욱은 서양 중세 교권과 속권의 대립을 말하면서 "일부 교회와 재속 성직자들의 부패는 교황 측의 아킬레스건이었다"라는 문장을 사용했다. 숨어 있는 화자가 그렇게 생각한다는 얘기인데, 이렇게 말할 수 있게 되기까지는 수많은 참고 문헌을 거쳐야만 한다. 소설가로서 이건 상당히 피곤한 작업이다. 그렇지만 "충격적인 내용이냐, 문체주의냐"의 양 갈래 길에서 새로운 길을 찾는 소설가에게는 보배로운 수고라 할 수 있다. 이 검증돼야만 하는 '나'를 서술의 주체로 삼았다는 점에서 『황금 사과』는 김경욱에게 새로운 전환점이 될 수밖에 없다.

4

『황금 사과』는 "당연히, 이것은 작품(work)이 아니라 텍스트(text)다"라는 선언으로 시작한다. 이 선언은 "당연히, 이것은 수기(手記)이다"라는, 움베르토 에코가 『장미의 이름』에 쓴 선언을 연상시킨다. 움베르토 에코는 왜 그런 말을 덧붙였을까? 『나는 '장미의 이름'을 이렇게 썼다』에서 에코는 "스누피도 아닌 나에게 어떻게 '11월 말의 청명한 새벽이었다' 는 표현이 가당할 것인가?"라고 고민을 털어 놓았다. 기호학자에게 이건 엄청난 공포였다. 에코는 '스누피로 하여금 그런 대사를 읊게 하는' 방식으로, 그리고 이 스누피의 얘기를 다른 참고문헌에서 전해듣는 식으로 이 공포를 해결했다. "당연히, 이것은 수기(手記)이다"라는 문장이 필요한 까닭은 이 때문이다. 이 문장은 "이제부터 기호학자 에코가 말하는 게 아니라 스누피가 얘기하는 것입니다"라는 사전 합의를 나타낸다. 『장미의 이름』이 데뷔작이니까, (또 이렇게 말해도 될지 모르겠지만) 에코는 아마추어로서 『장미의 이름』을 썼으니까 이런 합의가 굳이 필요했다.

그런다고 에코가 아니라 스누피가 말한다고 생각하는 독자가 어디에 있단 말인가. 그래서 독자들은 아드소의 수기는 에코가 만들어 낸 가짜 수기라는 사실을 깨달은 상태에서 소설을 읽기 시작한다. 이 회상록에서 아드소의 내면을 찾으려는 어리석은 생각은 말아야만 한다. 왜냐하면 에코는 이런 말을 버젓이 하기 때문이다. "본관 주방에서 벌어지는 (아드소의) 정사 장면은 전적으로, 『아가(雅歌)』에서 생 베르나르, 장 드 페캉, 혹은 빙겐의 성 힐데가르트에 이르기까지 종교 텍스트로부터 인용한 문장으로 구성되어 있다. (……) 실제로 나에게는 수많은 텍스트에서 골라낸 상당량의 파일 카드가 있다." 아드소의 내면이 파일 카드에서 나왔다면 『장미의 이름』이 수기가 될 수 없음은 당연하다.

『황금 사과』에 등장하는 바스커빌의 수도사 윌리엄(『장미의 이름』의 주인공)의 수기 역시 진짜 수기가 아님은 확실하다. "말하자면 지금부터 내가 들려줄 이야기는 훗날 폼포사 인근의 베네딕트 회 수도회에서 벌어졌던 엄청난 사건의 전사(前史)에 해당하는 셈이다"라고 수기를 쓰는 윌리엄의 내면은 폼포사 인근의 베네딕트 회 수도원에서 벌어졌던 엄청난 사건을 다루는 『장미의 이름』에서 나왔기 때문이다. 중세의 문헌에서 한 발짝도 벗어나지 못한 채, 정사를 벌어야만 했던 아드소처럼 윌리엄의 내면 역시 『장미의 이름』에서 보여준 내면과 조금이라도 모순되면 실패하게 된다. 아드소나 윌리엄이 진짜 수기를 쓰는 게 아님은 이런 여러 제약에서 드러난다. 『장미의 이름』과 『황금 사과』는 둘 다 '나는'으로 시작하는 문장을 사용하지만, 이 '나'가 회고록(고백록)의 '나'와는 정반대편에 있다는 사실은 이로써 밝혀지는 셈이다. 이 '나'는 연대기에 등장하는 '나'와 닮았다.(두 소설은 '연대기'를 인식하면서 써내려갔다.)

　에코는 자신이 중세 문헌에서 창안해낸 아드소가 실제 인물이라고 눙쳐 되레 소설의 효과를 극대화시키는 반면에 김경욱은 "당연히, 이것은 작품(work)이 아니라 텍스트(text)다"라고 말해 처음부터 김빠지게 한 감이 없지 않다. 하지만 바스커빌의 윌리엄이 『장미의 이름』이란 또다른 창작품에서 탄생했으니 이는 어쩔 수 없는 선언이다. 작가가 자신의 소설을 텍스트라고 내세울 수 있는 경우는 소설의 내러티브가 자연인 작가와 무관한 하나의 독립된 구조라고 생각할 때다. 등장인물의 내면마저 고스란히 다른 참고 문헌을 통해서 구성했다는 사실에서 『황금 사과』를 텍스트라고 말할 수 있다. 좀더 엄밀하게 말하자면 『황금 사과』는 크리스테바가 말한바, '인용의 모자이크, 상호 결합, 다른 텍스트의 변형' 등으로 구성된 텍스트다. 잘라 말하자면, 상호텍스트성이 강하다는 말이다. 『황금 사과』가 움베르토 에코의 『장미의 이름』에서 등장인물의 내면까지 빌려왔다는 사실은 누구라도 눈치챌 수 있다. 『황금 사과』에는 심지어 연기를 내뿜는 개까지 등장하는데, 이는 에코가『장미의 이름』을 쓰면서 염두에 뒀던 코난 도일의『바스커빌 가의 개』에서 빌려온 요소다. 소설이 텍스트가 되는 것은 이런 다양한 참고 문헌을 염두에 두고 작가가 독립된 내러티브를 구성해냈을 때다. 이제 독자들이『황금 사과』를『장미의 이름』과 겹쳐 읽기 시작하면, 이 소설은 다시 작품(work)으로 돌아간다. 그런 점에서 에코의 선언이 독자를 향한 합의의 성격을 띤다면, 김경욱의 선언은 작가 자신에 대한 다짐으로 볼 수 있다.

무엇이 김경욱으로 하여금 작품이 아닌 텍스트를 쓰게 만들었을까? 이건 다시 우리가 지나온 1990년대의 소설 경향으로 돌아가야만 하는 얘기다. 어느 한 시대의 소설적 시대정신이 고백록(회상록)이란 제도로 굳어질 때, 이를 타개할 수 있는 방향에 대한 중요한 암시가『황금 사과』에는 숨어 있다. 주관화되고 고립된 '나'에서 벗어나려면 소설에 등장하는 '나'를 전면적으로 다시 생각해야 한다. 이건 고백록(회상록)의 나이 감각을 세대 감각으로 생각하고 등장한 우리 세대에게 주어진 소설적 과제다.『황금 사과』는 '나'의 내면을『장미의 이름』이란 다른 텍스트의 내면과 교환하는 방법을 통해 고백한다는 것, 회상한다는 것, '나는~'으로 시작하는 문장을 구사한다는 것을 다시 되짚어보고 있다. 고백록(회상록)으로서의『황금 사과』, '나는~'이라는 문장을 구사하는 1인칭 소설로서의『황금 사과』, 다른 텍스트에서 빌려온 내면으로 구축한 텍스트로서의『황금 사과』가 인상적인 것은 이 때문이다.

# 작가의 말

어렸을 적, 지리부도를 펼쳐놓고 지명 찾기를 하곤 했다. 가본 적도 없는, 세상에 그런 곳이 존재하는지조차 모르던 낯선 지명을 찾는 것은 가슴 설레는 모험과도 같았다. 우리가 찾는 지명은 늘 깨알처럼 작은 글씨로 적혀 있었다. 그럼에도 불구하고 그 지명들은 오래지 않아 발견되었다. 반면에 너무나 커다랗게 씌어 있는 지명들, 예컨대 두 페이지에 걸쳐 있는 것들은 좀체 눈에 들어오지 않곤 했다. 궁극의 것은 종종 스스로를 은폐함으로써 우리의 근시안을 드러내기도 한다.

세상은 일종의 거대한 책, 혹은 텍스트다. 텍스트를 읽는 방식에는 여러 가지가 있을 터. 밑줄을 그어가며 읽는 사람도 있을 테고, 책갈피에 코를 박는 사람도 있을 테고, 침을 묻혀 책장을 넘기는 사람도 있을 것이다. 이 소설을 구상하고 쓰던 즈음, 나는 꽤나 궁극적인 질문에 사로잡혀 있었다. 소설이란 무엇이며 소설을 쓴다는 것은 또 무엇인가, 하는 물음들 말이다.

그래서 나는 커다랗게 적힌 지명을 찾을 때 그랬던 것처럼 눈앞에 펼쳐진 텍스트로부터 될 수 있는 한 멀찍이 거리를 두려 했다. 그러다 보니 서양의 중세까지 가게 되었다. 참 멀리까지 간 셈이다.

그렇다고 해서 대단한 답을 구한 것은 아니다. 다만 '바스커빌 사람 윌리엄'이 들려주는, 세상에 알려지지 않은 이야기를 하나 얻었을 뿐이다. 유감스럽지만 우리는 이야기로부터는 그 어떤 답도 구할 수 없다. 이야기는 본질적으로 질문의 양식이기 때문이다. 그리하여 질문은 또다른 질문을 불러오게 마련이다. 그 자체로 완결되지 않고 다른 텍스트를 향해 빠끔히 열려 있는 저 텍스트의 운명처럼.

이 책이 나오기까지 도움 주신 모든 분들께 감사드린다.

2002년 5월

김 경 욱

문학동네 장편소설
황금 사과
ⓒ 김경욱 2002

| 1판 1쇄 | 2002년 5월 21일 |
| 1판 3쇄 | 2013년 1월 30일 |

지은이 김경욱
펴낸이 강병선
책임편집 김현정 조연주 장한맘 손미선
마케팅 신정민 서유경 정소영 강병주 | 온라인 마케팅 김희숙 김상만 이원주 한수진
제작 서동관 김애진 임현식 | 제작처 한영문화사

펴낸곳 (주)문학동네
출판등록 1993년 10월 22일 제406-2003-000045호
주소 413-756 경기도 파주시 문발동 파주출판도시 513-8
전자우편 editor@munhak.com | 대표전화 031)955-8888 | 팩스 031)955-8855
문의전화 031) 955-8890(마케팅) 031) 955-8864(편집)
문학동네카페 http://cafe.naver.com/mhdn

ISBN 978-89-8281-528-7 03810



**www.munhak.com**